Catherine Bybee

Der Preis der Liebe

Montlake

Das Buch

Fasziniert beobachtet Dameon von seinem Hotelfenster aus eine bezaubernde Frau im Abendkleid. Sie wechseln Blicke, dann ist sie verschwunden. Der attraktive Bauunternehmer ist mehr als überrascht, als er die schöne Unbekannte unter ganz anderen Umständen wiedersieht – als selbstbewusste Ingenieurin, die über sein neuestes Projekt zu entscheiden hat.

Grace ist es gewohnt, sich in einer ruppigen Männerwelt zu behaupten. Sie ist mit zwei älteren Brüdern aufgewachsen und durchaus schlagfertig. Beruflich macht ihr so schnell keiner etwas vor, nicht einmal der charmante Dameon. Doch der will viel mehr von ihr als nur eine Baugenehmigung …

Die Autorin

New-York-Times-Bestsellerautorin Catherine Bybee wuchs im Bundesstaat Washington auf. Nach der Highschool zog sie nach Südkalifornien, um dort Schauspielerin zu werden. Bald aber hatte sie genug davon, sich den Lebensunterhalt als Kellnerin zu verdienen, und absolvierte eine Ausbildung zur Krankenschwester. Die meiste Zeit ihrer Karriere verbrachte sie in der Notaufnahme. Jetzt arbeitet sie hauptberuflich als Autorin. Zu ihren bekanntesten Werken zählen die Bücher aus den Reihen »Eine Braut für jeden Tag«, »Fast …«, »Happy End in River Bend« und »Diesmal für immer«. Catherine Bybee lebt mit ihren zwei Söhnen in Südkalifornien.

Catherine Bybee

Der Preis der Liebe

Creek Canyon

Roman

Aus dem Amerikanischen von
Stephanie von der Mark

Montlake

Die amerikanische Ausgabe erschien 2020 unter dem Titel
»Everything Changes« bei Montlake, Seattle.

Deutsche Erstveröffentlichung bei
Montlake, Amazon Media EU S.à r.l.
38, avenue John F. Kennedy, L-1855 Luxembourg
Januar 2021

Die Übersetzung dieses Buches wurde durch Amazon Crossing ermöglicht.

Umschlaggestaltung: bürosüd⁰ München, www.buerosued.de
Umschlagmotiv: © Jill Battaglia / ArcAngel; © Celig / Shutterstock;
© Drepicter / Shutterstock; © Yuriy Kulik / Shutterstock;
© Buntoon Rodseng / Shutterstock
Korrektorat und Lektorat: VLG Verlag & Agentur, Haar bei München,
www.vlg.de
Gedruckt durch:
Amazon Distribution GmbH, Amazonstraße 1, 04347 Leipzig /
Canon Deutschland Business Services GmbH, Ferdinand-Jühlke-Str. 7,
99095 Erfurt /
CPI books GmbH, Birkstraße 10, 25917 Leck

ISBN: 978-2-49670-579-9

www.montlake.de

Für Whiskey.
Ich hoffe, du jagst
Kaninchen auf der anderen
Seite der Regenbogenbrücke.

Kapitel 1

Der Nächste, der sie fragte, wann sie endlich ihren Traumprinzen finden würde, bekäme eine verpasst. Warum kamen bei Hochzeiten und Babyfeiern immer diese aufdringlichen Fragen bezüglich ihres nicht existenten Liebeslebens auf?

Auf der Tanzfläche hielt Colin seine frisch angetraute Braut Parker in den Armen. Sie bewegten sich zum langsamen Blues. Ihr Bruder strahlte bis über beide Ohren, und ihre neue Schwägerin hatte bei ihrem Ehegelübde sogar ein paar Tränchen verdrückt. Es war die perfekte Hochzeitszeremonie gewesen.

Von den drei Geschwistern war Colin der Erste, der heiratete. Aber Grace war sich ziemlich sicher, dass es bei ihrem zweiten Bruder Matt auch nicht mehr lange dauern würde. Er tanzte gerade mit seiner Freundin Erin, mit der er bereits zusammenwohnte und die wie Grace eine der Brautjungfern war. Ja, die beiden turtelten ebenso heftig wie das frisch gebackene Brautpaar.

Grace freute sich sehr für ihre Brüder.

Das Dumme war nur, dass nun, da die beiden Jungs ihre besseren Hälften gefunden hatten, sämtliche Aufmerksamkeit plötzlich auf ihr lag. Selbst Grandma Rose – die sie wegen ihrer Demenz immer wieder mit ihrer Mutter Nora verwechselte und im gleichen Atemzug wissen wollte, warum sie so spät aus der

Schule kam – hatte schon gefragt, ob Grace denn jemals einen Mann finden würde.

Grace lehnte sich zurück, schlug die Beine übereinander und wippte mit den Zehen zum langsamen Takt der Musik. Das Licht war gedimmt und alle Augen und Kameras waren auf Colin und Parker gerichtet.

Hinter ihr wurde ein Stuhl gerückt, und dann sah sie aus dem Augenwinkel, dass sich ihr jemand näherte. Tante Bethany.

Grace hob die Hand, in der sie das Champagnerglas hielt, bevor ihre Tante etwas sagen konnte.

»Bitte nicht.«

»Was denn?«

»Sag einfach nichts.«

Ihre Tante war wie Grandma Rose, nur eben mit voll funktionstüchtigem Gedächtnis.

Grace hörte ihr Seufzen, das selbst die Musik übertönte.

Drei Takte verstrichen …

Dann kam der Refrain …

»Auf Hochzeiten werde ich immer so nostalgisch«, begann Tante Beth.

Grace merkte, wie ihr Lächeln zu schmerzen begann.

»Nostalgisch?«, hörte sich Grace wiederholen.

»Oh ja. Nostalgisch. Frisch verliebt zu sein, all diese Möglichkeiten zu haben …«

»Ja, ja.« O Gott, wie grauenvoll. Es war, als würde man zusehen, wie ein Zug in voller Fahrt auf eine Kreuzung mit kaputten Schranken zusteuerte, ohne zu wissen, ob gleich ein Auto käme.

Nun gut, vielleicht nicht ganz so dramatisch … aber schlimm genug.

»Jetzt erzähl doch mal. Was ist mit dir und deinen Beziehungen, dass du zu den Festen nie jemanden mitbringst?«

Ta-daaa.

Grace' Hand verkrampfte sich um das billige Sektglas der Cateringfirma.

Sie hatte jetzt genau zwei Möglichkeiten. Die erste war, ihrer Tante den Schampus ins Gesicht zu kippen und die Hochzeit ihres Bruders zu ruinieren.

Keine gute Idee.

Die zweite Möglichkeit: den Schampus trinken und die Zähne zusammenbeißen, und zwar so fest, bis es wehtat.

Gute Strategie.

»Grace?«

Sie leerte das halbe Glas in einem Zug und musste husten, weil ein Teil der Flüssigkeit in die Luftröhre gelangte.

Sie hielt sich die Serviette vor, damit sie den Champagner nicht auf ihr Kleid spuckte, dann rannte sie hinaus.

Blicke verfolgten sie.

Draußen vor dem Festsaal ließen die edle Hotelbeleuchtung und die plötzliche Stille Grace innehalten.

Luft … sie brauchte Luft. Gegenüber der Halle führten Flügeltüren in den Hotelgarten. Colin und Parker hatten dort vor ein paar Stunden Unmengen an Hochzeitsfotos schießen lassen.

Grace räusperte sich und marschierte zu den Türen.

Sie war kaum über die Schwelle getreten, da schlug ihr die eiskalte Dezemberluft entgegen.

»Heiliger Bimbam.« Am liebsten wäre sie sofort wieder hineingegangen.

Lieber den Hintern abfrieren oder Tante Beth zuhören?

Aber es war wirklich kalt.

Ihre Füße wagten die ersten Schritte auf dem erleuchteten Pfad durch die Bäume. Um sich zu wärmen, schlang Grace die Arme um sich.

Das einzige schicke Hotel in Santa Clarita war bereits weihnachtlich mit Lichtern geschmückt. Ihre schlechte Laune verflog. Aber das lag weniger an den Lichtern als daran, dass sie ihren eigenen Atem sehen konnte, was nicht oft vorkam.

Fest entschlossen, so lange draußen zu bleiben, bis sie mit rosigen Wangen wieder erfrischt zur Feier zurückkehren konnte, zwang sich Grace, bis zum Springbrunnen am Ende des Hotelparks zu gehen.

»Eine Schnapsidee«, murmelte sie vor sich hin.

Sie rieb sich die Arme, als sie plötzlich ein merkwürdiges Prickeln im Nacken spürte.

Sie hatte das unweigerliche Gefühl, beobachtet zu werden. Wahrscheinlich irgendwelche Gäste, die aus dem Fenster ihres Hotelzimmers sahen und sich fragten, wer so bescheuert war, in dieser Eiseskälte im dünnen Kleidchen ohne Jacke herumzulaufen.

»Ich.« *Ich bin so bescheuert.*

Sie trat von einem Fuß auf den anderen und wandte sich langsam um. Sie wollte herausfinden, wer es war. Wie beiläufig blickte sie nach oben und tat, als betrachtete sie den Sternenhimmel. Auf den vier Stockwerken waren die meisten Fenster dunkel und die Lamellenjalousien herabgelassen, nur in wenigen Zimmern brannte Licht. Aber sehen konnte Grace niemanden.

Sie spähte über den Garten hinweg und zurück zum Hotel. Mehrere automatische Glasschiebetüren führten von der Empfangshalle vor dem Festsaal nach draußen. Ein paar Leute hielten sich in der Halle auf, aber niemand schien sie zu beachten.

Sie war gerade dabei, ihre Suche nach der Ursache des Prickelns einzustellen, als sie ihn entdeckte.

Er lehnte lässig an einer Säule hinter einem der bodentiefen Fenster. Er trug einen Anzug, aber keine Krawatte. Hatte sie ihn schon mal gesehen? War er ein Hochzeitsgast?

Nein.

Der Typ wäre ihr sofort aufgefallen. Er war groß – wobei in Anbetracht ihrer geringen Körpergröße fast jeder Mann neben ihr ein Riese war. Er hatte klare Gesichtszüge und breite Schultern, die sein Jackett wirklich … unglaublich gut ausfüllten.

Grace merkte, dass sie ihn anstarrte, weshalb sie sich schnell abwandte und wieder den Brunnen anschaute.

Obwohl sie noch immer ihren kondensierten Atem sehen konnte, war ihr jetzt gar nicht mehr so kalt. Das allein verriet ihr, dass der Fremde sie immer noch beobachtete.

Sie kniete sich nieder, um den Riemen ihres Schuhs zu lockern und sich unauffällig zu vergewissern, dass sie recht hatte.

Tatsächlich hatte er sich nicht von der Stelle gerührt.

Und sie war sich sogar ziemlich sicher, dass er grinste.

Grace straffte den Rücken und machte sich mithilfe ihrer Neun-Zentimeter-Absätze größer, als sie eigentlich war. Unter anderen Umständen hätte sie es ein bisschen unheimlich gefunden, dass ein Mann sie beobachtete. Aber da sie hier so dämlich in der Kälte herumstand, wunderte sie sich nicht darüber, dass man sie anstarrte.

Zum Glück lag der Eingang zum Festsaal genau am anderen Ende des Gebäudes, sodass sie Mr Neugier nicht in die Quere kam.

Männer, die in Hotels übernachteten, wollte sie lieber nicht kennenlernen. Entweder waren sie auf Geschäftsreise, zu Besuch oder sie betrogen ihre bessere Hälfte. Alles nicht das Wahre.

Bevor sie hineinging, warf sie noch einen letzten Blick über die Schulter.

Mr Neugier war nicht mehr da.

Zum Glück!

Obwohl sie zugeben musste, dass der Typ ziemlich attraktiv war, soweit sie das aus der Ferne hatte beurteilen können.

Jetzt ertönte ein schnellerer Beat als zuvor, die Tanzfläche war voll.

Erin kam zu ihr. »Ach, da bist du ja. Ich habe dich gesucht.«

Grace deutete vage zur Tür. »Ich war … ich … egal. Was ist los?«

»Sie wollen die Hochzeitstorte anschneiden.«

»Ach, die Torte. Okay.« Schließlich war sie auf einer Hochzeitsfeier, auf der es sehr ausgelassen zuging, und da war Selbstmitleid wegen ihres nicht-existenten Liebeslebens fehl am Platz.

Sobald die Torte angeschnitten und der Hochzeitsstrauß geworfen war, endeten ihre offiziellen Verpflichtungen gegenüber Braut und Bräutigam und sie konnte endlich das machen, was jede anständige Brautjungfer auf einer Hochzeit tat – sich betrinken oder sich jemanden für die Nacht aufreißen.

Allerdings waren die meisten Hochzeitsgäste entweder Familienmitglieder oder sehr gute Freunde, von denen Grace viel zu viel wusste, als dass sie für einen One-Night-Stand infrage gekommen wären. Also würde es eher ein Date mit der Schampusflasche werden.

Jetzt aber erst mal die Torte.

* * *

Eine Autohupe holte Grace aus dem Tiefschlaf.

Ihr Speichel fühlte sich dickflüssig an, ihr Kopf pochte pulsartig.

Die Sonne schien mit solcher Intensität durch die Fenster ihrer Wohnung, dass Grace einen Großteil des Morgens wohl verpasst haben musste.

Mit einer sehr langsamen Kopfbewegung warf sie einen Blick auf den Wecker.

Gleich Viertel nach zehn? Wie konnte das denn sein?

Als sie die Lippen öffnete und wieder schloss, schmeckte sie, was sie am Vorabend gegessen und schlimmer noch, was sie getrunken hatte. Außerdem musste sie dringend aufs Klo.

Schneller, als es ihrem Gehirn gefiel, tappte sie zum Bad. Zwei Minuten später stand sie bei laufendem Wasserhahn vor dem Spiegel.

Die Haare standen ihr in alle Richtungen ab, ihre Augen waren gerötet und die Lippen so trocken wie die Mojave-Wüste.

»Das letzte Glas war ein Fehler«, sagte sie zu ihrem Spiegelbild.

Ihre Füße schmerzten vom Tanzen. Den restlichen Abend hatte sie mit ungefähr allem getanzt, was einen Puls hatte. Nach der Feier hatte sie ihr Auto auf dem Parkplatz stehen lassen und war die paar Blocks zu ihrer Wohnung gelaufen.

Kurzum, ihre Füße taten höllisch weh.

Und der Kopf auch.

Sie drehte das warme Wasser in der Dusche auf und füllte den Raum mit heißem Dampf, während sie sich die Zähne putzte. Selbst der Gedanke an den sonst so lebensrettenden Kaffee war zu viel für ihr Verdauungssystem.

Ihr Bruder und Parker waren schon auf dem Weg nach Maui, in ihre achttägigen Flitterwochen. Die teure Reise war ein Geschenk ihrer Eltern. Ein Haufen Geld dafür, dass die beiden die meiste Zeit im Hotelzimmer bleiben und miteinander Sport treiben würden.

Trotz ihrer Kopfschmerzen brachte sie der Gedanke zum Schmunzeln. Sie trat unter die Dusche.

Dreißig Minuten später hatte Grace ihre gewellten Haare zu einem kurzen Pferdeschwanz zusammengebunden, eine große Sonnenbrille aufgesetzt, die den versäumten Schlaf kaschierte, und nun marschierte sie los Richtung Hotel. Auf halber Strecke stieg ihr ein nun doch verlockender Kaffeeduft in die Nase, der sie zu einem kleinen Abstecher veranlasste.

An diesem späten Sonntagmorgen war das Café gut besucht. Viele der Gäste hatten Tüten der gegenüberliegenden Einkaufszeile bei sich. Anscheinend waren sie schon seit den frühen Morgenstunden auf den Beinen, um Weihnachtseinkäufe zu erledigen.

Grace massierte sich unter ihrem Rollkragenpulli den Nacken. Die Kopfschmerzen ließen langsam nach.

Gott sei Dank.

Die lange Schlange bewegte sich nur sehr langsam vorwärts, während Grace' Verlangen nach Koffein immer größer wurde.

Und Zucker. Sie brauchte dringend Zucker.

Endlich war sie an der Reihe.

Sie blickte zur Auswahltafel, als würde sie diese heute zum ersten Mal sehen. »Cappuccino«, bestellte sie schließlich. »Einen doppelten.«

Der Barista gab die Bestellung ins Kassensystem ein.

»Mit Kürbissirup. Haben Sie so was?«

»Ja.«

»Der ist doch hoffentlich pappsüß, oder?«

»Ja«, gab der junge Mann hinter der Theke humorlos zur Antwort.

»Bitte im großen Becher.«

Jetzt sah er sie schief an. »Das heißt, Sie wollen einen Caffè Latte?«

Grace schüttelte den Kopf. »Nein, einen doppelten Cappuccino mit pappsüßem Kürbissirup.«

»Okay. Ist das alles?«

»Und Schlagsahne dazu.«

Er seufzte. »Das heißt also, ein doppelter Latte extra-large mit Sahne und Kürbissirup?«

Hinter ihr räusperte sich jemand.

»Meinetwegen.«

Der Barista nannte den Betrag.

»Ach und bitte noch einen Blaubeer-Scone.«

»Ist das nun alles?«

»Ja.«

»Wollen Sie Kuhmilch oder Soja?«

»Kuhmilch. Aber die fettarme.«

Die Person, die sich gerade geräuspert hatte, begann jetzt zu lachen.

Grace widerstand der Versuchung, sich nach demjenigen umzudrehen.

Sie trat zur Seite und zog, während sie auf ihren Kaffee wartete, das Handy aus der Tasche. Sie hatte zwei Nachrichten von ihrer Mutter und eine von Erin. Beide schrieben, sie solle kommen und helfen, die Hochzeitsgeschenke zu Colin und Parker nach Hause zu bringen und aufzuräumen.

»Der doppelte, fettarme Kürbislatte mit Schlagsahne, einem Blaubeer-Scone und einer Extraportion Diabetes«, rief nun eine andere Barista aus.

Grace blickte hoch und sah ein bekanntes Gesicht. »Sehr witzig, Leah.«

Leah stellte ihr den Becher auf die Theke. »Na, wohl ’ne lange Nacht gehabt?«

»Die Hochzeitsfeier von meinem Bruder.«

»Ach ja, stimmt. Wie war’s denn?«

»Natürlich sehr schön. Beide haben im richtigen Moment ›Ja, ich will‹ gesagt.«

Der Kollege an der Kasse rief schon die nächste Bestellung aus.

Leah blickte über die Schulter zu ihr. »Komm mal nächste Woche während der Mittagspause. Ich will Bilder sehen.«

»Mach ich.« Grace nahm ihr Frühstück und steuerte zum Ausgang.

»Heute sind Sie den Temperaturen entsprechend angezogen«, hörte sie eine tiefe Baritonstimme neben sich. Grace ging noch einen Schritt weiter, bevor ihr klar wurde, dass sie gemeint war.

So langsam wie in einem alten Zeichentrickfilm drehte sie sich in die Richtung, aus der die Männerstimme gekommen war.

Mr Neugier. Er saß lässig auf einem Hocker, die Arme auf dem Tisch aufgestützt. Im Gegensatz zum Vorabend sah sie ihn nun sehr deutlich.

Er lächelte ihr zu. Oder lachte er etwa über sie?

Grace spielte die Ahnungslose. »Kennen wir uns?«

Sein Mund zuckte amüsiert. »Ja. Vom Hotel. Gestern Abend?«

Diese Stimme. Sie brachte den ganzen Raum zum Vibrieren. Tief und rau wie die eines Jazzsängers aus New Orleans. Oder wie das tiefe Knurren eines Löwen.

»Ach, Sie waren gestern Abend auch im Hotel?«

Er blickte sie schmunzelnd an.

Sie setzte den Becher an die Lippen, um ihr Gesicht zu verbergen.

»Sie sind in der Kälte im dünnen Kleidchen ohne Jacke herumgelaufen.«

Sobald der Zucker ihres Getränks in ihre Zellen gelangte, würde er ihr hoffentlich zu etwas mehr Schlagfertigkeit verhelfen.

»Ach so. Haben Sie mir die Tür aufgehalten?«

Seine Augen wurden schmal. »Nein.«

»Aber Sie waren doch nicht auf der Hochzeit, oder? Daran würde ich mich sicher erinnern.«

Jetzt verrutschte sein Schmunzeln. »Nein.«

»Oder waren Sie einer von den Kellnern? Da gab es ja gestern einige …«

»Nein. Ich bin kein Kellner. Ich habe Sie gesehen.« Er sagte nichts weiter, nahm seinen Becher und stand auf.

Er war groß. Ungefähr so wie ihre Brüder, aber da Grace nur eins sechzig maß, war sie selbst mit den hohen Absätzen ihrer Keds neben Mr Neugier ein Zwerg.

Sie blickte über den Rand ihrer Sonnenbrille, die sie gar nicht erst abgenommen hatte. Sie musterte den Kerl mit der Löwenstimme von unten bis oben und blieb schließlich bei seinen amüsiert dreinblickenden Augen hängen. »Tut mir leid. An gestern Abend kann ich mich nur verschwommen erinnern. Mein Bruder hat geheiratet. Es gab Champagner.«

Er streckte ihr die Hand entgegen. »Dameon.«

Sie konnte es gar nicht verhindern, dass sie laut auflachte. »Na, das passt ja gut zu Ihrer dämonisch tiefen Stimme.«

»Wie bitte?«

Wie unhöflich von ihr. Ein kleines Katz-und-Maus-Spiel, indem sie so tat, als würde sie ihn nicht erkennen, war eine Sache, aber sich einen Scherz über seinen Namen zu erlauben, ging vielleicht zu weit. »Ich bin Grace.« Sie klemmte sich die Tasche unter den Arm und schüttelte seine Hand. Ein angenehm warmer und fester Händedruck.

Sie schluckte.

Er sah auf ihre Hand, dann ließ er wieder los.

»Freut mich, Sie kennenzulernen, Dameon. Tut mir leid, dass ich mich nicht an Sie erinnern kann.«

»Die Freude ist ganz meinerseits«, entgegnete er.

Sie nickte zum Ausgang. »Ich muss los. Ich habe mein Auto am Hotel stehen lassen. Nicht, dass ich am Ende noch abgeschleppt werde.«

»Wegen des Champagners und weil alles so verschwommen war?«, fragte er.

Sie winkte mit dem Kaffeebecher. »Ja, genau.« Mit dem Handrücken schob sie die Sonnenbrille auf die Nase zurück. »Ich wünsche Ihnen noch einen schönen Aufenthalt in Santa Clarita.«

Er sah ihr hinterher. »Werde ich haben.«

Als sie draußen war, spürte sie, dass er ihr nachsah. Sie konnte sich nicht beherrschen und musste noch einmal gucken, nur um sicherzugehen.

Ihre Blicke trafen sich, genau wie am Vorabend, und jetzt schenkte Grace ihm ein Lächeln.

Kapitel 2

»Hudson?« Ihr Chef, der Leiter des Baureferats, klopfte beim Eintreten einmal kurz an ihre Bürotür.

»Morgen, Richard. Danke fürs Anklopfen.«

Richard war dreißig Jahre älter als sie und lebte noch in der dunklen Zeit, als Frauen höchstens als Sekretärinnen gearbeitet hatten.

Er knallte ihr einen dicken Aktenordner auf den Schreibtisch, direkt auf die Papiere, an denen sie gerade gesessen hatte. »Ein neuer Immobilienentwickler kommt in die Stadt. Er hat Land im und um den San Francisquito Canyon gekauft.«

Grace öffnete den Ordner und warf einen Blick auf die erste Seite. Dem Umfang der Mappe nach zu urteilen, handelte es sich nicht gerade um eine kleine Aufgabe. »Wohl was Größeres.«

»Richtig. Ich dachte, ich gebe Ihnen mal was mit ein bisschen mehr Fleisch dran.«

»Was genau meinen Sie mit ›ein bisschen mehr Fleisch dran‹?« Sie hatte das dumpfe Gefühl, dass ›Fleisch‹ gleichbedeutend mit Überstunden war. Sie hatte ohnehin schon gute fünfzig Stunden Arbeit pro Woche auf ihrem Schreibtisch liegen. Sie war die einzige weibliche Ingenieurin in der Abteilung und zeigte seit fünf Jahren ihrem Chef, was sie draufhatte. Dass er jetzt meinte, sie müsse sich beweisen, war schlichtweg eine Beleidigung.

»Es sind einige Hektar Land. Wohnhäuser, Gewerbeimmobilien mit einer vollen Ladung Infrastruktur, Freiflächenplanung und dem ganzen Pipapo.«

Nichts davon klang nach ›Fleisch‹, das sie nicht schon einmal vorgesetzt bekommen hatte.

»Wahrscheinlich auch ein paar Flächennutzungsänderungen«, ergänzte er.

»Klingt nach Arbeit für ein ganzes Team, nicht für eine Person.«

Richard, der eine rote Schnapsnase hatte und auf dessen Kopf sich allmählich eine Glatze bildete, sah auf sie herab.

»Ein Team fängt bei einer Person an.« Er tat, als wolle er die Akte wieder an sich nehmen. »Also, wenn Sie glauben, dass Sie der Sache nicht gewachsen sind …«

Sie legte die Hand auf die Akten. »Das habe ich nicht gesagt.«

Er richtete sich wieder auf. »Gut.« Im Gehen fügte er hinzu: »Machen Sie sich mit der Angelegenheit vertraut, bevor der Bauunternehmer zur Besprechung kommt.«

»Und wann wäre das?«

Er öffnete die Tür.

»In zwei Stunden.«

Entsetzt sah sie hoch. »Wie bitte?« Das war wohl nicht sein Ernst. »Wie lange wissen Sie schon von dem Termin?«

»Seit einer Woche.«

Klar. Wahrscheinlich noch länger. »Und Sie haben bis jetzt damit gewartet, mir das zu geben?«

Richard bedachte sie mit einem Seitenblick. »Sie waren ja ständig mit diesen Hochzeitsvorbereitungen beschäftigt und sind oft früher gegangen.«

Was für eine Frechheit. Die Hälfte der Leute, die hier arbeiteten, war auf der Hochzeit gewesen. Schließlich arbeitete Colin ebenfalls bei der Stadt. Er war Projektleiter beim Hochwasserschutz und kannte so gut wie jeden im Amt. Vor einem Hochwasser hätte auf der Feier also niemand etwas zu fürchten gehabt und nachdem Matt Feuerwehrmann und ihr Dad ehemaliger Polizist war, war der Ballsaal wohl der sicherste Ort in Santa Clarita gewesen.

Und nun tat Richard, als wäre die Angelegenheit eine Art *Mädchenproblem*, von dem er nichts verstand?

»Na gut.« Sie blickte auf die Akte. »Sie können die Tür wieder …« Aber Richard war längst gegangen.

»Zwei Stunden«, murmelte sie vor sich hin.

Sie stand auf, um die Tür zu schließen, und dachte missmutig, dass gerade ihr gesamter Tagesplan hinfällig geworden war.

Als sie wieder am Schreibtisch saß, wurde ihr klar, dass er sie geradezu manipuliert hatte, damit sie noch mehr Arbeit annahm. Nicht, dass sie sonst viel zu sagen hatte, aber diesmal hatte Richard es auch noch so aussehen lassen, als wäre sie selbst schuld. Und er würde es gegen sie verwenden, wenn sie wie alle anderen um fünf das Büro verließ.

Seufzend öffnete sie den Ordner und überflog die relevanten Passagen.

* * *

»Warum bist du mitgekommen? Ich kann das auch ohne dich erledigen.«

Dameon blickte aus dem kleinen Erdgeschossfenster auf die lebhafteste Straße des Städtchens. Es gab mehr Verkehr, als er es an einem ganz normalen Montag erwartet hätte.

»Weil man in kleineren Städten wissen sollte, mit wem man Geschäfte macht. Man arbeitet hier nicht mit großen Unternehmen zusammen, sondern mit Menschen.«

»So klein ist Santa Clarita doch gar nicht.«

Was tatsächlich stimmte. Dameon hatte das Wochenende damit verbracht, herumzufahren und ein Gefühl für die Gegend zu bekommen. Das Santa Clarita Valley lag weniger als vierzig Meilen vom Stadtzentrum von Los Angeles entfernt und vereinte Vorstadtflair mit einer Prise Landleben. Am Rand des Städtchens gab es kleine Familienranches mit Pferden und anderen Tieren. In den älteren Teilen herrschte die Atmosphäre des Alten Westens. Er hatte sich fürs Wochenende ein Zimmer genommen, damit er zur Besprechung etwas Wissen über die Gegend mitbringen konnte, das nicht online oder in irgendwelchen Berichten zu finden war.

In den letzten eineinhalb Jahren war er für den Kauf von Grundstücken öfters durch Santa Clarita Valley gefahren. Jetzt aber begann die eigentliche Arbeit. Und der Schlüssel zum Erfolg war eine gute Beziehung zu den Leuten der Stadt, die für die Erteilung der Genehmigungen zuständig waren.

»Nein, klein ist die Stadt nicht. Aber sie hat alles, um diesem Projekt zum Erfolg zu verhelfen. Wir leiten heute alles in die Wege und den Rest überlasse ich dann dir.« Kaum hatte er das gesagt, ging die Tür des Konferenzraums auf und ein Mann trat ein.

»Guten Tag, die Herren. Tut mir leid, dass Sie warten mussten.« Er sah beide an. »Ich bin Richard Frasier. Ich habe schon mit einem von Ihnen telefoniert.«

Dameon ging zu ihm und gab ihm die Hand. »Das war ich. Dameon Locke.«

Ein fester Handschlag. Immer ein gutes Zeichen.

»Freut mich, Sie kennenzulernen.«

»Das ist Tyler Jennings, mein Projektmanager.«

Richard gab auch Tyler die Hand, dann warf er einen Blick über die Schulter zurück. »Wir warten noch auf Hudson. Es dauert noch einen kleinen Moment.« Er guckte in den Flur, ließ die Tür offen stehen, und zog nun einen Stuhl heraus. »Bitte, nehmen Sie Platz.«

Dameon folgte der Aufforderung und machte es sich bequem. Doch sobald sein Hinterteil Kontakt mit der Stuhlfläche hatte, hörte er das markante Klackern von hohen Absätzen im Gang, das immer lauter wurde.

»Tut mir leid, dass Sie warten …«

Es war sie.

Die kleine Powerlady, die tat, als hätte sie nicht bemerkt, wie er sie vom Hotelfenster aus beobachtet hatte. Die Dame, die nach einer durchzechten Nacht intravenös Zucker gebraucht hatte. Die Frau, die jede Faser seines Körpers in Aufruhr versetzt und ihn daran erinnert hatte, dass er ein gesunder, heterosexueller Mann in der Blüte seines Lebens war.

Er erhob sich, während sie wie versteinert dastand und ihn anstarrte.

Auch Tyler stand auf.

Grace legte den Ordner auf den Tisch.

»Das ist nur Hudson. Sie müssen nicht extra aufstehen«, meinte Richard, der sitzen geblieben war.

»Danke. Richard hat recht, bitte setzen Sie sich wieder.« Ihre Stimme schwankte.

Dameon hätte gerne einen Stuhl für sie herausgezogen, wenn er nicht auf der anderen Tischseite gesessen hätte. So etwas erwartete man am Arbeitsplatz zwar nicht und wurde eher belächelt, aber jetzt war seine Libido erwacht und erinnerte ihn wieder an alle guten Manieren, die ihm seine Mutter einst beigebracht hatte.

»Ihr Name ist Grace, richtig?«

»Sie kennen sich?«, wunderte sich Richard.

Grace blickte Dameon nun direkt in die Augen und bekam rote Wangen.

»Aus dem Café«, erklärte Dameon.

Alle schwiegen, während ihr Blickkontakt anhielt, bis Tyler schließlich die Stille durchbrach. »Also, wir kennen uns ja noch nicht. Ich bin Tyler Jennings. Mr Lockes Projektmanager.«

Dameon sah zu, wie sich die beiden die Hand gaben, und wartete, bis er an der Reihe war.

Ihre Hand war kalt, aber ihr Gesicht glühte. »Wir laufen uns ja ziemlich oft über den Weg.« Er drückte ihre Hand noch einmal, bevor er losließ.

Ein kurzes Flackern in ihren Augen.

»Scheint so, Mr Locke. Santa Clarita ist zwar nicht gerade ein Dorf, aber doch immer für Überraschungen gut.«

Er wartete, bis sie Platz genommen hatte, dann erst setzte er sich. »Tyler und ich haben gerade über die Größe Ihrer Stadt gesprochen.«

Grace legte die Hände auf die Aktenmappe. »Ihre Firma hat ihren Sitz in Los Angeles. Wohnen Sie auch dort?«

»Ja.« Es war eine persönliche Frage.

»Warum haben Sie für Ihr Projekt Santa Clarita gewählt?«

»Parameter wie Flächenverfügbarkeit und Wachstum sowie die vorhandenen Entwicklungsmöglichkeiten, ohne bereits existente Strukturen zu zerstören.«

Sie lächelte nicht, noch runzelte sie die Stirn. Ihre Lippen bildeten einfach nur eine gerade Linie.

Aber als er ihr zulächelte, verriet sie ein winziges Funkeln in den Augen. Grace Hudson schien seine Anwesenheit nicht völlig gleichgültig zu sein. Er hatte es bereits geahnt, als er sie vom Hotelfenster aus beobachtet hatte, ebenso im Café, aber jetzt war er sich ganz sicher.

»Nun, da wir uns alle miteinander bekannt gemacht haben«, hob Richard an, »sollten wir besser anfangen, um nicht

Ihre wertvolle Zeit zu verschwenden. Mr Locke, ich gehe davon aus, dass Hudson zukünftig vor allem mit Mr Jennings zu tun haben wird.«

Tyler wollte gerade antworten.

»Eher nicht. Besonders am Anfang bin ich gerne selbst stark involviert und bleibe also der Ansprechpartner für Ihre Abteilung.«

Tyler stieß ihn unter dem Tisch an.

»Ach, tatsächlich?«, fragte Grace überrascht.

»Ja. Ich will sichergehen, dass alles glatt läuft. Natürlich hat Tyler mein vollstes Vertrauen, der sich in meiner Abwesenheit um alles kümmert. Aber es handelt sich um ein sehr wichtiges Projekt, für das viele Besprechungen nötig sein werden, damit nichts übersehen wird.«

Richard öffnete die Akte. »Schön. Dann wollen wir mal.«

Kapitel 3

Grace schloss ihre Bürotür, verriegelte sie, dann warf sie Dameons Akte auf den Schreibtisch, ging zum Thermostat und stellte die Klimaanlage auf die niedrigste Temperatur, die man überhaupt einstellen konnte.

Er hatte ihre Hand gedrückt … zweimal.

Dass sie im Anschluss mehr als zwei zusammenhängende Sätze hatte hervorbringen können, grenzte an ein Wunder.

Seit wann trat der Inhaber einer millionenschweren Investmentfirma persönlich in Kontakt mit der Baubehörde?

Eigentlich nie.

Dem Gesichtsausdruck von Tyler, seinem Projektmanager, nach zu urteilen war der genauso erstaunt darüber gewesen.

Na, das konnte ja heiter werden.

Grace rollte die Schultern zurück und setzte sich an den Schreibtisch. Sie nahm den Hörer und wählte Erins Nummer.

»Hallo, meine Liebe«, sagte Erin nach dem zweiten Klingeln.

»Ich brauche ’ne Happy Hour, gleich heute Abend.«

»Was? Es ist Montag und wir haben doch gerade erst …«

»Heute Abend. Ohne die Jungs. Bitte lass meinen Bruder zu Hause.«

»Er arbeitet heute.«

Matt war Feuerwehrmann, seine Schichten dauerten vierundzwanzig Stunden.

»Noch besser.« Grace nannte ihr den Namen einer Bar in der Nähe. »Um halb sechs?«

»Du bist völlig durch den Wind«, stellte Erin lachend fest.

»Du hast ja keine Ahnung.«

* * *

»Was sollte das denn eben?«, fragte Tyler, während sie zum Parkplatz gingen.

Dameons Schritte hatten einen neuen Schwung, was an der Frau lag, die er gerade aus dem Konzept gebracht hatte.

Schön, wenn man so eine Wirkung auf das andere Geschlecht hatte.

»Was sollte *was*?«

»Diese Sache von wegen du bist *stark involviert*. So hast du es doch ausgedrückt, oder?«

»Ich will nur sichergehen, dass alles glatt läuft.«

Tyler schnaubte lachend. »Und es hat nicht zufällig etwas mit Miss Sexy in den hochhackigen Schuhen zu tun?«

Er konnte es nicht leugnen.

»Ich lasse meine anderen Termine absagen, damit wir beide, du und ich, uns morgen Nachmittag zusammensetzen können. Ich möchte jede Einzelheit wissen, die das Bauamt absegnen muss.«

Sie waren bei Dameons Wagen angelangt.

Er entriegelte die Tür mit der Fernbedienung.

»Netter Versuch, vom Thema abzulenken, ohne auf meine Frage einzugehen.«

Dameon öffnete die Autotür, zog seine Anzugjacke aus und lockerte die Krawatte. »In dir könnte ein Rechtsanwalt stecken, Jennings.«

»Und in dir ein Politiker.«

Sie mussten lachen. Dameon setzte sich hinters Steuer. »Wir sehen uns im Büro.«

Er ließ den Motor an und warf noch einen Blick zurück auf das Gebäude, in dem Grace Hudson arbeitete. Niemals hätte er die Frau für eine Ingenieurin gehalten. Noch dazu eine, die im Bauamt arbeitete.

Glücklich war der Mann, der sich ins Leben einer unnahbaren Frau zu schmuggeln wusste.

Während er den Motor startete, gratulierte sich Dameon zu seinem großen Glück.

* * *

Erin warf ihre Tasche auf den Stuhl neben Grace. »Du hast ja schon ohne mich angefangen.« Sie setzte sich und nahm die Sonnenbrille ab.

»Heute ist halt so ein Tag«, meinte Grace.

»Offenbar ist er das schon seit heute Morgen.«

»Eigentlich schon seit Samstag.«

»Seit der Hochzeit?«

Grace wappnete sich mit einem Schluck Martini und holte tief Luft. »Da war dieser Mann …«

Erins Mund verzog sich zu einem Grinsen. »Es beginnt doch immer mit einem Mann.«

»Tja. Also, da war dieser Typ, der mich vom Hotelfenster aus beobachtet hat. Ich bin für ein paar Minuten rausgegangen, auf der Flucht vor Tante Beth und ihren Sprüchen von wegen ›Bald bist du zu alt zum Kinderkriegen‹ und ›Wenn du dir nicht langsam mal einen Mann suchst …‹, und so weiter. Jedenfalls war da dieser Kerl, der mich beobachtet hat.«

Erins Lächeln verschwand. »Draußen?«

»Nein, er war drinnen, im Hotel.«

»Ein Spanner?« Erin war sehr empfindlich, was das andere Geschlecht und dessen unerwünschte Aufmerksamkeit betraf. Verständlich, wenn man bedachte, dass Erins Ex-Mann seine Boxkünste an ihr geübt und am Ende sogar versucht hatte, sie umzubringen. Kein Wunder also, dass Erin jegliche Handlung eines Mannes als Bedrohung empfand.

»Nein, nein, nichts dergleichen.« Grace tätschelte Erins Hand. »Nein. Dameon hat mich beobachtet, weil er mich interessant fand. Du weißt schon, so wie wenn jemand in einer Bar ständig zu dir rüberguckt, nur dass ich halt draußen stand und er drinnen.«

»Und dann habt ihr euch getroffen?«, fragte Erin, die nun wieder zu grinsen begann.

Grace wedelte durch die Luft. »Da noch nicht. Also, ich meine, ich hab ihn gesehen. Groß, attraktiv. Er hatte einen Anzug an. Was ich aber geflissentlich übersehen habe.«

Erin zog wieder die Stirn kraus. »Traue niemals einem Schlipsträger.«

Grace lachte auf. Denselben Spruch hatte auch ihr Vater stets auf Lager. »Na ja, jedenfalls hat er mir zugelächelt. Ich habe so getan, als würde ich ihn nicht bemerken. Aber er wusste natürlich ganz genau, dass ich ihn gesehen habe.«

»Und was hast du gemacht?«

»Ich habe den Bauch eingezogen und bin weggegangen. Zurück zur Feier. Ich dachte eigentlich, damit wäre die Sache erledigt. Ein süßer Typ, der mich anschaut. Mehr nicht. Aber falsch gedacht. Jetzt spule ich mal zum Sonntag vor. Also, ich schau aus wie Hölle, total verkatert – den letzten Schluck Schampus hätte ich echt nicht mehr trinken sollen. Mein Auto steht noch am Hotel, also gehe ich los, um es zu holen …«

»Und du hast ihn am Hotel wiedergesehen?«

»Nein. Auf dem Weg hole ich mir einen Kaffee und wem begegne ich? Ihm. Er quatscht mich an, aber ich tue so, als würde ich ihn nicht kennen. Klar, dass er mich durchschaut, aber er spielt mit. Diesmal hat er einen Pulli und eine normale Hose an und schaut sogar noch besser aus als am Vorabend. Übel, oder?« Grace unterbrach ihre Rede, um einen Schluck von ihrem Drink zu nehmen.

»Warum übel?«

Grace schüttelte den Kopf. »Er ist in einem Hotel. Also kommt er entweder von weiter weg oder er betrügt seine Frau oder Freundin.«

Erin lehnte sich zurück. »Manchmal muss man aber auch ins Hotel, weil sein Haus gerade zur Schädlingsbekämpfung eingeräuchert wird.«

»Und hat einen Anzug an?«

»Nein, stimmt.«

Der Kellner kam zu ihrem Tisch und Erin bestellte einen Weißwein.

»Wie dem auch sei, jedenfalls geben wir uns die Hand. Wir stellen uns einander vor, dann gehe ich.«

»Wie? Ohne Telefonnummern auszutauschen?«

Grace streckte den Zeigefinger in die Luft. »Entweder er wohnt weiter weg.« Dann nahm sie einen zweiten Finger dazu. »Oder er hat eine Affäre. Also nein. Er hat mich auch nicht danach gefragt. Und ich konnte das Café gar nicht schnell genug wieder verlassen.«

»Ich vermute, die Geschichte ist noch nicht zu Ende.«

Grace stützte die Ellbogen auf.

»Er war heute mein Elf-Uhr-Termin. Der Firmenchef einer krass großen Investmentfirma aus Los Angeles. Sie haben Land am San Francisquito Canyon gekauft und werden dort bauen.«

Erins Lippen formten sich zu einem O. »Er hat dich also doch ausspioniert.«

Grace schüttelte den Kopf. »Ich glaube kaum, dass er gewusst hat, dass ich im Bauamt arbeite. Er wirkte sehr überrascht, als ich reinkam. Und ich habe das Projekt erst zwei Stunden vor der Besprechung zugewiesen bekommen. Vor dem heutigen Tag habe ich noch nie von Locke Enterprises gehört. Selbst wenn er gewusst hätte, dass ich beim Bauamt arbeite, hätte die Akte genauso gut bei einem anderen auf dem Tisch landen können.«

»Echte Schurken beobachten ihre Beute, bevor sie zuschlagen.«

Grace starrte Erin über den Tisch hinweg an und verarbeitete diese Aussage. »Ich hoffe, dass du nicht recht hast.«

Erins Wein wurde gebracht und sie trank den ersten Schluck. »Wie ist der Termin verlaufen?«

Grace streckte die Hand über den Tisch. »Er hat das hier gemacht.« Sie wartete darauf, dass Erin ihre Hand nahm. Dann drückte sie vertraulich zu. Zweimal.

Erin zog die Hand zurück. »Oha.«

»Genau. Oha. Er flirtet doch mit mir!«

»Ja. Dieser Doppeldrücker ist immer eine Aufforderung zum Flirt.«

Grace lehnte sich zurück und zog ihren Drink zu sich. »Ich habe aber nicht angebissen. Das wäre überhaupt nicht angebracht gewesen.« Sie fischte die Olive aus dem Glas und biss hinein.

»Wenn du seine Doppelhändedruckaufforderung nicht angenommen hast, was ist dann das Problem?«

»Dass er supersexy ist. Voller Selbstvertrauen. Aber ich muss ja mit ihm zusammenarbeiten.«

Erin begann zu kichern.

»Hey, das ist nicht lustig. Jetzt muss ich so tun, als wäre nichts. Aber ich habe so das dumpfe Gefühl, wenn ich ihn auch nur einmal anlächle, wird er mir so lange hinterherschwänzeln, bis ich nachgebe.«

»Mal angenommen, der Typ führt wirklich nichts im Schilde und er wusste nicht, dass du für die Stadt arbeitest, und sein *Schwänzeln*, wie du es nennst, macht er nicht wegen seines Projekts, warum willst du dann nicht ›anbeißen‹?« Erin guckte sie über den Glasrand hinweg an, der ihr Grinsen nicht ganz verbarg.

»Weil ich mich daran gewöhnt habe, einen Job zu haben.«

»Irgendwann wird er mit dem Behördenkram durch sein …«

»Das dauert noch Monate oder Jahre. Bis dahin hat er längst gemerkt, dass ich nicht sein Typ bin.«

»Warum solltest du nicht sein Typ sein?«

Grace zückte ihr Handy und googelte Mr Locke, um mehr über ihn herauszufinden. »Die Klatschpresse ist voll von Nachrichten über ihn. Und ich wohne hier um die Ecke in einer kleinen Wohnung. Wir kommen aus zwei verschiedenen Welten.«

»Hast du vergessen, mit wem du sprichst?«

Grace hielt die Luft an. »Das zählt nicht.«

Erin zeigte auf sich. »Über mich steht auch ein Haufen Schwachsinn in den Zeitungen. Und ich liebe deinen Bruder und würde ihn gegen nichts in der Welt eintauschen.« Erin und ihre Schwester hatten die Hälfte des Aktienvermögens einer milliardenschweren Firma übertragen bekommen. In den letzten paar Monaten war sie dadurch ziemlich reich geworden. »Geld muss nicht immer eine Rolle spielen.«

»Stimmt. Aber fairerweise musst du auch zugeben, dass du mit Matt zusammengekommen bist, als du noch wie der Rest von uns das Geld zusammenkratzen musstest. So jemand wie Dameon Locke kann jede Frau haben. Auch wenn sie nur hinter seinem Vermögen her ist. Wenn sich einer wie er für mich interessiert, dann will er sich nur selbst beweisen, dass er eine Frau rumkriegen kann.«

»Ich würde gerne behaupten, dass du nicht recht hast«, sagte Erin.

»Aber du weißt, dass ich recht habe. Du warst ja auch mit einem reichen Armleuchter verheiratet und verstehst, was ich meine.« Erin war zwar mit viel Geld aufgewachsen, hatte aber auf alles verzichtet, um von ihrem Ex wegzukommen. Im Grunde genommen war sie jetzt Witwe, aber sie mochte diese Bezeichnung nicht. Lieber sprach sie von ihrem *Ex-Mann*. Der Ausdruck »Witwe« rief bei anderen Mitleid hervor, aber es musste niemandem leidtun, dass dieser Mistkerl tot war.

»Es gibt auch nette Männer mit Geld.«

Grace winkte dem Kellner. »Während du mir eine Liste mit den Namen dieser Männer schreibst, suche ich nach Dameons Fehlern. Ich will immer nur das Gute sehen und kriege es nicht mal mit, wenn man mir mit der roten Flagge direkt vor dem Gesicht herumwedelt.«

Erin zog eine Grimasse. »Bei dem Namen Dameon muss ich an gruselige Vampirfilme denken. Oder an den Teufel.«

»Siehst du?« Grace zeigte auf sie. »Schon der erste Fehler. Genau das habe ich mir auch gedacht.«

»Andererseits … Dameon und Grace. Das hätte schon was.«

Kapitel 4

»Du arbeitest zu viel«, sagte Lois.

Dameon tauchte mit der Rohrzange in der einen und einem Handtuch in der anderen Hand unter der Küchenspüle seiner Mutter hervor. »Du meinst so was wie das hier? Den undichten Wasserhahn reparieren, statt einfach einen Handwerker zu rufen, was ich besser gleich getan hätte?«

»Dein Vater hat auch immer alles repariert. Als er von uns ging, hast du versprochen, dass du das fortan übernimmst. Also wirst du deine Verantwortung jetzt doch nicht etwa auf jemand anderen abwälzen wollen, oder?«

Der Wasserhahn war älter als er selbst und mindestens genauso unnachgiebig wie seine Mutter. »Ich liege ja hier drunter, oder etwa nicht?«

»Außerdem meine ich nicht diese kleinen Reparaturen im Haus. Dein Bürojob macht dich krank.«

»Wie kommst du darauf?« Diese verdammte Schraubenmutter ließ sich nicht lockern. Schon seit dreißig Minuten werkelte er daran herum, aber er hatte erst vier Umdrehungen geschafft. So wie das Gewinde aussah, würde er bis morgen früh hier liegen.

»Wann bist du das letzte Mal zum Arzt gegangen?«

»Ich bin nicht krank.«

»Woher willst du das wissen, wenn du nicht zum Arzt gehst? Immer wenn ich zu Dr. Menifee gehe, verschreibt er mir etwas.«

Dameon nahm jetzt den Rollgabelschlüssel und stemmte den Fuß gegen die gegenüberliegende Küchenschrankwand, um mehr Kraft aufwenden zu können. Er hätte nicht sagen können, was ihm mehr wehtat – die Arme, weil er sie ständig über den Kopf nach oben hielt, oder der Rücken, weil er auf der Kante des Spülenunterschranks lag.

»Ach ja? Und was hat dir der Onkel Doktor diesmal verschrieben?« Er zählte im Kopf bis drei, um dann alle Kraft, die er hatte, auf den Schlüssel zu übertragen.

»C-O-zwei.«

Er hörte nicht, was sie sagte, denn jetzt bewegte sich die Schraubenmutter.

»Endlich!« Wieder setzte er den Schraubenschlüssel an und jetzt funktionierte es auf Anhieb. Roststückchen fielen ihm ins Gesicht. Er kniff Augen und Mund zu, während er weiter an der Rohrverbindung arbeitete.

»Hast du gehört, was ich gesagt habe?«

»Nein, Mom, ich feiere hier unten eine Party.«

Der Kopf seiner Mutter schob sich in sein Blickfeld. »Ah, hast du es endlich geschafft?«

»Ja, habe ich.« Sogar ganz ohne Fluchen, was auch ungefähr das erste Mal war.

»Dann schiebe ich jetzt das Huhn in den Ofen. Nach dem Essen kann ich endlich wieder Geschirr spülen.«

Er hätte ihr am liebsten gesagt, dass er nicht zum Abendessen bleiben könne, aber das hätte sie nicht gelten lassen.

»Mach lieber nicht zu viel Salz ans Huhn«, sagte er nur.

»Aha. Hat dir der Arzt also auch gesagt, dass das schlecht für dich ist? So hat es bei deinem Vater angefangen, das weißt du, oder?«

»Doch nicht wegen mir.« Seine Mutter war zwar erst fünfundsechzig, aber manchmal benahm sie sich, als wäre sie achtzig. Abgesehen vom zu hohen Blutdruck war sie allerdings so gesund wie ein Pferd. Wobei er, genau genommen, nichts über Pferde oder deren Gesundheit wusste.

Eine Stunde später war der neue Wasserhahn montiert, sein Rücken dafür im Eimer. Jetzt saß Dameon mit einem Bier in der Hand da, während Lois zum wiederholten Mal das Wasser auf- und zudrehte. »So ein moderner Wasserhahn«, rief sie staunend aus.

»Ich könnte dir zeigen, was wirklich modern ist, wenn du mich das Haus mal gründlich renovieren lassen würdest.«

Sie zog den Brauseschlauch heraus und ließ erneut das Wasser laufen. »Das hier, das ist durchaus modern.«

»Du weißt, was ich meine.«

»Dein Vater hat mir genug hinterlassen. Spar dein Geld lieber. Oder hilf deinem Bruder aus.«

»Wenn Tristan mal wirklich einen Job will – einen, den er auch tatsächlich ausübt –, dann weiß er, wo er mich findet.« Aber das würde sowieso niemals passieren, denn Tristan war gegen Arbeit allergisch. Vor drei Jahren hatte er mal knapp zwei Wochen für Dameon gearbeitet und festgestellt, dass er nicht dafür geschaffen war. Jetzt lebte er etwas außerhalb von San Diego in einer Art Kommune, zusammen mit seinen kiffenden Surferkumpels. Dameon hatte keine Ahnung, womit Tristan seinen Lebensunterhalt verdiente. Wenigstens pumpte er seine Mutter nicht um Geld an.

Lois brachte das Huhn auf den Tisch und tätschelte seine Hand. »Dein Bruder ist eben noch dabei, sich selbst zu finden.«

»Indem er sich die Birne zuraucht? Ziemlich unwahrscheinlich, dass er da viel finden wird.«

Sie ging zum Herd und holte die Beilagen. »So schlimm ist das Zeug jetzt auch wieder nicht.«

»Es macht ihn faul.«

Lois nahm Platz und stützte das Kinn auf die Hand. »Ich habe davon immer Hunger bekommen.«

Er wollte sich gerade von dem Huhn nehmen, als er mitten in der Bewegung innehielt. »Wie bitte?«

Seine Mom sah ihn an. »Jetzt tu nicht so erstaunt. Ich bin in den Sechzigern aufgewachsen. Genau genommen war es dein Dad, der mir den allerersten Joint angeboten hat. Damals war das noch *illegal.*« Sie flüsterte das Wort, als hätten die Wände Ohren.

Dameon blinzelte nur. »Ich weiß.«

Jetzt grinste sie wie ein Teenager, der ein Geheimnis hatte. »Ich erinnere mich noch, wie lustig es war. Dein Vater wollte dann immer …« Sie unterbrach sich selbst und presste die Lippen aufeinander.

Obwohl Dameon sich nicht sicher war, ob er es wirklich hören wollte, hakte er trotzdem nach. »Wollte dann immer was?«

Lois blickte schmunzelnd zur Decke, wie so oft, wenn sie von seinem Dad sprach. Es war schon fünf Jahre her, seit er aus heiterem Himmel einen Herzinfarkt erlitten hatte und innerhalb von vierundzwanzig Stunden gestorben war.

Seine Mom beugte sich vor und flüsterte: »Er wollte dann immer Sex.«

Dameon kniff die Augen zu und hätte sich am liebsten die Ohren zugehalten. »Aha. Danke für die Info.«

»Tja, wenn's halt so war.« Jetzt sprach sie wieder mit normaler Stimme. »Wir hatten eine Menge Spaß …«

»Mom, bitte! Schön, dass ihr zwei glückliche Flowerpower-Kinder wart. Aber wenn ich mit Appetit weiteressen soll, erspar mir die Details.«

Seine Mom musste lachen und er stimmte in ihr Gelächter ein.

Als sie wieder aufhörten, verteilte er das Essen auf die Teller.

»Es vergeht kein einziger Tag, an dem ich ihn nicht vermisse.«

Dameon berührte ihre Hand. »Ich weiß.«

»Das ist auch der Grund, warum ich im Haus nichts verändern will.«

»Auch das weiß ich. Aber irgendwann …«

»Ja, irgendwann. Aber nicht heute.«

Er nahm einen Schluck Bier und begann zu essen. Mhm, das war … zu wenig gesalzen.

»Und wie läuft's mit dem Job, mit dem du verheiratet bist?«

Immer dieselbe Frage. »Es läuft sehr gut. Und ich bin überhaupt nicht mit ihm verheiratet.«

»Heißt das, du triffst dich mit Frauen?«

Er schob sich den nächsten Bissen in den Mund und winkte mit der Gabel. »Ich erzähle dir nichts von meinem Sexleben und du mir nichts von deinem.«

»Das heißt also, du *hast* ein Sexleben?«

Dieses Minenfeld wollte er lieber nicht betreten. »Mom.«

»Es geht nicht um Sex, sondern um Liebe. Also, was ist mit deinem Liebesleben?«

»Wenn es jemand Besonderen in meinem Leben geben würde, hättest du es schon erfahren.«

Sie griff über den Tisch nach seiner Flasche und trank einen Schluck daraus.

»Also habe ich doch recht. Du bist mit deiner Arbeit verheiratet.«

Als Nächstes würde sie sich darüber auslassen, dass sie nicht jünger wurde und sie endlich eine Schwiegertochter und Enkelkinder haben wollte.

Dameon erhob sich vom Tisch, holte ein Bier aus dem Kühlschrank, öffnete die Flasche und gab sie seiner Mutter.

Statt wie sonst dankend abzulehnen, nahm sie das Bier und trank in großen Zügen.

Er wappnete sich für die Vorwürfe.

Doch Lois nahm Messer und Gabel wieder auf und aß schweigend weiter.

Die Sekunden vergingen.

Nur das Ticken der Standuhr aus dem Flur war zu hören.

Keine Sticheleien. Kein Genörgle.

Was er aus dem Gesicht seiner Mutter las, war allerdings noch viel schlimmer.

Es war Traurigkeit.

Er hasste nichts mehr, als seine Mutter zu enttäuschen. War er nicht genau deshalb unter ihre Spüle geklettert, als sie ihn darum gebeten hatte? Ihretwegen würde er Tristan auch wieder einen Job geben, sollte dieser jemals erwachsen werden, und mochte es auch nur als Brotzeitlieferant für seine Angestellten sein.

Plötzlich tauchte Grace vor seinem inneren Auge auf und er konnte die Worte nicht zurückhalten. »Ich habe tatsächlich jemanden kennengelernt.«

Der Blick seiner Mutter traf ihn schneller, als es eine Kugel aus dem Gewehrlauf geschafft hätte.

»Wir haben uns gerade erst kennengelernt, also noch kein Grund zur Aufregung«, beschwichtigte er sie.

»Wie heißt sie?«

Wollte er das wirklich sagen? »Grace.«

Und damit war die Traurigkeit wie weggezaubert. »Ein schöner Name.«

»Sie ist intelligent und selbstbewusst.« Er dachte an Grace in ihrem dünnen Kleid, wie sie sich im Hotelpark den Hintern abgefroren hatte. »Und sehr hübsch.«

»Wie lange geht ihr schon miteinander aus?«

Lügen oder nicht lügen, das ist die Frage.

Er versuchte es auf die diplomatische Weise. »Es ist noch ganz frisch, Mom.«

Zum Glück gab sie sich damit zufrieden.

»Das macht mich richtig glücklich.«

Im gleichen Maße hätte es sie richtig unglücklich gemacht, wenn sie die ganze Wahrheit erfahren hätte. Da sich seine Mutter allerdings kaum außerhalb ihres Freundeskreises und ihrer Nachbarschaft bewegte, hatte Dameon keine Sorge, dass die Wahrheit herauskam.

* * *

Jetzt, da die Hochzeit vorbei war, wurde es Zeit, sich in die Weihnachtsvorbereitungen zu stürzen.

Ein Glas Wein hatte Grace in die richtige Stimmung versetzt, und nun war sie gerade dabei, das Tischbäumchen aufzustellen, das sie die restliche Zeit des Jahres in einer Kiste in ihrer schmalen Garage aufbewahrte. Sie schloss es an, holte den anderen Weihnachtsschmuck hervor und eine Viertelstunde später war sie fertig.

Die Deko war kümmerlich, aber besser als nichts.

Grace sah sich in ihrer Wohnung um.

Sie hatte alles, was sie brauchte. Eine kleine Küche, in der eine Person Essen zubereiten konnte. Erschreckend wenige Männer waren bisher über Nacht geblieben und die meisten wären ein gemeinsames Frühstück sowieso nicht wert gewesen. Grace hatte einen Esstisch für vier Personen. Im Wohnzimmer standen ein Sofa, ein Sessel, eine Stehlampe, ein Couchtischchen und ein Fernseher, der an der Wand befestigt war. Es gab zwei weitere Zimmer. Eines diente sowohl als Arbeits- als auch als Gästezimmer, doch standen auf dem Gästebett lauter Kisten mit Dingen, die sich während der Hochzeitsvorbereitungen angesammelt hatten und für die sie noch keinen festen Platz gefunden hatte. Außerdem gab es ein Gästebad im Flur und ein anderes, das von ihrem Schlafzimmer abging. Die Wohnung hatte auch einen kleinen Balkon, von dem aus man in den Innenhof des Gebäudekomplexes blickte. Da sie im dritten und damit obersten Stockwerk lag, hörte Grace ihre Nachbarn nicht. Die Zimmerdecken waren gewölbt, was den Raum größer wirken ließ.

Grace hatte die Wohnung mit Unterstützung ihrer Eltern gekauft, kurz nachdem sie den Job im Bauamt ergattert hatte. Das private Darlehen hatte sie innerhalb von zwei Jahren an ihre Eltern zurückgezahlt, obwohl sie das eigentlich gar nicht hätte tun müssen. Ihr Arbeitsplatz war nur wenige Gehminuten entfernt, trotzdem konnte sie die Male, die sie tatsächlich zu Fuß gegangen war, an einer Hand abzählen. Das Einkaufszentrum und viele Restaurants waren zu Fuß sogar besser zu erreichen als mit dem Auto, besonders zu dieser Jahreszeit, wenn es keine Parkplätze gab, weil alle ihre Weihnachtseinkäufe erledigten. Lästig war nur, dass man die vollen Taschen nach Hause schleppen musste.

Kurzum, ihre Wohnung war einfach perfekt.

Ihre Brüder hatten sich für Häuser auf der anderen Seite der Stadt entschieden, aber dafür wohnte Grace näher bei ihren Eltern. Im Grunde wohnten sie alle drei nicht sehr weit von den Eltern entfernt. Lediglich der Verkehr war ausschlaggebend dafür, wie lange es von Tür zu Tür dauerte. In den wachsenden Städten, zu denen auch Santa Clarita gehörte, wurde Stau zunehmend zu einem Problem.

Ein Problem, das es zu beheben galt, und genau das gehörte unter anderem zu ihren Aufgaben.

Männer wie Dameon Locke und deren Unternehmen planten oft Wohnblöcke und Einkaufszeilen, ohne die Verkehrsbelastung auf den Straßen zu berücksichtigen. Die Häuser würden sich verkaufen lassen, daran bestand kein

Zweifel. Gewerbeimmobilien weiter außerhalb ließen sich nicht immer so gut vermieten oder verkaufen. Nachdem kleinere Unternehmen wegen neuer Steuergesetze und strenger Vorschriften oft ums Überleben kämpften, standen viele Läden leer. Aber das sollte nicht Grace' Sorge sein. Sie kümmerte sich um die Straßenplanung, um Bauvorschriften und die Infrastruktur, die an die Erweiterung angepasst werden musste. Auch die Wasserablaufkontrolle und Flussüberquerungen gehörten zu ihrem Job, sowie am Rande auch die Prüfung, welchen Einfluss die Bebauung auf die bestehenden Schulen hatte. Zumindest musste Grace mögliche Probleme erkennen und auf sie aufmerksam machen, damit ein anderer sich darum kümmerte.

»Und warum denke ich am Freitagabend über die Arbeit nach?«, fragte sie sich selbst.

Sie stellte das halb volle Weinglas zur Seite und erhob sich von der Couch. Vielleicht würden ein paar weihnachtlich anmutende Kissen die spärliche Deko gut ergänzen und den Behaglichkeitsfaktor der Wohnung erhöhen. Es kam zwar nicht oft Besuch, aber falls doch mal der richtige Mann daherkäme … Ihre Gedanken wanderten zu Dameon.

Groß, breitschultrig und mit diesem schelmischen Blitzen in den braunen Augen. Nein, nicht braun, sie waren honigfarben mit goldenen Sprenkeln. Und dann diese Stimme! Allein bei dem Gedanken leckte sich Grace über die Lippen.

Sie stöhnte. Dann schnappte sie sich ihre Tasche. »Das reicht.«

Grace zog sich einen Pulli über und schlüpfte in die Stiefel, die gut zur Jeans passten und sie vor Regen schützten, der aber an diesem Tag noch nicht kommen würde. Es war zwar kühl, aber noch würde es nicht regnen oder schneien wie in anderen Teilen des Landes zu dieser Jahreszeit. Hier in Südkalifornien regnete es selten vor Ende Dezember.

Nun ja, mit Ausnahme des Vorjahres, als sich die Regenwolken monatelang im Tal festgesetzt hatten.

Nicht dieses Jahr. Zumindest noch nicht.

Grace hängte sich die Tasche über die Schulter und ging hinaus.

Als sie an dem Café vorbeikam, in dem sie vor fünf Tagen Dameon zum ersten Mal begegnet war, zögerte sie. Er würde nicht da sein. Natürlich nicht, er wohnte ja in Los Angeles. Grace klopfte sich insgeheim auf die Schulter dafür, wie sie ihm diese Information entlockt hatte. Das hatte sie äußerst geschickt angestellt. Sicher hatte er nicht die leiseste Ahnung, dass sie an ihn dachte. Und ganz sicher würde er auch nicht an sie denken.

Allerdings hatte es diesen Doppeldrücker gegeben, als sie sich die Hände schüttelten …

Sie verwarf den Gedanken umgehend und öffnete die Tür zu ihrem Lieblingsrestaurant, beziehungsweise zu ihrer Lieblingsbar. Die Leute standen bis draußen Schlange, um auf einen Tisch zu warten, aber Grace ging an allen vorbei zur Bar, wo sie zwischen zwei Pärchen einen freien Barhocker entdeckt hatte.

»Hi, Jim«, begrüßte sie den Barkeeper.

»Hey, Gracie, wie geht's?« Während er mit einem Tablett voller Getränke an ihr vorbeiging, legte er ihr schon einen Untersetzer hin.

»Besser als dir, der Laden ist ja gestopft voll.«

»Weihnachtszeit. Wie immer für dich?«

Sie nickte und er verschwand, um ihre Bestellung auszuführen.

Grace guckte nach rechts und nach links und schon war klar, dass sie den Abend allein verbringen würde. Sie zog ihr Handy heraus und tat das, was alle Singles an einem Freitagabend machten, wenn sie kein Date hatten. Sie öffnete Instagram und las die Einträge. Die ersten Bilder, die aufpoppten, waren von Parker.

Da hatten die Frischvermählten während ihrer Hochzeitsreise also auch mal das Hotelzimmer verlassen. Zumindest lange genug, um ein paar Strandbilder zu schießen. Als sie ein Foto von ihrem Bruder im Baströckchen sah, der mit anderen Touris zusammen die Hüften schwang, lachte sie laut auf.

Jim brachte ihren Martini. »Willst du auch was essen?«

»Ja, bitte die Chickenwings.«

Zwinkernd legte Jim ihr eine Serviette hin und verschwand wieder.

Sie blickte kurz hoch. Alle Leute an der Bar waren entweder ins Gespräch vertieft oder verfolgten ein Mannschaftsspiel auf den Bildschirmen an der Wand.

Sie wechselte zu Facebook. Manche Bilder kannte sie schon von der anderen Seite, weil sie dort sowieso nur dieselben Freunde hatte wie diejenigen, die sie eingestellt hatten.

Grace nippte an ihrem Drink, während sie auf eine neue Freundschaftsanfrage klickte.

Ein Foto von Dameon Locke tauchte auf, und sie verschluckte sich an ihrem Martini.

Nur mit Mühe schaffte sie es, ihren Drink abzustellen und sich die Serviette zu schnappen. Ihr Hals brannte. Ein paar Leute schielten in ihre Richtung.

Jim kam zu ihrer Rettung mit einem Glas Wasser. »Alles okay?«

Da sie immer noch hustete, zeigte sie nur mit dem Daumen nach oben. Ihre Augen tränten, während sie versuchte, wieder ruhiger zu atmen.

Mehrere Sekunden lang starrte sie auf den Namen. Dann guckte sie sich seine Seite an.

Sie war für die Öffentlichkeit freigeschaltet und wirkte wie eine große Werbeseite von Locke Enterprises.

Nach gut einer Minute kam Grace zu dem Schluss, dass nicht Dameon diese Freundschaftsanfrage geschickt hatte, sondern das Unternehmen Locke Enterprises. Was nicht ganz so schockierend war, denn schließlich hatte sie ja auch eine offizielle Seite und postete darauf Einträge über die Belange der Stadt.

Sicher hatte er Leute, die für Social Media zuständig waren.

Wie ein Tennisball sprang in ihrem Kopf die Frage umher, ob sie annehmen oder ablehnen sollte. Eine Geschäftsanfrage abzulehnen war taktlos. Wenn allerdings der Firmenchef höchstpersönlich mit ihr befreundet sein wollte, und sei es nur auf einer Social-Media-Plattform, war das ebenso unangebracht. Allerdings war es auch irgendwie kleinkariert, die Anfrage abzulehnen. Grace kniff die Augen zu und klickte auf »annehmen«.

»Nicht weiter wichtig«, murmelte sie vor sich hin. Sie ließ das Handy in der Tasche verschwinden und kostete erneut – diesmal sehr vorsichtig – von ihrem Martini.

Kapitel 5

Als Grace die Bar verließ, spürte sie den Martini und die Chickenwings, die darin ein Fest feierten.

Die Einkaufszeile war mit Hunderten von kleinen weißen Lichtern geschmückt, die zwischen den Häusern aufgehängt waren. Eine Explosion von Rot, Grün, Gold und Silber schmückte jede freie Fläche, um potenzielle Kunden daran zu erinnern, dass es mal wieder Zeit war, den Läden zu schwarzen Zahlen zu verhelfen. Es schien die Leute zu animieren, mehr auszugeben, als sie sich eigentlich leisten konnten, um ihren Lieben wenigstens an einem Tag im Jahr eine besondere Freude zu bereiten.

In ihrer Familie wurde gewichtelt und zwar auf zweierlei Weise. Zum einen wurde anonym gelost, wen man zu beschenken hatte. Zum anderen gab es die Schrottwichtelvariante. Es wurden die absonderlichsten Geschenke gekauft und verpackt. Das war besonders lustig, denn jeder zog eine Nummer und die Person, die als Erste dran war, durfte sich ein Päckchen aussuchen und öffnen. Der Nächste durfte entweder den ausgepackten Gegenstand der ersten Person übernehmen oder sich ein neues Päckchen aussuchen. Oft gab es einen kleinen Kampf um das beste oder witzigste Geschenk.

Grace war auf der Suche nach etwas für Erin.

Nachdem sich diese Frau ja alles kaufen konnte, was sie wollte, musste das Präsent besonders durchdacht sein. Ein schwieriges Unterfangen, doch Grace war fest entschlossen, etwas zu finden.

In der Pottery Barn fand Grace Weihnachtskissen für ihre Wohnung. Sie bummelte weiter durch den Laden und konzentrierte sich darauf, die zerbrechlichen Dinge, die überall herumstanden, nicht von ihren Regalen zu fegen, während sie sich an den vielen anderen Kunden vorbeidrängte. Sie legte die Kissen auf einem Tisch ab, um den Preis einer elektrischen Kerze zu ermitteln.

Als sie gerade das Glas mit der Kerze anhob, klingelte ihr Handy.

Sie angelte es aus der Tasche. »Hallo?«

Fünfundvierzig Dollar? Ernsthaft?

»Grace?«

Eine rauchige Stimme, ziemlich sexy. Das konnte nur einer sein.

Das Glas in ihrer Hand begann zu rutschen. Sie konnte es gerade noch auffangen, doch schnitt dabei der Glasrand in die wachsartige Oberfläche der Kerze und beschädigte das blöde Ding. »Dameon?«

»Sie erinnern sich an meine Stimme.«

Sie stand mitten im Gang, sodass sich die Leute an ihr vorbeidrängen mussten. Dabei drückte Grace das Glas an die Brust, während sie die Kerze hielt und mit dem Telefon jonglierte. »So eine vergisst man ja auch nicht so schnell.«

»Das höre ich nicht zum ersten Mal.«

Grace wich einer Frau aus, die mit einer riesigen Tasche an ihr vorbeiwollte. »Woher haben Sie meine Nummer?«

»Ich rufe über Facebook an.«

Sie zog das Handy vom Ohr, um auf den Bildschirm zu sehen, dann sagte sie: »Im Ernst? Wer macht denn so was?«

»Ich könnte Sie auch direkt anrufen, wenn Ihnen das lieber ist. Wie lautet denn Ihre Nummer?«

Eine weitere Kundin kam und nahm eines der Kissen. »Das sind meine!«, rief Grace.

Die Frau bedachte sie mit einem bösen Blick.

»Wo sind Sie gerade?«, wollte Dameon wissen.

»Beim Weihnachtseinkauf. Wie ungefähr jeder hier in dieser Stadt.«

»Sie klingen gestresst.«

»Sie rufen mich über Facebook an. Kein Mensch auf der Welt macht so was.«

»Ich bin eben einzigartig.«

Langsam lichtete sich der Nebel, der sich um sie herum gebildet hatte. »Warum rufen Sie mich an, Mr Locke?«

Es folgte eine kurze Pause. »Es gefällt mir besser, wenn Sie mich beim Vornamen nennen.«

Grace legte ihre Handtasche und die überteuerten Gegenstände, die in einem Niedriglohnland hergestellt worden waren, auf den Tisch zu ihren Kissen. »Das wäre nicht angebracht.« Spätestens jetzt hätte Erin gesagt, er sei ein Stalker, und alle Fakten aufgezählt, die sie zu diesem Schluss geführt hätten.

»Sie haben doch meine Freundschaftsanfrage bestätigt.«

»Entschuldigung, ich dachte, es handelt sich um eine geschäftliche Anfrage.«

»Es ist meine private Seite«, entgegnete er.

»Auf der nur die Errungenschaften Ihres Unternehmens angepriesen werden.«

Pause. »Meine Mutter sagt auch immer, ich sei mit meiner Arbeit verheiratet.«

Grace stemmte eine Hand in die Hüfte. »Wenn die Seite Ihr Privatleben widerspiegeln soll, hat Ihre Mutter nicht unrecht.«

»Ich werde ihr ausrichten, dass Sie das gesagt haben.«

Die Unterhaltung wurde langsam absurd.

»Warum rufen Sie an, Dameon?«

»Das ist schon besser«, sagte er selbstgefällig.

»Mr Locke«, korrigierte sich Grace.

»Schade, sind wir jetzt wieder beim Nachnamen?«

Grace kniff die Augen zu und schüttelte den Kopf. »Wir waren noch nie weiter als beim Nachnamen.«

»Ich möchte Sie zum Abendessen einladen.«

Es gab nur selten Momente, in denen Grace sprachlos war. Jetzt war so einer.

»Sind Sie noch da?«, fragte er.

»Ja, ich bin noch da.«

»Und?«

»Nein.«

Es folgte wieder Schweigen.

Schließlich sagte er: »Ich wusste ja nicht, dass Sie für die Stadt arbeiten. Weder als ich Sie vom Fenster aus im Hotel gesehen habe noch im Café. Sie haben doch auch etwas gespürt.«

»Hab ich gar nicht«, entgegnete sie viel zu schnell und hörte ihrer eigenen Stimme an, dass das gelogen war.

»Sie waren ganz durcheinander und haben während der Besprechung rote Bäckchen bekommen. Sie können mir nichts vormachen.«

Grace befeuchtete sich die Lippen und ignorierte die bösen Blicke derer, die umständlich um sie herumgehen mussten. »Es gehört sich einfach nicht, Dameon.«

Sein Schweigen verriet ihr, dass sie zu viel preisgegeben hatte.

»Vielleicht. Vielleicht auch nicht.«

Das Gespräch musste dringend ein Ende finden. Er hatte es geschafft, ihr Dinge zu entlocken, die sie gar nicht hatte verraten wollen. »Ich muss leider auflegen, Mr Locke. Sie können es gerne wieder zu den Geschäftszeiten versuchen.«

Seine kehlige Stimme klang noch besser, wenn er lachte.

Es war das erste Mal, dass sie sein Lachen hörte, und sofort spürte sie ein Flattern im Bauch. »Na gut, Grace. Ich rufe Sie am Montag an.«

»Genau.«

»Wir sprechen uns also am Montag«, sagte er erneut.

»Und nicht wieder über Facebook.«

»Ich rufe Ihre Büronummer an.«

»Gut.«

Wieder lachte er. »Einen schönen Abend noch und gute Nacht.«

Warum klang das so persönlich? So etwas sagte jemand, der sich von seiner Liebsten verabschiedete.

»Schönen Abend«, lautete ihre Antwort.

Als sie auflegte, hörte sie ihn noch glucksen.

Fünf Minuten später verließ sie den Laden mit einer halb kaputten, überteuerten Kerze und dem Wunsch nach zwei Kissen, die sie sich nicht mehr leisten konnte.

* * *

»Man nennt es *üben*«, meinte Grace zu Erin, während sie sich die geliehenen Bowlingschuhe anzog.

Auf den Bahnen nebenan waren Familien oder Paare. Es gab sogar ein paar Solo-Bowler, die offenbar für den Sport geboren waren.

»Unser Turnier ist doch erst im Januar.«

Erin hatte Grace' Brüder und deren bessere Hälften überredet, beim Turnier mitzumachen. Da sie eine ungerade Zahl waren, hatten sie sich entschieden, ein Mädchen- und ein Jungenteam zu bilden. Matt wollte noch einen seiner Freunde für das Männerteam gewinnen, aber wenn er niemanden fand, würden sie mit einem Mann weniger spielen und für den Blindspieler einen Durchschnittswert eintragen.

»Ich weiß.« Grace stellte den Fuß auf den Boden. Die Schuhe fühlten sich anfangs immer etwas komisch an. »Aber ich will gewinnen. Oder zumindest besser sein als meine Brüder.«

»Dann hättest du dir lieber eine andere Spielerin für dein Team suchen sollen. Ich war das letzte Mal beim Bowling auf einer Geburtstagseinladung, als ich zehn war.«

Grace ging zu den Bowlingkugeln und suchte sich die beste aus. »Da gibt es noch das sogenannte Handicap.« Während der nächsten zehn Minuten erklärte Grace, warum beim League Bowling jeder eine Chance hatte, zu gewinnen. Natürlich waren die Chancen umso höher, je besser man war, aber das galt auch nur, wenn das gesamte Team im Laufe der Wochen besser wurde.

»... außerdem kann man es auch so sehen: Wir feiern unsere Happy Hour mal woanders, während wir gleichzeitig Sport machen«, schloss Grace ihre Erläuterungen.

»Stimmt. Ich freue mich auch, mal wieder rauszukommen.« Erin hatte in den letzten zwei Jahren die meiste Zeit damit verbracht, sich vor ihrer Vergangenheit zu verstecken, weshalb sie gesellige Zusammenkünfte meist gemieden hatte. Trotz aller Bemühungen hatte ihr Ehemann, der sie immer wieder verprügelt hatte, sie gefunden und versucht, ihrem Leben ein Ende zu setzen. Was der Mistkerl auch fast geschafft hätte. Aber dann hatte Erins Ex schließlich selbst in den Gewehrlauf geguckt, und leider war Erin selbst am Abzug gewesen. Jetzt machte sie eine Therapie und versuchte, die dunklen Schatten zu vertreiben. Gut, dass sie jetzt Matt an ihrer Seite hatte.

Grace liebte ihre beiden Brüder. Matt gehörte wirklich zu den besten Männern, die es gab.

Als die Therapeutin Erin riet, für mehr Geselligkeit einem Verein oder einer Gruppe beizutreten, da hatte Grace Bowling vorgeschlagen.

Alle waren sofort darauf angesprungen.

Als ihre fünf Minuten Übungszeit angezeigt wurden, bevor das eigentliche Spiel begann, nahm Grace die Kugel und visierte ihr Ziel an.

»Hast du schon mal in einer League gespielt?«, erkundigte sich Erin, als die Kugel Grace' Hand verließ.

Fünf Pins fielen.

Grace rollte die Schultern nach hinten und machte Erin Platz, während die Pins automatisch aufgestellt wurden.

»Im College, zwei Saisons. Ich hab sogar eine Medaille gewonnen, dritter Platz.«

Erins Kugel landete in der Rinne. »Ach menno!«

»Macht nichts. Wir haben ja erst angefangen.«

Grace holte aus, nahm die Kugel an die Brust und versuchte, sich an ihre alten Tricks zu erinnern. Handflächen hoch. Schon traf die Kugel den mittleren Pin und neun Stück fielen.

Erin schaffte es immerhin, drei zu erwischen.

»Die Jungs werden sich auf ihre Muckis verlassen, aber wir kriegen sie mit der richtigen Technik.« Grace orientierte sich etwas weiter links und zielte dann nach rechts auf den Hauptpin.

Als alle zehn mit einem befriedigenden Rumpeln umfielen, veranstaltete sie einen kleinen Freudentanz. »Juhu.«

Erin grinste. »Gut, dass ich in deinem Team spiele.«

»Ich liebe es, wenn ich meine Brüder übertrumpfen kann.«

»Sieht mir ganz danach aus«, sagte Erin.

Grace sah Erin zu. Die Kugel landete erneut in der Rinne und Grace zeigte ihr, dass sie die Handflächen nach oben drehen solle. »Du verdrehst deinen ganzen Körper, wenn du die Kugel wirfst. Versuche lieber mal, sie so zu halten, dass die Handfläche nach oben zeigt und steuere den zweiten Pfeil auf der Bahn an.«

»Da sind Pfeile auf der Bahn?«

Grace zeigte sie ihr und wartete Erins Wurf ab.

Diesmal fielen sechs Pins.

»Schon viel besser.«

Erin grinste über beide Ohren.

Dann war die Übungszeit zu Ende und das eigentliche Spiel begann.

»Rate mal, wer mich angerufen hat«, sagte Grace.

Erin saß am Tisch und wartete darauf, dass sie wieder an der Reihe war. »Fängt sein Name mit D an?«

Grace nickte. »Der Typ ist echt frech.«

»Ich habe so das Gefühl, dass er dich oft im Büro anrufen wird, dein Mr Doppeldrücker.«

Grace lachte auf, während sie darauf wartete, dass ihre Kugel zurückkam. »Allerdings hat er gar nicht im Büro angerufen.«

»Wie bitte? Hast du ihm etwa deine Handynummer gegeben?«

Grace erzählte ihr von dem Facebookanruf. Und Erin schloss daraus wie erwartet, dass er mit Sicherheit ein Stalker sei.

»Ich denke eher, dass er sehr entschlossen und einfallsreich ist«, entgegnete Grace.

Ein Pin war stehen geblieben. Sie setzte sich wieder und ließ Erin an die Bahn treten.

»Er hat alle Eigenschaften eines Stalkers.«

Grace hielt inne. »Glaubst du, vor lauter Aufregung darüber, dass sich ein Mann für mich interessiert, bin ich blind und sehe nicht, was für alle anderen offensichtlich ist?«

»Du bist seit einem halben Jahr mit keinem Mann mehr ausgegangen.«

»Ich habe mich auf die Arbeit konzentriert.« Und generell alle Männer gemieden.

Als Erin sich wieder setzte, nahm sie ihr Handy. »Wie heißt er noch mal?«

»Dameon Locke.«

Während Grace an der Reihe war, suchte Erin im Internet.

»Oha! Der sieht ja wirklich gut aus.«

Neun Pins fielen. »Ich weiß. Es bringt mich ganz durcheinander.«

Erin lehnte sich zurück und las. »Ziemlich erfolgreich dafür, dass er erst fünfunddreißig ist.«

»Stimmt. Seine Firma hat auch viel Grund gekauft.«

»Hast du ihn schon gegoogelt?« Erin wedelte mit ihrem Handy.

»Brauche ich nicht. Sein Unternehmensprofil liegt auf meinem Schreibtisch.« Sie konzentrierte sich nun auf den verwaisten Pin, der verlassen am Ende der Bahn stand. Mit einem soliden Scheppern fiel er nieder.

Erin machte keine Anstalten aufzustehen. »Er ist nicht verheiratet …«

»Was ist mit einer Freundin?«, wollte Grace jetzt doch wissen.

»Danach suche ich gerade.«

Grace war nicht so weit gegangen. Sie hatte sich davor gescheut, nach einer Freundin zu suchen, aus Angst, etwas zu finden. »Such mal weiter. Ich hol uns in der Zwischenzeit noch ’n Bier.«

»Okay.«

Die Bar war gesteckt voll und es dauerte ewig. Als Grace zurückkam, war Erin immer noch in ihr Handy vertieft. Sie blickte auf und klopfte auf den Tisch. »Hör mal. Locke Enterprises ist erst sechs Jahre alt. Das heißt, unser lieber Stalker hat sie gegründet als er neunundzwanzig war.«

»Ein Draufgänger, hab ich doch gesagt.« Grace setzte sich und schlürfte den Schaum vom Bier.

»Davor war er Generalunternehmer. Ich habe einen Artikel gefunden, in dem steht, dass er den Erfolg seinem Vater zu verdanken hat.«

Sie lehnte sich vor. »Hatte sein Dad Geld?«

Erin schüttelte den Kopf. »Ich habe nichts darüber gefunden.«

»Und irgendwas über eine Freundin?«

»Nichts. Man findet nicht viel über ihn. Es gibt nur wenige Einträge.«

»Das ist gut.« Und das war es wirklich. Es sprach für ihn, dass er seinen offensichtlichen Reichtum nicht an die große Glocke hängte.

»Ach, das ist ja interessant.« Erin las weiter.

»Was denn?« Grace rutschte auf die andere Tischseite, um mitzulesen.

»Sieht aus, als hätte die Firma anfangs genug Spielgeld gehabt, aber seit Kurzem scheint die Geldquelle versiegt zu sein.«

Grace blickte auf Erins Handy und nahm es ihr nun aus der Hand. Ein Bild von Dameon neben einem anderen Mann im Anzug. Auf einer Cocktailparty grinsten sie in die Kamera. »Was da wohl vorgefallen ist?«

»Viele Unternehmen haben anfangs Investoren. Oft mehr als einen. Manchmal sind sie im Vorstand oder haben sonst etwas in der Firma zu sagen. Wenn dein Dameon sich von seinem Geldgeber getrennt hat, kann das zwei Dinge bedeuten: Entweder gab es Streit oder Mr Stalker brauchte das Geld der anderen Firma nicht mehr.«

Grace überflog den Artikel. »Was meinst du, was es war?«

»Keine Ahnung. Ich weiß nur, dass die nächsten beiden Jahre darüber entscheiden werden, ob sich Locke Enterprises allein behaupten kann.«

Grace senkte das Telefon und guckte Erin an. »Du kennst dich ganz schön aus.«

Erin zuckte nur mit den Achseln. »Durch meinen Vater. Wahrscheinlich wegen der unzähligen Gespräche, die ich von klein auf mitbekommen habe.«

Dameons neuestes Projekt musste also erfolgreich sein und das möglichst schnell.

Was wiederum zu der Frage führte, aus welchen Motiven er mit ihr flirtete.

»Vielleicht hast du doch recht und er ist tatsächlich ein Stalker.« Sie gab Erin das Handy zurück und stand auf. »Wer ist dran?«

* * *

Das Bett sank ein, weil sich jemand auf die Kante setzte. Eine Hand berührte ihr Bein. »Schatz?«

Grace öffnete die Augen. Es war dunkel und entweder sehr spät oder sehr früh. »Was ist los?« Sie befand sich in ihrem Kinderzimmer von früher, das in ein Gästezimmer umgewandelt worden war.

Nora, ihre Mutter, knipste die Nachttischlampe an. Ihre Augen waren vor Schreck geweitet.

Es gab kaum etwas, was ihre Mutter derart aus der Bahn werfen konnte.

Grace schüttelte den Kopf, um den Schlaf zu vertreiben. Ihre Mom war angezogen, aber nicht so sorgfältig wie sonst. Sie hatte schnell ein T-Shirt aus der Schmutzwäsche übergezogen und ein Paar alte Jeans. »Was ist los?«

»Es ist Erin.«

Grace erstarrte, wartete, was ihre Mutter weiter sagen würde.

»Ihr Mann hat sie gefunden.«

Grace richtete sich auf. Ihre Brust wurde eng. »Nein, nein, nein.«

»Wir müssen losfahren«, sagte ihre Mutter.

Grace schlug die Decke zur Seite und merkte jetzt, dass sie nackt war.

Sonst schlief sie nie nackt.

Irgendetwas war verkehrt.

»Wo sind meine Klamotten?«

»Die brauchst du nicht. Komm!«

Das konnte doch nicht sein.

Träumte sie?

»Mom, aber ich muss doch was anziehen.«

Nora stand jetzt da und blickte auf sie herab. »Erin ist tot, und als Nächstes holt er dich.«

Grace fuhr hoch, krallte sich an der Bettdecke fest. Ihr Atem ging stoßweise und erschütterte ihren Körper.

Sie lag tatsächlich in ihrem Bett. Durch die Jalousielamellen drang Licht.

Sie schloss die Augen und ließ den Kopf aufs Kissen zurückfallen. »Es war nur ein Traum.« Zumindest ein Teil davon.

Grace hatte damals bei ihren Eltern geschlafen und war mitten in der Nacht geweckt worden mit der Nachricht, Erin sei bei sich zu Hause von ihrem Mann als Geisel genommen worden. Grace und ihre Eltern hatten sich hastig etwas übergezogen und waren so schnell sie konnten zur Sinclair-Ranch gefahren, wo Erin in Parkers Gästehaus wohnte. Als sie ankamen, war schon alles vorbei.

Erin wurde vom Rettungsdienst ins Krankenhaus gebracht, während alle anderen völlig schockiert beieinanderstanden.

Es hätte auch Grace treffen können.

Auch sie hätte im Krankenwagen liegen können oder schlimmer noch mit einer Kugel im Kopf am Boden.

Sie warf die Decke zur Seite, tappte ins Bad und knipste das Licht an. Ihr blasses Gesicht starrte ihr aus dem Spiegel entgegen.

»Nun bist du klüger, Gracie.«

Oder etwa nicht?

Kapitel 6

Am Montag ging Grace schon eine Dreiviertelstunde früher als sonst ins Büro. Sie hatte vor, es pünktlich um siebzehn Uhr oder vielleicht sogar ein bisschen früher zu verlassen. Sie wollte zu Colin und Parker fahren, die von den Flitterwochen auf Hawaii zurück waren.

Parker konnte es kaum erwarten, die Hochzeitsgeschenke auszupacken, und wünschte sich, dass Grace dabei war. Mit der Familie zusammen zu sein war viel verlockender, als allein in der Wohnung herumzuhocken.

Sie betätigte den Lichtschalter in ihrem kleinen Büro, das sie erst im Vorjahr bezogen hatte, nachdem ein älterer Kollege gegangen war. Es war nicht annähernd so groß wie die Eckbüros, aber es war ihr eigenes und noch besser, es hatte eine Tür, die sie hinter sich zumachen konnte.

Da aber so früh am Morgen außer ihr noch niemand da war, ließ sie besagte Tür offen stehen.

Nachdem sie ihre Jacke ausgezogen und die Tasche in der Schreibtischschublade verstaut hatte, schob sie Dameons Akte zur Seite und nahm sich ein anderes Projekt vor, für das sie um zehn Uhr wieder losmusste. Um dreizehn Uhr war die Teambesprechung, bei der sie anwesend sein musste, und so würde sie vielleicht Dameons angekündigten Anruf verpassen.

Allmählich trudelten die ersten Leute ein und vor ihrer Tür wurde es laut.

Evan, ein Kollege und ebenfalls Ingenieur, klopfte an die Tür und streckte den Kopf zu ihr herein. »Hallo, Grace?«

Sie sah auf. »Hi. Was gibt's?«

»Wäre es okay, wenn du ohne mich zu dem Termin um halb elf fährst? Richard hat mir gerade ein neues Projekt aufgebrummt und jetzt muss ich los, um es mir vor Ort anzusehen.«

»Gut zu wissen, dass es nicht nur mir so geht«, antwortete sie.

»Wie bitte?« Evan war nun ganz hereingekommen.

»Ach, nichts. Geht klar, ich mache mir Notizen, die können wir später dann gemeinsam durchgehen.«

Evan wirkte erleichtert. »Ich schulde dir was.«

»Ich führe eine Strichliste«, rief sie ihm nach.

Um Viertel vor zehn verließ sie das Büro. Der Himmel war grau, die Temperaturen gefallen. Da sie des Öfteren ins Gelände musste, hatte sie im Kofferraum immer Turnschuhe sowie ein Paar Gummistiefel für schlechtes Wetter dabei. Sie besaß außerdem einen wunderschönen weißen Bauhelm und eine orangefarbene Weste, wie es die geltenden Baustellenvorschriften verlangten, wenn schweres Gerät involviert war.

Nachdem sie getankt hatte, holte sie sich einen richtigen Kaffee, der im Gegensatz zur braunen Brühe, die es im Büro gab, den Namen auch verdient hatte. Dann fuhr sie ans andere Ende der Stadt.

Sie erreichte den Treffpunkt zehn Minuten früher als geplant und stellte ihr Auto am Rand der viel befahrenen Straße ab.

Im vergangenen Winter waren im Zuge der starken Regenfälle einige Straßen und Zufahrtswege entlang des Sierra Highways weggespült worden. Die meisten Anwohner hatten sich danach umgehend um die Instandsetzung gekümmert.

Der Typ, mit dem sie den Termin hatte, allerdings nicht.

Mr Sokolov war der Eigentümer eines Mobilheimparks und hatte die Schlaglöcher in der einzigen Zufahrtsstraße lediglich mit Erde und Kies aufgefüllt. Nachdem sich die Bewohner der Mobilheime beschwert hatten und auch die Feuerwehr den Zustand der Fahrbahn beanstandet hatte, sah sich Mr Sokolov gezwungen, die Straße den Vorgaben der Stadt entsprechend teeren zu lassen.

Was ihm überhaupt nicht passte.

Bei der ersten Besprechung hatte er bereits herumgejammert, dass es viel zu teuer sei.

Grace hatte für finanzielle Beschränkungen zwar durchaus Verständnis, aber es war auch nicht ihre Aufgabe, eine billige Lösung für den Betreiber zu finden. Ihr Job war es, einen Plan zu erstellen, damit die Straße für alle sicher befahrbar war.

Sie hatte sich wegen des Termins ganz bewusst eine Hose angezogen. Nun streifte sie vor dem Aussteigen ihre hohen Pumps ab und schlüpfte in die Turnschuhe. Während sie den Pullover überzog, bedauerte sie es, nicht auch noch eine wärmere Jacke mitgenommen zu haben.

Mit dem Clipboard in der einen und dem Lageplan in der anderen Hand ging Grace die unbefestigte Straße entlang, um die es bei dem Termin gehen sollte. Niemand war da, um sie zu empfangen.

Sie nahm die Pläne, an denen sie gemeinsam mit Evan gearbeitet hatte, und drehte eine kleine Runde, um zu überprüfen, ob sie vielleicht noch etwas übersehen hatten. Zehn Minuten später fuhr Mr Sokolov auf das Grundstück und parkte im Halteverbot. Behäbig stieg er aus seinem Mercedes. Die Sonnenbrille vermochte kaum seinen Gesichtsausdruck zu verbergen, der auf schlechte Laune schließen ließ.

Die Beifahrertür öffnete sich und ein weiterer Mann stieg aus, der genauso rund wie der erste war.

Mr Sokolov sah sich um, bis er Grace entdeckte, die auf ihn zuging.

»Sind Sie von der Stadt?«, wollte er wissen.

Grace war bei ihm angekommen und streckte ihm die Hand entgegen. »Wir haben uns letzten Monat kennengelernt, Mr Sokolov. Grace Hudson.«

Er blickte sie an, dann sah er auf ihre Hand hinab, als handelte es sich um einen Scherz. »Wo ist Evan?«

Grace zog die Hand wieder ein und versuchte, sich nicht verunsichern zu lassen.

Was nicht einfach war.

»Evan kann heute nicht dabei sein.«

Mr Sokolov nahm endlich die unnötige Sonnenbrille ab und starrte Grace an. »Evan ist aber mein Ansprechpartner.«

Grace warf einen kurzen Blick auf den Mann neben Sokolov. »Ihr Ansprechpartner sind die Ingenieure und Ingenieurinnen vom Bauamt, und ich bin eine davon.«

Sie schätzte Sokolov auf Anfang fünfzig. Er war klein und genauso breit wie hoch. Er war nicht einfach nur untersetzt, sondern massig und stark übergewichtig. Sein Freund stand ihm in Sachen Körperumfang und schlechte Laune in nichts nach.

Mr Sokolovs Blick rutschte zu Grace' Busen hinab, und er starrte ihr lange in den Ausschnitt. Es war offensichtlich, dass er versuchte, sie aus der Bahn zu werfen. In einer anderen Situation hätte sie ihn zurechtgewiesen, aber jetzt hielt sie den Blick weiter auf sein Gesicht gerichtet und wartete nur darauf, dass er sie wieder ansah.

»Haben Sie ein Büro, wo ich mich mal breitmachen kann, um Ihnen zu zeigen, was wir vorhaben?«

Sein Grinsen verriet ihr, dass sie die falsche Wortwahl getroffen hatte. »Mir gehört zwar der Platz, aber ich wohne hier nicht, kleines Fräulein.«

»Hudson. Für Sie bin ich Miss Hudson und nicht ›kleines Fräulein‹.« Er strapazierte wirklich ihre Nerven.

»Ach so, verstehe.« Er ging an ihr vorbei zu seinem Auto und klopfte auf die Motorhaube. »Sie können sich hier *breitmachen.*«

Geh einfach nicht darauf ein, Grace.

Sie rollte den Plan aus. »Wären Sie so freundlich und würden vielleicht die eine Ecke halten?«, fragte sie, nachdem keiner der beiden Anstalten machte, ihr zu helfen.

Zögerlich folgte Mr Sokolovs Freund, der ihr nicht vorgestellt worden war, ihrer Aufforderung.

Zu dritt blickten sie nun auf den Konstruktionsplan und die Berechnungen.

Die Skizze war nicht umfangreich, aber die Dimensionen stimmten exakt. Eigentlich hätten sie heute Sokolovs eigene Pläne ansehen sollen und nicht die vom Bauamt, aber der Mann zeigte keine Kooperationsbereitschaft. Jetzt würde sich die Stadt der Sache annehmen und ihm die Arbeiten in Rechnung stellen. Es ging schließlich um die öffentliche Sicherheit und die Aufforderungen waren ihm schon vor vielen Monaten zugestellt worden, doch er hatte sie ignoriert. Der heutige Termin war der letzte Versuch, den Mann zur Kooperation zu bewegen, bevor Zwangsmaßnahmen ergriffen werden mussten.

»Wie schon bei der letzten Besprechung angekündigt, muss die Straße erheblich erweitert werden, um sie an den Bedarf anzupassen und die Durchfahrt zu erleichtern.«

»Das ist völliger Schwachsinn. Die Straße war schon immer so schmal, seit ich den Platz gekauft habe«, erwiderte er.

»Wäre die Straße mit dem richtigen Material ausgebessert worden, hätte sie die Unwetter letztes Jahr überstanden und wir müssten uns jetzt gar nicht unterhalten.«

Er sah sie aus schmalen Augen an. »Was wollen Sie damit sagen?«

»Genau das.« Dann deutete sie wieder auf den Plan und erklärte, wie tief ausgehoben werde, wie viel Betonstahl notwendig sei und welches Gewicht die Beton- oder Asphaltdecke haben müsse.

Er wollte wissen, wo die Querung zu beginnen habe, und Grace ging zu der entsprechenden Stelle und blieb stehen.

Mr Sokolov murmelte etwas, was sie nicht verstand, und nun öffnete zum ersten Mal sein Begleiter den Mund. »Ist das alles nicht ein bisschen übertrieben?«

»Nicht, wenn bei schlechtem Wetter hier Einsatzkräfte ein- und ausfahren müssen.«

»Letztes Jahr war außerhalb der Norm.«

»Und in solchen Jahren wie dem letzten muss sich die Stadt ans Reißbrett setzen und sicherstellen, dass wir fürs nächste schlechte Jahr gewappnet sind.«

»Und die kleinen Leute müssen es ausbaden.«

Klein sah der massige Sokolov nicht aus.

»Bei Ihnen wohnen dreiunddreißig Parteien, darunter viele Rentner und ältere Leute. Mindestens viermal im Monat wird der Rettungswagen gerufen. Und auch die Feuerwehr muss hier durchkommen.«

»Das kostet ja ein Vermögen.«

Wieder brachte der Mann dieselbe Leier vor wie bei der letzten Ortsbegehung.

»Es wird teurer, wenn Sie sich nicht selbst darum kümmern und jemanden engagieren«, versicherte sie ihm. »Wir werden für Sie nicht die günstigsten Kleinunternehmer suchen, sondern rücken hier mit voller Besetzung an und schicken Ihnen dann die Rechnung.« Und bei dem wenigen Respekt, den er ihr zollte, würde sie auch teure Überstunden zulassen, damit es schneller ging. Schließlich roch es schon nach Regen.

»Das scheint Sie ja geradewegs zu freuen«, warf er ihr vor.

»Ich mache nur meinen Job.« Wegen der Kälte und des angestiegenen Adrenalinpegels, den diese Unterhaltung verursachte, begann Grace zu zittern. Sie rollte die Pläne zusammen, reichte sie Mr Sokolov und ging zum Auto.

Er schlug mit der Rolle auf seinen Oberschenkel und sagte seinem Freund etwas in einer Sprache, die sie nicht verstand.

So wie der andere Mann lachte, musste es sich um eine Beleidigung handeln.

»Sie haben eine Woche Zeit«, verkündete sie, während sie die restlichen Unterlagen einsammelte.

»Was soll der Mist?«

»Sie hatten viele Monate Zeit, Mr Sokolov. Den ersten Brief haben Sie im Mai erhalten, den zweiten vier Wochen später …«

»Ich habe Ihrem Amt schon gesagt, dass ich überhaupt keine Briefe bekommen habe.«

»Und dennoch haben Sie den letzten erhalten, in dem Ihnen Konsequenzen angedroht wurden?«

Er sah sie scharf an und kam näher. »Wollen Sie behaupten, dass ich lüge?«

Sie wich nicht zurück, sondern blieb erhobenen Hauptes stehen. »Ich nenne nur die Fakten, Mr Sokolov. Wenn Sie sich nicht an den Zeitplan halten, den wir Ihnen vorgegeben haben, rückt die Mannschaft vom Bauamt an und beginnt gleich nach Neujahr mit den Arbeiten, sofern es das Wetter zulässt.«

»Ich brauche mehr Zeit.«

»Die Regenzeit hat schon begonnen.« Sie hielt die Handfläche auf, als wollte sie einen Tropfen auffangen. »Das Bauamt will nicht wegen unterlassener Maßnahmen zur Verantwortung gezogen werden. Eine Woche. Die Genehmigungen können schnell erteilt werden, da Evan und ich schon vor Ort waren und wissen, was unternommen werden muss. Und vergessen Sie nicht, das Amt ist über Weihnachten geschlossen.« Grace blickte von einem Mann zum anderen und zog die Tasche höher auf die Schulter.

Mr Sokolov schnaubte.

»Meine Herren«, sagte sie, nickte zum Abschied und ging.

* * *

Grace' Hände zitterten, als sie Sokolov und seinen unangenehmen Freund stehen ließ und in ihren Wagen stieg. Nach ein paar Kilometern hielt sie an, um sich ein wenig zu beruhigen.

Auch wenn es ihr gelungen war, Haltung zu bewahren und sich von den Männern nicht unterkriegen zu lassen, so setzte ihr ein derart respektloses, diskriminierendes Verhalten doch ganz schön zu.

Dies war genau so ein Moment.

Als sie sich fürs Ingenieurwesen entschieden hatte, war ihr durchaus bewusst gewesen, worauf sie sich einließ. Sich mit Leuten wie Sokolov herumzuschlagen, der sie nicht ernst nahm und sich über sie lustig machte, sobald sie ihm den Rücken zukehrte, gehörte zu ihrem Arbeitsalltag.

Trotzdem war es ärgerlich. Ihren männlichen Kollegen passierte so etwas nicht.

Sie hätte darauf gewettet, dass es bisher noch niemand gewagt hatte, während eines Gesprächs auf Evans Gemächt zu starren.

Sie brauchte Verstärkung.

In Fällen wie diesem, wo die Respektlosigkeit eine Stärke von 9,5 auf der Richterskala erreichte, brauchte Grace Unterstützung.

Sie nahm das Handy und rief ihren Bruder an.

»Einen wunderschönen Nachmittag wünsche ich dir«, sagte Colin zur Begrüßung und war viel zu gut gelaunt für das, was sie gerade durchgestanden hatte.

»Hi.« Sie holte tief Luft und versuchte, ihre Gedanken zu sammeln.

»Ich bin schon ganze zwölf Stunden wieder zu Hause. Warum rufst du erst jetzt an?«

Wider Willen musste sie schmunzeln. »Ich hab dich lieb.«

»Ich dich auch. Was ist los?« Ihr Bruder kannte sie zu gut.

»Wann arbeitest du wieder?« Colin war Projektleiter beim Hochwasserschutz, und wenn die Angelegenheit auch nicht direkt zu seiner Abteilung gehörte, so würden doch ein paar seiner Leute involviert sein, wenn die Querung über die Regenabflussrinne gebaut wurde, die das Bauamt vorschrieb.

»Am Mittwoch.«

»Ach so, gut …« Ihr Handy zeigte an, dass ein zweiter Anruf kam. Da sie mit dem Diensthandy telefonierte, musste sie das Gespräch annehmen. »Warte mal kurz, mich ruft gerade jemand an.«

»Okay.«

Sie wechselte zum zweiten Gespräch. »Hier ist Hudson.«

»Grace?«

Sie atmete laut aus. »Dameon.« Diese Stimme erkannte sie sofort.

»Sie klingen nicht gut.«

»Na danke, Captain Obvious.« Irgendwie hatte sie bei Dameon keine Schwierigkeiten, ihn in seine Schranken zu verweisen. »Warten Sie mal kurz.«

Sie wechselte wieder zu ihrem Bruder zurück. »'tschuldigung. Also, ich war gerade beim Mobilpark am Sierra Highway, wo letztes Jahr alles weggeschwemmt wurde …«

»Gibt's da ein Problem?«, fragte Colin.

»Das kannst du dir gar nicht vorstellen …« Ihr Telefon piepte und erinnerte sie daran, dass Dameon noch auf der anderen Leitung war. »Ach, Mist! Warte.«

Sie klickte zurück. »Kann ich Sie vielleicht zurückrufen?«

»Ist das Ihre Art, mich nach meiner Privatnummer zu fragen?«, scherzte Dameon.

Grace musste ungewollt grinsen. Zur Strafe ließ sie Dameon noch einmal warten und wechselte zu dem Gespräch mit ihrem Bruder zurück.

»So, jedenfalls ist dieser Typ ein Scheißkerl. Er hat mir auf den Busen gestarrt und mich *kleines Fräulein* genannt. Ich brauche deine Unterstützung.«

»Wie bitte?«, tönte Dameons Stimme am anderen Ende der Leitung.

Grace zog das Handy vom Ohr und starrte ungläubig aufs Display. »Shit!« Sie wechselte wieder zur anderen Leitung. »Dameon?«

Jetzt sagte ihr Bruder: »Wer ist denn Dameon?«

Gleich würde sie zusammenbrechen. »Niemand. Äh, ich rufe dich nachher wieder an.«

Mit Nachdruck setzte sie den Finger auf den Auflegeknopf für das Gespräch mit ihrem Bruder, dann nahm sie das Handy wieder ans Ohr. »Vergessen Sie, was ich gesagt habe. Das war nicht für Sie bestimmt.«

»Von wem wollen Sie Unterstützung?«

Automatisch antwortete sie: »Von meinem Bruder.« Dann schloss sie die Augen und versuchte, den Nebel aus ihrem Kopf zu verdrängen.

»Ach so. Gut.«

Sie holte tief Luft und riss sich zusammen. »Was kann ich für Sie tun, Dameon?«

»Sie könnten mir erzählen, wer Sie so mies behandelt hat.«

»Und was würden Sie dann machen? Ihn verprügeln?«

»Vielleicht.«

Sie kniff die Augen zu und schlug mit der freien Hand aufs Lenkrad. »Das überlasse ich lieber meinen Brüdern. Aber vielen Dank für das Angebot.«

»Und Ihre Brüder würden das für Sie machen?«

»Ja. Sind schon einige Betonschuhe auf dem Meeresboden zusammengekommen«, scherzte sie.

Dameon musste lachen. »Gut. Dann bin ich ja beruhigt.«

»Eigentlich sollte Sie das überhaupt nicht interessieren.« Und diese Unterhaltung durfte *eigentlich* auch keine Schmetterlinge in ihrem Bauch herumflattern lassen.

»Tut es aber.«

Wie sollte sie darauf reagieren?

Am besten ignorieren.

»Was kann ich für Sie tun, Dameon?«

»Ich wollte mit Ihnen einen Ortstermin vereinbaren, um ein paar Dinge zu besprechen, bevor der Weihnachtsrummel Sie ganz verschlingt.«

Eine berechtigte Bitte. Nur das Flirten war nicht berechtigt.

»Wann hätten Sie gedacht?«

»Freitag.«

»Diesen Freitag?«

»Ja. Es sei denn, Sie hätten auch am Samstag Zeit. Dann könnten wir Essen gehen und dabei das Projekt besprechen.«

Grace nahm den vorbeirauschenden Verkehr kaum noch wahr.

»Ich denke, ein Termin am Freitagnachmittag lässt sich einrichten. Ich kann das allerdings erst bestätigen, wenn ich im Büro bin.«

Dameon seufzte durchs Telefon. »Wunderbar. Dann soll einfach jemand von ihren Leuten bei meinen anrufen und eine Uhrzeit vereinbaren.«

Sie musste lachen. »Ich arbeite für die Stadt, Dameon. Ich habe keine *Leute.*«

»Noch besser. Dann können Sie mich höchstpersönlich anrufen. Haben Sie einen Stift zur Hand?«

»Warum?«

»Um meine Telefonnummer aufzuschreiben.«

»Ich habe doch Ihre Büronummer«, entgegnete sie.

»Aber ich werde später nicht mehr im Büro sein. Ich gebe Ihnen lieber meine Handynummer.«

Sie nahm Stift und Block vom Beifahrersitz. »Na gut, schießen Sie los.«

Er nannte seine Nummer.

»Ich melde mich bei Ihnen.«

Es folgte eine kurze Pause. »Ich wünsche Ihnen, dass der restliche Tag besser verläuft«, sagte er sanft.

»Das wird er.« Damit legte sie auf und warf das Handy in die Tasche.

Der restliche Tag begann jetzt.

Kapitel 7

Die zurückgekehrten Flitterwöchner hatten zu sich eingeladen.

Grace kam mit einer Flasche Rotwein und einer Einkaufstüte mit den Zutaten für einen Walnuss-Cranberry-Salat zu ihnen.

Sie klopfte gar nicht erst an, weil das Auto ihrer Eltern schon in der Einfahrt stand.

»Ho, ho, ho«, sagte sie beim Eintreten.

Als Erstes entdeckte sie ihren Bruder, der inzwischen bei Parker eingezogen war.

Colin gab ihr einen Kuss und musterte sie von Kopf bis Fuß. »Du siehst besser aus, als du vorhin geklungen hast.«

Sie rollte mit den Augen. »Erinnere mich bloß nicht daran.«

Sie gingen zur offenen Küche, an die sich das Esszimmer und die Fernsehecke anschlossen. Ihre Mutter stand an der Kücheninsel und schnippelte Gemüse, ihr Dad spielte mit Parkers Hund Scout und versuchte, ihm etwas aus dem Maul zu nehmen, das Scout nicht hergeben wollte. »Hallo, Dad«, rief Grace.

»Moment noch«, sagte er. »Gleich hab ich ihn.«

Doch so entschlossen wie der Hund wirkte, würde ihr Dad ihn noch lange nicht haben. »Viel Glück.«

Ihre Mom lächelte ihr zu und arbeitete weiter. »Hallo, Schätzchen.«

Parker kam aus dem Schlafzimmer und sah genauso entspannt aus wie Colin. »Du bist ganz schön braun geworden«, stellte Grace fest.

Parker betrachtete ihre Arme. »Ich habe ja fast schon ein schlechtes Gewissen«, sagte sie.

»Also ich nicht«, meinte Colin.

Parker ging nun zu Grace, um sie zu umarmen. »Es war der tollste Urlaub überhaupt.«

»Erzähl mir nur bloß nichts von deinem Sexleben.« Grace' Kommentar entlockte ihrer Mutter ein Schmunzeln.

»Ich kann mich am Freitagnachmittag mal um dein Problem am Sierra Highway kümmern«, sagte Colin zu Grace.

»Fünfzehn Uhr?«

»Ja, passt.«

Als Nächstes trafen Matt und Erin ein. »Die Party hat wohl schon ohne uns angefangen«, sagte Matt, bevor er seine Mom mit einem Kuss auf die Wange begrüßte.

Grace drückte ihrem Bruder die Flasche Wein in die Hand. »Nein, erst wenn du die hier aufgemacht hast.«

Matt grinste. »Dir auch hallo.«

»Wo ist Austin?«, erkundigte sich Erin.

Parkers jüngerer Bruder wohnte noch zu Hause. Sie hatte sich um ihn und ihre jüngere Schwester gekümmert, nachdem ihre Eltern vor ein paar Jahren gestorben waren.

»Der arbeitet dieses Jahr wieder beim Weihnachtsbaumverkauf.«

Grace' Blick wanderte zu dem Baum, der in der Ecke stand und dessen bunte Lichter den Raum erhellten. »Wann hattet ihr eigentlich Zeit, den hier aufzustellen und zu schmücken?«, wollte sie wissen.

»Das waren Austin und Mallory. Die haben ihn aufgestellt, als wir weg waren. Nett von ihnen, oder?«

Matt hatte mittlerweile den Korken aus der Flasche gezogen und schenkte Grace ein Glas ein.

»Also, *meine* Brüder haben für mich noch nie einen Baum aufgestellt«, beschwerte sich Grace.

»Wo hätten wir das tun sollen? Auf dem Balkon?«, fragte Colin.

»Er hat recht«, mischte sich ihr Vater ein. Er hatte aufgegeben und das Spielzeug dem Hund überlassen. Jetzt saß Emmitt auf einem der Barhocker an der Küchentheke.

Colin gab ihm und Matt ein Bier, dann öffnete er für Erin einen Weißwein.

»Kommt Mallory auch?«, fragte Erin.

»Sie lernt für die Abschlussprüfung.«

Grace hatte sich schon so oft in Parkers Küche aufgehalten, dass sie genau wusste, wo sie alles fand, was sie für die Zubereitung des Salats brauchte. Alle wuselten in der Küche umher und plauderten, während sie das Essen machten.

Aus dem Nichts heraus fragte Colin plötzlich: »Wer ist eigentlich Dameon?«

Grace, die ganz in ihren Salat vertieft gewesen war, blickte verdutzt auf, als sie den Namen hörte. »Äh …«

»Woher weißt du von Dameon?«, mischte sich jetzt Erin ins Gespräch. »Hast du Colin auch von ihm erzählt?«

»Nein, ich …«

»Also, ich weiß noch gar nichts von einem Dameon.« Parker rempelte Grace mit der Schulter an.

»Du warst ja auch auf Maui«, erinnerte sie Grace.

Colin langte über Grace' Schulter und klaute sich eine Walnuss. »Wenn Erin etwas über Dameon weiß, muss er wichtig sein.«

»Ist er nicht!«

»Wenn man etwas so schnell leugnet, ist das ein sicheres Zeichen für eine Lüge«, lautete der Kommentar ihres Vaters.

»Also, gib's auf, Gracie. Wer ist Dameon?«, wollte ihre Mom wissen.

»Mein Gott, Leute, er ist niemand.« Ihre Familie benahm sich wie ein Hund, dem man einen Knochen zugeworfen hatte.

Niemand sagte etwas, alle Augen waren auf sie gerichtet.

Sie legte das Messer ab und seufzte laut. »Er ist ein Mann.«

»Das haben wir uns aus dem Zusammenhang bereits erschlossen«, meinte Colin lachend.

»Er ist ein Bauherr, ein Immobilienentwickler …«

Jetzt herrschte Totenstille.

Erin ergriff als Erste wieder das Wort. »Der dich über Facebook angerufen hat.«

Und schon wurde es lebhaft.

»Was hat er?«

»Kann man so was überhaupt?«

»Wer telefoniert denn bitte über Facebook?«

Die Fragen purzelten so schnell über sie herein, dass sie sie gar nicht alle beantworten konnte. Sie warf Erin einen finsteren Blick zu. »Danke, *Freundin*.«

Erin hob unschuldig die Hände. »Tja, ich glaube halt, dass er ein Stalker ist.«

Was den anderen den letzten Rest gab, und nun redeten alle gleichzeitig.

Grace trat einen Schritt zurück und trank einen großen Schluck von ihrem Wein.

Erst als ihr Vater auch noch Dameons Nachnamen wissen wollte, wurde es Grace endgültig zu viel. »Jetzt reicht's«, rief sie.

Selbst Scout hörte auf, sich das Fell zu lecken, und guckte sie an.

»Dameon ist *kein* Stalker!« Sie stellte das Weinglas ab. »Ich habe ihn rein zufällig kennengelernt, bevor ich überhaupt wusste, dass er Immobilienentwickler ist. Und bevor ihr fragt:

Nein, es ist noch nichts gewesen. Wir haben uns in einem Café kennengelernt.«

»Eigentlich auf der Hochzeit«, berichtigte Erin sie.

»Er war bloß gleichzeitig in dem Hotel, nicht auf der Hochzeit. Und da haben wir uns noch nicht kennengelernt. Wir haben nur …« Sie unterbrach sich, da das, was sie sagen wollte, wieder alle nur zum Ausflippen gebracht hätte.

»Ihr habt nur was?«, hakte ihre Mom nach.

»Uns gegenseitig bemerkt.«

Parker seufzte und lehnte sich grinsend gegen die Arbeitsfläche. »Du meinst, so über den ganzen mit Menschen gefüllten Raum hinweg?«

In diesem Moment hatte sie wieder das Bild vor Augen, wie er am Hotelfenster stand und sie beobachtete.

»Du wirst rot«, zog Matt sie auf.

»Gar nicht!« Sie sah Erin fragend an, die bloß mit den Schultern zuckte und bestätigend nickte.

Grace berührte mit dem Handrücken ihre heiße Wange. »Es ist nichts, Leute, okay? Nur ein kleiner Flirt.« Sie nahm das Küchenmesser auf und widmete sich wieder dem Salat. »Außerdem ist es unangemessen. Er braucht die Genehmigungen vom Bauamt für sein Riesenprojekt. Es wäre ein Interessenskonflikt.«

»Sie leugnet es«, sagte Matt mit tiefer Yoda-Stimme.

Grace nahm eine Walnuss und zielte damit auf ihren Bruder.

»Hat er ’nen Bauhelm auf oder ist er ein Schlipsträger?«, wollte ihr Dad jetzt wissen.

»Schlipsträger.«

Enttäuschtes Seufzen allerseits.

»Vertraue niemals einem Schlipsträger«, brachte ihr Dad seinen alten Spruch.

»Dann ist es ja gut, dass er überhaupt nicht wichtig ist, denn er trägt tatsächlich Anzug und Krawatte. So, können wir jetzt bitte wieder über jemand anderen sprechen. Zum Beispiel über Matt. Hey, wann machst du aus Erin endlich mal eine ehrbare Frau?«

Auf eines konnte man sich bei ihrer Familie verlassen. Sie liebte es, sich gegenseitig aufzuziehen. Und da Erin ihr gerade ordentlich Öl ins Feuer gegossen hatte, konnte sie jetzt ihrer Freundin guten Gewissens ein wenig einheizen.

* * *

»Das dritte Quartal war beschissen, das vierte wird noch schlimmer.«

Dameon saß mit seinen Vorständen zusammen über dem Finanzbericht. Er versuchte, die Anspannung in seinem Nacken zu ignorieren, und stellte die unangenehmen Fragen, die eben gestellt werden mussten. »Wie sieht die Prognose fürs nächste Halbjahr aus?«

»Mann, Dameon, seit wann können wir sechs Monate vorausschauen?«

Sein Finanzvorstand und Jugendfreund Omar warf den Bericht auf den Tisch und blickte sorgenvoll drein.

»Seit Maxwell abgezischt ist und das Geldpolster seiner Bank mitgenommen hat. Wir haben ja schon gewusst, dass es eng wird. Die Frage ist nur: *wie* eng?«

Omars Blick verdunkelte sich noch mehr. »So eng, dass unser Hintern beim Gehen quietschen wird.«

Dameon lehnte sich vor. »Aber wir stehen noch?«

»Ja, wir stehen noch, aber auf wackligem Boden. Wenn wir das Santa-Clarita-Projekt durchführen wollen, müssen wir erst das Rancho-Projekt zu Ende bringen und damit Geld einnehmen. Und selbst dann ist es fraglich, ob wir die Mittel für die ursprünglich geplante Größe haben.«

Locke Enterprises hatte zwölf Projekte in verschiedenen Stadien zwischen Grundstückskauf und Fertigstellung am Laufen. Rancho war halb so groß wie das Projekt in Santa Clarita, jedoch das größte, das kurz vor der Beendigung stand.

»Wir brauchen das Santa-Clarita-Projekt, um wieder so dazustehen wie früher«, erinnerte er die anderen.

»Wir wollen aber auch nicht wie Fedcon enden, mit seinen halbfertigen Projekten mitten in der Wüste«, schaltete sich Tyler ein.

Fedcon war ein bekannter Immobilienunternehmer, den es inmitten der Arbeiten an einem Projekt mit dreihundert Wohneinheiten außerhalb von Lancaster auf den Rücken gelegt hatte. Die Arbeiten an den Häusern hatten fünf Jahre lang brachgelegen, bis schließlich eine andere Immobilienfirma gekommen war und den großen Reibach gemacht hatte.

»So etwas lassen wir nicht zu«, meinte Dameon. »Wenn, dann sind wir diejenigen, die kommen und profitversprechende Projekte aufnehmen.«

Omar wandte sich an Chelsea, die die PR- und Marketingabteilung leitete. Obwohl das beeindruckend klang, war sie für weniger als fünf Mitarbeiter verantwortlich.

»Ich habe einen Vorschlag für das Rancho-Projekt«, begann Omar.

»Erzähl.«

»Ich weiß, dass der ursprüngliche Plan war, den Grund zu halten und dann das Dreifache an Mieteinnahmen für die Gewerbeflächen zu nehmen. Aber jetzt denke ich, ein gewinnbringender Verkauf würde uns ein weiteres Jahr in den schwarzen Zahlen stehen lassen. Zumindest würde es uns für Santa Clarita helfen.«

Obwohl Dameon diese Idee missfiel, musste er zugeben, dass sie zielführend war. Sie hatten von Anfang an gutes Geld verdient, indem sie erworbene Grundstücke weiterverkauften.

Doch erst als sie begonnen hatten, sie zu behalten und zu entwickeln, war Locke Enterprise gewaltig gewachsen. Und mit diesem Wachstum waren mehr Angestellte gekommen und die Budgets größer geworden.

Chelsea klopfte mit dem Stift auf die Papiere vor sich. »Ein anderer Vorschlag wäre, einen neuen Investor an Bord zu holen.«

»Damit er wieder einen Rückzieher macht, wenn wir den Boden unserer Kasse erreicht haben?«, fragte Dameon. »Das würde ich gerne vermeiden.«

»Mit entsprechenden Verträgen und richtigen Anwälten könnten wir solche Situationen umgehen«, meinte Omar.

Keine schlechte Idee. Das Abkommen mit Maxwell hatte auf Vertrauen basiert und war mit einem Handschlag ohne großes Vertragswerk besiegelt worden. So lief das eben, wenn man Deals mit Collegefreunden abschloss, die aus reichen Familien kamen. Ein einziger Streit und schon war alles vorbei.

Noch dazu ein Streit über eine Frau.

»Omar, ich brauche Zahlen, wie wir dastehen würden, wenn wir auf dem Kurs vom letzten Januar geblieben wären. Chelsea, von dir brauche ich eine Liste mit Interessenten sowie den Raten für das Rancho-Projekt. Und bitte bringt mir realistische Zahlen, keine beschönigten.« Er zeigte auf die geschlossene Tür. »Viele Leute sind abhängig von unserer Firma, um ihre Miete zu zahlen. Ich will vermeiden, dass wir Kündigungen schreiben müssen.« Er hielt einen kurzen Moment inne. »So ungern ich es sage, aber ich hätte tatsächlich gerne noch eine Liste mit potenziellen Investoren.«

Sein Team atmete auf und alle lächelten sich zu.

Damit war die Besprechung zu Ende. Tyler und Chelsea verließen den Raum, während Omar noch sitzen blieb. »Wir schaffen das schon«, ermutigte er Dameon und klopfte ihm aufmunternd auf den Rücken. »Wir haben das Ganze mit Mut und Entschlossenheit angefangen.«

Dameon lachte. »Wir haben stockbesoffen angefangen, in einer Bar.« Omar hatte erst BWL, dann Rechnungswesen studiert. Maxwell, der besagte Freund aus reicher Familie, hatte ebenfalls Wirtschaft studiert, weil sein Vater es so gewollt hatte. Dameon war damals schon selbstständig im Baugewerbe tätig gewesen, machte aber zusätzlich noch einen Studienabschluss, um nicht den Rest seines Lebens mit Hammer und Nagel arbeiten zu müssen.

Locke Enterprises hatte Dameon mit dem Geld gegründet, das er durch den gewinnbringenden Verkauf einiger Häuser und eines Apartmentgebäudes verdient hatte. So hatte alles begonnen. Doch für die nächste Stufe hatte es erst gereicht, als Maxwell dazugestoßen war.

Maxwell hatte die Arbeit gescheut und die Rolle des stillen Teilhabers bevorzugt. Ein Investor, der sich einmal im Monat mit Dameon und Omar getroffen hatte, um einen Scheck abzugeben oder abzuholen.

Bis letztes Jahr.

»Vielleicht sollten wir wieder öfters ins Pub gehen«, schlug Omar vor.

Dameon verdrängte die düsteren Gedanken und rang sich ein Grinsen ab. »Ja, da hast du wahrscheinlich recht.«

Kapitel 8

Dreißig Minuten vor dem vereinbarten Termin mit Dameon traf Grace vor Ort ein. Durch die Unterlagen wusste sie viel von dem Projekt, doch war die Ortsbegehung wichtig, um weitere Erkenntnisse zu gewinnen. Sie hatte Jeans, Pulli und einen langen Mantel an, weil der Wind kalt blies und die ersten Regentropfen des kalifornischen Winters fielen. Es war noch kein nennenswerter Niederschlag, aber der würde auch nicht mehr lange auf sich warten lassen.

Sie hoffte, dass das Wetter noch zwei Stunden halten würde.

Die alte Ranch, bei der sie sich verabredet hatten, sah aus, als stünde sie schon seit mindestens einem Jahr verlassen. »Betreten verboten« stand auf dem Schild am Tor, woran sich wahrscheinlich nicht alle Leute hielten. Grace hatte genug Erfahrung in ihrem Job, um nicht allein ein verlassenes Haus zu inspizieren. Manchmal suchten Obdachlose in alten, leer stehenden Häusern Unterschlupf, besonders in solchen, die so abseits lagen wie dieses hier. Niemand hätte etwas mitbekommen und die Polizei verständigt.

Grace inspizierte das Vorhängeschloss, mit dem das Tor zum Grundstück verriegelt war, und entschied sich, lieber die unbefestigte Straße entlangzugehen. Sie marschierte durchs

Gestrüpp bis zu der Stelle, wo der Weg die Auswaschung kreuzte, in der das Regenwasser aus dem Canyon abfloss.

Hier hatte früher einmal mehr Leben geherrscht. Es war eine Gegend mit vielen Ranches. Doch im Laufe der Jahre hatte sich so mancher Eigentümer wegen der vielen Aufs und Abs auf dem Immobilienmarkt gezwungen gesehen, zu verkaufen. Mittlerweile waren einige der Häuser heruntergekommen. Tiere wurden kaum noch gehalten. Manche vermieteten auf ihrem Grundstück Stellflächen für Wohnmobile oder Boote. Das war offiziell eigentlich nicht erlaubt, doch es beschwerte sich niemand.

Warum auch? Alle waren nur darauf bedacht, ihr Eigentum zu behalten.

Grace versuchte, sich vorzustellen, was hier entstehen sollte und wie sich die Gegend dadurch verändern würde. Sie hatte das dumpfe Gefühl, dass einige Anwohner mit den Plänen nicht einverstanden waren. Schließlich wohnten sie hier, weil sie die Ruhe und Abgeschiedenheit schätzten. Andererseits würden die Immobilienpreise im Zuge der Entwicklung in die Höhe schießen.

Doch die Entscheidung für ein Projekt lag nicht bei ihr. Sie kümmerte sich nur um technische Fragen, und wenn etwas nicht durchführbar war, musste der neue Eigentümer seinen Plan ändern.

Sie hörte ein Fahrzeug die unbefestigte Straße heraufkommen und sah, wie ein Pritschenwagen neben ihrem Auto hielt.

Sie versuchte, zu erkennen, wer es war. Die Wagentür ging auf und Dameon sprang heraus. Grace war überrascht, sie hätte eher eine Luxuslimousine erwartet.

Dameon winkte ihr zu.

Nicht nur sein Gefährt war geländetauglich, auch er trug diesmal Jeans und Pulli. Er nahm die Jacke vom Beifahrersitz und zog sie an, während Grace auf ihn zuging.

Sie musste den Kopf in den Nacken legen, um ihn ganz zu betrachten. Ein durchaus erfreulicher Anblick. Diese dunklen Haare, das markante Kinn …

Hör auf, Gracie.

»Guten Tag«, begrüßte sie ihn und bemühte sich um einen möglichst geschäftsmäßigen Ton.

Grinsend schlug er die Fahrertür zu und streckte ihr die Hand hin.

Kurz zögerte sie, unsicher, was diese Berührung in ihr auslösen konnte. Aber seine dargebotene Hand zu verweigern, wäre ziemlich unhöflich gewesen.

Und tatsächlich, in dem Moment, als sich ihre Handflächen berührten, konnte sie seine Nähe am ganzen Körper spüren.

Um alles noch schlimmer zu machen, nahm Dameon ihre Hand jetzt in beide Hände. »Ihre Finger sind eiskalt.«

»Ist ja auch nicht gerade warm hier draußen.«

Dann drückte er ihre Hand wieder so sonderbar, bevor er losließ. »Wenigstens haben Sie diesmal einen Mantel an.«

Sie musste schmunzeln. »Ich habe Handschuhe im Auto.«

Nachdem sie die Handtasche im Kofferraum und den Schlüssel in der Manteltasche verstaut hatte, schlüpfte sie in die Handschuhe und nahm Stift und Clipboard.

»Also, Dameon, was erwarten Sie sich von dem heutigen Termin?«

Er öffnete den Mund, schloss ihn aber sofort wieder und hob stattdessen nur die Hand.

Da wusste sie, dass er gerade nicht an sein Immobilienprojekt gedacht hatte.

»Ich meine, was das Grundstück angeht«, setzte sie nach.

»Ach so.« Er nahm die Hand wieder herunter. »Das Grundstück. Ich dachte schon, Sie hätten Ihre Meinung bezüglich des Abendessens geändert.«

Sie wandte sich ab, damit er ihr Schmunzeln nicht bemerkte. »Dafür sind wir ja nicht hierhergekommen.«

Als er schwieg, blickte sie über die Schulter zu ihm.

»Richtig.« Er überholte sie und ging voraus in die Richtung, in die sie zuvor schon unterwegs gewesen war. »Wir müssen wissen, wie umfangreich die infrastrukturellen Maßnahmen ausfallen werden. Welche Stolperstellen, welche Probleme Sie sehen, die wir bisher nicht berücksichtigt haben.«

Während der nächsten halben Stunde liefen sie über das Grundstück und Grace war die Einzige, die sprach. Sie zeigte auf die Stellen, wo die Straße verbessert werden musste. Die Seitenstraßen im Canyon, die von der Hauptstraße abzweigten, waren noch unbefestigt und mussten asphaltiert werden. Die Häuser der Gegend waren auch nicht an die Kanalisation angeschlossen, die nur bis zu der kleinen Ladenzeile reichte, in der lediglich die Hälfte der Geschäfte besetzt war. »Wenn Sie Gewerberäume am anderen Ende planen, brauchen Sie einen Anschluss an das bestehende System.«

Dameon nickte. »Auf manchen Grundstücken gibt es Brunnen.«

»Die nur zur Gartenbewässerung verwendet werden, wenn überhaupt. Obwohl der Grundwasserspiegel hier relativ hoch ist, bedeutet das nicht, dass die Brunnen viel Wasser liefern. Zumindest würde ich mich nicht darauf verlassen. Es sei denn, wir haben die nächsten zehn Jahre so heftige Regenfälle wie im Vorjahr.«

Sie sahen beide zum Himmel, der mit dunklen Wolken verhangen war und wirkte, als hätte er genug Flüssigkeit abzugeben. »Und da wir gerade von Niederschlag sprechen, da ist noch eine Sache, die nicht ganz unwesentlich ist.« Sie zeigte zur Auswaschung.

»Die Wassermassen, die vom Canyon kommen«, sprach er ihren Gedanken aus.

»Ganz genau. Wir brauchen Bodenproben, aber ich kann Ihnen jetzt schon sagen, dass der Canyon genau aus diesem Grund bisher nicht so weit entwickelt wurde, wie Sie es vorhaben.« Sie warf ihm aus dem Augenwinkel einen Blick zu. Er betrachtete die Landschaft, als wüsste er ganz genau, was sie gleich sagen würde. »Man braucht einen Ablauf für das Wasser. Die Leute auf der anderen Seite können manchmal wochenlang nicht über den Fluss, der entsteht, wenn von den Bergen das Wasser herunterkommt. Viele der Anwohner haben deshalb Radlader und große Geländefahrzeuge.«

»Das heißt, wir brauchen Brücken und Durchlässe für den Abfluss«, sagte er.

»Hoffentlich hat derjenige, den Sie dafür bezahlt haben, dass er diese Gegend hier ausfindig macht, gewusst, was er tut.«

»Ja, hat er.« Er grinste sie an.

Sie mied seinen Blick und sah zu Boden.

»Was ist mit den Flächennutzungsänderungen?«, erkundigte er sich weiter.

»Sie wissen sicher, dass in dieser ländlichen Wohngegend die Leute das Recht haben, Tiere zu halten, Wein anzubauen und so etwas.«

»Man sieht allerdings nur wenig landwirtschaftliche Nutzung.«

»Stimmt, die meisten haben ein paar Hühner, vielleicht auch ein Pferd oder Ziegen. Aber man dürfte auch Kühe halten oder Alpakas, wenn man wollte. Wenn Sie versuchen, der Nachbarschaft dieses Recht zu entziehen, werden Sie auf großen Widerstand stoßen. Die Chancen, dass Sie verlieren, stehen hoch. Außerdem dauert es sehr lange, wenn man so etwas anstrebt.«

»Und wir möchten eigentlich im Frühjahr mit dem Bau beginnen.« Seine Stimme war leiser geworden und er ließ den Blick unentwegt über die Landschaft gleiten.

»Es ist durchaus möglich, die landwirtschaftlichen Rechte in der neuen Wohngegend, die Sie errichten, herauszunehmen. Oder Sie lassen sie bestehen und vereinbaren mit der Hauseigentümerschaft, dass Nutztierhaltung verboten ist. Was mich zum nächsten Punkt bringt. Und zwar zur Anzahl der Wohneinheiten, die geplant sind.« Sie blieb stehen. »In den letzten zehn, fünfzehn Jahren, sind Häuser wie Unkraut entstanden. Ein Neubaugebiet folgte dem anderen. Aber wenn Menschen in Gegenden wie diese hier ziehen, dann tun sie das, weil sie mehr Platz haben wollen.«

»Mehr Platz bedeutet weniger Profit.«

»Ich weiß.« Sie hob die Hand. »Aber eine Sache habe ich über die Gegend gelernt. Die Dinge ändern sich hier nur sehr langsam. Vielleicht nicht so langsam wie in Texas, aber doch langsamer als anderswo im Valley. Die weitere Aufteilung der Einheiten muss vom Stadtrat genehmigt werden.«

»Unser Team geht nicht davon aus, dass das unmöglich ist.«

»Unmöglich vielleicht nicht. Aber wenn Sie bald vorankommen wollen, weshalb wir heute ja auch diesen Termin haben, dann rate ich Ihnen, einen Kompromissplan mitzubringen, falls es Schwierigkeiten wegen der Größe der Einheiten geben sollte. Greifen Sie ruhig nach den Sternen, aber seien Sie bereit, ein bisschen zurückzurudern, falls nötig. Es sei denn, Sie möchten sich noch die nächsten zwei Jahre mit dem Stadtrat herumschlagen.«

Dameon steckte die Hände in die Jackentasche und sah zum Himmel. »Nein, das möchten wir natürlich nicht.« Die ersten Regentropfen fielen. »In meinem Wagen habe ich noch ein paar Pläne, die ich Ihnen gerne zeigen würde«, sagte er.

»Okay.«

Sie gingen nun etwas schneller.

Es dauerte nicht lange, bis Grace' Haar durchfeuchtet war und sich Locken bildeten.

Er holte die Pläne aus dem Wagen und suchte dann an dem großen Schlüsselbund nach dem richtigen Schlüssel für das Vorhängeschloss des Maschendrahtzauns.

»Warten Sie, ich halte das mal für Sie«, sagte Grace und nahm die Rolle mit den Plänen, die er unter den Arm geklemmt hatte.

Als er den vierten Schlüssel ausprobierte, regnete es in Strömen.

Grace stellte den Mantelkragen auf.

Nachdem endlich der passende Schlüssel gefunden war, joggten sie zur Vorderveranda des Hauses.

Sie wischte die Tropfen vom Mantel und wartete, bis Dameon den Haustürschlüssel ermittelt hatte.

Drinnen schüttelten sie sich wie nasse Hunde.

Grace wusste nicht, wer von ihnen zuerst zu lachen begann.

Als Dameon aufhörte, sah er sie an. Und zwar mit einem Blick, dessen logische Konsequenz etwas war, worüber man nicht redete und was auch gar nicht erst passieren durfte.

Schnell wandte sie sich ab und blickte sich in dem Zimmer um, in dem sie standen. Das Haus war aus den Siebzigern. Niedrige Spritzputzdecke, orangefarbener Teppich, den man vor zwanzig Jahren schon aus seiner Misere hätte befreien sollen. Auch ein altes Sofa mit einem Blümchenmotiv, das Grace an Grandma Rose erinnerte, stand noch da. Braune Blumen mit dunkelgrünen Akzenten. »Das ist so hässlich, dass es schon wieder niedlich ist«, sagte Grace mit Blick zum Sofa.

»Meine Mutter fände es klasse«, sagte Dameon hinter ihr.

»Und ich habe gerade dasselbe von meiner Großmutter gedacht.«

An den Raum schloss sich eine offene Küche mit einer großen Arbeitsfläche an, auf der sich die Pläne ausbreiten ließen. »Hier ist es gut.« Grace öffnete den Deckel der Rolle und nahm Dameons Skizzen heraus.

Er ging zum Fenster, öffnete die Lamellenjalousie, um etwas Licht hereinzulassen. »Ich hätte den Strom nicht abstellen sollen«, meinte er.

»Um es für illegale Hausbesetzer ein bisschen wohnlicher zu machen?«

Er ging zum Waschbecken, drehte den Hahn auf. Nichts passierte. »Das ist als Baustellenbüro für die erste Zeit eigentlich ganz gut geeignet.« Während er redete, ging er herum und öffnete die Einbauschränke.

»Sind Sie zum ersten Mal hier?«

»Ja.« Er lief den schmalen Gang entlang.

Grace folgte ihm. »Wer macht denn so was?«

»Wer macht was?«

»Na ja, ein Haus kaufen, ohne es vorher gesehen zu haben?« Das kam zwar gelegentlich vor, aber sie hatte sich bisher nie getraut nachzufragen.

»Wir haben das Grundstück gekauft. Das Haus war zufällig dabei.« Er blickte hoch, öffnete in dem sonst leeren Raum eine weitere Schranktür. »Aber meistens sind die Häuser nicht in einem so guten Zustand.«

»Echt?«

»Ja. Das hier war eine Zwangsversteigerung, weil die Eigentümer ihr Darlehen nicht mehr zahlen konnten. Banken hassen Immobilien. So einige haben sich nach dem Crash nicht mehr richtig erholt.«

»Und da sind Sie gekommen und haben es unbesehen ersteigert.«

»Die Grundstückspreise sind hier noch günstig. Wenn wir fertig sind, wird das Land mehr wert sein. Ich weiß, dass es Einwände seitens der Anwohner geben wird, aber meine PR-Abteilung wird ihnen erzählen, wie durch uns der Wert der bestehenden Häuser steigen wird.« Er ging an ihr vorbei bis zum Ende des Flurs, wo er die Tür zu einem weiteren Raum öffnete. »Oha!«, rief er nach einem Blick ins Innere.

»Was denn?« Grace steckte nun ebenfalls den Kopf hinein. Mitten im Zimmer stand ein großes Doppelbett. Eine fleckige Matratze, kein Bettzeug. Grace rümpfte die Nase.

»Wenn Sie ein Bett in einem alten Haus sehen, fragen Sie sich da auch manchmal, was für Geschichten es so erzählen könnte?«

Erst als sie den Kopf zurücklegen musste, um seine Augen zu sehen, merkte sie, wie nah sie beieinanderstanden. »Nein«, antwortete sie. »Ich schaue eher zum Kamin und frage mich, wie viele Weihnachtsbäume aufgestellt wurden, welche Geschichten sich die Leute nach einer festlichen Flasche Wein erzählt haben.« Sie wich einen Schritt zurück.

»Das gefällt mir besser als meine Gedanken.«

Grace ging mit ihm in die Küche zurück und streifte dort ihren Mantel ab. Er war tropfnass und sie fror darin nur noch mehr.

Dameon folgte ihrem Beispiel, und dann standen sie nebeneinander und betrachteten die Pläne.

Grace versuchte der Tatsache, dass seine Schulter ihre berührte, keine Beachtung zu schenken. Sie musste sich beherrschen, seinen Duft nach Regen und Männlichkeit nicht hörbar einzuatmen.

Ihre Augen hafteten auf dem Papier und nicht auf dem Mann neben ihr, auch wenn es sie Mühe kostete. Sie schluckte und merkte, dass ein paar Sekunden lang niemand etwas gesagt hatte.

Dameons Hand rutschte auf dem Plan näher an ihre heran und da schaltete sich nun doch wieder ihr Verstand ein.

»Diese Pläne habe ich schon gesehen«, sagte sie, ohne ihn anzublicken.

Sie zeigte auf die problematischen Stellen und sorgte jetzt dafür, dass wieder genug Abstand zwischen ihnen entstand, um seiner Körperwärme auszuweichen.

Die Zeit verging, während Grace die Maßnahmen einzeichnete, die als Erstes durchgeführt werden mussten. Sie verbrachte mehr Zeit damit als normalerweise. Dameon war sehr gut informiert und schien mehr Ahnung von der Praxis zu haben, als sie erwartet hatte. Offenbar saß er nicht nur den ganzen Tag am Schreibtisch.

Grace schrieb Notizen auf seine Pläne und machte Kästchen zum Abhaken daneben.

»Ich denke, damit haben Sie bis nach Weihnachten erst mal genug zu tun«, sagte sie und trat einen Schritt zurück.

Der Himmel hatte sich inzwischen vollständig zugezogen, und im Haus war es düster geworden.

Dameon rollte die Pläne zusammen und sie reichte ihm die Papprolle, damit er sie wieder sicher aufbewahren konnte.

»Ich danke Ihnen sehr für Ihre Hilfe.«

Sie nahm ihren Mantel. »Das ist mein Job.«

Dameon nahm ihr den Mantel ab und hielt ihn ihr auf. Es wirkte wie eine ganz normale Geste, doch für Grace war sie ungewohnt.

Sie zog den Mantel an und spürte seine Hand länger auf ihrer Schulter verweilen als nötig.

Für einen kurzen Moment erlaubte sie es sich, seine Berührung zu genießen.

Was ihn dazu ermutigte, nun ganz leicht ihren Arm zu streifen. Sie stand noch mit dem Rücken zu ihm, als sie ihn aufseufzen hörte.

»Wie kann ich Sie dazu überreden, mit mir essen zu gehen?«

Sie schloss die Augen und rief sich erneut ins Gedächtnis, wer er war.

Abrupt drehte sie sich um, sodass er seine Hand wegnehmen musste. »Dameon …«

»Nur ein Abendessen. Tun Sie mir den Gefallen. Sonst würde ich wie alle anderen auf dem Freeway im Stau stehen.«

»Und Sie denken, ich glaube Ihnen, wenn Sie ›nur ein Abendessen‹ sagen?« Seine Augen verrieten ihn.

»Vielleicht auch mehr als ein Abendessen. Aber wir müssen ja irgendwo anfangen.« Er trat einen Schritt näher.

»Wir dürfen nirgendwo anfangen.« Und trotzdem taten ihre Füße nichts, um zurückzuweichen.

Ganz langsam hob er die Hand, berührte ihre Wange.

Sie hatte plötzlich das Gefühl, dass es in dem Zimmer zu wenig Sauerstoff gab, und schnappte nach Luft.

»Ihre Lippen sagen das eine«, meinte er, während er mit dem Daumen über ihre Unterlippe streichelte. »Aber Ihre Augen … diese Augen singen ein ganz anderes Lied.« Nun streichelte er ihre Schläfe.

»Ich glaube, ich habe diesen Spruch schon mal irgendwo gelesen«, flüsterte sie. *Beweg dich, Gracie. Entfern dich von ihm.*

»Wollen Sie sagen, dass es nicht stimmt?« Er kam näher. »Und wenn ich zärtlich Ihren Nacken halte«, was er nun auch tat, »würden Sie dann nicht den Kopf zu mir recken und darauf warten, dass ich Sie küsse?«

Sie kniff die Lippen zusammen, sah ihm aber weiter in die Augen.

Er lachte und beugte sich noch näher zu ihr.

Weich ihm aus!

Nun öffnete Grace doch leicht die Lippen. Sie wollte ihm sagen, dass er nicht recht hatte, aber sie brachte die Worte nicht heraus.

Plötzlich krachte es.

Die Haustür wurde aufgestoßen.

Kapitel 9

Grace sprang zurück, während sich Dameon sofort schützend vor sie stellte und vor demjenigen abschirmte, der gerade die Tür aufgestoßen hatte.

»Gracie?«

Das Herz klopfte ihr bis zum Hals. Sie sah an Dameon vorbei und erblickte Colin, der vor Wut schnaubte. »Was zum Henker soll das?« Sie ließ Dameon, dessen Hüfte sie vor Schreck umfasst hatte, los und kam nach vorn.

Dameon streckte den Arm aus, um sie aufzuhalten.

Doch Grace drückte seine Hand zur Seite. »Das ist mein Bruder«, rief sie aufgebracht.

»Ist bei dir alles okay?«, fragte Colin.

»Wie sieht's denn für dich aus?«

Colins Blick wanderte zwischen ihr und Dameon hin und her. »Wer ist das?«

»Wie *wer ist das*? Die Frage ist eher, was machst du hier?«

»Du bist nicht ans Telefon gegangen.«

Sie klopfte auf ihre Gesäßtasche, aber jetzt fiel ihr ein, dass sie das Handy in die Handtasche getan hatte, die im Kofferraum lag. »Es ist im Auto.«

»Wir hatten doch ausgemacht, dass wir uns am Sierra Highway treffen.« Colins Stimme war etwas ruhiger geworden.

Auch Grace hatte sich wieder gefasst. »Ach Mist, stimmt. Mir ist was dazwischengekommen.«

»Weil du nicht drangegangen bist, habe ich auf Friend Finder gesucht und gesehen, dass sich dein Handy an dieser Stelle befindet.« Colin sah Dameon scharf an. »Mitten im Nirgendwo, wo ja alles Mögliche passieren kann.«

»Ich bin durchaus in der Lage, auf mich selbst aufzupassen, Colin.«

»Wenn man bedenkt, was letztes Jahr passiert ist, musst du mir schon verzeihen, dass ich einfach so hier aufkreuze.«

Bei dem Gedanken an die Geschehnisse des vergangenen Jahres wich auch der letzte Rest der aufgekommenen Hitze aus ihrem Körper.

Dameon trat einen Schritt nach vorn und streckte die Hand aus. »Ich bin Dameon Locke.«

Eine halbe Sekunde lang sah es so aus, als würde Colin sie nicht ergreifen.

Schließlich tat er es doch. Nur ließ Colin Dameons Hand jetzt nicht mehr los. »Sie sind also dieser Dameon. Ich habe schon viel von Ihnen gehört.«

Oh nein! Das durfte doch nicht wahr sein.

»Ach, tatsächlich?« Dameon warf ihr aus dem Augenwinkel einen Blick zu.

Der Handschlag wurde auch jetzt noch nicht unterbrochen. Mittlerweile waren die Knöchel der beiden ganz weiß.

Grace legte ihre Hand darauf, um sie zu stoppen. »Das reicht jetzt.«

Sie lösten sich, wobei man nicht sagen konnte, wer zuerst nachgab.

Grace warf Colin einen warnenden Blick zu, damit er die Klappe hielt, doch er ignorierte sie.

»Das ist also dieser Stalker?«

Sie rollte mit den Augen und drehte sich zu Dameon. »Ich habe das nicht von Ihnen gesagt. Das war Erin.«

Dameons Mund verzog sich zu einem Schmunzeln. »Wer ist Erin?«

»Eine Freundin.«

»Die Freundin unseres Bruders. Die selbst schon genügend Erfahrung mit Stalkern gemacht hat und ganz gut darin ist, auf Anhieb einen zu erkennen«, ergänzte Colin.

Grace drehte sich so schnell zu ihm, dass sie fast das Gleichgewicht verlor. Sie machte zwei Schritte auf ihren Bruder zu und stand jetzt dicht vor seinem Gesicht. »Dieses Machogehabe, von wegen ich bin der große Bruder, war süß, als ich sechzehn war. Jetzt nicht mehr. Dameon und ich besprechen die Pläne für sein Projekt. Ich mache meinen *Job*.«

»So hat das aber nicht ausgesehen …«

Mit Nachdruck trat sie ihrem Bruder auf die Zehen.

»Aua! Gracie, du tust mir weh.« Colin humpelte einen Schritt rückwärts.

»Kannst froh sein, dass es nicht deine Nüsse waren.« Sie machte sich so groß, wie sie konnte. Was nicht viel war, denn schließlich trug sie statt der hohen Absätze flache Turnschuhe. »Herzlichen Dank für deine Fürsorge und jetzt misch dich gefälligst nicht mehr ein.«

Colin gab einen grunzenden Laut von sich und bedachte Dameon abermals mit einem bedrohlichen Blick.

»Nimm nächstes Mal dein Handy mit«, meinte er

Dagegen konnte sie tatsächlich keine Widerworte anbringen. »Und du klopfst das nächste Mal gefälligst an.«

Jetzt beugte er sich zu ihr vor und gab ihr einen Kuss auf die Wange. »Ich hab dich lieb.«

»Ich dich auch.«

Dameon, der hinter ihr stand, sagte: »Es tut mir leid, dass wir uns unter diesen Umständen kennengelernt haben.«

Am liebsten wäre sie vor Peinlichkeit im Teppich versickert.

»Schön, dass ich dem Namen jetzt ein Gesicht zuordnen kann«, erwiderte Colin.

Grace zeigte Colin ihre Faust, woraufhin er endlich Anstalten machte, zu gehen. »Auf Wiedersehen, Colin.«

Sie sah ihm nach, wie er durch den Regen lief und in seinen Wagen stieg. Als er losfuhr, atmete sie hörbar auf.

»Ich schwöre, das war wirklich die unterhaltsamste Begegnung, die ich in den letzten zehn Jahren hatte«, sagte Dameon lachend.

Grace war froh, dass er lachte. Denn sie selbst hätte sich jetzt gerne in Luft aufgelöst. »Es tut mir schrecklich leid.«

»Kommt Ihre Familie aus Italien?«

»Nein.«

»Sicher?«

»Na, sicher bin ich mir nicht, aber zumindest hat es bisher noch niemand behauptet.« Jetzt wagte sie einen Blick in seine Richtung. Selbst in dem Schummerlicht war sein Grinsen nicht zu übersehen.

»Sie haben also Erin von mir erzählt.«

»Sie wollen das jetzt noch peinlicher machen, als es eh schon ist, oder?«

Er schüttelte den Kopf. »Nein. Ich werde es mir einfach merken und erst mal ein bisschen darüber nachdenken.«

»Verstehe.«

»Wollen Sie mir erzählen, was Colin mit dieser Sache im letzten Jahr gemeint hat?«

»Es ist nicht meine Geschichte und ich will keinen Klatsch und Tratsch über andere verbreiten.« Und abgesehen davon fiel es ihr immer noch schwer, darüber zu reden.

»Na ja, aber in Anbetracht der Tatsache, dass Ihr Bruder mir gerade den Arm ausreißen wollte, würde ich doch gerne wissen, was seine Bedenken schürt.«

Sie rief sich ins Gedächtnis, dass Dameon vor allem ihr Verhandlungspartner war – wenn man darüber hinwegsah, dass er sie vorher fast geküsst und sie es fast zugelassen hätte. Vielleicht hatte er doch ein Recht auf ein paar Informationen.

»Erin wollte sich von ihrem gewalttätigen Mann scheiden lassen. Sie hat sogar ihren Namen, ihre Identität geändert, um von ihm wegzukommen.« Grace blickte auf. Dameons Grinsen war erloschen. »Er hat ihr so lange nachspioniert, bis er sie schließlich gefunden hat. Er wollte sie umbringen.«

»O Gott.«

»Erin hat im Gästehaus auf Parkers Grundstück gewohnt. Parker und Colin sind die beiden, die gerade erst geheiratet haben. Colin war damals zwar zu Hause, aber bis sie erfahren hatten, was los war, war es bereits zu spät, ihr noch zu helfen.«

»Was ist dann passiert?«

»Erin hat es geschafft, an die Pistole zu gelangen, mit der er sie bedroht hat. Sie hat überlebt, er nicht.«

Bevor Grace überhaupt über Erins Ex im Bilde gewesen war, hatte der Mann versucht, sich in Grace' Leben einzuschleichen. Ihr wurde immer noch ganz schlecht, wenn sie an den Mann dachte. Er hatte sie geküsst. Genau genommen war er sogar der letzte Mann gewesen, der sie geküsst hatte.

»Ist alles okay?« Dameon kam näher.

»Es ist alles noch nicht so lange her. Wir sind traumatisiert und Colin ist besorgt, er will mich nur beschützen.«

Dameon ging zur Küche. »Das ist ja auch gut so.«

Er zog die Jacke an und rollte die Pläne ein. »Sind Sie sicher, dass ich Sie nicht doch zu einem Abendessen überreden kann?«

»Dameon …«

»Oder vielleicht nächstes Mal.«

»Dameon. Das ist nicht … wir sollten nicht …«

Er öffnete die Tür und legte ihr die Hand auf den Rücken. »Dabei wissen wir beide ganz genau, was eben fast passiert wäre«, sagte er dicht an ihrem Ohr.

* * *

Auf den Straßen, die aus dem Santa Clarita Valley hinausführten, hatte es für ihn nicht halb so viel Verkehr gegeben wie in der Gegenrichtung. Trotzdem hatte er über eine Stunde bis zu seiner Wohnung gebraucht. Er legte Geldbeutel und Schlüssel auf der Küchentheke ab.

Dameon konnte nicht aufhören, an Grace zu denken. Sie war so anders als die Frauen, mit denen er bisher ausgegangen war. So gewitzt und schlagfertig. Immer wieder hatte sie ihn zum Lachen gebracht. Und die Szene zwischen ihr und ihrem Bruder spielte sich immer wieder wie ein Film auf Dauerschleife in seinem Kopf ab.

Sie hatte ihrer Freundin von ihm erzählt.

Wenn Frauen ihren Freundinnen von einem Mann erzählten, hieß das, dass sie an diesen Mann dachten. Wogegen er nichts einzuwenden hatte.

Er ging zum Schrank, wo er seinen Whiskey aufbewahrte, entschied sich dann aber dagegen. Er war nicht in der Stimmung, allein zu trinken.

Ein Abend mit einem seiner Jungs war mehr als überfällig.

Omar hob beim zweiten Klingeln ab. »Bitte sag jetzt nicht, du rufst mich an, weil es irgendwelche Probleme gibt.«

Dameon lachte. »Ich könnte jetzt den besagten Kneipenabend gebrauchen. Bist du dabei?«

»Lädst du mich ein?«

»Sagen wir in 'ner halben Stunde im O'Douls?«

»Ich bin schon in zwanzig Minuten da.« Omar legte auf und Dameon sprang kurz unter die Dusche.

Fünfundzwanzig Minuten später betrat er das Irish Pub und winkte seinem Freund zu, der in dem rappelvollen Lokal einen Platz an der Bar ergattert hatte. Über der Theke blinkte die Weihnachtsbeleuchtung, zwischen dem Stimmengewirr lief irische Musik, es roch nach Alkohol und Schweiß. Die Gäste standen dicht aneinandergedrängt, weshalb das O'Douls keine Bar war, in die man ging, um gesehen zu werden. Es war eine einfache Kneipe mit einer anständigen Bierauswahl und gutem irischen Whiskey.

Dameon begrüßte den Barkeeper mit Namen und setzte sich auf den leeren Barhocker neben Omar. »Du hast schon ohne mich angefangen, wie ich sehe.«

»Dabei wusste ich gar nicht, ob wir heute Bier oder was Härteres trinken.«

Dameon zog die Jacke aus und legte sie auf Omars. »Fangen wir mal mit Bier an.«

Omar gab dem Barkeeper ein entsprechendes Zeichen.

»Was ist der Anlass für diesen spontanen Kneipenbesuch?«

Dameon machte es sich bequem. »Eine Frau.«

»Hey, Tommy, wir nehmen gleich noch zwei Jameson dazu.«

Dameon lachte auf.

»Wusste ich's doch, dass da 'ne Frau im Spiel ist. Wer ist sie und warum habe ich noch nichts von ihr gehört?«, kam Omar gleich zur Sache.

»Sie heißt Grace und arbeitet als Ingenieurin im Bauamt von Santa Clarita.«

Omar, der gerade einen Schluck von seinem Bier nehmen wollte, hielt inne. »Ach, *darum* bist du die ganze Zeit dort. Ich war mir sicher, dass es einen Grund für dieses Mikro-Management gibt.«

Tommy reichte Dameon das Bier, dann stellte er zwei Whiskeygläser hin und schenkte ihnen ein. »Kannst du mir 'ne Portion Fish'n'Chips machen, Tommy?«, fragte Dameon.

»Für mich auch«, sagte Omar.

»Wird heute wohl was Längeres, was?«

»Ja, es geht um eine Frau …«

Tommy O'Doul war um die sechzig, ihm gehörte die Kneipe seit mehr als dreißig Jahren. »Ist das ein Grund zum Feiern oder lasse ich die Flasche lieber bei euch, weil du die Dame vergessen willst?«, fragte er.

»Wir feiern«, erklärte Dameon.

Tommy wollte schon nach der Flasche greifen, aber Omar hielt ihn davon ab. »Lass sie ruhig stehen. Dameon lädt heute ein.«

»Was, du glaubst wohl, wir zwei haben hier ein Date, oder was?«

»Du hast angerufen und mich gefragt, ob ich mit dir ausgehen will«, antwortete Omar lachend.

Tommy winkte ab und ging, um die Bestellung weiterzugeben. Die Flasche ließ er tatsächlich auf der Theke stehen.

»Also, schieß los. Offenbar hast du mir was zu erzählen.«

»Hast du schon mal eine Frau kennengelernt, an die du ständig denken musstest?«, wollte Dameon wissen, bevor er den ersten Schluck nahm.

»Klar. Und dann schlafe ich mit ihr und vergesse ihren Namen.«

Dameon rollte mit den Augen. »Ja, ja, deshalb warst du auch der Erste, den ich gefragt habe, ob du mit mir in die Kneipe gehst. Ich habe nämlich genau gewusst, dass du nicht anderweitig beschäftigt bist.«

»Ich könnte schon beschäftigt sein, wenn ich wollte«, verteidigte sich Omar.

»Jedenfalls ist Grace ganz anders. Sie ist so witzig und voller Selbstvertrauen. Und sie versucht, zu leugnen, dass es zwischen uns diese Anziehungskraft gibt.«

»Wie bitte? Sie widersteht dem großen Dameon Locke?«

»Leider ja. Beziehungsweise nein, aber sie meint eben, es sei verkehrt, weil ich ja mit dem Bauamt zu tun habe. Ein Interessenskonflikt.«

Omar stützte sich auf den Ellbogen auf und prostete Dameon zu. »Sie hat nicht unrecht. Allerdings nur ein Interessenskonflikt für sie, nicht für dich. Und sie ist wirklich Ingenieurin?«

»Ja.«

»Ich will ja nicht sexistisch klingen, aber komisch ist das schon, oder? Die meisten Ingenieure, mit denen wir sonst zu tun haben, sind Männer. Distanzierte, humorlose Männer.«

Dameon dachte kurz darüber nach und musste Omar recht geben. »Sehr analytische Menschen. Kommt wahrscheinlich mit dem Job.«

»Aber deine Grace ist nicht so?«

»Nein. Oder na ja, analytisch schon, wenn sie über ihren Job und das Projekt spricht. Sie denkt so schnell, dass es nur so rattert …« Dameon kippte das Bier hinunter. »Aber sie hat Humor.«

»Und ist sexy, schätze ich mal.«

Er sah sie wieder vor sich, wie ihre Augen blitzten, als sie den Kopf zurückgelegt hatte. »Ja. Ganz anders als Lena.« Ein Jahr lang hatte er sich immer wieder mit Lena getroffen. »Grace ist zierlich und hat trotzdem die richtigen Rundungen. Und sie ist sehr bodenständig.«

»Klingt gar nicht nach deinem bisherigen Frauentyp.«

»Ja«, schnaubte er. »Sie hat einen Job.«

Während sie lachten, kam Tommy und brachte ihnen Besteck.

»Aber es gibt zwei Probleme«, meinte Dameon.

»Zusätzlich zu dem, dass ihr Chef Probleme machen könnte, wenn sie was mit einem Verhandlungspartner anfängt?«

»Also gut. Drei Probleme.«

Omar schob Dameon das Whiskeyglas hin. »Bei Problemen braucht man Whiskey.«

Wie konnte man da schon widersprechen? Sie prosteten sich zu und kippten die braune Flüssigkeit hinunter. Sie brannte in der Kehle und wärmte den Bauch.

»Das erste Problem ist ihr Bruder.« Dameon schilderte ihm die Szene, die sich im Haus abgespielt hatte. Wie die Tür aufgeflogen war und Colin den großen Bruder hatte raushängen lassen. Außerdem schien er auf Anhieb etwas gegen ihn zu haben. »Das zweite Problem ist, dass ihre Freundin mich für einen Stalker hält.«

»Warum das denn?«, wunderte sich Omar.

»Das hab ich sie auch gleich gefragt. Ich bin Grace im Hotel begegnet, doch da haben wir noch gar nicht miteinander geredet. Aber dann spaziert sie am nächsten Morgen ausgerechnet in das Café, in dem ich sitze. Sie ist total verkatert und da spreche ich sie an. Am Montag erscheint sie plötzlich zur Besprechung im Bauamt …« Er machte eine kurze Pause. »Ich habe sie danach über Facebook angerufen.«

Omar spuckte fast das Bier wieder aus. »Du hast was?«

Wenn er sich jetzt so zuhörte, musste er zugeben, dass die Fakten doch sehr gegen ihn sprachen. »Mist, kein Wunder, dass ihre Freundin mich für einen Stalker hält.«

Tommy schob ihnen jeweils einen dampfenden Teller hin und deutete auf die Whiskeyflasche. »Nippt ihr nur daran oder wollt ihr trinken?«

Omar hob den Finger in die Luft und zeigte damit eine weitere Runde an.

Tommy zwinkerte ihm zu, schenkte ein und ging wieder.

»Erstens, lass das mit Facebook.«

»Darauf bin ich auch schon gekommen.« Aber zu dem Zeitpunkt hatte er es für einen genialen Schachzug gehalten.

»Zweitens musst du versuchen, dich mit dem Bruder gutzustellen. Und meine Erfahrung hat gezeigt, dass du gegen eine Wand läufst, wenn dich ihre Freundinnen nicht mögen.« Omar warf sich eine der Pommes in den Mund.

»Ihre Freundin geht noch dazu mit dem anderen Bruder.«

Omar nahm jetzt das Whiskeyglas. »Verdammt, die ganze Familie hasst dich. Da musst du dich schon ordentlich einschleimen, wenn du das Herz dieser Lady erobern willst.«

Nun griff auch Dameon nach dem Whiskeyglas. »Weißt du, wie lange es schon her ist, dass ich um die Gunst einer Frau werben musste?« Das letzte Mal war zu Highschoolzeiten gewesen, als er den Vater einer Sechzehnjährigen für sich gewinnen wollte.

»… oder du triffst dich einfach wieder mit Lena.«

Allein der Gedanke hinterließ einen bitteren Geschmack in seinem Mund, den auch das Essen nicht vertreiben konnte. »Ich fange bei ihrem Bruder an.«

Während er den zweiten Whiskey trank, überlegte er, wie er die Sache angehen sollte.

Kapitel 10

Grace war in Dameons Haus.

Der Regen klopfte in einem Rhythmus aufs Dach, der an Kriegsgetrommel erinnerte. Es klang ziemlich unnatürlich.

Er stand mit dem Rücken zu ihr, aber ihr Bauch wurde warm, wenn sie daran dachte, dass er sich gleich umdrehen würde.

Sie sehnte sich nach seinem Kuss, auch wenn sie wusste, dass sie das eigentlich nicht durfte. Aber hier, im Traum – sie wusste, dass es ein Traum war, und trotzdem konnte sie seinen Duft riechen – hier konnte sie Dameons Umarmung zulassen.

Grace berührte seinen Rücken und da begann das Licht zu flackern.

Er rührte sich nicht.

Durch seinen Mantel drang Kälte.

Er drehte sich um und plötzlich war es Desmond, der ihren Hals packte.

Grace fuhr hoch, griff sich an den Hals. »Es ist nicht Dameon.«

Desmond Brandt war Erins Ex-Mann gewesen, und er tauchte nun in Grace' Träumen wieder auf.

Sie rollte sich aus dem Bett und tappte ins Bad. Als sie das Licht anknipste, schmerzten ihre Augen. Grace berührte ihren Hals. Sie spürte immer noch seine Hand.

»So dumm«, sagte sie zu ihrem Spiegelbild. Sie war so dumm gewesen, seine offensichtlichen Lügen zu ignorieren. Und nur, weil er gut ausgesehen, sich wie ein Weltmann benommen hatte. Auch die Erinnerung daran, dass sie sich geküsst hatten, hätte sie gern aus ihrem Gedächtnis gelöscht. Aber das verstärkte nur das Gefühl, dass seine Hände immer noch ihren Hals umklammerten.

Damals war plötzlich Miah, ein Streifenpolizist, den sie seit ihrer Kindheit kannte, mit einem Kollegen aufgetaucht. Die Cops hatten einen Routinekontrollgang durchs Einkaufszentrum gemacht und Grace zusammen mit Desmond gesehen, dessen Verhalten sich daraufhin schlagartig geändert hatte. Er musste sich ertappt gefühlt haben, zumindest war er nervös geworden und hatte sich schnell verabschiedet. Am nächsten Tag erfuhr Grace, wer er wirklich war. Eine Woche später war er tot und Erin lag auf der Intensivstation.

Es hätte auch Grace treffen können.

Dann wäre sie jetzt unter den Opfern gewesen.

Bei der anschließenden Ermittlung hatte man Bilder von ihr und Parker bei Desmond gefunden. Darauf hatte *Nummer eins* und *Nummer zwei* gestanden. Zunächst hatte sich die Polizei mit Details zurückgehalten, aber schließlich hatte sich ihr Vater mit ihr hingesetzt und ihr erklärt, was es mit der ganzen Sache auf sich hatte.

»Er war ein Soziopath, Gracie. Wenn er es geschafft hätte, mit dir allein zu sein – nicht auszudenken, was er mit dir angestellt hätte.«

»Warum sagst du mir das jetzt?«

Ihr Vater drückte ihre Hand und hatte Tränen in den Augen, was so gut wie nie vorkam. »Weil ich dich nicht verlieren will. Du musst besser auf dich aufpassen. Jetzt kann ich dich ja nicht mehr unter Hausarrest stellen, um zu verhindern, dass du mit dem größten Rowdy aus deiner Schule abhängst.«

Grace drehte das kalte Wasser auf, befeuchtete einen Waschlappen und wusch sich das Gesicht. Sie war tatsächlich vorsichtiger geworden. So vorsichtig, dass sie Männer schlechthin gemieden hatte, vor allem im romantischen Sinn.

Bis jetzt.

Als sie wieder in ihrem Zimmer war, blickte sie auf die Uhr. Drei Uhr morgens.

Sie ging durch den kurzen Flur in den offenen Wohnbereich und knipste eine kleine Lampe an.

Nachdem sie sich ein Glas Milch eingeschenkt hatte – wie ihre Mutter es früher für sie getan hatte, wenn Grace nicht schlafen konnte –, setzte sie sich auf die Couch und zog die Sofadecke über sich.

Dameon und Desmond. Die Namen klangen zum Verwechseln ähnlich. Aber damit war auch schon Schluss mit der Ähnlichkeit.

Zwei Wochen nach seinem Tod hatten die Albträume angefangen, oder vielmehr waren es Erinnerungen an den Vorfall. Ganz anders als der Traum, der sie jetzt geweckt hatte.

Da sie mit zwei älteren Brüdern aufgewachsen war, hatte sie von klein auf gelernt, sich nicht einschüchtern zu lassen. Sie war immer stolz auf ihren guten Riecher gewesen, hatte immer gewusst, wer gut und wer böse war. Bei Desmond war sie allerdings völlig ahnungslos gewesen. Sie hatte gedacht, dass sie über die Dating-Plattform Match mit einem Mann verabredet sei, der aber nicht erschienen war. Später war bei den Ermittlungen herausgekommen, dass alles aufgesetzt gewesen war. Desmond hatte ein falsches Profil verwendet und genau gewusst, wo er Grace finden und dass ihr eigentliches Date nie auftauchen würde.

Nach dem Vorfall hatte sie alle Dating-Apps, die sie jemals benutzt hatte, von ihrem Handy gelöscht und jedem Mann, der sie in einer Bar anquatschen wollte, den Rücken zugedreht. Sie hatte dem anderen Geschlecht einfach gänzlich abgeschworen.

Grace schloss die Augen und versuchte, die Erinnerungen zu verscheuchen.

Vielleicht hatte Erin recht? Vielleicht war das der Grund, warum Grace plötzlich wieder Albträume hatte. Vielleicht war Dameon ja doch nicht so unschuldig, wie er tat.

Oder die traumatischen Erinnerungen kamen zurück, weil sie zum ersten Mal seit einem halben Jahr wieder jemanden interessant fand.

* * *

Es war Sonntag und Grace traf sich mit Parker, Colin, Erin und Matt zu ihrem alljährlichen Spaziergang durch das Viertel von Santa Clarita, in dem die Gebäude mit jedem erdenklichen Leuchtschmuck dekoriert waren und die Lichterketten sich von Haus zu Haus spannten. Es gab Grinch- und Disney-Motive, künstlichen Schnee, Bäume, die scheinbar aus den Dächern herausexplodierten. Die Luft war kalt und roch noch nach dem letzten Regen, was zur weihnachtlichen Stimmung beitrug.

Sie wusste, dass einer der anderen früher oder später Colins Zusammenstoß mit Dameon ansprechen würde. Die Mitglieder ihrer Familie waren außerordentlich schlecht darin, Geheimnisse für sich zu behalten.

Aber man musste es ihnen zugutehalten, dass sie ungefähr fünf Minuten warteten, bis wenigstens alle Hallo gesagt und sich Begrüßungsküsschen gegeben hatten, bevor das erste Wort zu dem Thema fiel. Sie standen im kleinen Kreis, während Erin noch einen Schal aus dem Auto holte.

»So, was habe ich da gehört? Eine unangenehme Situation zwischen dir und einem Verhandlungspartner in einem verlassenen Haus?« Die Frage kam von Matt.

Das Schweigen, das folgte, sagte Grace alles, was sie wissen musste. Sie hatten also schon darüber geredet.

»Vielen Dank, Colin«, sagte sie.

Er grinste, als wäre er stolz auf sein Werk. »Du hast selbst mal gesagt, wir sollen einschreiten, wenn du mit jemandem ausgehst, der nicht gut für dich ist.«

»War ich bei dieser Unterhaltung anwesend?«, fragte Erin, während sie die Autotür zuschlug.

»Nein. Da saßen wir im Krankenhaus im Wartezimmer, als du auf der Intensivstation lagst«, erklärte Parker.

Grace hatte es tatsächlich wortwörtlich gesagt, während sie alle Dating-Apps von ihrem Handy gelöscht hatte. Ihre ganze Familie, inklusive Mom und Dad, waren dabei gewesen.

»Erstens gehen Dameon und ich gar nicht miteinander aus und zweitens …«

»Ich weiß doch, was ich gesehen habe«, unterbrach Colin sie.

»Und zweitens …« Sie machte eine Pause, um den Effekt zu vergrößern. »Und zweitens ist an dem Mann nichts verkehrt. Und ich möchte noch einmal betonen, dass wir *nicht* miteinander ausgehen.«

»Ich habe gesehen, wie er dich angeschaut hat, Gracie. Wenn ihr nicht miteinander ausgeht, oder wie auch immer du es nennen willst, dann liegt es jedenfalls nicht daran, dass er nicht will«, erklärte Colin.

»Und selbst wenn, was sollte daran verkehrt sein?«

Parker hakte sich bei Grace ein und lief mit ihr los. »Daran ist gar nichts verkehrt. Wir sind nur alle ein bisschen ängstlicher als früher.«

Wenn sie wieder an den Albtraum der letzten Nacht dachte, konnte sie die Reaktion ihrer Familie eigentlich nicht übel nehmen.

»Sollte euch etwas Schlechtes über diesen Mann zu Ohren kommen, gebt mir Bescheid. Im Moment kommt ihr mir vor wie Glucken, die um das schwächste Küken herumflattern und sich als Beschützer aufplustern, nur weil es Single ist.«

Colin gesellte sich zu Parker und legte ihr den Arm um die Schulter. Matt und Erin liefen hinter ihnen.

»Meine Therapeutin hat mich gewarnt, dass in der nächsten Zeit alle ganz besonders auf mich aufpassen wollen und dass ich es nicht als persönliche Beleidigung auffassen darf«, meinte Erin. »Es ist nur gut gemeint und geschieht aus Liebe.«

Parker drückte Grace' Arm und lehnte sich an ihre Freundin. »Wir haben dich halt einfach lieb.«

»Und ich würde mich besser fühlen, wenn wir mehr über ihn wüssten«, sagte Colin.

»Warum ladet ihr ihn nicht zum Familienessen ein?«, schlug Erin vor.

»Leute, ich habe doch schon gesagt, dass wir nicht zusammen sind. Okay, zugegeben, er wollte mich zum Essen einladen, aber ich habe schon genug Probleme mit Richard im Büro und seinen ewigen Sticheleien und Anspielungen. Da will ich nicht auch noch Öl ins Feuer gießen, indem ich was mit 'nem Verhandlungspartner anfange.«

»Ich dachte, Richard lässt dich jetzt mehr in Ruhe«, sagte Matt.

»Sagen wir es so: Er hat mich schon eine ganze Weile nicht mehr zum Kaffeeholen geschickt. Dafür stapelt er mir jetzt haufenweise Arbeit auf den Tisch und sagt, er könne die Arbeit natürlich auch Evan oder einem der anderen Männer geben, wenn ich es nicht schaffe.«

»Wie fies«, empörte sich Parker.

Sie bogen um die Ecke in das Viertel mit den erleuchteten Häusern.

»Ich kann ihn am Freitag auf der Weihnachtsfeier darauf ansprechen«, bot Colin an.

»Das würde nur auf mich zurückfallen. Aber danke. Ich komme schon allein mit Richard klar.«

»Das Angebot steht jedenfalls.«

Grace schenkte ihrem Bruder ein Lächeln. Dann wandte sie ihre Aufmerksamkeit den riesigen Nussknackern zu, die die Straße säumten. »Das werden ja jedes Jahr mehr.«

»Wirklich verrückt«, gab Erin staunend zurück.

Und so war das Thema Grace und Dameon erst einmal beendet, und sie plauderten über hohe Stromrechnungen und die Überlastung der Elektrizitätswerke.

* * *

Dameon saß in seinem Büro und starrte auf diverse Pläne und Berechnungen, die vor ihm auf dem Tisch lagen. Er konnte nicht leugnen, dass er nervös war. Seine Firma hatte in den letzten vier Jahren ein enormes Wachstum verbucht, was zu mehr Personal, größeren Büroräumen und höheren Fixkosten geführt hatte. Ohne Maxwells Investition hatten sie nur wenig Spielraum. Während der Wachstumsphase war es Dameon möglich gewesen, eher im Hintergrund zu agieren, sein persönliches Engagement auf alle Projekte gleichmäßig aufzuteilen und das Tagesgeschäft anderen zu überlassen, denen er vertraute. Würde er sich das weiterhin leisten können? Eine einzige falsche Entscheidung konnte sie dazu zwingen, sich wieder zu verkleinern.

Das Telefon klingelte, es war seine Sekretärin. Er drückte den Lautsprecherknopf. »Ja, Pauline?«

»Ein Mr Hudson ist am Apparat. Er hat nicht gesagt, in welcher Angelegenheit, nur dass er Sie persönlich sprechen will.«

Dameon klopfte mit dem Stift auf den Schreibtisch. »Kein Problem, danke.«

Sein Finger schwebte über dem Annahmeknopf. Die Chancen, dass es schlecht laufen würde, standen fifty-fifty. Er nahm das Gespräch an und stellte Colin auf laut. »Hier ist Dameon«, sagte er.

»Guten Morgen. Hier ist Colin, Grace' Bruder.«

»Ja, guten Morgen. Ich wollte Sie auch schon anrufen. Jetzt sind Sie mir zuvorgekommen.«

»Ach, tatsächlich?«

»Unsere Begegnung am Freitag war ja ein bisschen … unglücklich, das wollte ich wiedergutmachen.«

»Und wie gedenken Sie das zu tun?«

Colin war echt ein harter Hund, das musste man ihm lassen. »Das weiß ich selbst nicht genau«, sagte Dameon wahrheitsgemäß. »Wir könnten ein Bier trinken gehen und ich beweise Ihnen, dass ich nicht annähernd so bin, wie Sie glauben.«

Colin schwieg.

Und zwar so lange, dass Dameon den Drang hatte, noch mehr zu sagen. Doch er hielt sich zurück.

»Wollen Sie behaupten, dass Sie gar nicht hinter meiner Schwester her sind?«

»Nein. Ich würde mich freuen, wenn sich Ihre Schwester endlich dazu durchringen könnte, mit mir essen zu gehen. Aber sie macht es mir lieber so schwer wie möglich. Sie glaubt, dass sie Stress mit ihrem Chef kriegt, wenn sie sich privat mit mir trifft.«

»Und wenn sie berechtigte Gründe für diese Annahme hat, würden Sie sie dann in Ruhe lassen?«, fuhr Colin fort.

Dameon musste darüber nachdenken. »Ich will nicht, dass sie wegen mir Probleme bekommt.«

»Gut.«

»Was aber auch nicht heißt, dass ich aufgeben würde.« Und warum führte er diese Unterhaltung mit ihrem Bruder? »Vielleicht sollte ich mich zurückhalten, bis meine Firma mit der ganzen Bürokratie durch ist.«

»Womit wir beim zweiten Grund meines Anrufs wären.«

Er wartete. »Ich höre.«

»Die jährliche Weihnachtsfeier der Stadt steht vor der Tür. Es ist eigentlich mehr eine Networkingveranstaltung als eine Feier für die Mitarbeiter. Alle Entscheidungsträger der Stadt werden da sein. Ich dachte, vielleicht hätten Sie auch Lust, zu kommen. Sie können die Mitarbeiter der verschiedenen Abteilungen kennenlernen, die Stadtratsmitglieder und alle anderen, die für Ihr Projekt grünes Licht geben müssen. Vielleicht könnten Sie auf diese Weise einiges beschleunigen. Zumindest aber hätten Sie mal die Gesichter gesehen, die hinter den Namen stecken.«

Dameon traute seinen Ohren kaum. »Das klingt ja perfekt. Aber … warum wollen Sie mir helfen?«

Vielleicht hatte Grace ihren Bruder dazu angestiftet?

»Ich bin halt ein netter Typ«, sagte Colin, und es klang, als würde er schmunzeln.

»Der mir fast die Hand ausgerissen hätte«, entgegnete Dameon.

»Ich hatte eben gute Gründe, misstrauisch zu sein.«

»Sie meinen wegen der Geschichte mit Erin und ihrem Ex-Mann?«, fragte Dameon.

»Grace hat Ihnen davon erzählt?«

»Jawohl.«

Wieder folgte Schweigen.

»Dann werden Sie ja verstehen, dass ich misstrauisch bin, wenn jemand meiner Schwester nachstellt, und das auf mehr als sonderbaren Wegen.«

»Ich kann Ihnen leider nicht ganz folgen.«

»Sie haben doch über Facebook Kontakt mit ihr aufgenommen, oder?«

»Ja, das stimmt.«

»Was ja schon ziemlich merkwürdig ist, finden Sie nicht?«, fragte Colin.

»Viele Leute benutzen den Messenger von Facebook, um sich Nachrichten zu schreiben.«

»Aber Sie haben sie angerufen.«

»Na ja, stimmt. Zu meiner Verteidigung muss ich sagen, dass ich Ihre Schwester wirklich mag. Und ich bin mir ziemlich sicher, dass das Gefühl auf Gegenseitigkeit beruht.«

Er hörte Colin seufzen. »Und Sie erkennen keine Parallelen?«

»Zwischen der Tatsache, dass ich Grace über den Messenger angerufen habe, und der Geschichte mit Erins Mann, der sie umbringen wollte? Nein, Colin, wo sollen da die Parallelen sein?«

»Nein. Ich meine, dass Sie Grace über Facebook kontaktieren. Dieser Brandt hat damals eine Dating-App benutzt, um sie zu kriegen.«

Jetzt verstand Dameon überhaupt nichts mehr. »Wer ist denn Brandt?«

»Desmond Brandt. Der Mann, der versucht hat, Erin umzubringen, und auf unheimlichen Wegen mit Grace Kontakt aufgenommen und sie getroffen hat.«

Dameons Kinnlade klappte herunter. »Wie bitte?«

Jetzt wurde Colin verlegen. »Oh. Den Teil hat sie Ihnen wohl nicht erzählt?«

Bruchstücke der Unterhaltung wirbelten in seinem Kopf herum wie Blätter im Wind. Endlich sammelten sie sich auf einem Haufen. »Meinen Sie damit etwa, dass dieser Kerl, der jetzt tot ist, Grace benutzt hat, um an seine Frau zu gelangen?« Ihm stellten sich die Nackenhaare auf.

»Mist. Äh, nicht ganz. Verdammt … Grace wird mich umbringen.«

»Was heißt ›nicht ganz‹?«

»Ach, nichts. Die Einzelheiten kann Ihnen Grace selbst erzählen.«

»Auf der Weihnachtsfeier, auf die ich gehen soll.«

»Genau. Aber wahrscheinlich ist es nicht so ratsam, dieses Gespräch auf der Party zu erwähnen.«

»Das heißt, ich soll einfach auf irgendeiner Feier aufkreuzen, ohne eingeladen zu sein … Und ihre Familie, bei der ich ja schon den Ruf eines Stalkers genieße, soll das toll finden?« Zumal er jetzt wusste, woher die Sorge um Grace rührte.

»Sie sind doch ein einfallsreicher Mann. Ich bin mir sicher, dass sie eine Einladung kriegen, wenn Sie es lange genug versuchen.«

Stimmt, einfallsreich war er durchaus. »Sagen Sie mir nur noch eine Sache, Colin … Hat er ihr etwas angetan?«

Dameon hielt die Luft an, während er auf die Antwort wartete.

»Körperlich nicht. Aber seit dem Vorfall ist sie nicht mehr ganz dic Alte.«

Das reichte, um Dameon einen Stich zu versetzen.

»Darf ich Sie noch etwas fragen?«

»Meinetwegen.«

»Wenn Sie in Bezug auf mich solche Bedenken haben, warum fragen Sie mich dann, ob ich auf die Feier komme?«

»Damit ich mir selbst ein Urteil bilden kann.«

Mit dieser Antwort konnte Dameon leben.

Kapitel 11

Es gab nicht ohne Grund so viele Sprüche über den Montag, aufgedruckt auf Kaffeetassen und T-Shirts oder als Memes in den sozialen Medien.

Montage waren einfach ätzend, besonders wenn man den in der vorangegangenen Arbeitswoche verpassten Schlaf nicht am Wochenende nachgeholt hatte.

Grace saß wie jeden zweiten Montag in der Besprechung mit den anderen Ingenieuren des Teams. Richard hatte am Kopf des Tisches Platz genommen, sie und Evan auf der einen Seite und Lionel, Adrian und die beiden Praktikanten auf der anderen. Oft arbeiteten sie zusammen an einem Projekt, weshalb die Meetings notwendig waren, um Probleme und die nächsten Arbeitsschritte zu besprechen und gemeinsam Lösungen zu finden. Jeder hatte sein eigenes Fachgebiet und während der Sitzungen wurden die Aufgaben entsprechend verteilt.

An Tagen wie diesen traf Grace ihre Kleiderwahl mit besonderer Sorgfalt und wählte ein Outfit, zu dem hohe Schuhe passten. Die paar Extrazentimeter stärkten ihr Selbstbewusstsein, weil sie damit ihren Kollegen und vor allem ihrem Chef direkt in die Augen sehen konnte.

Richard begann bei Lionel und Adrian, dann war Evan an der Reihe.

»Wie läuft es mit der Sache am Sierra Highway? Müssen wir selbst ran oder zeigt sich der Eigentümer jetzt einsichtig?«, wollte Richard wissen.

Evan blickte zu Grace. »Ich glaube, Grace kann mehr darüber berichten«, meinte er.

»Ich habe ihm gesagt, dass er uns spätestens heute mitteilen muss, welche Firmen er beauftragt. Es würde mich aber nicht wundern, wenn er sich wieder etwas einfallen lässt, um noch mehr Zeit zu schinden.«

»Dabei hat er mehrere Monate Zeit gehabt«, ergänzte Evan.

»Genau. Und er ist ziemlich auf Krawall gebürstet«, entgegnete Grace.

»Sind das nicht alle, wenn die Stadt mit Auflagen daherkommt?«, meinte Adrian grinsend.

»Sind Sie der Sache nicht gewachsen, Hudson?«, fragte Richard.

Evan beugte sich vor. »Das hat sie doch gar nicht gesagt. Aber dieser Mann ist alles andere als ein angenehmer Zeitgenosse. Er zeigt wenig Respekt und ich muss Grace recht geben. Er wird sicher versuchen, alles noch weiter hinauszuzögern.«

»Ich habe ihm ein Ultimatum gesetzt. Außerdem habe ich eine Liste erstellt mit allem, was gemacht werden muss. Jetzt brauche ich nur noch Ihr Okay, um die nächsten Schritte einzuleiten und ein Team hinzuschicken.«

Grace hatte alles gesagt, was es zu sagen gab, und wartete nun auf den Segen ihres Chefs.

»Meinetwegen. Fügen Sie es zum Januar-Budget hinzu«, antwortete Richard.

Grace freute sich über den kleinen Sieg. Jetzt konnte sie endlich weitere Schritte einleiten.

Als Nächstes sprach Evan über ein Großprojekt, das er gerade zu Ende brachte, und ein anderes, für das er mehr Leute brauchte.

Richard willigte ein, dann wandte er sich ein weiteres Mal an Grace.

Wie alle anderen begann Grace mit den dringlichsten Angelegenheiten und schloss mit dem neuesten Projekt. Nämlich dem von Dameon. Sie sprach über die geplante Größe und die Punkte, die für das Bauamt relevant waren. »Ich weiß, dass Dameon im Frühjahr mit dem Aushub beginnen will. Um den Zeitplan einzuhalten, brauche ich mehr Leute. Allein die Verlagerung der Gewerbeimmobilien ist schon ein Vollzeitjob.«

Nachdem sie ausgeredet hatte, stellte Richard nur eine einzige Frage. »Dameon? Sie meinen wohl Mr Locke.«

Grace musste ihre Hand lockern, sonst hätte sie den Bleistift zerbrochen. »Ja, Richard. Ich meine *Dameon* Locke.« Jetzt war es ein Blickduell zwischen ihm und ihr.

Evan, stets auf ihrer Seite, sprang ihr bei. »Ich könnte mich um die Gewerbegebäude kümmern.«

»Danke, Evan.« Sie unterbrach den Blickkontakt mit Richard und wandte sich an Adrian. »Hast du nicht erst vor Kurzem einen Bericht über die Bodenbeschaffenheit im San Francisquito Canyon verfasst?«

»Das ist über ein Jahr her«, antwortete Adrian.

»Könntest du ihn trotzdem für mich raussuchen? Das erspart uns doppelte Arbeit.«

»Klar, kein Problem.«

Jetzt ergriff wieder Richard das Wort. »Gut, dann haben Sie wohl alles unter Kontrolle, Hudson.«

Sein Ton sagte ihr allerdings, dass er nicht zufrieden war. »Es ist nie schlecht, wenn man fürs neue Jahr schon einen kleinen Vorsprung hat.«

Grace hatte erreicht, was sie sich für die Besprechung vorgenommen hatte, und lehnte sich nun zurück, die Hände im Schoß gefaltet.

Nach der Besprechung kam Evan mit zu ihr ins Büro. Erst als er die Tür hinter sich geschlossen hatte, sprach er aus, was beide dachten. »Was zum Henker ist nur mit ihm los?«

»Sag mir nicht, dass dir das jetzt erst auffällt.«

»Ja gut, er war schon immer ein harter Knochen, aber heute war's echt zu viel.«

»Schon allein, dass immer erst alle anderen berichten, bevor ich drankomme. Und jedes Mal versucht er, es so darzustellen, als wäre ich unfähig oder nicht kompetent genug. Außerdem nennt er alle beim Vornamen, nur zu mir sagt er Hudson.« Sie ließ sich auf den Bürostuhl fallen.

Evan setzte sich ihr gegenüber an den Schreibtisch. »Stell ihn zur Rede. Konfrontiere ihn mit dem Begriff ›Diskriminierung von Frauen‹.«

Sie legte den Kopf in den Nacken. »Auf dieses Spiel lass ich mich nicht ein. Ich weiß ja nicht mal, ob es daran liegt, dass ich eine Frau bin, oder ob es etwas Persönliches ist.« Wobei sie sich gegenüber Richard nie etwas hatte zuschulden kommen lassen, was er ihr zum Vorwurf machen konnte. »Außerdem, wenn du mit so was daherkommst, findest du danach nie wieder einen Job.«

Evan zuckte mit den Achseln. »Was meinst du denn, warum ich nichts über mein Privatleben preisgebe?«

Grace schnaubte auf. Sie wusste schon seit Jahren, dass Evan schwul war. »Mir musst du nichts vormachen.«

»Ich weiß. Es ist aber einfacher, Privates vom Geschäftlichen zu trennen.«

Sie zog den Stuhl näher zum Tisch. »Ich habe allerdings so ein Gefühl, dass er an deiner sexuellen Orientierung weniger auszusetzen hätte als an meinen Technikplänen.«

Evan lachte und beugte sich vor. »Kopf hoch! Immerhin wird er lange vor uns in Rente gehen.«

»Ist nur fraglich, ob ich das noch so lange aushalte. Ich gebe zu, dass ich mich schon ein paarmal nach einem neuen Job umgeschaut habe.« Allerdings gab es keine Garantie dafür, dass man sie anderswo besser behandeln würde.

»Kann ich gut verstehen.« Evan wedelte mit der Hand. »Gib mir mal die Pläne für Locke Enterprises. Ich mache mir Kopien und sehe mir deine Anmerkungen an.«

Grace ging zum Aktenschrank, nahm den entsprechenden Ordner und suchte die Unterlagen heraus. »Vielen Dank, Evan. Ich weiß es echt zu schätzen, dass du dich so für mich einsetzt.«

»Kein Ding. Dafür hast du dich ja ganz allein um diese dumme Sokolov-Sache gekümmert. Ich stehe tief in deiner Schuld.«

Grace rollte die Pläne zusammen und gab sie ihm. »Quatsch.«

»Doch, doch.« In der Tür blieb Evan noch einmal stehen. »Bringst du am Freitag eigentlich jemanden mit?«

»Du weißt doch, dass ich seit Monaten kein Date mehr hatte.«

»Jammerschade. Der tote Arsch ist kein Indiz dafür, dass du dein Gespür oder deine Menschenkenntnis verloren hast.«

»Bin ich so leicht zu durchschauen?« Dabei hatte sie gedacht, sie könnte ihre Gefühle gut verbergen.

»Es reicht, wenn man eins und eins zusammenzählt. Sonst hast du immer irgendwen gehabt. Kaum war der eine weg, kam schon der nächste. Was jetzt nicht mehr der Fall ist. Nicht mehr, seit …«

»Ja, ja, ich weiß. Ich bin halt noch nicht bereit.«

Er zwinkerte ihr zu. »Gib dem Scheißkerl nicht so viel Macht über dein Leben, Grace. Du bist zu jung, um dir statt Männern eine Horde Katzen zuzulegen.«

Diese Aussage ließ sie schmunzeln. »Ich habe keine Katze, erst recht keine Horde.«

Ihr Telefon klingelte, wodurch die Unterhaltung beendet wurde. »Ciao, Evan.« Sie nahm den Hörer ab. »Grace Hudson«, meldete sie sich.

»Guten Morgen, Grace.« Dameons Stimme klang wie Seide.

»Guten Morgen.«

Im Hinausgehen warf Evan ihr einen bedeutungsvollen Blick zu.

Sie legte die Hand über die Sprechmuschel. »Und mach die Tür hinter dir zu.«

Als er gegangen war, wandte sich Grace wieder dem Gespräch zu.

»Störe ich gerade?«, erkundigte sich Dameon.

»Nein, alles gut.«

»Wunderbar. Ich wollte sagen, dass ich morgen wieder in der Gegend bin. Ich würde gerne noch ein paar Dinge mit Ihnen besprechen.«

»Morgen geht's leider schlecht, da sind schon viele Termine.«

»Und mittags? Vielleicht dürfte ich Sie zum Lunch einladen?«

Grace senkte die Stimme, als hätten die Wände plötzlich Ohren bekommen. »Ist das Ihre Art, mich zu einem gemeinsamen Essen zu bewegen, obwohl ich bereits Nein gesagt habe?«

Er zögerte so lange, dass sie wusste, den Nagel auf den Kopf getroffen zu haben. »Aber Sie müssen auch essen.«

»Ich habe morgen … eine Sache. Während der Mittagspause.«

»Eine Sache?«

»Was Wichtiges.«

»Ich kann Sie zu der *Sache* hinbringen.«

»Dameon.«

»Gut, ich würde mich für den Anfang auch lediglich mit Ihrer Handynummer zufriedengeben.«

Sie schüttelte den Kopf. »Sie haben die Nummer meines Diensthandys.«

»Möchten Sie wirklich nach Dienstschluss darauf einen Anruf erhalten? Ich weiß ja nicht, ob Ihre Telefonate vielleicht überprüft werden …«

Der Mann war ganz schön hartnäckig.

»Also gut.« Sie gab ihm ihre Privatnummer durch.

»Ich habe noch nie so lange gebraucht, um die Nummer von einem Mädel zu bekommen.«

Das brachte sie zum Grinsen. »Wahrscheinlich schleudern Ihnen die Frauen ihre Telefonnummern nur so entgegen.«

»So war das nicht gemeint.«

Grace schob die Besprechungsunterlagen zur Seite. »Also, wenn es jetzt nicht noch was Dringendes gibt, muss ich weiterarbeiten.«

»Ich werde mir wieder was Dringendes einfallen lassen.«

»Warum überrascht mich das nicht?«

»Weil Sie sehr klug sind. Ich wünsche Ihnen einen schönen Tag, Grace.«

Sie hätte sich daran gewöhnen können, ihren Namen aus seinem Mund zu hören.

»Auf Wiederhören, Dameon.«

Sie legte auf und nahm sich mit deutlich besserer Laune die Unterlagen vor, an denen sie vor der Besprechung gesessen hatte.

Als ihr Privathandy vibrierte und den Eingang einer Textnachricht verkündete, wusste sie sofort, von wem sie war.

Ich will nur sichergehen, dass das auch wirklich die richtige Nummer ist.

Sie sind unverbesserlich.

Er antwortete mit einem Zwinkersmiley.

Tja, wahrscheinlich war es tatsächlich besser, wenn sie solche Nachrichten nicht aufs Diensthandy bekam. Richard hätte einen Herzinfarkt bekommen, wenn er den Flirt mitbekommen hätte.

Kapitel 12

Dameon blieben noch drei Tage, um an eine Einladung zur Weihnachtsfeier zu kommen. Um zwölf Uhr sah er, wie Grace das Bürogebäude verließ.

»Wenn man schon beschuldigt wird, ein Stalker zu sein, kann man sich auch wie einer verhalten.« Er kam sich tatsächlich wie ein Spanner vor.

Statt ins Auto zu steigen, lief sie zu Fuß in Richtung Einkaufszeile.

Ihr hinterherzugehen, wäre viel zu auffällig gewesen, weshalb er den kurzen Weg mit dem Auto fuhr und gerade noch sah, wie sie in einem der Geschäfte verschwand. Er parkte den Wagen und ging los. Es kamen nur zwei Läden infrage.

Der erste war eine Art Bank, in der man sich Schecks in bar auszahlen lassen konnte. Er warf einen Blick hinein, sah sie aber nicht, weshalb er zum nächsten Geschäft ging. Da war sie. Sie zog sich gerade die Schuhe aus.

»Ein Nagelstudio? Das soll wohl ein Witz sein.« Jetzt konnte er schlecht so tun, als würde er sie zufällig hier antreffen.

Sie nahm in einem Sessel Platz und stellte die Füße in eine Wanne, in die Wasser lief.

Dameon sah ihr fasziniert zu.

Doch dann merkte er, dass ihn jemand von drinnen beobachtete. Also öffnete er die Tür und betrat den Salon. *Und jetzt so tun, als wäre das total normal.*

»Grace? Sind Sie das?«

Als sie ihren Namen hörte, blickte sie auf. »Dameon?«

»Habe ich es mir doch gedacht, dass Sie es sind.« Alle Augenpaare richteten sich nun auf ihn. Eine Frau saß an einer Theke und hielt die Hände unter irgendein komisches Licht. Eine der Angestellten rollte mit dem Hocker zu Grace und überprüfte die Temperatur des Fußbads.

»Was machen Sie denn hier?«, fragte sie verdutzt.

»Ich habe gerade, äh …« Er deutete mit dem Daumen zur Tür. »Ich war gerade bei …« Mist, er wusste nicht mal, welche anderen Geschäfte es hier gab. »Das ist also diese *Sache*, die Sie heute machen müssen?«

Jetzt war es Grace, die verlegen wurde. Ihre Wangen färbten sich rot. »Es ist wichtig.«

»Haben Sie einen Termin?«, erkundigte sich eine der Angestellten.

»Entschuldigung, wie bitte?« Die Frage brachte ihn aus dem Konzept.

»Einen Termin. Haben Sie einen?« Er schüttelte den Kopf.

Dameons Gesicht wurde nun auch ein wenig heiß.

Die Frau, die sich gerade die Nägel lackieren ließ, musste lachen.

Dameon warf Grace einen Blick zu, die sich ein Grinsen auch nicht verkneifen konnte.

»Ich kann Ihnen den Platz neben Ihrer Bekannten herrichten«, meinte die Angestellte beharrlich.

»Es tut mir leid. Ich verstehe nicht …«

»Sie möchte wissen, ob Sie eine Pediküre wollen«, erklärte Grace.

Um Gottes willen, bloß nicht.

Er sah sich um und fühlte sich ziemlich fehl am Platz. »Ähm …«

»Also, Sie können hier nicht die ganze Zeit herumstehen«, meinte Grace.

»Können wir reden?«, fragte er.

Grace guckte demonstrativ auf den leeren Platz neben sich.

Verdammt!

»Also gut.« Irgendwo schnitt gerade jemand seine Männlichkeitskarte in der Mitte durch.

Die Frau lächelte ihm zu, klappte die Armlehne des Sessels hoch und ermutigte ihn, sich zu setzen.

Er streifte die Schuhe ab und nahm Platz.

Aus dem Augenwinkel sah er Grace schmunzelnd eine Fernbedienung aus der Seitentasche des Sessels nehmen.

»So verbringen Sie also Ihre Mittagspausen?«, fragte er.

»Der Salon liegt in der Nähe und mittags ist immer eine günstige Zeit.«

Er lehnte sich zurück, während die Nagelpflegerin nun auch für ihn Wasser einließ. Erst jetzt dämmerte es ihm, dass er die Socken ausziehen und die Hosenbeine hochkrempeln musste. Was ungefähr das Albernste war, was er je getan hatte.

Nachdem er also dafür gesorgt hatte, dass die Hosenbeine seines Anzugs nicht nass wurden, wollte er die blassen Füße ins Wasser stellen. Doch als sein großer Zeh den ersten Kontakt mit der Wasseroberfläche hatte, zog er den Fuß wieder fort. »Zu heiß.«

Die Angestellte streckte die Hand ins Wasser und sah ihn an, als wollte sie sagen: »Sie veräppeln mich doch!«. Dennoch stellte sie das Wasser etwas kühler.

»Ist heute kalt draußen«, sagte er, bloß um irgendetwas zu sagen. Er war es nicht gewohnt, in der Öffentlichkeit seine Schuhe auszuziehen. Höchstens, wenn er neue anprobierte.

Die Frau, die sich mit Grace beschäftigte, hob deren Füße aus dem Wasser und begann nun, den alten Lack von Grace' Zehennägeln zu entfernen.

Dameon prüfte erneut die Wassertemperatur, die ihm jetzt angenehmer erschien, dann lehnte er sich zurück.

»Lassen Sie mich raten: Sie haben das noch nie gemacht?«, fragte Grace.

»Männer machen so was nicht.«

Die Sitze entpuppten sich als Massagesessel. Grace' Körper wölbte sich vor, während die eingebauten Rollen ihre Wirbelsäule entlangfuhren. Dameon bemühte sich, nicht auf ihre Brüste zu starren, die sich wackelnd nach vorne reckten.

»Ich sehe hier ständig Männer reinkommen«, meinte Grace.

»Wirklich?« Denn er kannte keinen einzigen seiner Artgenossen, der jemals zur Pediküre gegangen wäre.

»Andauernd.«

»Warum beschleicht mich das Gefühl, dass Sie mich auf den Arm nehmen?«

Grace sagte zu der Frau, die vor ihren Zehen saß: »Nell, sag ihm, dass jeden Tag Männer zur Pediküre zu euch kommen.«

Nell nickte schmunzelnd.

»Also, worüber wollten Sie mit mir sprechen?«, fragte Grace.

Dameon wackelte mit den Zehen im Wasser und drückte auf den Knopf auf seiner Fernbedienung. Seine Sitzlehne fuhr nach vorne, was es für ihn deutlich ungemütlicher machte. »Ähm, wie krieg ich das Ding wieder nach hinten?«

Grace griff hinüber und drückte für ihn auf den entsprechenden Knopf auf der Fernbedienung, der schon so abgenutzt war, dass man die Schrift darauf nicht mehr lesen konnte. »Lehnen Sie sich zurück«, wies sie ihn an, bevor sie seinen Sitz in Bewegung brachte.

Plötzlich wölbte sich auch sein Körper so vor wie der von Grace. Es fühlte sich erstaunlich gut an.

Dameon bewegte die Schultern, um an den richtigen Stellen massiert zu werden. »Das ist gar nicht mal so übel.«

»Eine Stunde Stressabbau«, erklärte Grace, die mit geschlossenen Augen den Kopf zurücklehnte.

Zum Glück bestand keine Gefahr, dass ihn irgendwer hier drinnen sah.

»Ich ziehe hierher«, verkündete er.

Grace riss die Augen auf. »Sie machen bitteschön was?«

»Ja, hauptsächlich für die Wochenenden. Wahrscheinlich auch für ein paar Tage unter der Woche, wenn mal alles losgeht. Ich habe die Stadtwerke angerufen und den Strom und das Wasser wieder anstellen lassen.«

»In dem Haus im Canyon?«

Er nickte. Die Nageldame zu seinen Füßen klopfte auf den Platz, auf den Grace vorher den Fuß gestellt hatte, und sah ihn auffordernd an. Als er sich nicht rührte, zog sie sanft an seinem Bein, bis er schließlich den Fuß aufstellte. Sie gab irgendeine Creme auf die Zehen, nahm einen Nagelknipser und machte sich an die Arbeit.

»Dameon«, sagte Grace und lenkte seine Aufmerksamkeit wieder zu ihr.

»Ja, das Haus mit dem Omasofa. Ich dachte, es sei bequemer für mich, wenn ich nicht immer wieder in die Stadt zurückfahren muss. Und so brauche ich mir kein Hotel zu suchen. Das Haus gehört schließlich mir, da kann ich es auch nutzen. Die hinteren Zimmer werden Büroräume und das Wohnzimmer nehme ich für mich.«

»Haben Sie auch vor, da zu übernachten?«

»Ja, schon.« Was machte die Frau denn jetzt? Es sah aus, als würde sie die Haut von seinen Zehennägeln entfernen, aber er spürte gar nichts. Er zeigte nach unten und fragte: »Ist das normal?«

»Ja«, antwortete Grace. »Wie sind Sie denn darauf gekommen?«

»Ich denke, wenn ich ein Gefühl für die Gegend kriegen will, um das Projekt besser einschätzen zu können, dann sollte ich mehr als nur stundenweise vor Ort sein.« Das stimmte zwar, es war nur nicht der *eigentliche* Grund dafür, warum er Leute bezahlte, damit sie das alte Bett fortschafften und ein paar Dinge im Haus in Ordnung brachten.

»Ist das nicht ein bisschen übertrieben?«, wollte Grace wissen.

Er riss den Blick von seinen Füßen los und sah sie an. »Vielleicht. Aber für mich ist es sehr wichtig, dass das Projekt richtig gut läuft, Grace. Dass die Sachen nicht nur schöngeredet werden. Vielleicht ergibt sich dann auch irgendwie die Möglichkeit, mal mit den Hauptverantwortlichen zu sprechen, mit denen ich während des nächsten Jahres zu tun haben werde. Falls sich so eine Gelegenheit ergäbe, würde ich sie sofort nutzen …«

»Sie klingen ja fast nervös.«

Vielleicht schadete es nicht, ein paar Fakten zu erklären. »Ich trage die Verantwortung für meine Angestellten und es sind nicht gerade wenige. Mein Hauptinvestor ist abgesprungen und obwohl die Firma genug Geld hat, das Projekt durchzuführen, wäre es hilfreich, die hiesigen Strippenzieher zu kennen.«

»Sie meinen, ihnen Honig um den Bart zu schmieren?«

»Ja«, gab er offen zu und nickte ganz ohne schlechtes Gewissen.

»Ist es das, was Sie mit mir machen?«

Sein Lächeln verschwand. »Nein.« Es gab viele Dinge, die er mit ihr machen wollte. Aber Grace für seine geschäftlichen Belange auszunutzen, wäre ihm niemals in den Sinn gekommen.

»Sie sitzen also hier, lassen sich eine Pediküre geben und versuchen *nicht*, mich auf Ihre Seite zu ziehen?«

Jetzt begann der Massagesessel, seinen Rücken zu klopfen. »Ich bin hier und mache das Spiel mit, weil Sie sich nicht von mir zum Essen ausführen lassen.«

Grace rollte mit den Augen.

Nell lachte auf, aber sie sagte nichts, während sie weiter Grace' Füße bearbeitete.

»Kommen Sie, Grace, Sie sind doch meine einzige Bekanntschaft hier. Sie kennen sicher irgendeinen Ort, wo man diese Leute antrifft.« Die Dame bei ihm nahm sich seinen anderen Fuß vor, nachdem sie den ersten ins Wasser zurückgestellt hatte.

»Am Freitag gibt es eine Weihnachtsfeier«, sagte Grace endlich.

Er bemühte sich, ein triumphierendes Grinsen zu verbergen. »Ach ja? Wer kommt denn da alles?«

»Das weiß man vorher nie genau. Aber da es kostenlos zu essen und zu trinken gibt, kommen sicher viele Leute, mit denen Sie zu tun haben werden.«

»Das klingt gut. Und wie bekommt man eine Einladung?«, fragte er.

»So formell ist es gar nicht, aber ich könnte Ihren Namen auf die Liste setzen lassen. Manchmal schauen auch Immobilieninvestoren vorbei. Lauter wichtige Leute eben.«

Der eine Fuß landete erneut im Wasser, der andere wurde herausgehoben. Als Nächstes schmirgelte die Dame nun seine Füße mit einer Art Schleifpapier ab. Bei jedem Strich zuckte er zusammen.

Grace kicherte neben ihm.

»Das kitzelt«, erklärte er und bemühte sich, während der Tortur stillzuhalten. »Was machen Sie da eigentlich?«, fragte er die Frau.

»Die tote Haut entfernen.«

Das klang nicht gut. Schlimmer noch, es fühlte sich auch nicht gut an. Er wandte sich wieder an Grace. »Also, Sie sagen mir noch, wann und wo die Feier stattfindet?«, fragte er.

»Gerne.« Grace hatte sich wieder zurückgelehnt und die Augen geschlossen, während ihr die Angestellte nun eine Bodylotion auf die Beine gab und einmassierte.

»Werden Sie auch …«

Sie hob Einhalt gebietend die Hand. »Nicht reden, jetzt kommt das Beste.«

Natürlich wäre er gern weiter bei dem Thema geblieben, aber nun wurde auch sein Bein eingecremt und massiert.

Das *Beste* dauerte nicht annähernd so lange, wie er es gerne gehabt hätte.

»Ja, ich komme auch. Es ist die einzige Firmenfeier, die wir haben, und das Event ist für alle kostenlos.«

»Ist es formell?«

»Sie meinen Abendkleidung?«

Er nickte.

»So eine Stadt ist Santa Clarita nicht.«

Nell trug nun auf Grace' Zehen einen knallroten Nagellack auf. Für einen kurzen, aber sehr schönen Moment stellte sich Dameon vor, wie Grace mit dem Fuß seinen Körper entlangstrich, während er eng umschlungen mit ihr im Bett lag.

»Das heißt also, Sie kommen?«

Er blinzelte die Vorstellung, mit ihr im Bett zu liegen, fort. »Was? Äh, selbstverständlich. So eine Gelegenheit lasse ich mir nicht entgehen.«

»Möchten Sie Nagellack?«

Dameon blickte zu seinen Füßen hinab. Die Dame wedelte mit einem Fläschchen Klarlack.

»Nein, danke, das passt schon so.«

Grace musste lachen. »Auch Männer lassen sich manchmal die Nägel lackieren.«

»Ich weiß genau, dass Sie mich anschwindeln«, erwiderte er.

Sie lachte nur noch mehr.

Seine Füße wurden abgetrocknet und die Hosenbeine wieder runtergekrempelt. Die Dame dankte ihm und ging.

Dameon wartete, bis Grace' Zehen fertig lackiert waren und in Sandalen gesteckt wurden. Er stand auf und ging mit gezückter Geldbörse zur Theke, wo vorher eine andere Kundin gezahlt hatte. »Für beide, bitte«, sagte er und zeigte dabei auf Grace.

Er wartete auf ihren Protest, der aber nicht kam.

Stattdessen blinzelte sie ihn unschuldig an. »Was denn? Sie haben mir während meiner ganzen Entspannungszeit die Ohren vollgesülzt, da ist es das Mindeste, dass Sie bezahlen.«

Ihr Sarkasmus gefiel ihm.

Nell nannte den Preis und er reichte ihr seine Kreditkarte.

Nachdem er gezahlt hatte, wandte er sich zur Tür, aber Grace hielt ihn auf. »Sie müssen auch ein Trinkgeld geben.«

»Ach so, natürlich.« Er griff wieder nach dem Geldbeutel und flüsterte: »Wie viel ist denn angebracht?«

Sie grinste. »Jeder zehn.«

Wenn man bedachte, dass die Gesamtrechnung weniger als fünfzig Dollar betragen hatte, kam ihm das ein bisschen viel vor.

»Außerdem ist auch bald Weihnachten«, fügte Grace hinzu.

Er zog zwei zwanziger Scheine heraus und gab jeder Dame einen.

Schnell wurde das Geld mit einem freudigen Dankeschön eingesteckt.

Dameon öffnete die Tür für Grace und folgte ihr hinaus. »Das war viel zu viel Trinkgeld, oder?«, fragte er.

Grace gluckste. »Stimmt.«

»Und Männer kommen auch nie hierher, nicht wahr?«

»Na ja, es ist billiger als die medizinische Fußpflege«, meinte sie.

Er zuckte zusammen. »Habe ich es mir doch gedacht.«

Sie lief neben ihm.

»Meine Brüder sind sicher auch schon mal zur Pediküre gegangen.«

»Echt?«

»Nein. Keine zehn Pferde würden sie da reinbringen.« Jetzt erlaubte sie sich das Lachen, das sie anscheinend während der ganzen letzten Stunde zurückgehalten hatte.

Aber sie so glücklich zu wissen, war die Sache wert. »Das werde ich mir noch ewig anhören müssen, oder?«

Sie hielt sich jetzt sogar den Bauch vor Lachen. »Natürlich.«

Mittlerweile waren sie am Ende der Ladenzeile angekommen.

»Das war wirklich unterhaltsam. Leider muss ich jetzt zur Arbeit zurück.«

Dameon hätte sie am liebsten an sich gezogen und umarmt. Und mehr noch, er hätte sie am liebsten geküsst. Stattdessen steckte er ganz zurückhaltend die Hände in die Hosentasche. »Wir sehen uns am Freitag?«

»Davon gehe ich aus. Ich schicke Ihnen noch die Infos.« Sie suchte seinen Blick. »Ich muss jetzt wirklich los.«

»Alles klar.«

Sie wandte sich um.

»Warten Sie.«

»Ja?« Sie sah wieder zu ihm.

»Wo kann man hier in der Stadt ein Bett kaufen? Ich kann zwar auch erst mal das Omasofa hernehmen, aber ein neues Bett brauche ich trotzdem bald.«

»Es gibt einen Matratzenladen an der Old Road.«

Diese Straße kannte er sogar. »Danke.«

»Kein Problem.«

Sie wandte sich wieder zum Gehen.

»Ach ja, und Grace?«

»Ja?«

Er sah zu ihren Füßen. »Ich liebe Rot.«

Und schon passte die Farbe ihrer Wangen zum Nagellack der Zehen.

Kapitel 13

Sich auf die Arbeit zu konzentrieren, fiel ihr nicht leicht, weil sie immer wieder an Dameons wechselnde Gesichtsausdrücke während der allerersten Pediküre seines Lebens denken musste. Es war köstlich gewesen. Am liebsten hätte sie ihn mit einer versteckten Kamera gefilmt.

Damit sie es nicht vergaß, schickte sie Dameon gleich ein Bild von der Einladung zur Weihnachtsfeier und hinterließ beim Koordinator eine Nachricht, damit Dameons Name auf die Liste gesetzt wurde.

Als sie auflegte, surrte ihr Handy.

> Nach heute habe ich das dringende Bedürfnis, mir einen Boxkampf anzusehen.

Sie lachte und schrieb gleich zurück.

> Warum, fühlen Sie sich jetzt zu mädchenhaft?

> Was kann ich tun, damit Sie die Sache geheim halten?

Grace lehnte sich im Stuhl zurück und schaute auf den trocknenden Lack ihrer Zehennägel.

Das Schweigegeld ist ziemlich hoch.

Sagen Sie, wie viel!

Vergessen Sie's. Ich halte diese Information in petto, damit Sie parieren.

Ich verstehe. Erpressung.

Sie konnte einfach nicht aufhören, zu grinsen.

Man findet eben so seine Mittel und Wege. Jetzt halten Sie mich nicht länger auf, ich habe wichtige Arbeit zu erledigen.

Grace starrte aufs Handy. Ihr war bewusst, dass sie mit ihm flirtete, doch sie konnte einfach nicht anders.

Eine halbe Stunde vor Dienstschluss kam Richard, ohne anzuklopfen, herein.

Es gab weder ein »Hallo« noch ein »Darf ich kurz stören«, sondern direkt eine Forderung. »Sie müssen heute noch zum Gelände am Sierra Highway fahren.«

Grace guckte zum Fenster hinaus. Die Sonne stand schon tief am Horizont. »Warum?«

»Mr Sokolov hat angerufen. Er hat jetzt einen Plan, sagt er. Angeblich ist es gar nicht mehr nötig, dass das Bauamt eingreift.«

Grace merkte, wie ihr Puls anstieg. »Sein Ultimatum ist gestern abgelaufen.«

»Er meinte, er habe noch bis nächsten Montag.«

»Richard, er …«

»Wenn wir dabei Zeit sparen und kein Geld vorschießen müssen, dann machen wir mit.« Er zeigte zur Uhr. »Sie haben genug Zeit.«

Nein, eigentlich hatte sie keine Zeit mehr.

»Um siebzehn Uhr ist er da.« Richard ging, ohne ihre Antwort abzuwarten.

Grace ließ den Stift auf den Schreibtisch fallen und stieß den Stuhl zurück. In ihrem Kopf sprudelten Tausende von Schimpfwörtern, die sie lieber nicht entweichen ließ.

Für einen Ortstermin war sie gar nicht passend angezogen. Außerdem hatte sie keine warme Jacke dabei, die sie vor allem nach Sonnenuntergang gebraucht hätte. Sie wohnte zwar so nah, dass sie schnell etwas anderes hätte anziehen können, aber dann würde sie jetzt, während der Hauptverkehrszeit, nicht pünktlich um fünf an Ort und Stelle sein.

Sie fuhr den Computer herunter, nahm ihren Pulli und die Tasche und verließ das Büro.

Schlecht gelaunt fuhr sie quer durch die ganze Stadt und schaffte es, um fünf nach fünf am Treffpunkt zu sein. Diesmal parkte sie nicht auf der Straße, sondern bog gleich zum Mobilheim-Gelände ein und stellte ihren Wagen am Wegrand ab.

Sokolovs Auto war nicht zu sehen.

Sie nahm das Handy aus der Tasche, vergewisserte sich, dass die Uhr im Auto die richtige Zeit anzeigte.

Der Wind hatte zugelegt, die letzten Sonnenstrahlen hatten längst ihre Kraft verloren.

Sie gab dem Mann noch genau zehn Minuten, dann würde sie losfahren.

Die Scheinwerfer zweier Fahrzeuge leuchteten auf, aber die Autos fuhren weiter.

Eine Minute vor ihrer gesetzten Deadline kam ein schwarzer Schlitten und hielt hinter ihrem Auto. Sie war fast enttäuscht, aber nun hatte sie keine andere Wahl mehr und stieg aus.

Es war noch nicht ganz dunkel, aber fast.

Behäbig stieg Mr Sokolov aus und zupfte erst mal an der Hose, als müsste er seinem Gemächt Platz machen. Der Typ war wirklich eklig. »Schön, dass das Bauamt gleich springt«, sagte er anstelle einer Begrüßung.

Gerne hätte sie ihm widersprochen, aber leider hatte er recht.

»Sie haben Pläne, die ich mir ansehen soll? Oder wollen Sie mir den Subunternehmer für die Arbeiten vorstellen?«

Denn sonst würde sie nicht noch länger im Dunklen auf dem Mobilheimgelände mit diesem unsympathischen Mann herumstehen.

»Mein Berater hat was für mich geplant.«

»Dann zeigen Sie mal.«

»Sie sind ja ein ungeduldiges kleines Ding.« Seine Stimme fühlte sich an wie Säure, die ihr den Rücken hinunterlief.

Sie verschränkte die Arme über der Brust und hielt ihr Telefon dabei fest in der Hand.

»Es ist schon spät, Mr Sokolov.«

»Schon gut, schon gut …« Er ging um sein Auto herum, öffnete die hintere Tür und holte eine Papierrolle heraus, die er auf der Motorhaube seines Autos im Licht der Handylampe ausbreitete.

Grace legte ihr Telefon auf dem Auto ab, damit sie den Plan mit beiden Händen halten konnte.

Obwohl sie ihre eigenen Zeichnungen nicht daneben liegen hatte, wusste sie auf den ersten Blick, dass die Größenverhältnisse nicht stimmten. »Sie haben den Maßstab verkleinert«, sagte sie.

»Das hier ist fast identisch mit dem, was Sie mir gegeben haben.«

Grace zeigte zum Wegweiser, der als Bezugspunkt für den Plan gedient hatte.

»Hier müssen wir anfangen.« Sie zeigte auf die entsprechende Stelle im Plan. »Nicht hier.«

»So haben Sie das vorher aber nicht gesagt.« Er stand so dicht bei ihr, dass sie den Zigarettenrauch in seinem Atem riechen konnte.

»Hier steht außerdem nichts über die geplanten Baustoffe oder andere infrastrukturelle Maßnahmen.«

»Dazu kommen wir später noch.« Er war jetzt so nah bei ihr, dass sie einen Schritt zur Seite wich.

»Es gibt kein später. Sie wollten den Termin, um einen soliden Plan vorzulegen und die Firmen zu nennen, mit denen Sie arbeiten.« Sie blickte auf die Zeichnung, dann hob sie das große Papier an. Das zweite darunter war leer. Keine Liste mit Firmen, keine Lizenznummern der Vertragspartner. Es sah aus, als hätte er die Pläne selbst erstellt.

»Wir *verhandeln* ja jetzt.« Wieder kam er ihr sehr nahe und blickte demonstrativ auf ihre Brüste.

Grace versuchte, sich so groß wie möglich zu machen, dann marschierte sie durch den Kies zu dem Punkt, an dem sie schon eine Woche zuvor gestanden hatte. Sie berührte den Pfosten des Wegweisers. »Genau hier. Hier muss es losgehen.« Sie stapfte ein paar Meter weiter zu der Stelle, die er auf seinem Plan eingezeichnet hatte. »Und nicht hier.«

»Irgendeine Lösung finden wir schon«, sagte er. »Es muss doch eine Möglichkeit geben, sich zu einigen.« Dabei zog er seinen Geldbeutel aus der Gesäßtasche.

Denkt der etwa im Ernst, dass ich mich bestechen lasse?

»Es ist bald Weihnachten und ich gehe mal davon aus, dass man im öffentlichen Dienst nicht so viel verdient wie im privaten Sektor.«

Grace schüttelte den Kopf. »Beleidigen Sie mich nicht!« Sie versuchte, die Distanz zwischen sich und ihm zu vergrößern. Ihr schneller Herzschlag war ein klares Zeichen dafür, dass es besser war, ihn auf Abstand zu halten.

Er wedelte mit dem Portemonnaie. »Je früher Sie kapieren, wie das in der Realität läuft, umso besser für Sie, kleines Fräulein.«

»Mir reicht es mit Ihnen und Ihrem aufgeblähten Ego.«

Sein einseitiges Grinsen verschwand. Er steckte die Brieftasche wieder ein und rollte die Pläne zusammen. »Sie machen einen Fehler.«

Grace wollte zum Auto gehen und war mehr als gewappnet, ihm eine zu verpassen, wenn er es wagte, sie zu berühren.

Als sie an ihm vorbeiging, sog er scharf die Luft ein und machte einen Satz nach vorn, wobei er die Planrolle laut gegen sein Bein schlug.

Grace erschrak so, dass sie fast gestolpert wäre.

Ihr wütender Blick ließ ihn nur laut auflachen.

»Wer wird denn da so schreckhaft sein?«, tönte er.

Als sie endlich im Auto saß, verriegelte sie sofort die Türen und ließ den Motor an. Kleine Kiessteine spritzten in alle Richtungen, als sie davonpreschte.

Ihre Hände zitterten am Lenkrad. »Ganz ruhig«, flüsterte sie vor sich hin. Er hatte ihr Angst einjagen wollen und hatte es leider auch geschafft.

Und darüber war sie richtig wütend.

Sie musste sich irgendwie abreagieren und es jemandem erzählen, der auf ihrer Seite war.

Erst dachte sie an Parker, doch die würde es Colin erzählen, und Colin würde sich wieder wie ein Höhlenmensch benehmen. Und wenn sie es Matt erzählte, wären es gleich zwei Höhlenmenschen. Schlimmer noch, sie würden auch ihrem Dad etwas sagen. Pensionierter Polizist hin oder her, ihr Dad würde alle seine Freunde involvieren und so ein großes Ding draus machen, dass sie für immer und ewig den Ruf einer Problememacherin weghätte.

Sie musste in Ruhe darüber nachdenken, was zu tun war. Mit Vernunft und Verstand.

Und das, obwohl sie ihm am liebsten aus vollem Hals ins Gesicht geschrien hätte.

Sie drückte auf den Telefonknopf der Freisprechanlage.

Das Auto machte ein Geräusch, fragte aber nicht nach dem Eingabebefehl, wie es sonst der Fall war.

Sie versuchte es erneut.

Während sie im dichten Verkehr fuhr, wühlte sie in der Handtasche auf dem Beifahrersitz nach ihrem Telefon. Ohne hinzugucken, zog sie das Handy heraus, um nachzusehen, ob vielleicht der Akku leer war.

Doch es war nur das Diensttelefon. Sie ließ es auf den Schoß fallen und kramte weiter. Als sie das private Handy nicht fand, klopfte sie mit einer Hand die Sitzfläche rund um ihre Tasche ab.

Sie erinnerte sich, es auf Sokolovs stümperhaften Plänen abgelegt zu haben, und nun bekam sie Panik.

Hatte Sokolov ihr Telefon bemerkt? Hatte er es weggenommen? Oder war es von der Motorhaube heruntergerutscht und lag jetzt auf der Straße?

Sie musste unbedingt zurück und es suchen.

Was aber, wenn er noch dort war?

Ist er sicher nicht, sagte sie sich.

Eine andere Stimme in ihrem Kopf widersprach. Vielleicht war er doch noch dort.

Während sie an einer Kreuzung hinter den vielen roten Rückleuchten der anderen Autos wartete, nahm sie ihr Diensthandy.

Ihre Familie anzurufen kam nicht infrage.

Ihre Freundinnen, die mit ihren Brüdern zusammen waren, ebenso wenig.

Bevor sie es sich anders überlegen konnte, wählte sie Dameons Nummer.

»Was für eine freudige Überraschung.«

Allein der Klang seiner Stimme half ihr, sich zu beruhigen. »Dameon.«

»Was ist los?«

War sie so leicht zu durchschauen?

Grace holte tief Luft und bemühte sich um eine feste Stimme. »Eigentlich ist gar nichts los. Sind Sie noch in der Gegend?« Sie ließ ihm keine Zeit zu antworten. »Sie sind schon in die Stadt zurückgefahren, stimmt's? Dann ist es nicht weiter von …«

»Ich bin noch hier«, unterbrach er sie. »Wo sind Sie?«

»An der Kreuzung Soledad und Bouquet Canyon. Nicht weit von Ihrem Haus.«

»Ich bin nicht im Haus. Was ist los, Grace?«

»Ist eine längere Geschichte. Ich habe mein Telefon verloren. Also, eigentlich weiß ich ziemlich sicher, wo es ist, aber … dahin will ich nicht allein zurück. Ich könnte zwar auch meine Brüder fragen, aber die würden nur ausflippen.« Sie sollte das Handy einfach vergessen und sich ein neues besorgen.

»Warum würden sie ausflippen, Grace?«

Die Autos fuhren wieder los. Sie kam an der Straße vorbei, die durch den Canyon zu Dameons Haus führte, und fuhr weiter in Richtung der Einkaufszeile. »Weil [illegible] egal. Können Sie mir helfen?«

»Wo kann ich Sie abholen?«

»Ich bin gerade auf dem Heimweg, um mich umzuziehen.« Sie nannte ihm ihre Adresse und er versprach, in zwanzig Minuten bei ihr zu sein. Grace dankte ihm und legte auf.

Zehn Minuten später betrat sie ihre Wohnung, legte die Tasche auf dem Couchtisch ab und musste sich erst einmal setzen. Sie zitterte immer noch, weil ihr so kalt war. Und aus einem anderen Grund.

Ihr Körper wurde gerade von Adrenalin geflutet.

Dass dieser Mistkerl versucht hatte, sie einzuschüchtern, machte sie wütend. Und dass er es geschafft hatte, umso mehr. Bisher hatte sie trotz ihrer geringen Körpergröße nie Probleme mit ihrem Selbstvertrauen gehabt. Ihr Vater hatte ihr beigebracht, wie man einen Angreifer mit dem Ellbogen abwehrte, was effektiver war, als die Fäuste zu benutzen. Mit ihren zwei älteren Brüdern hatte sie früher oft genug gekämpft und auch gelernt, etwas einzustecken.

Doch nun schien sie gegenüber respektlosen Männern ihre Power verloren zu haben. Auch gegenüber Richard, der zwar lange nicht so schlimm war wie dieser Sokolov, aber die Übergänge waren fließend.

Daran würde sich etwas ändern müssen.

Grace wollte sich gerade das Gesicht waschen und umziehen, als es klingelte.

Es war Dameon. So heftig, wie sich sein Brustkorb hob und senkte, musste er vier Treppenstufen auf einmal genommen haben.

»So sehr hätten Sie sich jetzt auch wieder nicht beeilen müssen.«

Er kam herein, legte die Hände auf ihre Schultern und musterte Grace von oben bis unten. »Alles in Ordnung mit Ihnen?«

»Ich muss mich erst mal kurz beruhigen. Aber dann werde ich so was von fuchsteufelswild sein.« Sie versuchte zu grinsen.

Er ging auf Tuchfühlung mit ihr und umarmte sie. Eigentlich hätte sie zurückweichen sollen. Doch sie schmiegte sich an ihn und schlang die Arme um seine Hüfte, während sich das Adrenalin in ihrem Körper auflöste.

Sie hörte Dameon seufzen. »Ich bin bei dir.«

Bei offener Tür standen sie da und Grace ließ seine Nähe einfach zu.

Ein Licht ging an und unterbrach den Zauber. »Kommen Sie … komm rein«, sagte sie und zog ihn in die Wohnung.

Er folgte ihr.

Sie blickte an sich hinunter, dann wieder zu ihm. Vor ihr stand nicht mehr der Mann, der ständig einen Scherz auf den Lippen hatte und eindringlich versuchte, sie zu einem Date zu überreden. Nein, Dameon sah besorgt aus, seine Lippen bildeten einen schmalen Strich und er suchte in ihrem Blick nach Antworten. Sie zeigte zu einem Zimmer. »Ich, ähm, muss mich umziehen. Mach es … dir gemütlich.«

Dameon fuhr sich durch die Haare, dann zog er die Jacke aus.

Im Schlafzimmer blickte Grace in den Spiegel. Ihr Gesicht war fahl, ohne jegliche Farbe. Kein Wunder, dass Dameon sie so besorgt angesehen hatte. Sie sah aus, als hätte sie einen Geist gesehen.

In weniger als fünf Minuten hatte sie sich Jeans und Pulli angezogen. Sie kämmte sich die Haare, wusch sich im Bad das Gesicht. Danach fühlte sie sich etwas besser und sah auch wieder lebendiger aus. Grace kehrte zurück in den offenen Wohnbereich, wo Dameon an der Theke saß. Er hatte die Whiskeyflasche gefunden und ein Glas eingeschenkt.

Er hielt Grace das Glas hin. »Das wird helfen.«

Sie widersprach nicht. »Danke.«

»Du brauchst mir nicht zu danken, ist ja dein Whiskey.«

Das brachte sie zum Schmunzeln. Und tatsächlich tat das starke Getränk gut, als es ihre Kehle hinablief und den Bauch wärmte. Sie atmete tief aus und ihre Anspannung löste sich etwas. Sie nahm auf dem Barhocker an der Theke Platz. »Das habe ich gebraucht.«

»Grace …«

Sie hielt ihr Glas hoch. »Gleich bin ich so weit.« Sie trank einen weiteren Schluck der bernsteinfarbenen Flüssigkeit. »Ich habe Angst, dass es albern klingt, wenn ich es dir erzähle.«

»Ich kenne dich noch nicht so lange, aber *albern* ist kein Wort, das ich mit dir in Verbindung bringen würde.«

Sie musste schmunzeln. Dann begann sie zu reden, blickte ihn währenddessen aber nicht an. »Eine halbe Stunde vor Dienstende kommt Richard, mein Chef, ins Büro und meint, ich soll um siebzehn Uhr noch zu einem Termin mit einem Eigentümer. Das ist so ein mieser Kerl, der die Straße zu seinem Mobilheimgelände nach den Unwettern letztes Jahr nicht richtig instand gehalten hat. Bei Regen ist der Weg nicht befahrbar. Wir haben den Mann mehrfach zur Reparatur aufgefordert und ihn gewarnt, dass die Stadt auf seine Kosten die Arbeiten ausführt, wenn er sich nicht selbst darum kümmert.« Jetzt erst sah sie zu Dameon, der sie gebannt anguckte. »Ich hatte schon letzte Woche einen Termin mit ihm und habe ihm ein Ultimatum gesetzt. Er hätte bis gestern, siebzehn Uhr Zeit gehabt. Heute ist es einen Tag zu spät. Ich war also wütend, bin aber natürlich trotzdem hingefahren.«

Sie trank wieder einen Schluck.

Dameon nahm ihr das Glas ab und schenkte nach.

»Ich komme also zum Gelände, aber er ist nicht da. Dann taucht er fünfzehn Minuten nach der vereinbarten Zeit auf und rollt seine Pläne aus. Ich wusste genau, dass er wieder nur Zeit schinden wollte. Er hat mich ›kleines Fräulein‹ genannt und gesagt, es gebe da doch sicher eine Lösung. Der Typ steht viel zu nah bei mir … und versucht ganz klar, mich einzuschüchtern. Ich weiche zurück, um mehr Platz zu haben, zeig ihm wieder, was mit der Straße zu machen ist, und da winkt er doch tatsächlich mit der Geldbörse in der Luft, als wollte er mich schmieren.«

Dameon biss die Zähne aufeinander.

»Ich bin so wütend, ich habe echt genug von dem Mistkerl. Also sag ich ihm, dass ich genug habe, und gehe zum Auto zurück. Von meinem Dad, der früher Polizist war, habe ich gelernt, dass man zu so jemandem besser Abstand hält. Weshalb ich einen großen Bogen um ihn mache, aber da springt er plötzlich so auf mich zu.« Sie machte es Dameon vor. »Fast hätte ich laut aufgeschrien. Es ist kalt und dunkel und er ist ein Dreckskerl. Also steige ich schnell ins Auto und fahre los. Und ich bin stinksauer, weil er mir solche Angst eingejagt hat. Eigentlich sollte ich mich nicht so schnell einschüchtern lassen. Und er weiß natürlich, dass ich Angst hatte, was mich noch mehr ärgert. Dann stelle ich fest, dass ich mein Handy auf seiner Motorhaube habe liegen lassen. Ich weiß nicht, ob er es gesehen hat. Vielleicht liegt es auch auf der Straße und es sind schon hundert Autos drüber gefahren.«

Sie suchte seinen Blick.

Dameon wirkte genauso wütend wie sie. Seine Nasenflügel waren gebläht, er atmete schnell und hielt die Flasche so verkrampft, dass die Knöchel weiß hervortraten und Grace befürchten musste, dass das Glas zersprang.

Schließlich legte er die Hand flach auf die Arbeitsplatte und sagte mit so ruhiger Stimme, dass es fast unheimlich klang: »Dann holen wir uns jetzt dein Telefon.«

»Vielleicht ist es gar nicht mehr da.«

»Das wissen wir erst, wenn wir nachgesehen haben.«

Sie stand auf und war froh, dass sie jetzt gefasster war als vorher. Nachdem sie ihren langen Mantel aus dem Schrank geholt hatte, nahm sie Handtasche und Schlüssel, während Dameon ihr die Tür aufhielt. Sie schloss hinter sich ab und ging mit ihm zu seinem Auto. Den ganzen Weg zum Wagen ruhte seine Hand auf ihrem Rücken.

Kapitel 14

Es kostete ihn unglaublich viel Mühe, sich zusammenzureißen. Als Grace angerufen hatte, war ihm sofort klar gewesen, dass etwas vorgefallen sein musste. Schließlich war er sicher nicht auf ihrer Favoritenliste eingespeichert. Noch nicht. Und als sie die Umarmung zuließ, wurde ihm klar, wie viel Angst sie gehabt hatte. Während er jetzt nach ihrer Wegbeschreibung fuhr, hielt er sich brav an die Geschwindigkeitsbegrenzung, obwohl er am liebsten einen auf Mario Andretti gemacht hätte. Grace saß ruhig neben ihm auf dem Beifahrersitz. Hoffentlich war dieser Mistkerl noch da. Dameon hätte ihm liebend gerne eine verpasst, selbst wenn Omar ihn dafür aus dem Gefängnis freikaufen musste.

Männer, die alles daransetzten, eine Frau einzuschüchtern, waren die niedersten Kreaturen, die es gab.

»Alles okay bei dir?«, erkundigte er sich.

»Das wollte ich dich auch gerade fragen.«

Die Wahrheit wollte er ihr lieber nicht sagen. »Ich bin kein gewalttätiger Mann«, beruhigte er sie.

Sie seufzte. »Gut.«

»Allerdings verspüre ich große Lust, ihm irgendwas zu brechen.«

Grace legte die Hand auf seinen Arm. »Nein! Wenn er noch da ist, darfst du das auf keinen Fall tun.«

Was er nicht versprechen wollte.

»Dameon, ich habe extra meine Brüder nicht angerufen, weil sie genau so reagieren würden.«

»Habe ich dir schon gesagt, wie sehr ich deine Brüder mag?«

»Du hast erst einen von ihnen kennengelernt«, erinnerte sie ihn.

»Wie heißt dein anderer Bruder?«

»Matt.«

»Ich mag Matt. Netter Typ. Passt gut auf seine Familie auf.« Er warf einen Blick in den Rückspiegel. »Wie weit ist es noch?«

»Vor der zweiten Ampel biegst du links in den dunklen Weg ein. Dameon …«

Er fuhr jetzt so schnell, wie es der Verkehr zuließ.

»Dameon?«

»Ja?«

Sie drückte seinen Arm. »Versprich es mir.«

»Ich habe einen jüngeren Bruder. Er macht nichts aus seinem Leben und ist noch nicht richtig erwachsen geworden. Aber als wir klein waren, haben wir immer aufeinander aufgepasst. Wenn irgendwer in der Schule ihn blöd anmachte, bekam er es mit mir zu tun. Klingt, als wären deine Brüder ähnlich.«

Die erste Ampel kooperierte brav, die zweite nicht.

»Dameon, ich würde meinen Job verlieren.«

Er wandte den Kopf zu ihr. Am liebsten hätte er ihr versichert, dass er sich um sie kümmern würde, wenn sie ihren Job verlor. Aber das wollte sie jetzt vermutlich nicht hören.

»Ich werde sicherstellen, dass du es nicht bereust, mich angerufen zu haben«, beruhigte er sie.

Das schien zu helfen. Er bog in die unbefestigte Straße ein und reduzierte die Geschwindigkeit.

»Er ist nicht mehr da«, stellte Grace fest und atmete erleichtert auf.

Wenigstens musste Dameon jetzt keine Sorge haben, dass er sein Versprechen nicht einhielt.

»Die Autos standen dort drüben.« Sie deutete mit dem Finger auf die Stelle. »Bleib mal hier stehen und lass die Scheinwerfer an.«

Er ließ den Motor laufen, und sie sprangen aus dem Wagen.

Grace ging über die Straße und zeigte ihm die Stelle. »Wir waren genau hier.« Sie breitete die Arme aus. »Ich habe das Handy ungefähr hier auf die Motorhaube gelegt.«

Schweigend suchten sie den Boden ab.

Dameon beschloss, den Suchradius zu erweitern. Er ging um seinen Wagen herum und durch die trockene Senke bis zum Rand der Zufahrtsstraße. Als er zu Grace zurückblickte, stellte er sich vor, wie sie mit diesem Mistkerl dort gestanden und er ihr Angst eingejagt hatte. Es war stockfinster. Die Mobilheime, die man von hier sehen konnte, waren genauso dunkel, weil die Bewohner entweder nicht zu Hause waren oder ihre Verdunkelungsrollos hinabgelassen hatten, damit sie nicht von Scheinwerfern geblendet wurden. Hätte jemand sie gehört, wenn sie um Hilfe gerufen hätte? Und wenn, hätte ihr jemand geholfen?

Diese Was-wäre-wenn-Fragen waren reine Zeitverschwendung, aber Dameon konnte nicht anders. Er merkte sich den Namen des Mobilheimparks. Er würde Grace nicht fragen, wie der Mann hieß. Das konnte er ohne Weiteres selbst herausfinden.

»Ich sehe es nicht.«

Dameon zog sein Handy aus der Tasche. »Ich rufe mal deine Nummer an.«

»Gute Idee.«

Er fand ihre Nummer in der Anrufliste und wählte. Beide lauschten.

»Hast du es auf lautlos gestellt?«, wollte er wissen.

»Ich glaube nicht.«

Es klingelte ein paarmal, dann ging die Mailbox an.

»Und du bist sicher, dass du es auf der Motorhaube hast liegen lassen?«

»Ganz sicher, ja.«

»Vielleicht hat er es eingesteckt«, meinte Dameon.

»Dann macht er sich sicher nicht die Mühe, es mir zurückzugeben. Wahrscheinlich hat er es gleich in den Müll geworfen oder ist mit Absicht drübergefahren.«

Dameon hoffte, dass das alles wäre, was der Mann damit anstellen würde.

Er steckte sein Handy ein und ging wieder zu ihr. »Dann müssen wir wohl ein neues kaufen.«

»Darauf habe ich in dem ganzen Weihnachtstrubel echt keine Lust.« Sie hielt den Blick immer noch auf den Boden geheftet.

»Hast du es schon über die Ortungs-App versucht?«

Grace sah ihn an, als hätte er den genialsten Einfall überhaupt. »Daran habe ich ja noch gar nicht gedacht.«

Ein Auto bog auf die Zufahrtsstraße und fuhr langsam an ihnen vorbei.

»Setzen wir uns besser wieder in den Wagen, wo es warm ist.«

Im Auto knipste er die Innenbeleuchtung an. Er googelte, wie man ein verlorenes Handy ortete, und befolgte die Anweisungen, die netterweise jemand ins Netz gestellt hatte.

Grace gab ihm die Infos, die er brauchte. Eine Karte der Gegend erschien und der Ortungspunkt zeigte genau die Stelle, an der sie sich gerade befanden.

»Aber hier ist es nirgends«, wunderte sich Grace.

Dameon suchte nach weiteren Informationen im Internet. »Hier steht, dass dein Handy an der Stelle geortet wird, wo es zuletzt noch genug Akkuleistung hatte. War der Akku leer?«

»Nein, mindestens halb voll.«

Er las weiter.

»Ich schau noch mal.«

Und bevor er widersprechen konnte, war sie schon ausgestiegen und suchte erneut den Boden ab.

Dameon las noch etwas über die Möglichkeit, dass jemand die SIM-Karte aus dem Handy genommen haben könnte, um die Suchfunktion zu deaktivieren.

Er stellte den Motor ab und stieg ebenfalls wieder aus. Sie wählten noch einmal ihre Nummer und lauschten, ob vielleicht doch irgendwo ein Vibrieren zu hören war.

»Ich glaube, es ist tatsächlich nicht hier«, schloss Dameon.

»Du hast recht. Verdammter Mist.« Grace winkte mit dem Diensthandy. »Wenigstens habe ich das noch.«

»Wir können gleich zum Handyladen fahren und dir ein neues besorgen.«

Sie schüttelte den Kopf. »Heute nicht mehr.« Grace warf einen Blick auf die Uhr. »Es ist schon nach sieben. Ich habe ganz schön Hunger.«

Er blieb stehen. »Willst du etwa vorschlagen, dass wir gemeinsam essen gehen?«

Ihre Blicke trafen sich und zum ersten Mal an diesem Abend lächelte sie. »Ich lade dich ein. Dafür, dass ich dich hierher gescheucht habe.«

»Da musst du mich nicht zweimal fragen.«

»Magst du Steak?«, fragte sie.

»Ich liebe Steak.«

»Ich kenne *das* beste Steakhaus überhaupt. Es liegt etwas weiter vom Zentrum entfernt und ist unter der Woche nicht so überfüllt.«

»Klingt perfekt.«

Er öffnete die Beifahrertür und ließ sie einsteigen.

* * *

Grace wollte noch nicht allein sein. Sie wusste, dass sie ihre eigene Regel brach, aber sie hatte sowieso schon eine Grenze überschritten, indem sie Dameon angerufen hatte. Warum also nicht gemeinsam essen gehen?

Das Backwoods war ein klassisches Steakhaus, wie man es sich vorstellte, mit dunklem Holz und roten Polstersitzen. Die Bar sah aus wie in einem Saloon aus dem Wilden Westen, auf dem Boden lagen Sägespäne. Die Drinks waren stark und die Steaks tellergroß.

Dameon hielt Grace die Tür auf und ließ ihr den Vortritt. Eine einfache Geste, die manche Frauen weniger schätzten, andere erwarteten sie. Grace fand es einfach nett. Sie war mit zwei Brüdern aufgewachsen, denen man beigebracht hatte, einem Mädchen die Tür aufzuhalten und es zu beschützen. Gleichzeitig aber hatten ihre Eltern darauf geachtet, dass Grace auf eigenen Füßen stand. Sie hatte einen klassischen Männerberuf gewählt, weil es das Umfeld war, das sie kannte. Sie hatte immer gedacht, solange sie ihre Sache richtigmachte, würde man sie mit Respekt behandeln. Doch was zu Hause stets der Fall war, galt leider nicht für die Arbeit.

Die Kellnerin begrüßte sie freundlich. »Guten Abend.«

Grace kannte sie zwar, hatte aber ihren Namen vergessen. »Ist Carrie heute hier?«

»Ja.«

Carrie war eine Schulfreundin, die hier arbeitete, seit sie alt genug war, um Alkohol auszuschenken.

Die Kellnerin nahm zwei Speisekarten und ging voraus.

»Kennst du jeden hier?«, wollte Dameon wissen.

»So ist das, wenn man sein ganzes Leben an ein und demselben Ort verbracht hat.«

Sie wurden zu einer halbkreisförmigen Nische geführt, in der sie und Dameon näher beieinander sitzen konnten als an den Tischen mit Einzelstühlen. Sie streiften die Mäntel ab und rutschten auf die Sitzbank.

»Ich hätte nicht gedacht, dass es noch solche Restaurants gibt«, gestand Dameon, als die Kellnerin wieder gegangen war.

»Doch. Ich kenne noch mehrere. Die schickeren Läden sind eher in meiner Gegend, aber das Preis-Leistungs-Verhältnis ist hier unschlagbar.« Nicht dass das Backwoods billig war, aber in der Innenstadt von Los Angeles, wo Dameon wohnte, hätte man für etwas Vergleichbares viel mehr ausgeben müssen.

Sie fragte sich, ob er das Lokal hinterwäldlerisch fand. Wenn, dann hätte sie es lieber gleich gewusst.

Carrie tauchte an ihrem Tisch auf und umarmte Grace überschwänglich. »Dich habe ich ja schon seit mindestens einem Monat nicht mehr gesehen. Wie geht's dir?«

»Viel zu tun, wie immer. Wie geht's Cody?«

»Der wird nächsten Monat schon fünf, was ich selbst kaum glauben kann.« Carrie guckte zu Dameon.

»Dameon, das ist Carrie. Wir kennen uns seit der zehnten Klasse.«

Carrie lächelte ihm zu. »Freut mich, dich kennenzulernen«, sagte sie.

»Ganz meinerseits«, erwiderte Dameon.

»Oh, was für eine Stimme. Arbeitest du beim Film oder Radio?«

Er musste lachen. »Leider nicht.«

»Na, könntest du aber. Findest du nicht auch, Grace?«

»Ja, er hätte sicher eine steile Karriere als Voice-Over-Sprecher haben können«, meinte Grace.

Dameon war sichtlich peinlich berührt.

»Was wollt ihr denn trinken?« Carrie zückte ihren Block.

»Ist Adam heute an der Bar?«, erkundigte sich Grace.

»Ja.«

»Richte ihm viele Grüße von mir aus. Ich hätte gerne einen Old Fashioned.«

»Ich auch«, meinte Dameon.

»Bring ich euch sofort«, erwiderte Carrie mit einem Augenzwinkern.

Als sie ging, lehnte sich Dameon zu Grace. »Sie ist nett.«

»Carrie ist super und ihr Kleiner ist auch sehr süß.«

»Wie ist das so, wenn man in einem Städtchen aufwächst, in dem jeder jeden kennt?«

»Hier im Valley wohnen mehr als zweihunderttausend Leute. Da kennt nicht jeder jeden.«

»Kommt mir aber so vor.«

»Mein Dad war Polizist. Schon allein durch ihn kenne ich sehr viele Leute.«

»Und du kriegst keine Strafzettel, oder?«, fragte er.

Sie schüttelte den Kopf, dann ging das Kopfschütteln in ein Nicken über. »Als wir Autofahren gelernt haben, hat mein Dad allen Kollegen gesagt, dass sie uns aus dem Verkehr ziehen sollen, wenn wir bloß falsch geniest haben.«

Dameon lachte.

»Wir hatten solche Angst, einen Strafzettel zu kriegen, dass unsere Freunde nie wollten, dass wir hinterm Steuer saßen. Allerdings waren die Freunde von meinem Dad nicht annähernd so schlimm wie die meiner Mom. Die anderen Mütter aus dem Elternbeirat wussten genau, wer gerade seinen Führerschein gemacht hatte und haben es sofort gemeldet, wenn sie etwas mitbekamen. Ein Polizeiauto fällt gleich auf, aber alle anderen Leute fahren hier dieselbe Art von Geländewagen.« Der Hilfskellner stellte ihnen einen Korb mit Knoblauchbrot hin, in den Grace sofort griff. »Uns ist überhaupt nichts nachgesehen worden.«

»Dann hat das wahrscheinlich dafür gesorgt, dass du besonders sicher gefahren bist.«

»Ja, stimmt. Wenn ich es mir so überlege, werde ich es bei meinen Kindern genauso machen.« Obwohl sie langsam die Hoffnung auf Kinder verlor, wenn es mit ihren Beziehungen so weiterging. »Wie war das bei dir? Haben sich deine Eltern auch ständig um dich gesorgt?«

»Nicht so wie deine. Mein Dad war Bauunternehmer, er hat mit seinen Leuten Häuser umgebaut, manchmal auch größere Wohnblöcke. Er hatte nicht so ein großes Netzwerk an Bekannten wie deine Familie. Meine Mom hat seine Buchhaltung und Büroarbeit erledigt. Sie hat zwar auch bei Schulfesten geholfen, aber ich glaube nicht, dass sie im Elternbeirat oder so war.«

Carrie brachte ihre Drinks und versprach, gleich wiederzukommen und ihre Bestellung aufzunehmen.

Grace rührte mit dem Strohhalm in ihrem Cocktail. »Und so bist du zum Immobiliengeschäft gekommen? Durch deinen Dad?«

»Mein Dad hat mir viel übers Bauen beigebracht. Aber ich fand, dass er zu schwer gearbeitet hat. Er meinte, er habe sein Unternehmen extra klein gehalten, weil er sich den Stress ersparen wollte, es wachsen zu lassen. Aber offenbar war sein Stresslevel trotzdem zu hoch.«

»Oh. Warum?«

Dameon nahm sein Getränk. »Er ist vor fünf Jahren gestorben. Herzinfarkt.«

Grace sah ihm in die Augen. »Oh nein, das tut mir leid.« Sie konnte sich gar nicht vorstellen, wie es war, den Vater zu verlieren.

»Danke. Ja, es war schlimm. Keiner von uns hätte so etwas erwartet. Vor allem meine Mom hat es sehr mitgenommen.«

Grace nippte an ihrem Drink. »Kann ich mir vorstellen.«

»Ich wollte mehr aufbauen, eine größere Firma als mein Dad haben. Meine Eltern haben mich immer darin bestärkt und mir am Anfang geholfen.«

»Hat es dir Spaß gemacht?«

Er nickte, dann trank er einen Schluck. »Ja. Es gefällt mir, dass ich Leuten eine Arbeitsstelle geben und mit ihnen Häuser bauen kann. Das heißt, meine Firma. Aber damit trage ich auch die Verantwortung für meine Angestellten, was mir sehr bewusst ist.«

»Das ist gut. Dadurch bleibst du bescheiden. Ich glaube, viele Männer in deiner Position vergessen, wo sie mal angefangen haben, und treffen nicht immer die richtigen Entscheidungen.«

Carrie kam wieder an ihren Tisch. Sie hatten beide noch keinen Blick in die Speisekarte geworfen, aber Grace wusste ohnehin schon, was sie essen wollte. Sie bestellte ein Steak mit ihrer Lieblingsbeilage und Dameon hob nur zwei Finger in die Luft, um sich anzuschließen.

»Du vertraust mir nicht nur mit dem Cocktail, sondern auch mit dem Essen?«, fragte Grace.

»Damit wir bald die Sache mit der Pediküre vergessen.«

Grace lachte auf und als sie Dameon in die Augen sah, lachte er mit. Ihre Unterhaltung ging von Pediküre zu seinen Projekten über und der Stress des Tages fiel allmählich von ihr ab. Sie ließen sich Zeit beim Essen und unterhielten sich über ihre Familien. Dameon erzählte ihr, dass er kein enges Verhältnis zu seinem Bruder habe, was sie erstaunte. Sie berichtete, dass kaum eine Woche vergehe, in der sie ihre Brüder nicht sah. Und erst recht, seit Grace mit den besseren Hälften der beiden befreundet war.

Sie tranken zum Abschluss einen Kaffee und verzichteten auf ein Dessert.

Wohlgesättigt und mit vom Alkohol leicht schwirrendem Kopf sah sie Dameon an und fragte sich, wie es so weit mit ihnen gekommen war. Natürlich kannte sie die Antwort, und obwohl es besser gewesen wäre, wenn sie nur eine Geschäftsbekanntschaft verbunden hätte, fragte sie sich trotzdem, was gewesen wäre, wenn …

Was, wenn sie beruflich nichts miteinander zu tun gehabt hätten?

Was, wenn er tatsächlich so gerne mit ihr ausgegangen wäre, wie er vorgab?

Und hätte das wirklich so verkehrt sein können?

»Da ist aber plötzlich jemand in Gedanken versunken«, riss Dameon sie aus ihrem inneren Monolog.

Sie blickte auf ihre Hände vor sich auf dem Tisch. »Ich habe gerade überlegt, wie ich dir den schwarzen Peter dafür zuschieben kann, dass ich meine selbst auferlegte Regel gebrochen habe.«

»Und welche Regel wäre das?«, fragte er grinsend.

»Abendessen und Cocktails mit einem Mann, mit dem ich zusammenarbeite.«

»Aha. Das klingt, als würde ich beim Bauamt arbeiten.«

Ihre Blicke trafen sich wieder. »Was ja nicht der Fall ist.«

Er nahm ihre Hand.

Ihre Haut prickelte durch die Berührung. Dass Dameon sie plötzlich ernst und aus feurigen Augen ansah, verriet, dass es ihn auch nicht ganz kalt ließ.

Plötzlich wurde es still zwischen ihnen und zum ersten Mal an diesem Abend fiel Grace nichts ein, was sie hätte sagen können.

Dameon streichelte so zärtlich mit dem Daumen über ihre Hand, dass Grace zu zittern begann.

»Grace …«

Just in diesem Moment kam Carrie und unterbrach den Zauber. »Ich freu mich so, dass du heute hier bist«, sagte sie fröhlich und fast eine ganze Oktave höher als vorher.

Grace löste sich aus der Trance, in die Dameon sie gerade versetzt hatte, und wandte sich ihrer Freundin zu. »Gib mir Bescheid, wenn du ausgehen willst, oder vielleicht können wir auch mal wieder einen Wellnesstag zusammen verbringen.« Während Grace redete, zog sie ihre Hand von Dameons fort.

»Das fänd ich megaklasse.« Carrie legte ihnen die Rechnung auf den Tisch. »War schön, dich kennenzulernen, Dameon.«

»Ganz meinerseits«, gab er zurück.

Als Carrie ging, schnappte sich Dameon schnell die Rechnung, bevor Grace dazu Gelegenheit hatte.

»*Ich* wollte dich doch einladen«, protestierte Grace.

Er legte seine Kreditkarte auf die Rechnung. »Nicht in meiner Welt.«

Grace behielt die Hände auf dem Schoß, damit sie nicht in Versuchung geriet, ihn noch einmal zu berühren. »Ist das ein Macho-Ding? Kannst du es nicht ertragen, wenn dich eine Frau zum Essen einlädt?«

»Nein«, antwortete er mit einem Kopfschütteln. Dann hörte er damit auf und sah sie an. »Na ja, wahrscheinlich schon. Meine Mom würde es gute Erziehung nennen.«

Grace zuckte mit den Achseln. »Mein Dad würde dasselbe sagen.«

Dameon zahlte und sie verabschiedeten sich von Carrie.

Auf halbem Weg zu Grace' Wohnung erinnerte Dameon sie wieder an den Grund, warum sie sich überhaupt getroffen hatten. »Geht es dir jetzt besser nach dieser ganzen Geschichte?«

»Mit Sokolov?«

»So heißt er also?«

»Ja. Ich glaube, wenn ich eine Nacht drüber geschlafen habe, werde ich das Ganze etwas sachlicher sehen. Normalerweise lasse ich mich nicht so schnell einschüchtern, aber dieser Kerl hat es geschafft.«

»Bestechungsversuche sind illegal. Du kannst ihn dafür verklagen«, schlug Dameon vor.

So weit würde sie nicht gehen. »Ich sage meinem Chef, was passiert ist, und werde mich gegenüber Sokolov mehr durchsetzen.«

»Es gefällt mir gar nicht, dass du überhaupt etwas mit ihm zu tun haben musst.«

»Ich werde mich jedenfalls nicht mehr allein mit Sokolov treffen.« Gebranntes Kind scheut das Feuer, dachte sie. Dieser Kerl würde nicht noch mal die Gelegenheit kriegen, ihr Angst einzujagen. Eher umgekehrt. »Danke, dass du mitgekommen bist.«

Dameon bog in die Straße, die zu ihrer Wohnung führte. »Ich fühle mich geehrt, dass du mich angerufen hast, Grace.«

Sie wusste nicht, was sie darauf antworten sollte, und schwieg für den Rest des Weges.

Dameon fand einen Parkplatz.

»Du musst mich nicht zum Eingang begleiten«, sagte sie.

Er stellte den Motor aus und drehte sich zu ihr. »Bitte, ich fühle mich besser, wenn ich weiß, dass du in Sicherheit bist.«

»Ich wohne hier schon seit fünf Jahren.«

»Bitte«, beharrte er.

Grace nickte und stieg aus.

Sie konnte ihren eigenen Atem in der kalten Abendluft sehen. Der frische Wind trieb Grace an, schneller zu laufen. »Ich kann gar nicht glauben, dass es schon fast zehn ist.«

»Es war für uns beide ein langer Tag«, meinte er.

An der Tür holte sie ihre Schlüssel aus der Tasche und drehte sich zu ihm. Zum zweiten Mal an diesem Abend fühlte sie, wie eine heiße Welle sie überkam. »Danke, Dameon. Dass du gekommen bist und fürs Essen …«

»Sehr gerne.« Er stand zu weit von ihr entfernt und machte keine Anstalten, sie zu küssen.

Sie zitterte.

»Du solltest besser reingehen.«

Sie nickte nervös, sperrte etwas umständlich die Tür auf und drehte das Schloss. Als sie die Tür aufdrückte, strömte ihr von drinnen Wärme entgegen. Grace trat über die Schwelle und drehte sich noch einmal zu ihm um. »Gute Nacht.«

»Wir sehen uns am Freitag.«

»Gute Nacht.«

Sie wollte schon die Tür schließen, da sagte er noch: »Grace?«

Sie hielt inne. »Ja?«

»Noch eine Sache.« Dameon kam einen Schritt auf sie zu, berührte ihre Wange. Ihre Blicke trafen sich, bevor er seinen Kopf zu ihr neigte und die Distanz zwischen ihnen verringerte. Seine Lippen waren warm und ihr Herz pochte vor Aufregung. Dameon küsste sie und natürlich konnte sie gar nicht anders, als sich ihm hinzugeben.

Er nahm ihren Kopf und brachte sie dazu, die Lippen zu öffnen.

Bei diesem Mann hatte sie einfach keine Chance, sich an ihre Regeln zu halten.

Als der Kuss begann, intensiver zu werden, so wie ein Kuss, der nicht in der Öffentlichkeit stattfinden sollte, beendete Dameon ihn.

Blinzelnd öffnete sie die Augen und sah, wie er sie anlächelte. »Das will ich wieder machen … und zwar bald«, raunte er.

Sie war so sprachlos, dass sie nur nicken konnte.

Er streichelte noch einmal mit dem Daumen ihr Kinn, bevor er einen Schritt zurücktrat. »Gute Nacht, Grace.«

»Gute Nacht.« Sie ging in die Wohnung und schloss die Tür.

Als sie hörte, wie sich seine Schritte entfernten, lehnte sie sich gegen die Wand.

Langsam legte sich ein Lächeln auf ihre Lippen. Dieser Mann warf sie um, und jetzt wollte sie noch viel mehr als nur einen Abschiedskuss an der Tür.

Dameon Locke wurde zu einer Sucht, für die es keine Entziehungskur gab.

Kapitel 15

Grace war stolz auf sich, dass sie nicht gleich um acht Uhr morgens in Richards Büro stürmte. Sie wartete bis acht Uhr dreißig und war sogar so gnädig, einmal kurz anzuklopfen, bevor sie die Tür öffnete und sich selbst Einlass gewährte.

Überrascht sah er auf.

»Guten Morgen«, sagte sie, obwohl ihrem Chef nur selten ein Grußwort über die Lippen kam.

»Hatten wir ein Gespräch vereinbart?«, fragte er.

Sie ignorierte die Frage. »Der Termin mit Sokolov gestern Abend war wie erwartet reine Zeitverschwendung. Seine sogenannten *Pläne*, mit denen er arbeiten will, sahen aus wie von einem Neuntklässler gezeichnet und er hat keine von unseren Vorgaben berücksichtigt.«

Richard starrte sie ungerührt an. »Und das hätten Sie mir nicht in unserer Montagsbesprechung sagen können?«

Seine Frage war berechtigt, was Grace in Verlegenheit brachte. »Er hat versucht, mich zu bestechen«, sprudelte es nun aus ihr heraus.

Er zog die Augenbrauen hoch. »Versucht oder hat er tatsächlich?«

»Er hat mit seiner Geldbörse herumgewedelt und gemeint, es müsse doch einen Weg geben, wie man sich einigen könne.«

»Also hat er nicht direkt gesagt, dass er Ihnen Geld geben will, damit Sie seine Pläne genehmigen?«

»Er hat es auf subtilere Art gemacht. Ich habe ihm noch einmal gesagt, was ihm das Bauamt vorschreibt, und bin wieder gefahren.« Nachdem er versucht hatte, sie richtig einzuschüchtern, was sie allerdings unerwähnt ließ. Richard schien an der Sache keinen Anstoß zu nehmen.

»Auf der Basis irgendwelcher vager Annahmen werden wir sicher keine rechtlichen Maßnahmen ergreifen.« Richard lehnte sich zurück.

»Davon habe ich ja auch nichts gesagt. Ich fand nur, dass Sie wissen sollten, was vorgefallen ist. Und in Zukunft werde ich Mr Sokolov nicht mehr alleine treffen.« Vor allem nicht nach Sonnenuntergang … doch auch das sprach sie nicht aus.

»Nun ja. Vielen Dank für diese *Information*.« Er lehnte sich wieder vor. »Würden Sie jetzt bitte wieder …?« Er deutete zur Tür.

Grace verließ das Zimmer ihres Chefs und kam sich vor, als hätte sie sich gerade bei ihrem Lehrer beschwert, dass ein Klassenkamerad sie ärgerte.

In ihrem Büro ließ sie sich auf den Stuhl fallen. Der Stapel auf dem Schreibtisch schien nie kleiner zu werden und die Freude, die ihr der Job früher bereitet hatte, war nach und nach dahingeschmolzen, bis kaum noch etwas davon übrig war. Wo war der Spaß von früher geblieben? Der Job hatte sich nicht verändert und ihr Chef war schon immer ein Idiot gewesen. Zumindest ihr gegenüber.

Die Amtsuhr an der Wand tickte laut die Sekunden fort.

Jeden Tag wurden die Sekunden zu Minuten, die Minuten zu Stunden und um siebzehn Uhr war der Stapel noch so groß wie zu Beginn des Tages.

Irgendetwas hatte sich geändert, aber Grace konnte es nicht genau benennen.

Sie öffnete den Ordner, über dem sie gesessen hatte, als sie am Vorabend zum Mobilheimpark geschickt worden war. Zum Glück war heute ein Tag mit Auswärtsterminen. Sie würde mehrere Stunden fort sein, weit weg von ihrem Chef. Nur noch ein paar Arbeitstage, dann kam die Weihnachtsfeier und die restlichen Arbeitswochen bis zum Jahresende waren zum Glück nur kurz.

Das Bürotelefon klingelte und riss sie aus ihren Gedanken. »Grace Hudson«, meldete sie sich.

»Guten Morgen.«

Dameon.

Seine Stimme zu hören, hob ihre Laune beträchtlich. »Guten Morgen«, flötete sie zurück.

»Ich dachte, telefonieren sei besser, als dir eine Textnachricht aufs Diensthandy zu schicken.«

»Das stimmt wahrscheinlich.«

»Du gibst mir doch Bescheid, wenn du ein neues Telefon hast, oder?«, wollte er wissen.

»Klar.«

»Gut. Dann kann ich dir nämlich was total Schnulziges darüber schreiben, wie sehr mir der gestrige Abend gefallen hat. Nicht der Grund für unser Treffen, sondern das Ende des Abends.«

Sie senkte die Stimme, obwohl niemand etwas hören konnte, da die Tür geschlossen war. »Ich kann hier nicht darüber sprechen«, entgegnete sie.

»Das verstehe ich. Ich wollte dir nur sagen, dass ich wieder zurück in Los Angeles bin. Aber wenn du mich brauchst, kann ich in einer halben Stunde bei dir sein.«

»Wann in der Geschichte des Straßenverkehrs von Los Angeles hat man für diese Strecke jemals nur dreißig Minuten gebraucht?« Sie musste lachen.

»Na gut, dann eben fünfunddreißig.«

Sie lachte noch lauter.

»Ich komme am Freitag wieder.«

Die Weihnachtsfeier. Vor ihrem inneren Auge sah sie, wie er ihr vor ihren Kollegen die Hand auf den Rücken legte und sie küsste. »Wegen der Party, also, wir können nicht … ich meine, es ist nicht ratsam, wenn wir beide … zu vertraut miteinander sind.«

»Diskretion, ich weiß.«

»Danke.«

»Ich wollte dir eine Telefonnummer geben«, sagte er.

»Von wem?«

»Von meinem Haus in San Francisquito. Das Netz da draußen ist grottenschlecht.«

Sie lachte. »Das hätte ich dir auch sagen können.«

»Eine Sache, mit der wir uns für das Projekt auch noch näher beschäftigen müssen.«

»Allerdings.«

Sie notierte die Nummer, die er ihr nannte.

»Ich lass dich jetzt weiterarbeiten.«

»Bis Freitag«, sagte sie.

»Ich freu mich schon.«

Sie verabschiedeten sich und Grace legte auf.

Kurz darauf erinnerte das Ticken der Wanduhr sie daran, dass sie aus ihrem Tagtraum aufwachen und sich der Arbeit widmen musste.

* * *

Manchmal war es besser, die Dinge einfach zu akzeptieren. Es wäre unsinnig gewesen, zu erwarten, dass zwischen Weihnachten und Neujahr richtig gearbeitet wurde. Die Hälfte seiner Angestellten fuhr zu Verwandten, die andere Hälfte bekam Besuch. Deshalb gab es nach der Firmenweihnachtsfeier am

Samstag Betriebsferien bis zum zweiten Januar. Sein Buchhalter hatte ihm damals zwar davon abgeraten, aber die Zufriedenheit der Mitarbeiter war so wesentlich höher und die Fluktuation niedriger als bei anderen Firmen. Insgesamt sparte er damit mehr Geld, als ihn die Betriebsferien kosteten.

Dieses Jahr freute sich Dameon ganz besonders auf die Woche zwischen den Feiertagen, weil er dann Zeit für das Ranchhaus hatte. Er wollte es ein bisschen wohnlicher machen, auch wenn er das Haus irgendwann abreißen lassen würde, um Platz für Neubauten zu schaffen. Aber das würde erst in der dritten Phase geschehen, und bis dahin war es noch gut ein Jahr. Der Gedanke, nur zehn Minuten von Grace entfernt zu sein, war durchaus attraktiv, vor allem seit dem gestrigen Abend.

Nachdem er sie nach Hause gebracht und geküsst hatte, war er in die Stadt zurückgefahren. Ihre Lippen waren so weich gewesen und ihr Blick hatte verraten, dass sie mehr gewollt hätte. Ein Blick, der seine Träume füllte und ihm ein Dauerlächeln aufs Gesicht zauberte.

Dann aber fiel ihm Sokolov wieder ein und wie es dazu gekommen war, dass Grace ihn angerufen hatte.

Die letzte Stunde hatte er damit zugebracht, über den Mann und sein Mobilheimgelände im Internet zu recherchieren. Auch wenn Dameon nicht wusste, was er mit dieser Information anfangen würde, so war es doch gut, wenn man seinen Feind kannte.

Eigentlich hatte er gehofft, ein Bild von dem Mann zu finden. Aber bisher hatte er noch keinen Erfolg gehabt.

Dameon legte die gesammelten Informationen über Sokolov zur Seite und machte sich an die Arbeit, die er in diesem Jahr noch zu erledigen hatte. Im Gegensatz zu seinen Angestellten würde er seine Unterlagen mit nach Hause nehmen.

Chelsea hatte ihm eine Akte mit Namen und den Portfolios potenzieller Investoren gegeben.

Allein der Anblick der Akte hinterließ bei ihm einen schlechten Nachgeschmack. Es war wirklich der allerletzte Ausweg, sagte er sich.

Ein Klopfen riss ihn aus seinen Gedanken.

»Ja, bitte?«

Omar streckte den Kopf herein. »Hast du mal eine Minute?«

»Ja, was gibt's?«

Omar trat ein und wedelte mit einem Zettel. »Was ist mit dem Santa-Clarita-Projekt und diesem Ausgabenbericht?«

»Ich mache die Ranch gerade bewohnbar.«

»Für wen?«

»Für mich.«

Omar blieb stehen. »Wie bitte?«

»Nur als Zweitwohnsitz. Ich werde einen Tag in der Woche im Homeoffice arbeiten und bleibe dann auch übers Wochenende dort.«

»Das hat aber nicht zufällig etwas mit einer gewissen Dame zu tun, oder?«

»Sie spielt schon auch eine Rolle. Aber ich denke, es ist die beste Art herauszufinden, was man dort wirklich braucht. Manchmal entspricht das, was auf dem Papier steht, nicht der Realität. Funkmasten, zum Beispiel. Der Handyempfang ist dort sehr schlecht. Das müssen wir in unser Budget einkalkulieren, oder wir brauchen eine Kooperation mit einem oder mehreren Netzbetreibern.« All das entsprach tatsächlich der Wahrheit.

»Und dann ist da noch diese Frau«, beharrte Omar.

Dameon übersah Omars Grinsen geflissentlich. »Unsere Projekte waren bisher entweder in gut entwickelten Gegenden, die nur ein bisschen Verschönerung brauchten, oder es handelte sich um kleinere Wohnblöcke. Das ist bislang unser größtes Projekt. Und wir haben kein Sicherheitsnetz.«

Omar nickte ein paarmal. »Wir können uns ein Sicherheitsnetz besorgen.«

»Investoren bedeuten auch, dass man den Gewinn teilt.« Und sie waren sich einig, dass sie das nicht wollten. Auch wenn Dameon Omars Zustimmung nicht brauchte, so war es dennoch leichter, wenn sie einer Meinung waren.

»Bisher hast du noch nie eine falsche Entscheidung getroffen.«

»Und ich habe auch nicht vor, jetzt damit anzufangen.«

Omar wandte sich zum Gehen. Auf der Schwelle drehte er sich noch einmal um: »Hoffentlich ist sie die Sache wert.«

»Das ist sie«, sagte Dameon leise zu sich selbst, als Omar gegangen war.

Kapitel 16

Normalerweise hätte sie sich nicht so viele Gedanken darüber gemacht, was sie zur Weihnachtsfeier anziehen sollte. Für ihre Kollegen, die sie sowieso jeden Tag im Büro sah, musste sie sich nicht auftakeln.

Aber Dameon würde da sein.

Und zugegeben, sie wollte hinreißend aussehen. Sie wollte, dass er sie regelrecht anschmachtete.

Das rote Cocktailkleid und die schwarzen Stilettos waren für diesen Zweck perfekt geeignet. Grace band ihre Haare zu einem lockeren Knoten zusammen und wählte funkelnde Ohrhänger mit Glaskristallen.

Der dezente Ausschnitt ihres Kleids brachte ihre Kurven zur Geltung.

Ein letzter Blick in den bodentiefen Spiegel bestätigte ihr, dass sie so perfekt war, wie es nur ging, dann verließ sie ihre Wohnung.

Sie traf zwanzig Minuten nach Beginn der Party ein und der Saal war bereits proppenvoll. An der Bar hatte sich eine lange Schlange gebildet.

Peggy, die am Empfang arbeitete, hatte sie entdeckt und steuerte auf sie zu. »Oh, là, là«, sagte sie und musterte Grace von oben bis unten. »Da hat sich aber jemand in Schale geworfen!«

»Mein kleines Schwarzes ist in der Reinigung«, schwindelte Grace.

»Und den alten Fetzen hattest du zufällig noch im Schrank hängen, oder wie?«

»Na ja …«

Peggy lachte. »Vielleicht nennt dich Richard dann endlich auch mal beim Vornamen.«

»Damit rechne ich gar nicht erst.« Grace sah an Peggy vorbei. »Hast du meinen Bruder gesehen?«

»Noch nicht.« Peggy guckte sich jetzt ebenfalls um. »Wer lässt sich wohl dieses Jahr wieder volllaufen?«

Sie ließen die Blicke durch den Raum schweifen. In den Abteilungen gab es jedes Jahr ein, zwei Leute, die sich zum Gespött machten. »Pete hat letztes Jahr hoffentlich seine Lektion gelernt«, meinte Grace.

Pete hatte so viel getrunken, dass er auf dem Weg zur Toilette mit der Frau des Bürgermeisters zusammengestoßen war. Sie waren mit den Köpfen aneinander geknallt, obendrein trat er ihr dabei so unglücklich auf den Zeh, dass er blutete. Um das Ganze noch zu toppen, war Pete ohne Entschuldigung weiter zum Klo gerannt, um den Alkohol loszuwerden, den er intus hatte. Am Montag darauf hatte er sich an nichts erinnern können. Erst als der Bürgermeister ihm die Rechnungen vom Röntgen und von einem Paar Designerschuhen schickte, hatte Pete eine Ahnung davon bekommen, wie schlimm es gewesen sein musste.

»Ich vermute, dass er heute freiwillig der Fahrer ist«, meinte Peggy.

Grace spürte plötzlich ein Prickeln im Rücken, das nur eins bedeuten konnte. Sie wandte den Kopf nach links. Und tatsächlich, er war gekommen.

Dameon sah sie und ein Lächeln breitete sich auf seinem Gesicht aus. Er war so weit weg, dass sie ihn nicht hören konnte, aber sie meinte von seinen Lippen ein »wow« abzulesen.

»Oha, wer ist denn das?«, fragte Peggy neben ihr.

»Was?« Grace riss sich von seinem Anblick los.

»Der Mann da, der dich mit den Augen verschlingt.«

Grace sah sich um und tat, als wüsste sie nichts davon. »Wen meinst du?«

Peggy stieß sie mit dem Ellbogen an. »Netter Versuch. Ich habe doch gesehen, wie du ihn angestarrt hast.«

Grace guckte wieder zu Dameon und riss die Augen auf, um ihm telepathisch mitzuteilen, dass er aufhören solle, sie so anzusehen. Er grinste, wandte sich aber schließlich ab. »Das ist Mr Locke.«

»Mr Sahneschnitte. Woher kennst du ihn?«

Grace spürte, wie ihr Gesicht zu glühen begann. »Er ist ein Immobilienentwickler, der ein Projekt in der Gegend plant.«

»Ach tatsächlich? Wo?«

Mist, Grace konnte sich einfach nicht beherrschen und musste doch wieder nachsehen, ob er immer noch zu ihr herüberstarrte.

»Hinten im Canyon … Du, ich geh mal zu ihm und sage hallo. Er sieht ein bisschen verloren aus.«

Peggy lachte. »Ja, geh nur, meine Liebe.«

Grace bemühte sich, schön langsam zu laufen, während sie den Raum in Dameons Richtung durchquerte. Niemand sollte mitbekommen, dass sie sich besser kannten.

Als sie vor ihm stand, streckte sie ihm die Hand entgegen. »Hallo, Mr Locke.«

Er schien sich ein Lachen zu verkneifen. »Miss Hudson. Sie sehen absolut bezaubernd aus.« Er drückte ihre Hand, dann ließ er sie wieder los.

Schon wieder dieses Händedrücken? Sie war sich ihrer heißen Wangen sehr bewusst und hoffte nur, dass sie nicht wie eine Tomate aussah. »Vielen Dank. Haben Sie gut hergefunden?« Sie blieb bei der förmlichen Anrede und beim Small Talk, falls jemand zuhörte.

»Ja, ohne Probleme.«

Sie zeigte zur Schlange vor der Bar. »Sollen wir uns etwas zu trinken holen? Danach kann ich Ihnen ein paar Leute vorstellen.«

»Das wäre prima.« Er machte eine Geste, mit der er ihr den Vortritt ließ.

Je näher sie zur Bar kamen, desto lauter wurde die Musik. Die Leute um sie herum versuchten entweder, die Geräusche zu übertönen, oder sie lehnten sich dicht zu ihrem Gesprächspartner hinüber, um überhaupt etwas zu verstehen.

Dameon kam ebenfalls nah an ihr Ohr heran. »Du bringst mich um in dem Kleid«, sagte er mit dieser sonoren Stimme, wie nur er sie hatte.

Und weil sie sich nicht beherrschen konnte, antwortete sie: »Das war genau meine Absicht.«

Die Schlange bewegte sich nur langsam.

Dameon legte den Kopf schief und wirkte, als fehlten ihm die Worte.

Sie stand ihm gut, diese Sprachlosigkeit.

Als sie endlich an der Reihe waren, bestellte sie sich ein Glas Rotwein und Dameon einen Whiskey Soda.

»Also gut, Miss Hudson. Wen sollte ich als Erstes kennenlernen?«

»Sie können mich auch Grace nennen.«

»Sind Sie sich da sicher?«

Sie bedeutete ihm, sich zu ihr herunterzubeugen, damit sie ihm etwas ins Ohr flüstern konnte. »Wenn du Miss Hudson sagst, fühle ich mich wie eine verwegene Highschoollehrerin.«

Er lachte laut auf.

Sie entdeckte Evan und zog Dameon zu ihrem Kollegen hinüber. »Evan.« Sie tippte ihm auf die Schulter. »Hier ist jemand, den ich dir vorstellen will.«

Evan lächelte, die Männer gaben sich die Hand. »Willkommen in Santa Clarita.«

»Ihr Städtchen wächst mir sehr ans Herz«, sagte Dameon mit einem Seitenblick zu Grace.

»Ach ja?« Evan blickte zwischen den beiden hin und her und grinste vielsagend. »Du siehst klasse aus, Grace. Neues Kleid?«

Okay, vielleicht war es doch keine gute Idee, Dameon und Evan miteinander bekanntzumachen. »Das hatte ich doch schon letztes Jahr an«, log sie.

Evan schüttelte den Kopf. »Nein. Letztes Jahr hattest du eine schicke Hose und Stilettos an.« Er wandte sich wieder Dameon zu. »Aber Grace trägt ja eigentlich immer hohe Schuhe.« Und wieder zu Grace: »Wenn ich mich recht erinnere, hast du letztes Jahr bis kurz vor der Party gearbeitet und deine Schuhe haben gar nicht zu deinem Outfit gepasst.«

»Dann hatte ich das Kleid eben vorletztes Jahr an.« Grace brauchte dringend jemanden, den sie Dameon vorstellen konnte.

»Daran hätte ich mich doch erinnert. So ein Kleid vergisst man nicht so schnell.«

Na toll, nun war sie sicher rot geworden. Zumindest war ihr jetzt ziemlich heiß.

»Es ist spektakulär«, gab Dameon glucksend von sich.

Okay, das reichte. »Also, ich stelle Ihnen lieber noch ein paar andere Leute vor.« Grace nahm Dameon am Ellbogen und schob ihn an.

»Es ist so süß, wenn du rot wirst, Hudson.« Evan nannte sie sonst nie Hudson.

»Trink bloß nicht zu viel, Evan«, rief sie über die Schulter zurück.

Dameon wisperte ihr ins Ohr. »Ist er mein Konkurrent?«

Das war ungefähr das Lustigste, das sie seit Langem gehört hatte. »Auf keinen Fall. Selbst wenn er auf Frauen stehen würde, wäre er wie ein Bruder für mich.«

»Verstehe. Er hat recht, was das Kleid angeht.«

Sie waren ein paar Schritte weiter schon wieder stehen geblieben, und Dameon stand jetzt viel zu nah bei ihr.

»Hör auf, mich so anzusehen«, raunte sie ihm zu.

»Wie sehe ich dich denn an?«, fragte er unschuldig und trank einen Schluck.

Sie wunderte sich, dass das Eis in seinem Glas noch nicht geschmolzen war, bei so viel Hitze, die er verströmte.

Oder vielleicht war auch sie diejenige, die diese Hitze verströmte.

»Als würdest du mich aufessen wollen.« Sie versuchte, einen ernsten Gesichtsausdruck aufzulegen.

Dameon hielt die Luft an und schloss für einen kurzen Moment die Augen.

»So ist es besser.« Grace wandte sich um. »Da ist der Herr Bürgermeister. Und seine Frau tratscht gerne, also wende jetzt die Diskretion an, die du mir versprochen hast.«

»Aye, aye, Madam«, flüsterte er ihr ins Ohr.

Sie stöhnte auf. Es würde ein sehr langer Abend werden.

Sie stellte Dameon drei Mitgliedern des Stadtrats vor sowie dem Bürgermeister und einem bekannten Baugewerbeinhaber. Es waren auch viele kleinere Handwerksunternehmer anwesend wie Installateure und Betonierer. Auch Leute, die für die Schulplanung zuständig waren und dann natürlich noch die anderen Ingenieure aus dem Bauamt.

Dameon redete mit den Leuten, als würde er sie schon lange kennen.

Eine Stunde später entdeckte Grace schließlich ihren Bruder und Parker.

Sie ließ Dameon stehen, der sich gerade mit einem Stadtrat unterhielt, und ging, um die beiden zu begrüßen.

»Ich hatte schon befürchtet, dass ihr heute überhaupt nicht mehr kommt«, sagte sie, während sie Parker umarmte.

»Wir waren noch … beschäftigt«, murmelte Parker und wurde rot.

»Ach, so nennt man das, *beschäftigt*?«, scherzte Grace.

Parker zuckte mit den Schultern.

Grace umarmte nun auch ihren Bruder. »Du musst deiner Frau mal eine Pause gönnen.«

Colin zeigte auf Parker. »Sie hat angefangen.«

»Das ist unfair. Du bist reingekommen, als ich mich gerade anziehen wollte.«

»Du hattest Spitzenunterwäsche an.«

Grace hob die Hände. »So genau wollte ich es gar nicht wissen.«

Colin zwinkerte ihr zu und warf einen Blick über die Schulter. »Dameon ist auch hier, wie ich sehe.«

Parker blickte in die Richtung. »Ist er das?«

Grace nickte.

Dameon schien ihre Blicke bemerkt zu haben, denn jetzt drehte er sich um, sagte noch etwas zu den Herrschaften, mit denen er sich unterhielt, und kam zu ihnen herüber.

»Dameon, ich wollte dir Parker vorstellen. Das neueste Mitglied der Familie Hudson.«

Sie gaben sich die Hände. »Freut mich.«

»Und Colin kennst du ja bereits.«

Grace sah zu, wie sie sich mit Handschlag begrüßten, und diesmal war es kein Kampf, der zeigen sollte, durch wessen Adern das meiste Testosteron floss.

»Schön, Sie wiederzusehen«, sagte Dameon.

»Das wird sich zeigen«, murmelte Colin.

Grace bedachte ihn mit ihrem besonderen Blick. »Sei nett zu ihm.«

»Wie wäre es, wenn wir den Damen etwas zu trinken holen?«, wandte sich Dameon an Colin.

Ihr Bruder gab Parker einen Kuss auf die Wange. »Einen Roten?«, fragte er.

Sie nickte und die Männer gingen.

Als sie außer Hörweite waren, lehnte sich Parker vor und raunte ihr zu: »In echt ist er sogar noch sexyer.«

»Wem sagst du das.« Grace führte das Glas an die Lippen, doch es war schon leer.

* * *

Dameon wartete, bis die Frauen sie nicht mehr hören konnten, dann fragte er Colin: »Wissen Sie etwas über Stefan Sokolov?«

Einen Moment lang schien Colin nicht zu wissen, wen er meinte. »Ach so, der Typ, dem das Mobilheimgelände gehört?«

»Genau.«

»Ich weiß nur, dass er sich nicht darum kümmert, alles in Schuss zu halten. Warum?«

Dameon sah sich um, dann sagte er leise: »Eine gewisse Lady, die wir beide kennen, hatte eine unschöne Begegnung mit ihm. Er hat ihr Angst eingejagt und zwar so, dass sie mich angerufen hat.«

Colins fröhlicher Gesichtsausdruck war verschwunden. »Was heißt hier *Angst eingejagt*?«

»Genau das: Angst eingejagt. Sie kennen Grace ja besser als ich. Aber ich habe das Gefühl, dass sie nicht der Typ Frau ist, der schnell Angst bekommt.«

Colin warf einen Blick zu seiner Schwester zurück. »Das stimmt.«

»Wissen Sie, wie der Kerl aussieht?«

»Nein.«

»Wenn Sie ein Bild von ihm finden, geben Sie mir Bescheid, okay?«

Colin wandte sich wieder Dameon zu. »Sie hat Sie angerufen?«

»Sie hatte Bedenken, dass ihre Brüder vielleicht zu weit gehen könnten, wenn sie ihnen die Geschichte erzählen würde.«

»Womit sie verdammt recht hat.«

Die Schlange bewegte sich nach vorn. »Sie haben das nicht von mir gehört.«

Colin bedachte ihn mit einem Seitenblick. »Warum erzählen Sie es mir jetzt?«

Die Antwort fiel Dameon leicht. »Weil mein Büro in Los Angeles ist und ich nicht immer hier sein kann. Egal, was Sie von mir halten, aber ich will, dass es dieser Frau gut geht und sie keine Angst haben muss.«

Colin klopfte ihm auf die Schulter. Jetzt waren sie an der Reihe.

* * *

Colin und Dameon hatten sich auf dem Weg zur Bar anscheinend angefreundet. Als sie zurückkamen, waren sie per Du und alle bissigen Bemerkungen und abschätzigen Blicke gehörten der Vergangenheit an.

Sie fanden einen Tisch, an dem sie zu viert Platz hatten, und holten sich Essen vom Büfett.

»Du planst also ein ziemlich großes Projekt in der Gegend?«, wandte sich Parker an Dameon.

»Ja. Grace hat mir viel Input gegeben. Ein paar Dinge hatten wir schon vorher berücksichtigt, andere aber nicht.«

»Meine Schwester kennt sich halt gut aus«, meinte Colin stolz.

»Kannst du das mal meinem Chef erzählen?«, murmelte Grace.

»Ist Richard immer noch so unfair zu dir?«

Sie nickte. »Man könnte meinen, es müsste ihm irgendwann zu langweilig werden, aber Fehlanzeige.«

Colin guckte sich um. »Ist er auch da?«

»Ich habe ihn vorhin gesehen«, antwortete Grace. »Wenn Small Talk gefragt ist, ist er ziemlich unbeholfen. Wahrscheinlich ist er wieder abgezischt.«

Parker lenkte die Unterhaltung auf ein anderes Thema. »Erzähl mal, Dameon, was machst du an Weihnachten?«

»Ich fahre zu meiner Mom. Sie wohnt in Glendale.«

»Hast du Geschwister?«, wollte Parker dann wissen.

»Einen Bruder. Manchmal kommt er auch. Mein Onkel und seine Familie kommen jedes zweite Jahr. Und ihr?«, fragte er und sah nun zu Grace.

»Unsere Eltern laden uns immer zu sich ein. Meine Mom liebt es, für uns zu kochen, und jeder hilft mit.«

»Es gibt nichts Wichtigeres als Familie«, sagte Colin und sah bedeutsam zu Grace.

Sie schob den Teller von sich, und als sie aufblickte, bemerkte sie, dass Richard zu ihnen herüberstarrte.

»Mein Chef ist wohl doch noch nicht weg.«

»Vielleicht sollte ich mich lieber noch mal unter die Leute mischen«, meinte Dameon.

»Ja, das ist vielleicht keine schlechte Idee.«

Colin erhob sich zusammen mit Dameon. »Ich stelle dir ein paar Leute vor, mit denen ich zusammenarbeite. Sie haben zwar nicht direkt mit deinem Projekt zu tun, aber sie kennen in diesem Ort fast jeden, der dafür wichtig ist.«

Dameon neigte sich zu Grace. »Gehe nicht, ohne dich von mir zu verabschieden.«

Bevor sie etwas darauf erwidern konnte, war er schon gegangen.

Parker rutschte auf den Platz neben ihr. »Der ist ja wirklich sehr charmant.«

»Ich weiß. Er haut mich völlig um.«

»Er kommt mir auch nicht wie ein Stalker vor, wie Erin sagt.«

»Mir auch nicht.«

Bevor noch jemand etwas sagen konnte, ging Richard an ihrem Tisch vorbei. Ihre Blicke trafen sich, doch er schaute einfach in die andere Richtung, ohne etwas zu sagen.

»Ebenfalls frohe Weihnachten«, sagte Grace so leise, dass nur Parker es hörte.

»Ignorier ihn einfach. Wahrscheinlich hatte er schon seit den Neunzigern keinen Sex mehr mit seiner Frau«, scherzte Parker.

»In den Neunzigern hatte er noch eine ganz andere Frau.«

Im Laufe des Abends schienen die Leute immer lockerer und das Stimmengewirr immer lauter zu werden. Grace sah sich um, ob sie jemanden entdeckte, der sich diesmal zum Narren machte. Pete sicher nicht, der war schon gegangen.

»Wir hatten seit der Hochzeit keinen Mädelsabend mehr«, sagte Parker.

»Du warst zu beschäftigt.«

»Wir müssen einen planen. Vorher ging es ja immer nur um die Hochzeit. Und davor ging es darum, Erin ins Reich der Lebenden zurückzuholen. Ich finde, wir müssen schleunigst unseren alten Mädelsabend wieder einführen. Und abgesehen von Dameon weiß ich gar nicht, was in deiner Welt so los ist.«

Grace zuckte mit den Achseln. »Ich arbeite, fahre heim, schlafe, dusche, und das in Endlosschleife.«

»Nicht gerade gesund.«

»Besser als fremde Männer in Bars kennenzulernen und später zu erfahren, dass sie eine deiner besten Freundinnen umbringen wollen.« Grace merkte erst, wie schwer die Worte wogen, als sie ausgesprochen waren.

Es folgte betretenes Schweigen.

»Stimmt, das ist natürlich auch nicht gesund«, räumte Parker ein. Auf ihrer Stirn hatten sich Falten gebildet, die zuvor nicht da gewesen waren.

»Ich habe einfach aufgehört, meinem Bauchgefühl zu vertrauen.« Grace sah sich um, weil sie Angst hatte, dass es jemand hören könnte. »Weshalb ich auch froh bin, dass *du weißt schon wer* heute hier ist, damit du ihn kennenlernst. Erin hat Zweifel gesät und ich habe es nicht geschafft, sie gänzlich abzustreifen.«

»Von Erin erwarte ich so was, aber nicht von dir. Das ist nicht fair, oder?«

Grace schüttelte den Kopf. »Doch, es hat ja niemand versucht, mich umzubringen.«

»Was wir nicht wissen können. Ist dir wahrscheinlich auch schon durch den Kopf gegangen.«

Mehr als einmal.

»Du würdest es mir sagen … ich meine, wenn an *du weißt schon wem* irgendwas komisch wäre, oder?«, fragte Grace.

Parker legte ihr die Hand auf die Schulter. »Dann bin ich die Erste, die dich darauf hinweist.«

Grace guckte zu Dameon, der auf der anderen Seite des Raumes mit dem Rücken zu ihr stand. »Ich hoffe wirklich nur, dass er nicht mit mir spielt.«

Eine Stunde später konnte Parker ein Gähnen nicht unterdrücken und sah verstohlen auf dem Handy nach der Uhrzeit. Grace war auch schon etwas müde.

»Wir sollten Colin suchen, damit er dich heimbringt«, sagte Grace zu Parker.

»Bin ich so leicht zu durchschauen?«

»Ja.«

Colin und Dameon unterhielten sich mit ein paar Männern. Sie lachten, doch als sich Grace und Parker näherten, verstummte das Gespräch abrupt.

»Lasst euch von uns nicht stören«, sagte Grace.

Colin schüttelte den Kopf. »Anglergeschichten, Schwesterherz. Solche, bei denen der Fisch mit jedem Drink größer wird.«

Grace tippte ihren Bruder an. »Dabei angelst du doch gar nicht.«

»Es war ja auch nicht meine Geschichte.«

»Mann, Hudson, so schick heute, das kenn ich ja gar nicht von dir«, stellte Lionel neben ihr fest.

Grace drehte sich zu ihrem Kollegen um. »Soll das eine Art Kompliment sein?«, fragte sie.

»Ja, aber keine Sorge, du bist nicht mein Typ«, witzelte er.

Sie grinste. »Du meiner auch nicht. Am Wochenende in Sportbars abzuhängen und Bier zu trinken, wäre mir auf Dauer zu langweilig.«

Lionel legte die Hand aufs Herz. »Das würde mich fast kränken, wenn du nicht leider recht hättest.«

Die anderen lachten.

»Apropos Wochenende«, sagte Colin und wandte sich an Parker. »Ich muss jetzt meine Frau heimbringen. Wir haben nur noch zwei Tage, um unsere Weihnachtseinkäufe zu erledigen.«

»Klar, und deshalb müsst ihr jetzt dringend nach Hause«, zog einer der Männer ihn auf.

Grace machte eine scheuchende Geste. »Lasst die beiden Frischvermählten in Ruhe. Sie haben ein Recht darauf, die weiße Fahne vors Schlafzimmer zu hängen, wenn sie Wasser und Essen brauchen.«

Parker lachte am lautesten.

»Ich hole unsere Jacken«, sagte Colin und ging.

»Bist du mit einem Uber gekommen?«, wandte sich Parker an Grace.

»Ja.«

»Sollen wir dich mitnehmen?«

»Nein, danke.« Grace beherrschte sich, nicht in Dameons Richtung zu schielen. »Ich wollte noch ein bisschen bleiben.«

Als Colin zurückkam, nachdem er sich von den anderen verabschiedet hatte, begleitete Grace die beiden nach draußen.

»Wir sehen uns an Weihnachten«, sagte Parker, als sie sich umarmten.

Dann kam Colin an die Reihe. »Es ist kalt hier draußen, geh lieber wieder rein.«

»Ich hab dich auch lieb«, erwiderte sie.

Er gab ihr einen Kuss auf den Kopf. »Und ich dich, Gracie.«

Sie traf Dameon im Eingangsbereich.

»Willst du gehen?«, fragte sie.

»Nur, wenn ich dich zu einem Schlummertrunk überreden kann, irgendwo, wo es etwas ruhiger ist.«

Sie lächelte. »Das könnte klappen.«

Es sah aus, als wollte er sie berühren. »Bitte!«

»Na gut, wenn ich gezwungen werde.« Sie zeigte noch einmal zur Party. »Ich hole noch meinen Mantel und treffe dich dann draußen. Vielleicht ist es besser, wenn wir nicht gleichzeitig gehen.«

»Gib mir fünf Minuten Vorsprung.«

Grace ging wieder hinein, während er auf der Toilette verschwand.

Es waren noch ein paar Leute da, von denen sie sich verabschieden wollte, und so machte sie ihre Runde.

Sie schaute auf dem Handy nach der Uhrzeit. Als vier Minuten vergangen waren, zog sie den Mantel an. Dann ging sie noch zu Evan. »Frohe Weihnachten«, sagte sie und umarmte ihn.

»Dir auch.«

Sie verließ das Gebäude mit dem Telefon in der Hand, als wollte sie sich ein Taxi bestellen. Draußen auf dem Parkplatz sah sie die roten Lichter eines Wagens aufleuchten.

Dameon beugte sich herüber und öffnete ihr die Beifahrertür. »Wollen Sie mitfahren?«, neckte er sie.

Sie hüpfte hinein und schnallte sich an. »Es fühlt sich an, als würden wir heimlich abhauen.«

Er lachte. »Was wir ja auch tun. Aber nach dem Abend mit deinen Kollegen und den Geschichten über deinen Chef kann ich das gut verstehen.«

»Wäre ich einer von den Männern, würde es ihn wahrscheinlich kaum interessieren. Allerdings gibt es auch nicht viele weibliche Immobilienentwickler, die so große Projekte durchführen.« Sie hatte tatsächlich bisher nur mit sehr wenigen Frauen zu tun gehabt.

»Wohin?«, wollte er wissen.

»Magst du Martinis?«

»Wer nicht?«

Sie warf ihm im schummrigen Parkplatzlicht ein Lächeln zu. »Fahr die Erste rechts.«

»Jawohl, Madam.«

»Madam?«

Er legte den Rückwärtsgang ein und während er ihre Rückenlehne umfasste, streichelte er ihre Schulter. »Der Kommentar über die Lehrerin geht mir einfach nicht mehr aus dem Sinn.«

Kapitel 17

Wieder einmal schaffte es Grace, ihn zu überraschen. Sie betraten eine Bar, in der im gedämpften Licht eine Frau Klavier spielte. Für Santa Clarita war es eher eine noblere Bar, die Leute waren schick angezogen, an den Wänden gab es keine Bildschirme. Sie fanden einen Tisch in einer hinteren Ecke und Dameon half Grace, den Mantel auszuziehen.

Als sie saßen, legte er ihr die Hand auf den Arm. »Ich will dich schon den ganzen Abend berühren.«

»Mir geht es genauso, obwohl ich das eigentlich nicht wollen dürfte«, erwiderte sie.

Er hielt ihrem Blick stand. »Hast du Angst, dass uns hier jemand sieht?«

»Alle, bei denen es mir etwas ausmachen würde, sind noch auf der Feier. Außerdem können sich die meisten mit einem Einkommen aus dem öffentlichen Dienst den Laden hier nicht leisten.«

»Aber du kennst ihn.«

»Na ja, ich bin Single und habe keine Kinder. Sicher kennst du auch alle schicken Bars in der Stadt.«

»Und auch ein paar Spelunken.«

»Es geht doch nichts über eine gute Spelunke.«

Der Kellner nahm ihre Bestellung entgegen und verschwand wieder. »Kennst du ausnahmsweise mal niemanden, der hier arbeitet?«

»Du willst mich aufziehen«, entgegnete sie.

»Nein, es gefällt mir. Ich bin noch nie mit einer Frau ausgegangen, die so ist wie du.«

»Ach ja? Was ist denn sonst dein Typ?«

Er wusste nicht so recht, wie er darauf antworten sollte.

»Ich sage dir, wer mein Typ ist, wenn du mir erzählst, wer deiner ist«, meinte Grace.

»Willst du wirklich etwas über meine Ex-Freundinnen wissen?«

Sie beugte sich zu ihm. »Schiss?«

Also gut. »Sie hieß Lena …«

»Lena?« Grace klang überrascht.

»Eine Griechin.« Er machte eine Pause.

»Okay. Und …?«

»Jetzt erzähl erst du von deinem Ex-Freund.«

Grace schnaubte. »Er hieß Robert und war ein Idiot.«

»Definiere Idiot.«

»Er hat bei Familienessen Games auf dem Handy gespielt.«

Was Dameon nicht erwartet hätte. »War das während der Highschool?«

Grace rollte mit den Augen. »Nein, letztes Jahr.«

»Aber wenn er zum Familienessen gekommen ist, muss es ja was Ernstes gewesen sein.« Dameon konnte sich gar nicht vorstellen, dass sich Grace mit einem erwachsenen Mann abgab, der sich lieber mit dem Handy als mit ihrer Familie beschäftigte.

»Nicht bei meiner Familie. Wir sind sehr offen und es ist ganz normal, dass man seinen Freund oder seine Freundin zum Essen mitbringt.«

»Auch jetzt noch, wo ihr erwachsen seid?«

»Mein Dad war Polizist«, sagte sie, als würde das alles erklären. »Erzähl mir mehr von Lena.«

Er hatte nun das Bild seiner Ex-Freundin vor Augen. »Meine Mutter hat Lena nie kennengelernt. Lena hat zwar keine Videogames gespielt, aber trotzdem viel Zeit mit ihrem Handy verbracht. Meistens hat sie Selfies gemacht.«

Grace grinste. »Solche Mädels kenne ich. Lass mich raten, sie war sehr hübsch, oder?«

Warum sollte er lügen? »Ziemlich.«

»Und man musste ihr ständig sagen, wie schön sie war?«

Er nickte. »Ja, sie brauchte immer Bestätigung.«

»Was ist dann passiert?«

»Ich glaube, das wird jetzt kein gutes Licht auf mich werfen.«

»Erzähl es trotzdem.«

Dameon holte tief Luft. »Ich habe mich gelangweilt. Anfangs haben wir uns ganz gut verstanden. Solange wir schick ausgegangen sind und andere schicke Leute getroffen haben, war alles in Ordnung. Aber wenn ich mit ihr zu O'Douls gegangen bin, hat sie ein langes Gesicht gemacht und so getan, als wäre das unter ihrer Würde.«

»Was ist O'Douls?«

»Eine der besagten Spelunken in meiner Nähe. Da gibt es guten Whiskey und die besten Fish'n'Chips der Stadt.« Er zuckte mit den Schultern. »Ich hatte gar nicht das Bedürfnis, sie meiner Mom vorzustellen.«

»Bei mir kennst du schon die halbe Familie. Du hast Colin kennengelernt, und so wie ich Matt einschätze, wird er früher oder später bei dir aufkreuzen.«

»Will Matt mir auch eine verpassen wie Colin?«

»Klar«, erwiderte sie grinsend.

Ihre Martinis wurden gebracht und Dameon hob das Glas. »Auf unsere Freundschaft.«

Grace stieß mit ihm an und trank einen Schluck. »Vielleicht sind wir sogar ein bisschen mehr als nur Freunde.«

Er setzte das Glas wieder ab. »Oh, das hoffe ich.«

Wieder kostete sie von ihrem Drink, als er ihren Arm berührte. »Hast du an Silvester schon was vor?«

Sie schüttelte den Kopf. »Ich habe noch gar nicht so weit gedacht. Manchmal schleppt uns Matt mit in die Wüste, aber dieses Jahr muss er arbeiten.«

»Ist das mit der Wüste euer Ding?«

»Ja, wir machen ein großes Lagerfeuer und draußen ist es kalt. Nur Sand und Erde und Motorräder und Quads. Fährst du auch Motorrad?«

»Leider nicht. Du?«

Sie nickte. »Wir sind quasi mit unseren Geländemotorrädern aufgewachsen. Aber ich habe keines mehr.«

»Du hattest dein eigenes Geländemotorrad?« Diese Frau zeigte immer wieder eine neue Seite von sich.

»Ja, wir hatten alle eins. Aber nachdem mein Dad mal einen Unfall hatte, hat meine Mutter oft die Bremse gezogen, wenn es um unsere Wüstenausflüge ging. Matt und Colin fahren öfter raus, ich nur noch ab und zu.«

Er zuckte mit den Achseln. »Ist wahrscheinlich ganz einfach, oder?«

»Sag das nicht zu meinen Brüdern. Die verpassen dir einen Evel-Knievel-Einführungskurs.«

»Besonders, wenn sie mich nicht so mögen.«

»Ja, wahrscheinlich sollten wir uns das lieber für später aufheben.«

Er war sich nicht sicher, ob er wirklich von ihren Brüdern das Motorradfahren lernen wollte. »Also noch mal zu Silvester. Ich hole dich um neunzehn Uhr ab.«

Sie starrte ihn an, ihre Lippen bildeten eine schmale Linie. »Soll das ein Befehl oder ein Vorschlag ein?«

»Natürlich nur ein Vorschlag«, erwiderte er zähneknirschend.

Jetzt verzogen sich ihre Lippen zu einem Lächeln. »Weißt du, Locke … du lernst sehr schnell.«

»Heißt das also Ja?«

Sie blickte zur Decke, als stünde dort die Antwort. »Soll ich mich schick anziehen oder ist eher ein passendes Outfit für eine Spelunke angesagt?«

»Dieses Jahr ist es fünf Sterne schick. Nächstes Jahr darfst du dann aussuchen.«

Sie zog fragend die Augenbrauen hoch. »Da ist aber jemand optimistisch.«

Sie ließen sich Zeit mit ihrem Cocktail, bevor Dameon die Rechnung beglich und den kurzen Weg zu ihr nach Hause fuhr. Als er parkte, wirkte sie plötzlich nervös.

Bevor sie die Autotür öffnen konnte, nahm Dameon ihre Hand.

Ihre Blicke trafen sich, er beugte sich zu ihr.

Und endlich berührten sich ihre Lippen und Grace gab einen seufzenden Laut von sich. Nur konnte er ihr gar nicht so nahe kommen, wie er es gerne gehabt hätte, weil die Mittelkonsole im Weg war. Er umfasste Grace' Kopf und nahm mit der Zungenspitze eine Kostprobe von ihr.

So wie sie sich an seinem Arm festklammerte, schien sie den Kuss im selben Maße zu genießen wie er.

Sie war sonst sehr forsch, aber bei diesem Kuss merkte er, dass sie sich zurückhielt, obwohl sie mehr wollte. Er beendete den Kuss, bevor sein Körper noch verraten würde, was sie mit ihm anstellte.

Als Grace die Augen wieder öffnete, sah er im Licht der Parkplatzbeleuchtung ihren leidenschaftlichen Blick.

»Das musste hier geschehen«, meinte er, »denn vor deiner Haustür wäre ich sonst in Versuchung gekommen, über Nacht zu bleiben.«

Ihre Augen wurden größer.

»Und ich glaube nicht, dass du dazu bereit bist«, setzte er nach.

»Dameon …« Sie seufzte.

»Wenn es für dich okay ist, möchte ich noch ein bisschen warten.«

Und jetzt lächelte sie. »Das will ich auch.«

Da nun alles geklärt war, zog er sie erneut an sich. Diesmal küsste sie ihn mit weniger Zurückhaltung, inniger, länger, und sie raunte seinen Namen mit einer Leidenschaft, an die er sich leicht gewöhnen konnte.

Kapitel 18

Am Weihnachtsmorgen nutzte Grace das kühle, trockene Wetter für einen Spaziergang, um vorab die Kalorien zu verbrennen, die der Tag ihr bescheren würde. Sie hörte Lieder mit einem Rhythmus, der sie schneller gehen ließ, als sie es normalerweise tat.

Als sie nach Hause kam, surrte ihr Handy mit einer eintreffenden Textnachricht von Dameon, die sie sofort zum Lächeln brachte.

Frohe Weihnachten und guten Morgen.

Sie nahm eine Wasserflasche aus dem Kühlschrank, setzte sich an die Küchentheke und tippte.

Dir auch guten Morgen und frohe Weihnachten.

Wann fährst du zu deinen Eltern?

Ich helfe meiner Mom beim Kochen, fahre deshalb schon in einer Stunde los. Die anderen kommen erst nach elf. Und du?

Ich fahre um zwölf zu meiner Mom und bringe ihr Wein mit. Mein Beitrag zum Kochen: den Truthahnbraten zerlegen.

Grinsend tippte sie: Eine noble Aufgabe.

Ich glaube, du meinst das ironisch.

Meine ich jemals etwas ironisch?

Eine ganze Weile lang sah sie nur die drei Pünktchen auf ihrem Display, die ihr verrieten, dass er etwas schrieb. Dafür war die Antwort erstaunlich knapp.

Ja.

Scharfe Beobachtungsgabe. Wahrscheinlich bist du deswegen auch CEO.

Dameon antwortete mit einem lachenden Smiley.

Ich gehe duschen. Ich wünsche dir einen wunderschönen Tag mit deiner Familie.

Grace nahm das Handy mit und wartete auf seine Antwort.

Ich dir auch.

* * *

Man hätte annehmen können, dass die Fahrt in Anbetracht der kurzen Entfernung nach Glendale weniger als eine halbe Stunde dauerte.

Aber die Stadt Los Angeles war berüchtigt für ihr Verkehrsproblem. An einem Feiertag konnte man die Fahrtzeit erst recht nicht abschätzen.

Dameon traf eine halbe Stunde nach der vereinbarten Zeit bei seiner Mutter ein. Er erwartete einen Kommentar darüber, dass er zu spät kam, doch zu seiner Überraschung hörte er sie lachen, als er die Wohnung betrat.

»Hallo?«, rief er.

»In der Küche«, antwortete seine Mom.

Da hörte er eine männliche Stimme.

Eine ganz bestimmte männliche Stimme.

Tristan.

Dameon war nicht darauf vorbereitet, den Weihnachtstag – oder überhaupt irgendeinen Tag – mit seinem Bruder zu verbringen. Beim letzten Telefonat hatte seine Mutter gesagt, dass Tristan nicht komme. Dameon holte tief Luft und wappnete sich mit einem Lächeln, bevor er um die Ecke bog. »Frohe Weihnachten.«

»Dameon!«, rief seine Mutter, als wäre sie überrascht, ihn zu sehen.

Er setzte die vollen Taschen auf der Küchentheke ab, dann umarmte er seine Mutter, die zu ihm herübergekommen war. »Tut mir leid, ich komme zu spät.«

Seine Mutter drückte ihn ganz fest. »Ach wirklich?«

»Es hat Stau gegeben.«

Ohne zuzuhören, umarmte sie ihn gleich ein zweites Mal. Als sie ihn losließ, drehte sie sich zu seinem Bruder um. »Schau mal, wer da ist.«

Dameon ging zu ihm und streckte ihm die Hand hin. Tristan machte den besonderen Handschlag, den ihr Dad ihnen beigebracht hatte. »Schön, dich zu sehen«, meinte Tristan.

»Ja, finde ich auch.« Es waren Höflichkeitsfloskeln, die nicht ganz der Wahrheit entsprachen. »Ich dachte, du hättest keine Zeit, zu kommen.«

Tristan ließ ihn los und zuckte mit den Schultern. »Meine Pläne haben sich geändert.«

Ihre Mom legte beiden Söhnen eine Hand auf den Arm. »Ein perfektes Weihnachtsgeschenk, dass ich meine beiden Buben sehe und sie sich so gut vertragen.«

Dameon gab dem Frieden ungefähr eine Stunde.

* * *

Grace begann mit Eggnog, und zwar mit der selbst gemachten Sorte, die man nach dem Mixen einen ganzen Tag in den Kühlschrank stellen musste. Der Truthahn schmorte im Ofen, während sie mit ihrer Mutter Seite an Seite arbeitete und all jene Beilagen zubereitete, die es höchstens zweimal im Jahr gab.

»Colin hat erzählt, dass du Probleme in der Arbeit hast«, sagte Nora, der vom Zwiebelschneiden die Augen tränten.

Grace knetete die Füllung, die aus aufgeweichtem Brot und Salbeihackwürstchen bestand. »Probleme würde ich es nicht nennen. Eher Alltag.«

»Richard war schon immer ein Idiot«, rief ihr Vater von der Couch aus, wo er sich gerade ein Football-Spiel ansah. »Der hält sich für was Besseres, weil er auf ein College an der Ostküste gegangen ist.«

Ihr Vater und Richard waren zusammen auf der Highschool gewesen.

»Aber du bist in Pension und lässt es dir gutgehen, während er immer noch arbeiten muss. Mir scheint's, als hättest du die bessere Wahl von euch beiden getroffen«, sagte Grace zu ihrem Dad.

»Weil ich halt auch gleich die Richtige geheiratet habe. Die wievielte Frau hat Richard jetzt? Die dritte oder vierte?«

»Die vierte. Aber ich habe seine aktuelle Frau gar nicht auf der Weihnachtsfeier gesehen, also vielleicht läuft es mit ihr auch nicht mehr.«

Nora schüttelte den Kopf. »Das ist wirklich Pech.«

Grace nahm eine Handvoll von den Zwiebeln, die ihre Mutter gewürfelt hatte, und gab sie zur Füllung. »Er ist ein Hornochse. Ich kann mir gar nicht vorstellen, dass ihn überhaupt irgendwer freiwillig heiratet. Wahrscheinlich hat er einen festen Plan, wann sie Sex haben und wer oben liegt.«

Nora musste so lachen, dass sie ein schnarchendes Geräusch von sich gab.

»Und du weißt, dass ich recht habe«, gluckste Grace.

»Vielleicht solltest du dich doch mal im privaten Sektor nach einem Job umsehen«, schlug ihr Dad vor.

»Darüber habe ich auch schon nachgedacht. Aber der Schritt fällt mir nicht leicht, ich verdiene ganz okay.«

»Was nichts zählt, wenn du unglücklich bist.« Mittlerweile hatte sich ihr Dad umgedreht und sah nun zur offenen Küche. Auf dem Bildschirm lief Werbung.

»Ich bin ja nicht unglücklich«, entgegnete Grace.

»Aber richtig glücklich bist du auch nicht«, stellte Nora fest.

»Vielleicht wärst du das, wenn du endlich den Richtigen finden würdest.«

Grace bedachte ihren Vater mit einem Blick. »Lass uns dieses Thema schnell zu Ende bringen, bevor Tante Beth kommt. Ich will mir nicht den ganzen Tag anhören müssen, dass meine Gebärmutter schrumpelt.«

Ihre Mom ging zur Spüle, um sich die Hände zu waschen. »Wir machen uns nur Sorgen um dich. Du bist seit dieser dummen Begegnung mit Erins Ex mit keinem Mann mehr ausgegangen.«

»Es ist auch nichts Schlimmes daran, einen Therapeuten aufzusuchen«, meinte ihr Dad. Emmitt war ein großer Anhänger von Psychologen, Psychiatern oder sonstigen Experten, die einem helfen konnten, ein Trauma zu überwinden.

»Ich bin mir ziemlich sicher, dass ich das nicht brauche.«

»Das heißt, du triffst dich mit jemandem?«, hakte Nora nach.

Das Bild von Dameon, das vor ihrem inneren Auge auftauchte, brachte Grace zum Lächeln. »Ich habe jemanden kennengelernt.«

Mehr brauchte sie nicht zu sagen, um ihren Dad dazu zu bringen, den Fernseher lautlos zu stellen und die Aufmerksamkeit gänzlich auf sie zu richten.

Ihre Eltern starrten sie an.

»Mein Gott, ihr tut ja so, als wäre ich für ein Jahr im Kloster gewesen.«

»Weißt du, wie viele Namen dein Vater und ich seit der Highschool von dir gehört haben?«

Grace hatte bis letzten Sommer zu den Frauen gehört, die einen Mann nach dem anderen anschleppten. »Vielleicht habe ich keine Lust mehr auf Männerjagd.«

»Moment mal. Ist das etwa dieser schlipstragende Immobilieninvestortyp?« Ihr Dad verzog das Gesicht, als hätte er gerade etwas Verdorbenes gegessen.

Grace merkte, dass das Gespräch aus dem Ruder zu laufen drohte. »Er heißt Dameon Locke und ist kein *schlipstragender Immobilieninvestortyp*. Außerdem dürfte ich gar nicht an ihm interessiert sein. Nachdem mich Richard ohnehin schon auf dem Kieker hat, wäre das nicht sehr klug.«

Ihr Vater zog die Stirn kraus und schien ganz und gar nicht begeistert zu sein.

»Nicht jeder, der einen Anzug trägt, ist ein schlechter Mensch, Dad.«

»Wann bringst du ihn mal mit?«, wollte Nora wissen.

Grace hielt in der Bewegung inne. »Ich kenne ihn noch nicht mal einen Monat und ich weiß nicht, wann ich ihn euch vorstelle. Und jetzt hört auf, okay? Ihr wisst jetzt, dass ich mich von diesem Desmond nicht habe unterkriegen lassen, also lasst es gut sein.«

Ihre Mom gab ihr einen Kuss auf die Wange. »Wir machen uns nur Sorgen, Gracie.«

»Ich weiß. Aber mir geht es gut.«

* * *

Tristan brachte ihre Mutter dazu, sich schiefzulachen.

Sein Bruder sah aus, als würde er gleich zum Strand gehen. Shorts, Flip-Flops und lange, von der Sonne ausgeblichene Haare. Fehlte nur noch das Batik-T-Shirt, passend zu den geröteten Augen.

»Der Hund surft besser als Seth selbst.« Tristan erzählte gerade von einem seiner Freunde und dessen surfendem Border Collie.

Dameon hörte zu, während er Kartoffeln schälte. Nachdem seine Mom so abgelenkt war, hatte er seine Hilfe angeboten, sonst würde es nichts zu essen geben.

»Hast du das gesehen?« Lois brachte Tristans Handy, um Dameon ein Bild zu zeigen. Und tatsächlich, darauf war ein triefnasser Hund zu sehen, der eine Schwimmweste trug und auf einem Surfboard stand.

»Beeindruckend.« *Wenn man ein Teenager war.*

Als Dameon mit dem Schälen fertig war, suchte er nach einem Topf.

»Wie heißt der Hund?«

»Barnacle, aber wir nennen ihn alle Barney.«

Da bekam seine Mom wieder einen Lachanfall. »Das ist sehr clever. Findest du das nicht auch clever, Dameon?«

»Ja, sehr.« In dem Regal, in dem früher die Töpfe gewesen waren, befanden sich lauter Backbleche und Plätzchendosen. »Wo sind denn die Töpfe hingekommen?«, fragte er.

»Ach, lass mich das machen.« Lois kam zu ihm und nahm ein Messer. »Schenk doch mal den Wein ein und dann setz dich zu deinem Bruder und ihr quatscht ein bisschen.«

Ich würde lieber kochen und das Essen anbrennen lassen.

»Klar, Mann, erzähl mal. Gibt's was Neues in deinem Leben?« Tristan machte es sich im Sessel bequem, den er zur Kücheninsel gezogen hatte.

Dameon trocknete sich die Hände ab und machte sich auf die Suche nach einem Flaschenöffner. »Mit der Arbeit läuft alles super. Ich habe ein großes Projekt am Start, für das nächstes Jahr der Aushub geplant ist.«

»Das mein ich nicht, du arbeitest ja immer. Ich meine was Neues. Gibt's vielleicht eine neue Lady, Mann?«

Dameon öffnete den Mund, doch seine Mom kam ihm zuvor.

»Dameon hat eine Freundin.«

»Ach echt? Wie heißt sie?«, wollte Tristan wissen.

Das war keine Unterhaltung, die er mit seinem Bruder führen wollte, der immer »Mann« sagte.

»Sie heißt Grace«, mischte sich seine Mom ein.

»Cool. Was Ernstes?«

»Es ist noch ganz frisch.« Mehr wollte Dameon zu dem Thema nicht sagen.

Tristan nickte weiter.

»Was ist mit dir, mein Schatz? Gibt es jemand Besonderen in deinem Leben?«, wollte Lois wissen.

»So weit bin ich noch nicht. Lass lieber mal den Erstgeborenen damit anfangen, oder, Mann?«

Dameon zog mit einem Plopp den Korken aus der Flasche. »Wer möchte Wein?«

* * *

Der Truthahnbraten kam aus dem Ofen und die Beilagen befanden sich in den verschiedenen Stadien der Fertigstellung oder standen schon auf der Wärmeplatte bereit.

Grace war von Eggnog zu Wein übergegangen.

Im Haus herrschte Trubel.

Ihre Brüder und ihr Onkel kommentierten vor dem Fernseher lautstark ein Spiel.

Erin wuselte in der Küche herum, als hätte sie nie etwas anderes gemacht. Sie wusste mittlerweile nur zu gut, wie solche Familienessen bei ihnen abliefen. Und es sah ganz danach aus, als hätte sie so viel gebacken, dass es auch noch für alle Nachbarn im Viertel gereicht hätte.

»Was ist das?« Tante Beth biss in ein Macaron.

»Das ist etwas Göttliches«, antwortete Erin.

Tante Beth schnurrte. »Das ist in der Tat göttlich, du hast recht.«

Aus der Fernsehecke tönte ein Aufschrei. »Foul!«

»Glauben die eigentlich, dass die Spieler sie hören können?«, fragte Erin.

Grace lachte. »Ja.«

Tante Beth trank einen Schluck Wein hinterher. »Also, Parker, wann schenkt ihr meiner Schwester endlich ein Enkelkind?«

Grace stellte sich hinter ihre Tante und zeigte grinsend auf Parker. *Jetzt sitzt du auf dem heißen Stuhl*, bedeutete sie ihr hämisch und ganz ohne Worte.

»Bedräng sie doch nicht so, Bethany«, mischte sich Nora ein.

»Wenn Colin nur ein bisschen so wäre wie du, hätte er Parker schon geschwängert.« Tante Bethany konnte gut austeilen. Und jeder wusste, dass Colin *zu früh gekommen* war.

Grandma Rose, die dasaß und sich an den Süßigkeiten bediente, blickte auf. »Ihr habt auch überstürzt geheiratet«, meinte sie.

Nora tat unschuldig. »Colin ist zu früh auf die Welt gekommen«, erklärte sie Parker.

»Was absolut niemanden interessiert«, sagte Grace grinsend zu ihrer Mutter.

Als die Eieruhr klingelte, ging sie zum Ofen, um die Füllung herauszuholen und die Süßkartoffeln hineinzugeben. Hinter ihr gesellte sich Tante Beth jetzt zu Erin. »Warum braucht Matt eigentlich so lange, um dich zu fragen?«

Grace freute sich, dass Tante Beths Aufmerksamkeit nun auf die beiden anderen Frauen fiel.

* * *

Dameon stand im Hinterhof und presste sein Telefon ans Ohr. Beim vierten Klingeln gab er die Hoffnung auf, dass Grace noch abheben würde.

Als dann doch ihre Stimme ertönte, seufzte er so laut auf, als hätte er gerade einen Rettungsring gefangen, nachdem er von der sinkenden Titanic gesprungen war.

»Die Stimme der Vernunft«, sagte er nach dem Hallo.

»Etwas beschwipst, aber durchaus vernünftig.«

»Beschwipst macht mir nichts. Hi.«

Sie lachte. »Hi, Dameon. Du klingst gestresst.«

Er vergewisserte sich, dass die Tür noch geschlossen war. »Mein Bruder ist aufgekreuzt.«

»Das klingt, als sei das was Schlechtes.«

»Er geht mir ziemlich auf die Nerven. Und ich bin mir sicher, dass er meiner Mom irgendwie Marihuana untergejubelt hat und sie jetzt ganz high ist.«

Als Grace lachte, hob sich seine Stimmung ein wenig. »Das ist nicht lustig.«

Woraufhin sie nur noch mehr lachte. »Tut mir leid.«

»Der Truthahn war nicht gar und wir haben den ganzen vorhandenen Weinvorrat geleert.«

Jetzt gab Grace vor lauter Lachen komische Geräusche von sich, was ihn auch zum Grinsen brachte.

»Der Truthahn ist roh, deine Mom ist froh«, brachte sie zwischen Lachsalven hervor.

»Freut mich, dass dich das so erheitert.« Dameon fuhr sich durch die Haare. »Ich hoffe, dein Weihnachtstag verläuft besser.«

»Mein Weihnachten ist super. Das Essen war perfekt und Tante Bethany hat jetzt Parker und Erin als Opfer für ihre aufdringlichen Fragen gefunden und lässt mich in Ruhe. Mir geht es ganz prächtig.«

»Das freut mich für dich. Und hey, die Neuigkeit der Woche ist, dass mein Bruder einen Job hat.«

»Das muss doch etwas Gutes sein, oder?«

»In einem Marihuanageschäft.«

Grace musste wieder lachen und jetzt gluckste auch Dameon. »Leider stimmt das wirklich. Er ist dreißig Jahre alt.«

»Wenn man seinen Job liebt, arbeitet man keinen Tag seines Lebens«, sagte Grace, als würde es sich um ein berühmtes Zitat handeln.

»Du findest das alles sehr unterhaltsam, oder?«

»Ja, total. Meinst du, ich kriege einen Familienrabatt bei ihm? Ich könnte meiner Tante was davon in die Brownies mischen.«

»Mal sehen, was sich da arrangieren lässt.«

»Mann, ist das lustig.« Endlich hatte sie sich wieder etwas beruhigt.

Er legte die Hand auf seinen Bauch. »Ich habe Hunger.«

Was Grace aus unerklärlichen Gründen erneut auflachen ließ.

Kapitel 19

Als Grace einen Tag nach Weihnachten ins Büro kam, war kaum jemand da. Die Hälfte der Belegschaft war während der Feiertage weggefahren, die übrigen Kollegen würden erst gegen Mittag zur Arbeit kommen.

Nach einem kurzen Blick auf ihren übervollen Postkorb auf dem Schreibtisch entschied sie sich für einen kleinen Rundgang. Lionels Tür stand weit offen und sein Schreibtisch war so aufgeräumt, dass einem die Worte dafür fehlten. Grace war auf ihre organisatorischen Fähigkeiten ziemlich stolz, aber wenn sie Lionels Schreibtisch sah, kam sie sich fast wie eine Chaotin vor.

Adrian war da, also klopfte sie an und erkundigte sich, wie sein Weihnachten gewesen war. Sie warf einen Blick auf sein Fach und fragte, an was er gerade arbeitete. Auf dem Weg zu Evans Büro war sie bereits überzeugt, dass sie von allen die meiste Arbeit abbekommen hatte. Evan kam gerade aus seinem Büro, als sie davorstand, sodass sie ihn wieder hineindrückte und die Tür hinter ihnen schloss. »Ich habe eine Mission«, sagte sie und ging direkt zu seinem Schreibtisch. »Ist das der Stapel, den du gerade zu bearbeiten hast?«, fragte sie, während sie durch die Unterlagen blätterte.

»Ja, warum?«

»Weil mein Stapel doppelt so hoch ist. Richard bringt immer wieder Neues an und ich sage immer Ja.«

»Bist du sicher?«

Grace listete die Projekte auf, an denen sie arbeitete, entweder als Leiterin oder als Teil eines Teams.

Evan unterbrach sie nach der Hälfte. »Vielleicht halst Richard dir deshalb so viel Arbeit auf, weil du dich nie beschwerst.«

»Ich beschwere mich nicht, weil ich meinen Job behalten will.«

»Komm schon, Grace. Er feuert dich doch nicht gleich, wenn du sagst, dass du zu viel zu tun hast und nicht noch mehr schaffen kannst.«

»Würdest du deine Hand dafür ins Feuer legen?«, wollte sie wissen.

Evan zuckte mit den Achseln und lehnte sich gegen seinen Schreibtisch. »Ich verstehe, warum du so denkst. Aber wenn du das zwischen dir und Richard ändern willst, musst du deinen Mund aufmachen.«

Es gefiel ihr ganz und gar nicht, dass Evan recht hatte. Grace war in ihrem Privatleben nicht konfliktscheu, aber gegenüber Richard war es anders. »Na gut. Das nächste Mal, wenn er mir wieder was aufs Auge drücken will, sage ich Nein.«

»Gut. Sag ihm, er soll es Lionel geben. Der geht oft schon früher nach Hause.«

Sie öffnete wieder die Tür. »Danke, Evan.«

»Denk übrigens bloß nicht, ich hätte die Weihnachtsfeier und einen gewissen Herrn vergessen …«

»Ich habe keinen blassen Schimmer, wovon du sprichst.«

»Ja, klar.«

Sie ging nicht weiter darauf ein und verließ den Raum.

Eine Stunde später klingelte ihr Telefon. »Grace Hudson.«

»Arbeitest du heute?«

Dameon. Warum fühlte sie sich wie eine Neuntklässlerin, die gerade mit dem Footballstar der Schule sprach?

»Deine Frage lässt mich vermuten, dass du selbst nicht arbeitest.«

»Nein. Ich habe allen freigegeben. Wenn es etwas Dringendes zu bearbeiten gibt, können sie es von zu Hause aus erledigen.«

Sie stellte den Kaffeebecher ab und setzte sich. »Die Glücklichen.«

»Ich habe es schon auf deinem Handy probiert. Ich wollte bei dir vorbeikommen und dir dein Weihnachtsgeschenk geben.«

Grace stockte. »Mein was?«

»Es kommt etwas spät, aber …«

»Dameon, das ist doch nicht nötig.«

»Aber das heißt ja nicht, dass ich nicht trotzdem was für dich habe.«

Jetzt fühlte sie sich ganz schlecht. »Ich habe nicht … ich meine …«

»Ich erwarte kein Geschenk von dir, falls es das ist, was du sagen willst.«

Sie seufzte. »Ich gehe davon aus, dass du in der Nähe bist, stimmt das?«

»Stimmt. Ich bin gerade zum Baumarkt gefahren und wollte mich jetzt richtig schmutzig machen.«

»Wobei?«

»Indem ich die Spritzbetondecke entferne.«

»Ernsthaft?«

»Ja«, sagte er. »Sie ist furchtbar hässlich und ganz fleckig. Ich glaube, der Vorbesitzer hat geraucht.«

Das war ihr nicht aufgefallen. »Ganz schön viel Arbeit dafür, dass das Haus sowieso abgerissen wird.«

»Das ist mal eine echte Männerarbeit und ich kann den Sport gebrauchen.«

»Du kommst mir sportlich genug vor.«

»Hast mich wohl genau unter die Lupe genommen, was?«

Sie grinste. »Vielleicht.«

»Das gefällt mir. Also, was meinst du? Soll ich später vorbeikommen?«

»Wie wär's, wenn ich zu dir komme? Halb sechs?«

»Gut, ich warte auf dich.«

Sie verabschiedeten sich und Grace drückte lächelnd den Auflegeknopf.

Ein Geräusch ließ sie aufsehen.

Richard ging draußen vorbei und guckte komisch zu ihr herein.

Sie hielt die Luft an. Wie viel hatte er gehört?

Sie ignorierte ihr Herzklopfen und beugte sich wieder über die Unterlagen auf ihrem Schreibtisch.

Ihre letzten Aufgaben für heute waren die Reisekostenabrechnung und die Stundenliste für den Monat. Als sie fertig war, schickte sie die Datei per E-Mail an Richard. Die Abrechnung musste immer vor dem Monatsersten eingereicht werden und Richard hatte sie am liebsten schon früher vorliegen.

Grace fuhr den Computer herunter und ordnete die Papiere so, dass die Dinge, die am nächsten Tag zu erledigen waren, ganz oben auf dem Stapel lagen.

Die wenigen Kollegen, die an diesem Tag überhaupt gekommen waren, befanden sich im Aufbruch oder waren schon längst heimgefahren.

Sie selbst kam genau drei Schritte weit, als sie gerufen wurde.

»Hudson.«

Sie blieb stehen, biss die Zähne aufeinander und wandte sich zu ihrem Chef um. »Ja?«

»Haben Sie einen kurzen Moment?« Er stand in der Tür seines Büros und winkte Grace zu sich hinein.

Was ist denn jetzt schon wieder?

»Schließen Sie die Tür«, wies er sie an.

»Gibt es ein Problem?«, fragte sie.

Er setzte sich hinter den Schreibtisch und zeigte auf den Stuhl davor.

»Kann es vielleicht auch bis morgen warten? Ich muss noch wo hin.« Schließlich hätte er sie auch vorher ins Büro zitieren können, nicht erst um 17.01 Uhr.

»Es dauert nicht lange.«

Sie setzte sich, behielt aber ihre Tasche auf dem Schoß.

»Ich habe Ihre Abrechnung für Dezember erhalten.« Er sah sie an, als gäbe es ein Problem.

»Ja?«

»Es ist schon ein bisschen extravagant, finden Sie nicht?«

»Extravagant? Was soll das heißen?«

»Die Kilometerzahl ist um fünfzehn Prozent im Vergleich zum Vormonat gestiegen. Und Sie haben Überstunden angegeben, die nicht genehmigt waren.«

Wollte er wirklich wegen der gestiegenen Kilometerzahl ein Fass aufmachen? »Jeder Kilometer ist belegt. Sie haben mir in diesem Monat zweimal neue Arbeit gegeben, weshalb ich mehr Ortstermine hatte. Und wenn Sie mit den Überstunden den Termin meinen, als Sie mich zu Mr Sokolov geschickt haben …«

»Sie arbeiten eine festgelegte Stundenzahl, und da müssen Sie die Überstunden genehmigen lassen.«

»Sie haben mich doch selbst nach Feierabend dorthin geschickt.«

»Dann hätten Sie am nächsten Tag entsprechend später kommen müssen, statt jetzt die Vergütung für die Überstunden zu verlangen.«

Sie biss sich auf die Lippe, damit keine unflätigen Worte ihren Mund verließen. Grace sah zur Wanduhr. »Das heißt also auch, dass ich morgen zehn Minuten später kommen soll als Ausgleich für heute?«

Er gab ihr die Liste. »Ich erwarte, dass Sie Ihren Ausgabenbericht bis morgen überarbeitet haben.«

Sie brauchte ihre ganze Kraft, um sich zu beherrschen, den Zettel entgegenzunehmen und sich ruhig zu erheben, statt wutentbrannt hinauszustampfen.

Im Auto krallte sich Grace am Lenkrad fest und beschimpfte Richard mit jedem erdenklichen Kraftausdruck. Sie brauchte fünf Minuten, bis sie sich so weit wieder beruhigt hatte, dass sie fahren konnte.

Auf halbem Weg nach Hause fiel ihr das spontane Date mit Dameon wieder ein. Erneut verfluchte sie Richard, während sie einen U-Turn machte.

Unterwegs hielt sie beim Heimwerkermarkt und kaufte als Last-Minute-Geschenk eine Fußmatte, auf der »Willkommen« stand. Anschließend schrieb sie Dameon eine Textnachricht, dass sie sich etwas verspäten werde.

Als sie endlich die dunkle Einfahrt hinauffuhr und hinter seinem Pritschenwagen parkte, war es fast achtzehn Uhr.

Das Licht ging an und Dameon erschien in Jeans und Pulli in der offenen Tür und grinste ihr entgegen.

Allein sein Anblick reichte, um ihren Ärger zu vertreiben. »Tut mir leid, dass ich so spät dran bin.«

»Du brauchst dich nicht zu entschuldigen«, sagte er, während sie auf ihn zuging. Ihre Blicke trafen sich und sein Lächeln verflog. »Du bist gestresst.«

Sie machte sich nicht erst die Mühe, es zu leugnen. »Mein Chef ist ein Vollidiot.«

»Ich habe Wodka.«

Genau, was sie jetzt brauchte. »Gott, ich liebe dich. Ja, bitte.« Kaum hatten die Worte ihren Mund verlassen, da wurde ihr bewusst, was sie gerade gesagt hatte.

Dameon schien es zu gefallen. »Daran könnte ich mich gewöhnen.«

Grace wies ihn zurück. »Bilde dir nicht zu viel darauf ein, Locke. Ich meinte nur den Wodka.«

Er lachte und Grace atmete erleichtert auf, weil er ihr die Ausrede abgekauft hatte.

Im Haus war es gemütlich warm.

Ein Feuer knisterte im Kamin und ein riesiger Weihnachtsbaum stand in einer Ecke des Wohnzimmers. Seine Zweige waren mit winzigen Lichtern und Glaskugeln geschmückt.

»Wann hast du das denn gemacht?«

»Letzte Woche.« Dameon schloss hinter ihr die Tür. »Ich habe an das gedacht, was du über Weihnachtsbäume und Kaminfeuer gesagt hast und habe Lust darauf bekommen.«

Das Omasofa stand nun in der Mitte des Raumes und sah aus, als wäre es gereinigt worden. Eine Tischdecke bedeckte einen Gegenstand, der als Sofatischchen diente. Eine altmodische Lampe erhellte die Ecken, die der Feuerschein und die Baumbeleuchtung nicht erreichten.

»Ich weiß nicht, wie du es geschafft hast, das Zimmer mit nur einer einzigen Couch gemütlich zu machen, aber es ist dir gelungen.« Sie legte die Tüte, die sie mitgebracht hatte, vor den Baum, dann drehte sie sich zu Dameon um.

»Freut mich, dass es dir gefällt.«

Nun legte sie auch die Handtasche ab und zog den Mantel aus.

Dameon beeilte sich, ihr zu helfen.

»Und nun zum …« Zum Wodka kam sie nicht mehr, weil Dameon sie sanft herumdrehte und seine Lippen auf ihre senkte.

Er war warm vom Feuer und schmeckte nach Whiskey. Vielleicht war auch der Geruch nach Pinienholz und Feuer daran schuld, dass sich Dameon so richtig nach Mann anfühlte. Grace hatte schon genügend Jungs geküsst, um den Unterschied zu kennen.

Sie schloss die Augen und gab sich dem Moment hin.

Er hatte die Arme um sie geschlungen und sie legte die Hände an seine Brust, genoss das Gefühl seines muskulösen Körpers unter ihren Fingern. Seine Zunge fuhr sanft über ihre Lippen, dann lud er ihre zum Spiel ein.

Grace war sich ziemlich sicher, dass sie laut stöhnte.

Und wie schon beim letzten Mal unterbrach er den Kuss erneut, bevor sie vergaß, wo sie war.

Je öfter er das machte, desto mehr wollte sie vergessen, wo sie war. »Dir auch hallo«, sagte sie.

Dameon strich mit dem Daumen über ihre Unterlippe. »Ich hoffe, du hast Hunger mitgebracht.«

Oh ja, sie war tatsächlich ziemlich hungrig. Und jetzt roch sie es auch.

»Ich wärme es nur auf. Man kann das nicht wirklich kochen nennen.«

Der Geruch kam ihr bekannt vor. »Riecht es hier nach Steaks?«

Er führte sie in die Küche. Er hatte zwei Barhocker herbeigeschafft und Geschirr. »Setz dich und erzähl mir von deinem Tag.«

Grace folgte brav und während sie zusah, wie er sich in der Küche zu schaffen machte, sagte sie: »Mein Chef ist ein Vollidiot.«

Er lachte. »Das hast du schon mal erwähnt.«

Während Dameon ihr einen Drink zubereitete, indem er Wodka, Eiswürfel und irgendeine andere Zutat in einen Mixer gab, erzählte sie von dem Gespräch. Dameon füllte alles in ein Martiniglas und gab eine Olive dazu.

Grace nahm das Glas und wunderte sich. »Wie viel Zeit hast du hier schon verbracht?«

»Mehr als ich ursprünglich geplant hatte.« Er nahm nun sein eigenes Glas. »Auf Martinis im eigenen Zuhause.«

Sie schmunzelte. »Prost.«

Beide tranken sie einen Schluck, dann setzten sie die Gläser wieder ab. »Dein Chef hat also diese Erlaubniskarte ausgespielt.«

»Erlaubniskarte?«, fragte sie.

Dameon zuckte mit den Achseln. »Ja, aber die spielt man nur aus, wenn man ein Depp ist. Wahrscheinlich muss man laut Vorschrift jede Überstunde abzeichnen lassen. Bei uns gibt es auch so eine Vorschrift, aber ich handhabe es anders.«

»Das ist doch schwachsinnig.«

»Stimmt, denn schließlich könnte man davon ausgehen, dass er die Überstunden absegnet, wenn er dich nach Feierabend noch auf einen Termin schickt.«

»Ganz genau.«

»Hast du was von Überstunden gesagt, als du das Büro verlassen hast?«

»Nein.«

»Genau dieses Schlupfloch nutzt er jetzt aus. Nächstes Mal musst du ihn deutlich darauf hinweisen. Wenn er Nein sagt, kannst du den Auftrag ablehnen.«

Grace seufzte. »Womit ich ihm einen Grund gebe, mich zu feuern.«

Dameon lehnte sich gegen die Theke. »Ist es das, wovor du Angst hast?«

Statt zu antworten, stellte sie ihm eine Gegenfrage. »Findest du, dass ich unsicher wirke?«

Er lachte. »Überhaupt nicht.«

»Genau, bin ich eigentlich auch nicht. Aber bei Richard kommt es mir vor, als würde ich auf Eierschalen laufen. Das letzte Jahr war furchtbar.«

»Gibt es für sein Verhalten einen Anlass?«

»Nein.« Sie trank ihren Martini. »Am Anfang war ich die Neue, da habe ich mir eingeredet, es sei ganz normal, wenn man ein bisschen ausgetestet wird. Nach sechs Monaten habe ich gecheckt, dass ich als einzige Frau in dem Laden zeigen muss, dass ich genauso gut bin wie die Männer.« Sie sah Dameon in die Augen. »Aber jetzt bin ich schon fünf Jahre dabei, und ich habe keine Lust mehr, mich ständig beweisen zu müssen.«

»Seit wann nicht mehr?«

»Ich weiß nicht. Vielleicht seit sechs Monaten oder einem Jahr.«

Dameon fuhr mit zwei Fingern durch die Luft. »Und genau das, meine Liebe, hat Richard gemerkt und nun meint er, seine Überlegenheit zeigen zu müssen.«

»Indem er sich mir gegenüber wie ein Idiot benimmt?«

»Vielleicht. Dein Chef fürchtet, dass er nicht mehr die Oberhand behält, und jetzt kämpft er.«

Sie wusste, dass Dameon recht hatte. »Aber was soll ich jetzt machen?«

»Bist du gut in deinem Job?«

Grace sah ihn an, als wäre er verrückt geworden. »Ich bin *super* in meinem Job. Ich laufe dieselbe Strecke zweimal in derselben Zeit, in der die anderen es gerade einmal schaffen.«

Dameon verschränkte die Arme über der Brust und begann zu grinsen. »Dann zeig, was du draufhast. Spiele nach seinen Regeln, aber bleib dir treu. Wenn er dich feuert, suchst du dir einen anderen Job und nimmst dir einen Anwalt. Ich kenne ein paar gute.«

»Das klingt so einfach.«

»Kenne deinen Wert. Das unterscheidet dich von deinem Chef. So wie ich dich erlebt habe, hast du wahre Führungsqualitäten. Wahrscheinlich sieht Richard das auch und hat Angst. Oder es ist seine Taktik, damit du es selbst erkennst.«

Dameons Worte hallten in ihrem Kopf wider. »Richard mag mich nicht. Ich bezweifle arg, dass er das Beste für mich will.«

»Dann ist er derjenige, der unsicher ist.«

Grace hörte auf zu reden und guckte zu Dameon. Plötzlich fühlte sich die Sache mit Richard nicht mehr so schlimm an. Es war plötzlich nicht mehr so wichtig und deshalb würde Grace auch nicht mehr ihre Zeit damit verplempern, sich darüber Sorgen zu machen.

Sie lächelte. »Also, was gibt es zu essen?«

Kapitel 20

Das Essen hatte er im Backwoods bestellt und im Ofen warmgehalten.

Grace saß neben Dameon, aß das Fleisch und lauschte seinem Bericht über Weihnachten mit seinem Bruder und seiner Mom.

Grace konnte nicht aufhören zu lachen. »Und dann habt ihr echt Popcorn und Kartoffelbrei gegessen?«

»Ja, und Kuchen, den darf man nicht vergessen.«

Den hatte seine Mom am Vortag gebacken, weshalb wenigstens der schon fertig im Kühlschrank gestanden hatte.

»Kein Wunder, dass es hier genug Essen für eine ganze Woche gibt.«

Dameon hatte im Restaurant statt einzelner Steaks lieber gleich ein großes Bratenstück geholt. »Wahrscheinlich war es keine gute Idee, hungrig einkaufen zu gehen«, meinte er.

Sie sah auf das Fleisch, das übrig geblieben war. »Ach, was du nicht sagst!«

»Meine Mom hätte doch merken müssen, wie high sie war. Immer wieder habe ich sie gefragt, ob bei ihr alles in Ordnung sei, aber sie hat nur gekichert.«

»Hast du deinen Bruder gefragt, was er ihr gegeben hat?«

»Nein. Seit mein Dad gestorben ist, habe ich meine Mom nicht mehr so glücklich gesehen. Außerdem wollte ich meinem Bruder keine Vorwürfe machen.«

»Das war nett von dir.«

»Er bleibt bis morgen. Dann fährt er wieder zu seinen Mitbewohnern Seth und Barney.«

Grace musste wieder lachen.

»Das ist nicht lustig.«

Sie versuchte, ein ernstes Gesicht aufzusetzen, was ihr aber nicht gelang. »Ein bisschen lustig ist es schon.«

Schließlich erlaubte sich Dameon auch ein Grinsen. »Wir müssen deine Mom unbedingt meiner Tante Beth vorstellen.«

Grace schob ihren Teller beiseite.

»Danke«, sagte er.

»Wofür?«

»Dafür, dass du gekommen bist. Und dass du mich über das, was mich sonst so frustriert, lachen lässt.«

»Ich habe mich über meinen Chef ausgekotzt. Da kann ich dir auch zuhören, wenn du dich über Tristan beklagst.«

Das Heulen eines Kojoten unterbrach ihre Unterhaltung.

»Ich weiß nicht, ob ich mich daran gewöhnen werde.« Dameon stand auf und blickte aus dem Fenster.

»Ich höre lieber die Kojoten als Polizeisirenen oder den Krankenwagen.« Grace nahm beide Teller und trug sie zur Spüle.

»Lass mich das machen«, sagte er.

Sie suchte nach dem Mülleimer und fand ihn unter der Spüle. »Bei uns ist es so, dass derjenige, der kocht, nicht aufräumen muss.«

Dameon begleitete sie zur Spüle. »Nachdem ich ja nicht wirklich gekocht habe, zählt das nicht.«

»Ich spüle und du trocknest ab und räumst das Geschirr weg.«

Dameon drehte sich zu ihr. »Ich habe gar keine Küchenhandtücher.«

»Oh. Funktioniert die Spülmaschine?«

Da leuchtete sein Gesicht auf. »Ja … Aber Mist, ich habe nicht das richtige Mittel.«

»Du brauchst Hilfe«, scherzte Grace.

Gemeinsam beluden sie die Spülmaschine und stellten das übrig gebliebene Essen in den Kühlschrank.

Als sie fertig waren, legte Dameon ein neues Holzscheit aufs Feuer und ermunterte Grace, sich mit ihm aufs Sofa zu setzen.

Die Couch war alt und durchgesessen. Egal, wo man saß, man rutschte doch zur Mitte, wo ein paar Federn fehlten.

»Das Sofa ist echt schäbig«, meinte Dameon. »Ich habe es bei der Teppichreinigung gleich mit in Auftrag gegeben, bevor ich mich das erste Mal daraufgesetzt habe.«

Dameon rutschte ein Stück zur Seite, aber sie endeten doch wieder gemeinsam in der Mitte.

»Das Geld hättest du dir sparen können.« Sie wollte das Tuch von dem Ding lüpfen, das als Couchtisch diente, aber Dameon hielt sie zurück. »Eine Umzugskiste.«

Grace lachte. »Das erinnert mich an die Zeit nach dem College, als ich noch kein Geld verdient habe.«

Er lehnte sich zurück, legte ihr den Arm um die Schulter und zog Grace an sich. Was nicht schwer war, zumal man auf dem Sofa ohnehin keinen Abstand zueinander halten konnte. »Ich überlege die ganze Zeit, ob ich jemanden beauftragen soll, für mich einzukaufen, oder ob ich es selbst mache.«

»Du bezahlst jemanden dafür, dass er einkaufen geht? Wie kann ich diesen Job kriegen?« In seinem Arm zu liegen und das Knistern des Feuers zu hören, war hypnotisierend.

»Du bist überqualifiziert.«

»Nenne mir eine Frau, die nicht gerne mit fremdem Geld einkaufen geht.«

»Die gibt es wahrscheinlich nicht«, vermutete Dameon.

»Nicht wahrscheinlich nicht, sondern ganz sicher nicht. Okay, also im Haus fehlen ein paar Dinge, aber ich schätze mal, die Garage ist gut eingerichtet.«

»Na klar. In Baumärkten kenne ich mich bestens aus, nur bei Geschirrhandtüchern und Couchtischchen habe ich halt meine Schwierigkeiten.«

»Männer! Sie kaufen lieber einen Hammer, den man *vielleicht* braucht, als ein Geschirrhandtuch, das man jeden Tag benutzt.«

Dameon nahm ihre Hand und fuhr ihre Finger nach. Diese einfache Berührung verursachte ein Schmetterlingsflattern in ihrem Bauch.

Er blickte hinunter auf seine Hände, dann sah er ihr in die Augen. »Wahrscheinlich sollte ich dir jetzt besser raten, zu gehen.«

»Wahrscheinlich.« Grace hob das Kinn nur wenige Millimeter, doch Dameon folgte der Aufforderung.

Dieser Mann konnte vielleicht küssen! Langsam und sexy. Und während er Grace noch näher an sich zog, öffnete sie ihre Lippen und gab sich ihm mit geschlossenen Augen hin. Dies war kein Abschiedskuss im Auto oder vor ihrer Haustür. Nein, der Kuss war eine Einladung und weckte alle ihre Sinne, so wie Dameons Hände über ihren Rücken strichen, ihren Kopf hielten, durch die Haare fuhren. Hier ging es um mehr als nur einen Kuss.

Grace wollte jetzt aber nicht an die Schmetterlinge im Bauch denken, die seine Berührung verursachte.

Sie wollte ihn einfach nur fühlen, seine Brust, seine Arme.

Als sein Daumen über ihren Busen streichelte, stockte ihr der Atem.

Sofort zog Dameon die Hand fort und küsste sie.

Woraufhin Grace seine Hand packte und wieder auf ihren Busen schob.

Er stöhnte auf und nahm, was sie ihm anbot.

Sie wollte mehr von ihm, ihm ganz nah sein, ohne Klamotten. Sie ließ ihre Hand unter Dameons Pullover gleiten, bis sie endlich seine Haut spüren konnte.

Er unterbrach den Kuss, hielt ihr Gesicht.

Als Grace die Augen öffnete, blickte er sie an. »Das ist aber nicht der Grund, warum ich dich zu mir eingeladen habe«, flüsterte er.

»Ich weiß«, sagte sie, »aber es ist, was wir beide wollen.«

Das Flackern des Feuers spiegelte sich in seinen Augen und erneut senkte er seine Lippen auf ihre.

Grace hielt sich nicht zurück und ließ die Hände über seinen Körper wandern. Sie befühlte die festen Muskeln seiner Brust, seine schmalen Hüften, und tastete sich zum Gürtel seiner Jeans vor. Alles, was sie fühlte, erregte sie nur noch mehr.

Dameon knabberte an ihrem Kinn, und nun kletterte Grace auf ihn und umklammerte ihn mit den Beinen. Sie spürte seine Wärme und genoss das Gefühl seiner Hände, die ihren Rücken entlangstrichen. Sie zupfte an Dameons Pullover. »Der hier muss weg.«

Sie half ihm, das Kleidungsstück über den Kopf zu ziehen und erforschte anschließend seinen nackten Oberkörper.

Sie sah ihm in die Augen, während sie mit den Fingernägeln seine Brustwarzen streifte.

Als er ihre Hüften fester packte und seinen Unterleib gegen ihren drückte, wusste sie, dass sie die richtige Stelle gefunden hatte. Und er ihre.

Sie küsste ihn erneut und forderte seine Zunge zum Spiel auf. Ihr Verlangen steigerte sich. Es war schon so lange her, seit sie jemandem so nahe gekommen war, und noch länger, seit sie solche Leidenschaft verspürt hatte.

Ihre Bluse gesellte sich zu Dameons Pulli auf dem Boden, und nun nahm er ihre Brüste, die noch im BH steckten, in beide Hände. »An dir ist einfach alles bezaubernd«, raunte er staunend, bevor er nun auch seine Lippen ins Spiel brachte. Ihre Brustwarzen waren zu festen Knospen geworden, an denen Dameon mit den Zähnen knabberte.

Grace bewegte sich, bekam kaum genug von der Reibung zwischen ihren Beinen. »Bitte sag mir, dass es in diesem Haus ein richtiges Bett gibt«, stöhnte sie.

Seine Brust bebte, als er lachte. »Halt dich fest.«

Noch bevor sie Gelegenheit hatte, von ihm herunterzusteigen, war Dameon mit ihr aufgestanden.

Die Beine um seine Hüften geschlungen, die Arme um seinen Hals, wurde sie von Dameon durch den Flur ins Schlafzimmer getragen. »Ich kann doch selber laufen«, protestierte sie lachend.

Er schüttelte den Kopf. »So gefällt es mir besser.«

* * *

Dameon legte sie auf der Matratze ab und half Grace, auf dem Bett nach oben zu rutschen. Einen Augenblick lang sah er sie einfach nur an, sah zu, wie sich ihre Brüste beim Atmen hoben und senkten, betrachtete ihre Lippen, die vom Küssen glänzten. Die Küsse auf der schäbigen Couch, die dafür gesorgt hatte, dass Grace so wunderbar nahe bei ihm gesessen hatte. Ihre Haare waren auf dem Kissen ausgebreitet. Grace war so sexy und wunderschön. Er hätte ihr in diesem Moment so viel sagen wollen, aber etwas anderes wollte er gerade noch lieber.

Er legte sich seitlich auf sie, drückte mit dem Knie sanft zwischen ihre Beine. Ihre Lippen trafen sich und Dameon verschmolz mit ihrem Kuss. Sie verschlangen sich und stöhnten miteinander. Für immer und ewig hätte er diese Frau küssen und ihre Körperwärme spüren können.

Ihre Fingernägel krallten sich in seinen Rücken und nun glitten ihre Hände ein paar Zentimeter in seinen Hosenbund. Sein Schwanz zuckte in der engen Kleidung, während Dameon ihren Hals küsste. »Du schmeckst nach Honig und riechst nach Blumen.«

Bei seinen Worten drückte sie sich noch fester gegen sein Bein.

Dameon lächelte und gab ihr die Reibung, nach der sich ihr Körper sehnte.

»Ich will mehr als nur dein Knie«, raunte sie.

»Geduld …«

Aber Grace hatte keine Geduld. Ihre wunderschöne Hand, mit der er so gerne spielte, wenn er neben ihr saß, wenn sie zusammen aßen oder sich unterhielten, fuhr weiter hinab und streichelte durch die Hose hindurch seine Erektion.

Im Gegenzug öffnete Dameon langsam den Reißverschluss ihrer Hose und strich mit dem Finger über den Rand ihres Slips.

Ihre Blicke trafen sich.

Grace streichelte ihn weiter, während seine Finger über ihre Mitte glitten.

Stöhnend biss sie sich auf die Unterlippe. »Ich zeig dir meins, wenn du mir deins zeigst.«

Dameon lächelte und umschloss sie mit der ganzen Hand, was er schon den ganzen Abend lang hatte tun wollen.

»Ich brauche …«

Er ließ sie nicht zu Ende reden, denn er brauchte mehr.

Sie hob die Hüften, um ihm das Ausziehen ihrer Hose zu erleichtern. Er zerrte an der Hose und Grace arbeitete ihrerseits daran, ihn nackt vor sich zu haben. Währenddessen küssten sie sich, mit offenen Mündern, wild vor Verlangen.

Ihre Kleider lagen in alle Richtungen verstreut und endlich, endlich berührte Dameon wieder ihre Mitte. Diesmal drückte sich Grace gegen seine Hand und öffnete die Beine. »So wunderschön«, flüsterte er über ihren Brüsten, bevor er sich ihnen mit dem Mund näherte.

»Dameon, bitte«, rief sie, während sich ihre Hand um die Länge seiner Erektion schloss.

Jegliche Gedanken daran, dieses erste Mal ewig währen zu lassen, verflogen. Er legte den Kopf auf ihre Brust und genoss die Berührung.

Als sie erneut seinen Namen stöhnte, entzog er sich ihr, aber nur so lange es dauerte, ein Kondom aus dem Nachtkästchen zu holen.

Grace berührte seine Hand, während er das Kondom überstreifte. »Ich nehme die Pille.«

Ihre Worte waren wie eine Erlaubnis, ohne die Extraschicht des Verhütungsmittels fortzufahren. Dass sie ihm so vertraute, freute ihn. Aber jetzt, da sie beide vor Verlangen schier den Feueralarm auslösten, war keine Zeit, über dieses Thema zu sprechen. »Das merke ich mir für die Zukunft.«

»Okay.«

Grace schlang die Beine um ihn, während er sich auf ihren Körper herabsenkte.

Dameon verschränkte seine Hände mit ihren und schob sie hinauf über ihren Kopf. Während er in sie eindrang, sahen sie sich tief in die Augen.

Nie würde er ihren Ausdruck vergessen, das Staunen, das Verlangen.

Sie hielt die Luft an, während sich ihr ganzer Körper um ihn zusammenzog.

»O Gott, Grace, wenn du so weitermachst, halte ich nicht lange durch.«

Und wieder. »Ich kann nicht anders«, seufzte sie, während sich ihre Hüften ihm entgegenbogen.

Gleich würde er die Kontrolle verlieren. Er schloss die Augen und vertrieb den Drang, sofort in ihr zu kommen, indem er an Eis und Schnee dachte, an die Kälte, in der Eskimos mit Klamotten Sex hatten.

»Bitte …«

Reiß dich am Riemen, Dameon!

Endlich hatte er sich unter Kontrolle. Er drang langsam tiefer in sie vor und spürte jetzt noch mehr von ihr.

Grace zog seinen Kopf zu sich hinunter, nahm seinen Mund in Besitz. »Ja«, flüsterte sie, während ihre Hüften den Rhythmus vorgaben. Und dann, ohne Vorwarnung, zog sich ihr Inneres zusammen und ihr Atem ging schneller. Während sie kam, rief sie seinen Namen, was wie Musik in seinen Ohren klang.

Er hielt inne und sah ihr zu, wie die Welle über sie hinwegströmte, und er konnte ihr Beben in seinem eigenen Körper spüren.

»Verdammt, Grace!«

Sie schloss die Augen und hauchte mit gespieltem Vorwurf: »Selber schuld.«

Als sie völlig entspannt dalag und die Augen aufschlug, streichelte er ihr Haar.

Es fühlte sich gut an … unglaublich gut.

»Du siehst aus, als wärst du sehr mit dir zufrieden«, stellte sie fest.

»Noch nicht ganz.«

»Ach so?«

Er stieß wieder in sie. »Ich will noch einen von dir«, erklärte er.

Sie lachte und Dameon begann erneut, sich zu bewegen.

* * *

Grace war eingeschlafen.

Wie eine menschliche Decke lag sie auf ihm. Dameon hatte schon vorher keine Sekunde lang daran gezweifelt, dass es mit Grace im Bett wunderbar wäre, aber dass sie geradezu magischen Sex haben würden, hatte er nicht erwartet. Sie passten zusammen wie zwei Puzzleteile, und wenn es auch kitschig klang – genauso hatte es sich angefühlt. Sie passten zueinander, ihre gemeinsame Energie, ihr Rhythmus, ihre Begierde.

Dameon streichelte Grace' Kopf, während sie weiterschlief, und stellte erneut fest, dass er hoffnungslos in sie verliebt war. Eigentlich seit dem ersten Augenblick, als sie sich kennengelernt hatten.

War das nicht der wahre Grund, warum er sich hier ein Zuhause einrichtete, in einem Haus, das eigentlich abgerissen werden sollte? Er wollte in ihrer Nähe sein. Damit er Grace nach der Arbeit sehen, sie nach ihrem Tag fragen, ihr von seinem erzählen konnte. Auch das gefiel ihm.

Seit seinem Studium hatte er immer allein gewohnt. Er hatte noch nie mit einer Freundin zusammengelebt, weil er nie das Bedürfnis gehabt hatte und sich auch nicht festlegen wollte. Aber jetzt, da er neben Grace lag und ihren Atem auf seiner Brust spürte, wollte er, dass sie nie mehr fortging.

Dameon schloss die Augen und versuchte, alle weiteren Gedanken auszublenden.

Kapitel 21

Grace hatte nicht vorgehabt, über Nacht bei ihm zu bleiben und von den Sonnenstrahlen geweckt zu werden, die durch Dameons Schlafzimmerfenster hereinfielen, aber so war es nun passiert.

Dameon hatte ihr vorgeschlagen, gemeinsam zu frühstücken und sich einen faulen Morgen zu machen, aber das würde bis zum Wochenende warten müssen. Auch wenn sie keine Lust hatte aufzubrechen, sie musste los, sonst würde sie zu spät zur Arbeit kommen.

Bevor Dameon sie gehen ließ, küsste er sie noch einmal so, dass es ihr den Atem raubte. Dann flüsterte er ihr ins Ohr, was er nächstes Mal alles mit ihr anstellen wolle, wenn sie sich wiedersahen.

Morgennebel begleitete Grace auf dem Weg nach Hause. Die Straßen waren relativ leer, da viele Leute über Weihnachten verreist waren.

Während der Fahrt überlegte sie, wie sie sich fühlte, nachdem sie die Nacht mit Dameon verbracht hatte.

Gewisse Körperstellen, die sie schon länger nicht mehr gespürt hatte, schmerzten auf wunderbare Weise und sie war emotional aufgeladen. Dameon war ein geduldiger, zärtlicher Liebhaber und ihr Körper hatte auf ihn reagiert, wie Grace es noch nie erlebt hatte. Die meisten ihrer früheren Liebhaber hatten mehr als eine Nacht gebraucht, um herauszufinden, was ihr gefiel.

Dameon nicht.

Als sie ihre Wohnung verließ, warf sie einen Blick auf die Uhr. Ihr fiel das Gespräch mit Richard vom Vortag wieder ein und dass er ihr keine Überstunden gewähren wollte. Deshalb machte sie noch einen Abstecher ins Café und ließ sich Zeit.

Im Büro war viel los, als sie genau vierzig Minuten nach ihrem regulären Arbeitsbeginn eintraf. Sie stellte die Tasche auf dem Schreibtisch ab und ging mit der überarbeiteten Auflistung gleich zu Richards Büro.

Sie klopfte nicht und hielt sich auch nicht mit Begrüßungsworten auf.

»Ich werde in Zukunft deutlich sagen, wenn ich Überstunden machen muss. Die Kilometerabrechnung ist allerdings korrekt. Sie können sie gerne überprüfen lassen, ich habe nichts zu verbergen.« Grace legte ihm das Papier auf den Tisch und ging, bevor er etwas erwidern konnte.

So war sie ihrem Chef gegenüber noch nie aufgetreten. Voller Adrenalin kam sie in ihr Büro zurück.

Erst saß sie eine ganze Weile einfach nur da und wartete, bis sich ihre Nerven wieder beruhigt hatten. Dann aber machte sich ein Lächeln auf ihrem Gesicht breit.

Genau so war sie. Stark, selbstbewusst, tonangebend.

Seit letztem Sommer war sie das nicht mehr gewesen.

Nun machte sie sich mit frischer Energie ans Werk. Es war Zeit, dafür zu sorgen, dass die Arbeit gleichmäßig verteilt wurde. Und für die erste Besprechung im Januar würde sie gut vorbereitet sein.

* * *

Grace trommelte ihre Freundinnen zu einem Not-Mädelsabend zusammen.

Es war ein Universalgesetz, dass man bei einem neuen Mann im Leben mit seinen Freundinnen darüber reden musste.

Parker brachte eine Käseplatte mit, Erin Wein und Grace hatte einen Teller mit Früchten und geräuchertem Lachs hergerichtet. Sie hatten sich in Grace' Wohnung verabredet, da ihre beiden Brüder jeweils bei sich zu Hause waren und Grace auf keinen Fall wollte, dass sie etwas über ihr Liebesleben erfuhren.

Erin und Parker kamen gemeinsam an.

Als Grace die Tür öffnete, guckten ihre Freundinnen sie erstaunt an, dann stellte Parker fest: »Da hast Sex gehabt.«

Grace merkte, wie sie rot wurde. »Ist das so offensichtlich?«

Parker quietschte auf und verschaffte sich Eintritt. Erin folgte ihr und reichte Grace zwei Flaschen Wein.

»Habe ich es doch gleich gewusst!«, sagte Erin. »Du hast so aufgeregt geklungen, da war klar, dass du heute Abend keine schlechten Nachrichten für uns hast.«

»O Gott, Mädels, ich kann euch gar nicht sagen, wie toll es war.«

Sie standen in der kleinen Küche, während Grace den Flaschenöffner suchte.

»Ich dachte, ihr wolltet noch warten? Zumindest hast du das gesagt, als wir das letzte Mal darüber geredet haben und das war wann, an Weihnachten?« Erin nahm drei Weingläser aus dem Regal und stellte sie auf die Theke.

»Wollte ich auch. Beziehungsweise *wir* wollten es«, korrigierte sich Grace und setzte nach: »Aber dann wollten wir es nicht mehr.«

Parker machte eine kurbelnde Handbewegung. »Mehr Details.«

Grace zog den Korken heraus und füllte die Gläser. »Ich hatte einen beschissenen Tag in der Arbeit. Richard war wie immer ein Idiot, aber diesmal hatte er es echt übertrieben, und Dameon hat mich zu sich eingeladen.«

»Nach Los Angeles?«

»Nein. In sein Haus im Canyon.« Grace trank einen Schluck Wein. »Als ich ankam, brannte schon das Feuer im Kamin und in der Ecke stand ein herrlicher Christbaum. Er hatte Essen im Backwoods geholt und im Ofen warmgehalten.«

»Klingt, als wüsste er, wie man eine Frau rumkriegt.«

»Wir haben gequatscht und viel gelacht. Er hat mir Tipps gegeben, wie ich mit Richard umgehen soll. Dann saßen wir auf diesem furchtbar schäbigen Sofa, das die Vorbesitzer dort gelassen haben. Hatte ich schon das Kaminfeuer erwähnt?«

Parker grinste über beide Ohren.

»Also, wir sitzen da auf der Couch und knutschen wie die Teenager.« Grace hielt kurz inne, sie schloss bei der Erinnerung die Augen. »Es war so wundervoll. Wundervoll im Sinne von *der beste Sex, den ich je hatte*. Wisst ihr, was ich meine?« Als Grace die Augen öffnete, guckten die beiden sie an und nickten.

»Ich habe früher mal gedacht, ich wüsste, was guter Sex ist. Aber dann habe ich Colin kennengelernt und gemerkt, dass ich ja gar keine Ahnung hatte«, meinte Parker.

Erin schüttelte den Kopf. »Ich hatte ganz vergessen, wie sich ein Orgasmus ohne batteriebetriebenes Spielzeug anfühlt, bis ich Matt kennengelernt habe.«

Eigentlich wollte Grace lieber nichts über das Sexleben ihrer Brüder wissen, doch sie konnte es Parker und Erin kaum verwehren, sich ebenfalls zu dem Thema zu äußern.

»Es war nicht nur der Sex. Es ist einfach alles. Ich will am Abend mit ihm reden, ihm von meinem Tag in der Arbeit erzählen, und ich will, dass er über seine Mom plaudert, und ich möchte hören, ob er endlich die Küchenhandtücher und das Geschirrspülmittel gekauft hat.«

Sie trugen die Platten mit dem Essen ins Wohnzimmer.

»Klingt, als würdest du ihn wirklich mögen«, stellte Parker fest.

»Das tu ich.«

Erin streifte ihre Schuhe ab, setzte sich aufs Sofa und zog die Beine hoch. »Was war denn in der Arbeit? Hast du Angst, dass Richard etwas von dieser Beziehung erfährt und er dir einen Interessenskonflikt vorwirft?«

»Ich bin so sauer auf meinen Chef, dass es mir schon egal ist, was er denkt. Im schlimmsten Fall nimmt er mir das Projekt wieder weg, aber das wäre auch okay.«

»Hast du keine Angst, dass du gefeuert wirst?«

»Er müsste mir nachweisen, dass etwas schiefläuft, aber da besteht keine Gefahr. Ich bin ehrlich und mache meinen Job gut. Dameons Projekt ist kaum angelaufen. Ich habe weder meine Arbeitszeit noch öffentliche Mittel genutzt, um ihn privat zu treffen.«

Parker nahm sich ein Stück Käse. »Vielleicht erzählst du es lieber deinem Chef, bevor er es selbst herausfindet. Sag ihm, dass er dich von dem Projekt absetzen soll, wenn er ein Problem damit hat.«

Wahrscheinlich hatte Parker recht. »Ja, vielleicht.«

»Also, wann bringst du ihn mal mit? Matt will ihn unbedingt auch kennenlernen.«

»Ich weiß nicht.«

»Hast du schon seine Freunde kennengelernt?«, wollte Parker wissen.

»Nein. Wir gehen Silvester miteinander aus. Zu einer schicken Veranstaltung in Los Angeles. Ich denke, dass er da irgendwen kennt.«

»Die Freunde verraten einiges über die Persönlichkeit eines Mannes. Man erfährt Dinge, die sie ungern preisgeben, wenn man sich gerade erst kennengelernt hat«, meinte Erin.

»Zumindest sagt das mein Therapeut. Alle lieben Matt, aber Desmond haben die meisten meiner Freunde nur geduldet.«

Grace seufzte. »Wie läuft es eigentlich mit der Therapie?«

Erin verlor kurz ihr Lächeln. »Ich habe gute und schlechte Tage. Ich sehe ihn immer noch vor mir, wenn ich die Augen schließe. Und ich habe Albträume. Aber Matt ist so geduldig mit mir und so fürsorglich.«

Grace legte Erin die Hand aufs Knie. »Matt liebt dich.«

»Ich weiß.«

»Habt ihr schon übers Heiraten geredet?«, fragte Parker.

Erin nickte. »Immer mal wieder. Wir wollen es beide, aber ich möchte, dass sich die Wolken vom letzten Jahr dann verzogen haben.«

»Mit dem Heiraten könnt ihr euch ja Zeit lassen, aber das sollte ihn nicht davon abhalten, dir einen Ring überzustreifen«, meinte Grace.

Erin grinste. »Ich brauche keinen Ring, um mich deinem Bruder verbunden zu fühlen. Er hat mein Herz und das weiß er.«

Allerdings konnte sich Grace kaum vorstellen, dass Matt noch lange warten würde. So waren ihre Brüder eben.

»Für mich bist du jetzt schon meine Schwägerin. Matt muss es nur noch offiziell machen.«

»Ja, bitte. Dann liegt mir deine Tante nicht mehr wegen meiner leeren Gebärmutter in den Ohren«, meinte Parker.

»Ist es nicht verrückt, wie sich das Leben immer wieder ändert?«, fragte Grace. »Vor zwei Jahren habe ich euch noch nicht einmal gekannt und jetzt sind wir eine große Familie.«

»Alles ändert sich ständig«, sagte Erin. »Plötzlich triffst du den Richtigen, der dein ganzes Leben auf den Kopf stellt.«

Grace lächelte dem Gedanken hinterher. Genau das tat Dameon – ihr ganzes Leben auf den Kopf stellen.

Sie erhob sich vom Sofa. »Zeit für eine Modenschau. Ihr müsst mir einen Tipp geben, was ich zu Silvester anziehen soll.«

* * *

Zum ersten Mal seit fünf Tagen betrat Dameon wieder seine Wohnung.

Sie war kalt. Er hatte die Heizung runtergedreht, aber es war nicht nur das. Irgendwie hatte die Wohnung ihren Reiz verloren.

Wann war das passiert? Eigentlich liebte er es, in der Stadt zu wohnen, Restaurants und Bars in der Nähe zu haben. Er liebte das Nachtleben, die Energie der Stadt.

Aber hier gab es nicht so viele Sterne am Himmel. Hier riefen keine Kojoten, keine Hasen hoppelten weg, wenn er den Motor anließ.

Die Wohnung in der Stadt war nie für immer gedacht gewesen. Schließlich war er auch in einem Vorort aufgewachsen, in einem Haus mit Garten und Nachbarn, die sich einen Zaun teilten und nicht Wand an Wand wohnten. Er hatte schon immer vorgehabt, eines Tages wieder in eine ländlichere Gegend zu ziehen.

Allerdings lag das Haus, das er jetzt nutzte, ziemlich weitab vom Schuss. Der nächste Nachbar wohnte einen halben Kilometer entfernt und Dameon hätte dort ein kleines Open-Air-Festival veranstalten können, ohne dass es jemanden gestört hätte. Doch das würde alles anders werden, wenn sein Projekt begann und dort Wohnraum entstand.

Dameon hatte sich eine Menge Gedanken über die Gegend gemacht, so wie er es sich vorgenommen hatte. Doch sein Standpunkt war, wie ihm jetzt klar wurde, eher der eines Familienvaters, nicht der eines Immobilieninvestors, der brachliegendes Land in eine Geldmaschine verwandeln wollte.

Und das lag allein an Grace, es war ihr Einfluss auf sein Leben. Sein Verstand sagte ihm, es mit ihr langsam angehen zu lassen, doch sein Herz war ganz anderer Meinung.

Er mochte sie wirklich … sehr sogar.

Er drehte die Heizung auf und stellte die Stereoanlage an, zweierlei Luxus, den er im Haus in Santa Clarita nicht hatte. Er holte sich ein Bier aus dem Kühlschrank und warf ein paar Dinge in den Abfall, die schlecht geworden waren. Dann holte er eine Flasche Champagner aus dem Vorratsschrank und stellte sie in den Kühlschrank. Er würde Grace nach der Silvesterfeier mit zu sich nach Hause nehmen. Hier würde sie nicht über eine schäbige Couch lachen oder darüber, dass er keinen Beistelltisch hatte. Er hatte die Wohnung nach seinem Geschmack eingerichtet, schlicht und ohne viel Schnickschnack. Mit modernen Möbeln in dunklen Farben. Fernseher und Soundsystem waren auf dem neuesten Stand der Technik und ließen keine Wünsche offen. Er hatte auch eine Haushälterin, die zweimal im Monat kam und die Wohnung auf Vordermann brachte.

Von dem tief reichenden Erkerfenster aus blickte er hinunter auf die Stadt. Es war schon spät und die Lichter spiegelten sich in den winzigen Tropfen an der Scheibe.

Hier wohnte er, aber es fühlte sich nicht wie sein Zuhause an. Und das erstaunte ihn.

Jetzt würde er seine Wäsche machen und ein paar Dinge für das nächste Mal zusammensuchen, wenn er wieder in den Canyon fuhr.

Sein Handy klingelte. Grace' Name erschien auf dem Display.

Er stellte die Musik leiser und nahm den Anruf entgegen.

»Hi.«

»Wie ist euer Mädelsabend?«

»Schon vorbei«, antwortete sie. »Aber er war schön. Haben deine Ohren geglüht?«

Er grinste. »Heißt das, ihr habt über mich geredet?«

»Das ist doch okay, oder?«

Er entfernte sich vom Fenster und setzte sich aufs Ledersofa. »Ich würde mir eher Sorgen machen, wenn du *nicht* über mich geredet hättest.«

»Echt?«

»Ja, echt.«

Grace schwieg eine Sekunde. »Dameon. Ich habe eine Frage an dich … eine Bitte.«

»Ich mach's, egal was.«

Sie lachte. »Nein, im Ernst.«

Jetzt war er gespannt. »Schieß los.«

»Seit ich fünfzehn bin, gehe ich mit Jungs aus. Meine Eltern denken, dass ich sechzehn war, aber eigentlich war ich erst fünfzehn.«

Er schmunzelte.

»Na ja, jedenfalls war es so … je mehr ich an einem Kerl interessiert war, desto weniger Interesse hatte er an mir. Einer hat mich sogar mal während des Essens einfach sitzen gelassen. Und auf den Dating-Plattformen waren auch genügend Catfisher dabei. Der letzte Typ, mit dem ich auf einem Date war …« Ihre Worte verklangen.

»Der letzte Typ hat was?« Er wusste, was kommen würde, da Colin es ihm bereits erzählt hatte. Aber aus ihrem Mund hatte er es noch nicht gehört.

»Egal.«

»Nein, Grace. Was war mit dem letzten Typen?«

»Ich will nicht, dass du mich für eine Dramaqueen hältst oder nur aus Mitleid mit mir zusammenbleibst.«

»Das Einzige, was mir leidtut, sind die Jungs, die nicht gemerkt haben, wie toll du bist. Aber eigentlich bin ich auch froh darüber, denn so habe ich eine Chance bekommen.«

»Dir fällt wohl immer die richtige Antwort ein«, sagte sie mit einem nervösen Lacher.

»Sprich mit mir, Grace.«

»Der letzte Typ … war Erins Mann, der jetzt tot ist. Er hat auf einer Online-Plattform so getan, als wäre er jemand anderes, und wir haben ein Treffen in einer Bar vereinbart. Aber der Mann, beziehungsweise der von dem Bild, mit dem ich verabredet war, ist nicht erschienen. Dafür Erins Ex. Damals habe ich noch nichts über ihn gewusst und auch noch nie ein Bild von ihm gesehen gehabt. Ich konnte nicht wissen, wer er war. Ich dachte, ich hätte rein zufällig jemanden kennengelernt, weder durch Freunde noch durch eine doofe Dating-App.«

Dameon merkte, wie sein Griff um den Telefonhörer immer fester wurde, während er darauf wartete, dass Grace die ganze Geschichte preisgab.

»Er hat behauptet, seine Frau sei gestorben. Und dass er sonst nie ausgehe. Jede einzelne Lüge, die er mir aufgetischt hat, habe ich geglaubt. Fast wäre ich mit ihm ins Hotelzimmer gegangen, Dameon. Ich weiß noch, wie er mir die Hände um den Hals gelegt und ein kleines bisschen zu fest gedrückt hat, als er mich geküsst hat.« Ihre Stimme wurde brüchig.

Dameon schloss die Augen. »O Gott, Grace.«

»Ich weiß nicht, was er an dem Abend geplant hatte. Wir waren im Einkaufszentrum und einer von Dads Kollegen ist vorbeigekommen. Da wurde Desmond nervös.«

»Er hieß Desmond?« *Verdammt. Desmond – Dameon … nicht gut.*

»Ja. Aber er hat sich mir mit einem anderen Namen vorgestellt. Jedenfalls hat er dann einen Rückzieher gemacht und behauptet, er sei noch verheiratet und seine Frau gerade dabei, ihn zu verlassen. Ich war echt sauer. Aber später habe ich dann erfahren, wer er wirklich war. Er war total durchgedreht. Er hat versucht, Erin umzubringen, weil er nicht wollte, dass sie ihn verließ. Ich habe Glück gehabt. Dass Leute verschwinden, hört man sonst nur in den Nachrichten. Mir ist bewusst geworden, dass nur eine falsche Entscheidung dazu geführt hätte, selbst eine dieser vermissten Frauen zu werden.«

»Ich kann mir gar nicht vorstellen, wie das für dich gewesen sein muss.«

»Du musst es dir nicht vorstellen, ich erzähle es dir ja. Ich habe mich dumm gefühlt. Wie konnte ich nur auf seine Sprüche reinfallen, ohne dass bei mir die Alarmglocken geläutet haben? Ich habe also aufgehört, meinem Bauchgefühl zu vertrauen. Aufgehört, mir selbst zu vertrauen.«

»Das tut mir leid.« Es tat ihm mehr als leid.

»Ich will aber nicht dein Mitleid, Dameon, ich will nur, dass du mir eine Sache versprichst.«

»Was denn?«

»Dass du ehrlich zu mir bist, wenn es mit uns beiden nicht passt oder es dir mit mir zu langweilig wird oder so. Ich will nicht, dass du einfach aufhörst, mit mir zu reden, oder du so tust, als sei alles in Ordnung, wenn es doch nicht der Fall ist.«

Jetzt fiel ihm ein, was er über die Beziehung zu Lena gesagt hatte. Hätte er seine Worte doch nur wieder zurücknehmen können. »Ich verspreche es dir.«

»Auch wenn es wehtut?«

»Auch wenn es wehtut, Grace. Ich respektiere dich zu sehr, als dass ich dir etwas vormachen könnte.«

In der Leitung war es still.

»Danke«, sagte sie schließlich.

»Nein. Ich danke *dir*. Dafür, dass du mir vertraust und mir diese Geschichte erzählt hast.«

»Es fühlt sich gut an, mir alles von der Seele zu reden.«

»Hast du es zum ersten Mal jemandem erzählt?«

»Meine Familie weiß zwar, was passiert ist, aber ich will nicht mit ihr darüber reden. Erin hätte sterben können. Sie lag mehrere Tage auf der Intensivstation. Im Vergleich dazu war meine Begegnung mit ihrem Ex nicht so schlimm.«

Dameon massierte sich die angespannte Schulter. Er wünschte, er hätte jetzt bei Grace sein können, sie festhalten, während sie über ihr Trauma sprach. »Ich bin zwar kein Therapeut, aber ich denke, die Auswirkungen betreffen nicht nur das Opfer, sondern auch alle anderen, die involviert waren.«

»So habe ich darüber noch gar nicht gedacht.«

»Ich schon.« Und da Dameon nun unbedingt wollte, dass Grace an etwas anderes dachte und sich ihre Stimmung hob, sagte er etwas, was ihr sicher gefallen würde. »Ich habe meiner Mutter von dir erzählt.«

»Was hast du?«

»Ja, ich habe ihr schon kurz nachdem wir uns kennengelernt haben von dir erzählt. Da wolltest du noch gar nicht mit mir ausgehen, aber ich habe meiner Mom trotzdem gesagt, dass wir es tun.«

»So sicher warst du dir, dass ich nachgeben würde?«

»Ich war mir so sicher, dass du mir nicht entwischen darfst, bevor ich alles in meiner Macht Stehende versucht habe.«

»Wirklich?«

»Wirklich. So, und da wir das jetzt geklärt haben … Was in aller Welt ist ein Catfisher?«

Kapitel 22

Silvester war ein Abend für Pailletten und Glitzer. Für Kleider, die sich an die Kurven schmiegten, und hohe Absätze, um vom Kopf bis zu den Zehen von den Männern bewundert zu werden.

Als Dameon kam, um sie abzuholen, begrüßte sie an der Tür ein Strauß weißer Rosen und dahinter ein Mann, dem vor Staunen die Luft wegblieb.

Er stieß einen Pfiff aus. »Wow.«

»Wow gut oder wow schlecht?«, fragte sie, obwohl sie die Antwort bereits kannte.

Dameon hielt den Strauß zur Seite und trat ein.

»Wir könnten auch so tun, als wären wir schon ausgegangen, und bleiben einfach hier.« Er umfasste ihre Taille und wackelte mit den Augenbrauen.

»Ich habe ewig gebraucht, um mich herzurichten.«

»Und ich brauche weniger als zehn Minuten, um alles wieder rückgängig zu machen«, raunte er.

Sie strich über seinen Anzug und nestelte an seiner perfekt sitzenden Krawatte herum. »Hi«, flüsterte sie, bevor sie ihn küsste.

Er küsste sie zurück und stöhnte, als sie sich wieder entfernte.

Grace wischte die Lippenstiftspuren von seinem Mund. »Die Farbe steht dir nicht.«

Er leckte sich über die Lippen und grinste.

Sie schaute auf die Blumen in seiner Hand. »Sind die für mich?«

Dameon streckte ihr den Strauß hin. »Du wirst mich noch dazu bringen, meinen eigenen Namen zu vergessen.«

»Sie sind wunderschön.«

»*Du* bist wunderschön.«

Sie freute sich über sein Kompliment.

Während sie nach einer Vase für die Blumen griff, hielt er ihre Hüfte umfasst und küsste ihren Hals.

»Du behinderst mich bei der Arbeit«, sagte sie.

»Ich höre auf.« Dennoch küsste er sie erneut und dann flüsterte er ihr ins Ohr: »Ich will dich der ganzen Welt zeigen und mit dir angeben.«

Dameon hatte ihr gesagt, dass sie in die Stadt fahren würden, weshalb sie ein paar Sachen gepackt hatte, um bei ihm übernachten zu können. Er nahm ihre Tasche, sie den Mantel, und so machten sie sich auf den Weg zu ihrem ersten offiziellen Date.

Er führte sie zu einem schicken Cadillac und öffnete die Tür. »Wo hast du den denn her?«, fragte sie. Sie hatte angenommen, mit dem Pritschenwagen abgeholt zu werden, nicht mit einem Luxusschlitten.

»Ich besitze mehr als ein Auto«, erklärte er.

»Natürlich. Hätte ich mir eigentlich denken können.«

Er schloss ihre Tür und ging zu seiner Seite.

»Verrätst du mir jetzt, wo wir hinfahren?«, wollte sie wissen.

Er fuhr los und bog auf die Hauptstraße. »Seit mein Dad gestorben ist, unterstütze ich den Silvesterball einer Herzstiftung.«

»Klingt nach einer großen Sache.«

»So beeindruckend ist es nicht, ich bin nur einer von vielen Sponsoren. Ich zahle für einen Tisch und lade meine Führungskräfte ein. Damit trage ich zum guten Zweck bei und gleichzeitig tu ich meinen Angestellten etwas Gutes.«

Das hieß also, sie würde Leute aus seiner Arbeit kennenlernen. Der Gedanke machte sie nervös. »Umso besser, dass ich mich schick gemacht habe.«

Er berührte ihren Arm. »Die sind alle ganz entspannt. Sehr bodenständig.«

»Ich werde nicht auf den Tischen tanzen, keine Sorge.«

Er warf ihr einen Blick zu. »Schade, das würde ich eigentlich schon gern sehen.«

* * *

Dameon hatte Grace bisher nur in ihrer Umgebung, in ihrer Welt erlebt. Jetzt wollte er sehen, wie sie sich in seiner Welt bewegte.

Er fuhr zum Valet Parking des Hotels, in dem der Ball stattfand.

»Lauter Luxuswagen«, murmelte Grace.

»Schicker als die Toyotas der Uber-Fahrer.«

Als sie um die Ecke bogen, sah Grace noch etwas. »Sind das Journalisten?«

Er lachte. »Ich denke, so bezeichnen sie sich gerne, obwohl ich sie eher Paparazzi nennen würde. Aber keine Sorge, sie machen keine Bilder von uns. Zumindest nicht absichtlich.«

»Kommen auch berühmte Leute auf die Party?«

Er zuckte mit den Achseln. »Ich glaube schon. Aber berühmte Leute interessieren mich nicht.«

»Ich habe noch nie jemanden Berühmtes kennengelernt. Bitte pass auf, dass ich mich nicht lächerlich mache.«

»Ich sage dir Bescheid, wenn du anfängst zu sabbern.«

Als sie an der Reihe waren, öffnete der Hoteldiener die Wagentür für sie. Ein Blitzlichtgewitter folgte, Kameras klickten wie verrückt. Aber als Dameon ums Auto herumging und Grace beim Aussteigen half, hatten die Paparazzi ihre Linsen bereits auf andere gerichtet. Seiner Erfahrung nach schossen nur die unerfahrenen Fotografen Bilder von allen Leuten, weil sie nicht wussten, um wen es sich handelte.

Doch Grace lächelte weiter und das allein war die Sache wert.

Sie wurden erst von den Hotelangestellten begrüßt, dann von einer Dame im schwarzen Abendkleid, die ein Headset mit Mikrofon trug.

Dameon ging zu ihr und nannte seinen Namen und den von Grace.

Grace hatte sich bei ihm untergehakt und drückte nun aufgeregt seinen Arm, während sie zu den Aufzügen gingen, um zum Ballsaal hinaufzufahren.

»So was mache ich wirklich zum ersten Mal«, sagte Grace, während sie das Hotel durchquerten.

»Wenn es dir irgendwann reicht und du lieber gehen willst …«

»Dann sage ich es dir.«

Als sie auf der obersten Etage ankamen, nahm Dameon die Mäntel und bahnte sich einen Weg zur Garderobe. Die Männer trugen Anzüge, manche mit, manche ohne Krawatten, andere hatten sogar einen Smoking an. Die Frauen waren entweder sehr modern oder klassisch gekleidet. Nur Grace hatte es geschafft, beides zu vereinbaren. Der Saal war in Silber, Weiß und Gold geschmückt, überall leuchteten kleine Lichter. Eine Band spielte und es gab eine Tanzfläche. Die Tische waren nummeriert.

»Champagner oder Martini?«, erkundigte sich Dameon.

Grace betrachtete die vielen Lichter und antwortete: »Das hier schreit förmlich nach Champagner.«

Als ein Kellner mit einem Tablett vorbeikam, nahm Dameon zwei gefüllte Gläser. Er prostete ihr zu und sagte: »Auf alles Neue.«

Sie lächelte und stieß mit ihrem Glas gegen seins. »Darauf trinke ich gerne.« Ihre Augen glänzten.

»Warst du eigentlich schon mal in New York?«, fragte Dameon unvermittelt.

»Nein.«

»Ich würde gern die Lichter dieser Stadt in deinen Augen spiegeln sehen.« Er wollte die Lichter *jeder* Stadt in ihren Augen sehen. Und die der Sterne unter freiem Himmel in der Wüste.

»Entweder bin ich echt aus der Übung oder das ist ein neuer Aufreißerspruch, den ich noch nicht kenne«, scherzte sie.

Dameon beugte sich zu ihr und flüsterte ihr ins Ohr. »Ich habe dich ja schon aufgerissen, also brauche ich dafür keinen Spruch mehr.« Dann gab er ihr einen Kuss auf die Wange.

Er sah ihr Lächeln und wie sie errötete.

»Entschuldigung, belästigt dieser Mann Sie etwa?«

Dameon drehte sich in die Richtung, aus der Omars Stimme kam, und begrüßte seinen Freund. Sie gaben sich die Hand und mit dem freien Arm umarmten sie sich. »Schon wieder steht ein neues Jahr vor der Tür«, sagte Dameon.

»Wohl wahr. Und das ist also Grace?«

Dameon setzte sein Glas ab und machte sie miteinander bekannt. »Omar ist mein CFO und langjähriger Freund.«

»Freunde waren wir schon, bevor er mein Chef wurde«, erklärte Omar, während er Grace die Hand gab. »Ich habe schon viel von dir gehört. Ich darf doch du sagen, oder?«

»Klar.« Grace warf Dameon einen Blick zu. »Nur habe ich leider noch gar nichts von dir gehört.«

Omar fasste sich theatralisch an die Brust. »Das verletzt mich.«

Dameon musste lachen. »Wenn ich ihr was über dich erzählt hätte, wäre sie heute Abend gar nicht mitgekommen.«

Omar reckte nun die Brust, die angeblich gerade noch vor Schmerzen gestochen hatte, wie ein Pfau nach vorn. »Grace, du musst wissen, ich bin der reinste Frauenmagnet. Dameon hat nur Angst, dass du mich attraktiver findest als ihn.«

Grace entspannte sich sichtlich. »Der mit dem auffälligsten Brunfttanz hat meist weniger vorzuweisen.«

Dameon zeigte auf seinen Freund. »Siehst du?«

Omar kniff die Augen zu. »Das ist jetzt mal eine, die mir gefällt.«

»Wie viele andere gibt's denn hier sonst noch?«, fragte Grace und guckte zu Dameon.

»Na ja, da sind noch Ally, Brandy, Connie, Darlene …«

Dameon rempelte Omar an. »Hör nicht auf ihn. Er liest aus seinem kleinen schwarzen Büchlein vor, nicht aus meinem.«

»Darlene fand ich schon toll … die konnte so nette Dinge mit ihrer Zun…«

»Erspar uns die Details«, unterbrach ihn Dameon.

Aber zum Glück schien Grace das zu amüsieren.

»Hast du schon die anderen aus der Firma kennengelernt?«, wandte sich Omar wieder an Grace.

»Noch nicht.« Dameon sah ein paar bekannte Gesichter an den Tischen der stillen Auktion. »Lass uns mal schauen, wofür wir unser Geld ausgeben können.« Er umfasste Grace' Taille und schob sie fort.

»Ich wollte auch noch jemandem Hallo sagen«, murmelte Omar und ging in die andere Richtung.

»Omar hat keinen Ausschaltknopf«, sagte Dameon zu Grace.

»Woran man erkennt, dass ihr gute Freunde seid, sonst hätte er sich auf höfliche Floskeln beschränkt«, meinte sie.

»Ich bin froh, dass du das gemerkt hast. Denn es gibt wirklich keine Brandy oder Darla.«

»Darlene«, korrigierte Grace.

»Die auch nicht. Ich gehe nur mit *einer* Frau aus.«

Grace sah ihn an. »Wirklich?«

»Ich muss in der Arbeit schon genug jonglieren. Das mache ich bei Frauen nicht.«

Einen Augenblick lang war er sich nicht sicher, ob Grace ihm glaubte. Doch dann verzog sich ihr Mund langsam zu einem Lächeln, während die Bedeutung seiner Worte bei ihr ankam. »Dann ist ja gut.«

Sie erreichten den Auktionstisch und Dameon legte beide Hände an ihre Taille, während er Grace über die Schulter blickte und die Dinge betrachtete, die zum Verkauf standen.

»Eine Reise nach Italien in ein Ferienhaus von jemandem? Wer macht so was?«, fragte Grace.

»Jemand, der nicht oft sein zweites Zuhause besucht und es abschreiben muss.«

»Das ist verrückt.«

Sie gingen den Tisch entlang, auf dem teure Reisevoucher und Schmuck lagen. Es gab auch Eintrittskarten für Talkshows in den Studios von Los Angeles, Wellnessangebote für Sie und achtzehn Loch auf exklusiven Golfplätzen für Ihn. Grace betrachtete alles ganz genau.

»Siehst du irgendwas, was dir gefällt?«, wollte er wissen.

Sie kicherte und flüsterte zurück. »Es liegt alles außerhalb meiner Preiskategorie, aber es macht Spaß, es sich anzusehen.«

»Es liegt aber in meiner Preiskategorie«, raunte er ihr zu, obwohl Grace das sicher wusste.

»Also, was willst du? Willst du Golf spielen?« Sie zeigte auf ein Golfpaket.

»Nur, wenn es sein muss.«

»Oder wie wäre es mit dem Wellnessangebot? Ich weiß ja, dass du deine Füße gerne verwöhnen lässt«, neckte sie ihn.

Er flüsterte ihr ins Ohr: »Ich dachte, wir haben uns darauf verständigt, niemals mehr darüber zu reden.«

»Ach ja? Daran kann ich mich gar nicht erinnern.«

Er entdeckte eine Kette mit einem Saphir, gebettet auf ein schwarzes Samtkissen. »Was ist damit?«

»Ich wusste gar nicht, dass du auf Frauenschmuck stehst«, gab sie zurück. »Ich habe dich noch nie welchen tragen sehen.«

Als er ihr in die Hüfte zwickte, wand sie sich weg. »Du bist ja kitzlig«, stellte er fest.

Sie legte die Hand auf seine. »Hör auf«, gab sie kichernd zurück.

Dameon merkte sich ihre kitzligen Stellen für ein andermal, wenn sie unbeobachtet waren. »Aber mal im Ernst, diese Kette würde dir fabelhaft stehen.«

»Du bist verrückt«, sagte sie.

Er küsste ihr Ohr, dann flüsterte er: »Vor allem wenn du *nur* diese Kette trägst.«

Dameon liebte es einfach, wenn sie rot wurde.

Schon schnappte er sich den Stift und schrieb seinen Namen, die Tischnummer und den Preis auf, den er bereit war, zu zahlen, um aus seiner Fantasie Wirklichkeit zu machen.

Grace wollte ihn zurückhalten. »Was machst du da?«

Er schrieb weiter. »Ist immerhin für einen guten Zweck.«

»Du bist verrückt.«

Er zwinkerte, dann zog er sie weiter.

Als sie in der Mitte der anderen Seite angelangt waren, kam Omar wieder zu ihnen. Seine gute Laune von vorher schien sich verflüchtigt zu haben. »Max ist hier«, zischte er mit einem Nicken zur anderen Seite des Saals.

Dameon merkte, wie nun auch seine frohe Stimmung nachließ. Er zwang sich, nicht zu seinem ehemaligen Freund hinüberzugucken, sondern ging in derselben Geschwindigkeit wie die anderen Leute an den Objekten der stillen Auktion vorbei. »Es ist eine öffentliche Veranstaltung.«

»Er sitzt an deinem Tisch.«

Nun, das wiederum hatte Dameon nicht erwartet. Andererseits hätte er es sich eigentlich denken können. In den letzten Jahren war Max immer willkommen gewesen, und oft hatten sie sogar darüber gestritten, wer die Eintrittskarten bezahlte.

»Das darf doch wohl nicht wahr sein.«

Omar zuckte mit den Achseln.

»Ist irgendwas?«, erkundigte sich nun Grace.

Aber jetzt war nicht der richtige Zeitpunkt, um ihr alle Details zu erzählen.

»Dameons Ex-Partner hat es geschafft, einen Platz an unserem Tisch zu ergattern«, antwortete Omar für ihn.

Grace machte große Augen, ihre Kinnlade klappte herunter. »Banks … Ist das Maxwell Banks?«, fragte Grace nach.

Dameon blickte sie erstaunt an. »Woher weißt du von ihm?«

Grace machte ein komisches Gesicht. »Vielleicht habe ich dich gegoogelt, als wir uns kennengelernt haben.«

Diese Frau schaffte es doch immer wieder, ihn zu erstaunen. »Ach ja?«

»Ich habe aber nur das gefunden, was in den Zeitungen steht.«

»Alles andere erzähle ich dir später mal«, sagte Dameon.

»Müssen wir jetzt gehen?«

Die Frage erheiterte ihn wieder. »Sehe ich aus wie jemand, der einfach die Flinte ins Korn wirft?«

Omar lachte auf.

»Na, dann also los. Die Show kann beginnen.«

Dameon legte Grace den Arm um die Schulter und zog sie an sich. Er war wirklich auf dem besten Wege, ihr völlig zu verfallen.

Kapitel 23

Der Neujahrsempfang mit rotem Teppich, die vielen Prominenten, das verrückte Gebot für eine Kette, mit der Dameon sie nackt sehen wollte, das Seifenoperdrama mit dem ehemaligen Geschäftspartner … all das war für Grace so überwältigend, dass sie das Gefühl hatte, in einer Rakete Richtung Mond unterwegs zu sein.

Dameon lief neben ihr durch den Saal und stellte sie so vielen Leuten vor, dass sie keine Chance hatte, sich an alle zu erinnern.

Nur ein paar Leute blieben ihr im Gedächtnis.

Zum Beispiel Chelsea, mit der er zusammenarbeitete. Und Omar natürlich und auch Tyler, den sie schon einmal getroffen hatte.

Alles andere verschwand in einem Nebelschleier.

Irgendwann verkündete jemand mit einem Mikrofon, dass die stille Auktion beendet sei und nun das Abendessen serviert werde. Sie merkte, dass Dameon angespannt war. Statt etwas zu sagen, drückte sie seine Hand und lächelte ihn an.

Sie nahmen ihre Plätze am Tisch ein. Die Hälfte der Gäste lächelte freundlich, die anderen wirkten etwas reserviert.

Und als der Grund für ebenjene Reserviertheit auftauchte, berührte Dameon unter dem Tisch ihr Knie und drückte zu.

Mehr als eine Person hielt die Luft an.

Zum ersten Mal sah Grace, dass Dameon sich um einen diplomatischen Gesichtsausdruck bemühte. Eine Miene, wie sie Politiker aufsetzten, wenn sie mit einem Gegner zu tun hatten und trotzdem höflich blieben. »Max? Das ist ja eine Überraschung.« Dameon stand auf und streckte ihm die Hand entgegen.

Maxwell Banks sah privilegiert aus.

Dunkler Teint, blondes Haar und sein Anzug wirkte teuer.

Er gab Dameon die Hand und blickte zu den anderen Leuten am Tisch. »Das ganze Team ist hier, wie ich sehe«, sagte er, bevor er den Knopf am Jackett öffnete und sich setzte.

»Wie geht es dir?«, fragte Dameon höflich.

»Es ging mir noch nie besser.« Maxwell warf einen Blick auf Grace.

Reflexartig lächelte sie zurück.

»Und wer ist das?«

Dameon sah zu ihr. »Grace Hudson, das ist Max.«

Max streckte ihr über den Tisch die Hand entgegen und sie hatte keine andere Wahl, als sie anzunehmen. »Max Banks«, fügte er hinzu und drückte dabei Grace' Hand … zweimal.

Sie behielt jeglichen Kommentar darüber lieber für sich.

»Freut mich, Sie kennenzulernen«, sagte sie.

Grace setzte sich neben Dameon und machte deutlich, dass sie bereits vergeben war.

Max' Nasenflügel blähten sich.

»Was führt dich heute Abend hierher?«, fragte Dameon.

»Dasselbe wie dich. Ein bisschen Unterhaltung, ein guter Zweck. Der Rutsch in ein frohes, neues Jahr …«

Omar schüttelte lachend den Kopf.

Max guckte zu ihm. »Willst du etwas sagen?«

»Nichts, was nicht alle am Tisch als unangenehm empfinden würden. Deshalb behalte ich es lieber für mich.« Omar nahm sein Glas, das mit einer bernsteinfarbenen Flüssigkeit gefüllt war, und trank einen Schluck.

»Ich sehe, *nichts* hat sich geändert.«

Chelsea lehnte sich vor. »Wie geht's deinem Vater, Max? Ich habe gehört, dass er gesundheitliche Probleme hat.«

Für einen kurzen Moment sah Grace, wie Max' eiserne Rüstung einen Knacks bekam. »Es geht ihm besser, als in den Medien berichtet wird.«

»Das freut mich zu hören.«

Just in diesem Moment wurde der erste Gang serviert. Ein Teller mit einem winzigen Etwas, das mehr nach einem Kunstwerk als nach Essen aussah.

An den Tischen ringsum wurde nun munter geplaudert, während an ihrem betretenes Schweigen herrschte.

»Sie sind neu dabei, Miss Hudson? Was machen Sie für Dameon?«, fragte Max.

»Ich weiß nicht, ob ich Ihre Frage recht verstehe.«

Dameon warf Max einen warnenden Blick zu. »Grace arbeitet nicht für mich.«

»Ach tatsächlich?« Max starrte sie weiter an.

»Was machen Sie beruflich, Mr Banks?«, fragte Grace, um das Thema zu wechseln.

Bevor Max antworten konnte, sagte Omar: »Max gibt das Geld seines Vaters aus.«

Jetzt richtete Max seinen Blick auf ihn. »Man nennt es auch Vermögensverwaltung, Omar. Etwas, wovon du nichts verstehst.«

Zwei Gäste am Tisch sahen bewusst in eine andere Richtung.

»Ich habe live miterlebt, wie du die Kohle deines Daddys verwaltest …«

»Bitte, Jungs, nicht hier«, unterbrach Dameon seinen Freund Omar.

Grace legte eine Hand auf Dameons Knie.

Omar lehnte sich zurück und schenkte dem Essen auf seinem Teller keine Beachtung.

»Und was machen *Sie* beruflich, Grace?«, fuhr Max die Unterhaltung fort.

»Ich bin Bauingenieurin.«

Max besaß tatsächlich die Dreistigkeit, zu lachen.

»Was ist daran so lustig?«, fragte Dameon.

»Sie entspricht gar nicht deinem sonstigen Typ Frau.«

Bevor Dameon etwas darauf erwidern konnte, beugte sich Grace vor. »Stand früher auf Ihrem Zeugnis, dass Sie gerne den Unruhestifter spielen?«

Max verlor sein Grinsen, während Omar laut auflachte.

Dameon sprach mit leiser Stimme: »Ich weiß nicht, warum du hier bist, Max. Aber ganz offensichtlich nicht, um dich zu versöhnen. Und auch nicht, um einen schönen Abend zu verbringen oder weil du den guten Zweck unterstützen willst. Ich wäre dir wirklich sehr dankbar, wenn du jetzt meine Begleitung in Ruhe lässt und sie nicht mehr belästigst.«

Die Kellner kamen und trugen die Teller mit der größtenteils unangetasteten Vorspeise ab.

»Wohl was Ernsteres?«, ließ Max nicht locker.

»Was interessiert Sie das?«, fragte Grace zurück.

»Dameon, Omar und ich kennen uns schon ewig. Früher haben wir uns die Mädels herumgereicht, stimmt's?«

»Das reicht jetzt«, zischte Dameon.

Grace hatte genug gehört, um zu wissen, welches Spiel Max trieb.

»Zu nah an der Wahrheit für dich, alter Freund?«

Jetzt musste Grace lachen. »Soll das jetzt ein Wettbewerb sein, wer von euch den Längsten hat, oder was?«

Alle Augen richteten sich auf sie.

»Ich habe zwei ältere Brüder, deren Freunde bei uns ein und aus gegangen sind. Bei jeder kleinen Meinungsverschiedenheit gab es dieses Gerangel nach dem Motto ›Aber meiner ist größer als deiner‹.« Grace blickte zu Chelsea, dann wieder zu Max. »Der Unterschied ist, dass meine Brüder das während der Collegezeit irgendwann abgelegt haben.«

Dameon nahm ihre Hand.

»Grace hat recht. Das ist unter deiner Würde. Wenn du hergekommen bist, um uns etwas zu sagen, dann sag es. Aber bitte lass Grace und die anderen aus dem Spiel.«

Max stieß seinen Stuhl zurück. »Du hast völlig recht, Dameon. Das ist unter meiner Würde. Allerdings haben deine Angestellten wohl noch nicht gemerkt, dass sie sich auf einem sinkenden Schiff befinden, sonst wären sie heute gar nicht hier. Anscheinend hast du die Fassade aufrechterhalten. Dann komme ich eben in einem halben Jahr wieder, wenn du Insolvenz anmeldest.« Er erhob sich zum Gehen.

»Da kannst du lange warten«, rief Omar.

Max zupfte sich den Jackettärmel zurecht, während er Dameon scharf ansah. Schließlich wandte er sich um und ging.

Alle atmeten auf.

»Das war sehr unterhaltsam«, meinte Grace ironisch.

»Was für ein Idiot«, murmelte Chelsea.

Dameon zog Grace' Hand unter dem Tisch hervor und küsste ihre Finger.

Omar räusperte sich. »Also, hat eigentlich irgendwer die erste Vorspeise probiert?«

* * *

Grace lag auf Dameons Bett und strich mit dem Fuß sein Bein entlang. Dabei spielte sie mit der Saphirkette, die er ihr angelegt hatte, bevor sie das Hotel verließen.

»Schmuck ist dafür gemacht, dass er getragen wird, und nicht, um in einer Schachtel herumzuliegen und auf einen besonderen Anlass zu warten«, hatte er gesagt.

Und als der Silvestercountdown kam, hatte Dameon sie lange und intensiv geküsst, und sie schwor sich, sein Geschenk immer zu tragen, damit er das kleine Vermögen nicht umsonst ausgegeben hatte.

Der Abend war nahezu perfekt gewesen. Sie hatten sich ein frohes neues Jahr gewünscht und waren nach Hause gegangen, nachdem sie für Omar ein Taxi gerufen hatten.

Als Dameon gemeinsam mit Grace seine Wohnung betrat, hatte sie kaum Gelegenheit, sich umzusehen, denn er zog sie sofort in sein Schlafzimmer.

Jetzt, nachdem sie sich geliebt hatten, fühlte sich Grace erstaunlich wach, während sie mit dem sündhaft teuren Saphir spielte.

Ihre Gedanken wanderten zu Max und wie er sich vor Dameon und den anderen aufgespielt hatte.

»Du bist ziemlich still dafür, dass du nicht schläfst«, stellte Dameon fest.

»Rechne nicht damit, dass das lange anhält. Ich bin ganz schön platt.«

Er seufzte. »Ich bin froh, dass Max uns nicht den ganzen Abend ruiniert hat.«

»Denkst du auch gerade daran?« Sie legte den Kopf aufs Kissen, um Dameon anzusehen.

»Es tut mir leid, dass du ihn auf diese Weise kennengelernt hast. Wir waren früher einmal richtig gut befreundet.«

»Ganz offensichtlich ist er verbittert. Was glaubst du, hat er sich davon versprochen, einfach aufzukreuzen?«

»Keine Ahnung. Das Team auf seine Seite zu bringen? Oder Schadenfreude?«

»Schadenfreude? Warum?«

Dameon rollte sich auf die Seite und nahm nun ihre Hand. »Er war von Anfang an stiller Teilhaber. Letztes Jahr hatten wir ein Zerwürfnis. Da hat er sein Geld abgezogen und ist abgehauen.«

»Aber du bist noch im Geschäft.«

»Ja. Allerdings ist es ohne Max' Hilfe viel schwieriger. Was er weiß und weshalb er sein Geld abgezogen hat. Er will mich scheitern sehen.«

»Warum?«

Einen Moment lang wusste Dameon nicht, wie er darauf antworten sollte. »Erinnerst du dich noch an die Frau, von der ich dir erzählt habe? Lena?«

»Die griechische Freundin?«

»Richtig. Als ich mit ihr Schluss gemacht hatte, hat sich Lena mit Max getroffen.«

»Nur getroffen oder ist er mit ihr zusammengekommen?«

»Beides. Es war mir ehrlich gesagt egal, aber sie dachte wohl, dass sie mir damit wehtun könnte. Als ich davon erfuhr, habe ich Max meinen Segen gegeben. Ich fand sowieso, dass die beiden viel besser zusammenpassten. Sie hat nicht gearbeitet und ihr gefiel das Leben, das Max ihr zu bieten hatte. Es vergingen ein paar Monate. Max kam nicht oft ins Büro. Wir haben uns hin und wieder getroffen und ich habe ihm berichtet, wie es um seine Geldanlage stand. Irgendwann hat er mir erzählt, dass er um Lenas Hand anhalten wollte.«

»Und dann?«

Dameon schüttelte den Kopf. »Er hat eine Party geschmissen und mich eingeladen. Lena war da und trug stolz seinen Ring …«

Grace ahnte, wie die Geschichte weitergehen würde. »Und dann?«

»Lena hatte zu viel getrunken und wollte was von mir. Ich bin nicht darauf eingegangen, aber sie hat nicht aufgehört. Ich habe ihr gesagt, sie sei kindisch, und gefragt, warum sie Max' Antrag annahm, wenn sie offensichtlich noch nicht bereit war, zu heiraten.«

»Hat Max euch zusammen gesehen?«

»Nein. Aber ich habe ihm am nächsten Tag erzählt, was passiert ist.«

»Gute Entscheidung.«

Dameon schüttelte den Kopf. »Max hat mir nicht geglaubt. Wie auch immer, jedenfalls ist unsere Freundschaft kaputtgegangen und unsere Geschäftsbeziehung auch.«

»Was ist aus Lena geworden?«

»Soweit ich weiß, sind die beiden noch verlobt.«

»Jetzt verstehe ich seinen Kommentar, von wegen, dass ihr euch die Frauen teilt.«

»Was reiner Unsinn ist. Selbst zu Collegezeiten war es nicht so. Er hat es nur gesagt, um dich zu verunsichern.«

Grace gähnte. »Dafür braucht es schon mehr. Ich habe gleich gemerkt, dass es sich nur um Selbstdarstellung handelte. Solche Aussagen kann ich gut ignorieren.«

»Ich hoffe nur, dass er aufwacht, bevor er sie tatsächlich heiratet. Aber ich habe ihm schon alles gesagt, was ich sagen kann. Er hört sowieso nicht mehr auf mich.«

»Ein bisschen traurig ist das schon.«

»Stimmt.«

Grace merkte, wie ihr langsam die Augen zufielen. »Und was sollte das mit der Insolvenz bedeuten?«

»Ich finde schon einen Investor, bevor wir pleitegehen.«

»Das heißt, du hast tatsächlich Probleme.«

»Nicht mehr als jedes andere wachsende Unternehmen.«

Sie wollte ihm noch mehr Fragen stellen, doch sie hatte plötzlich Mühe, sich wachzuhalten. »Du kannst mir immer sagen, wenn dich etwas belastet.«

»Okay. Schlaf jetzt.«

Sie kuschelte sich an ihn. »Ich meine das ernst.«

»Gute Nacht, Grace.«

»Frohes neues Jahr.«

Sie hörte noch, wie er ihr »dir auch ein frohes neues Jahr« ins Ohr flüsterte.

Kapitel 24

Ein neues Jahr, ein neuer Anfang.

Das war Grace' Mantra, als sie sich für die Besprechung mit ihren Kollegen wappnete. Sie war fest entschlossen, in ihrem Job einen neuen Weg einzuschlagen. Sie würde damit beginnen, indem sie Richard auf seine passiv-aggressive Art ansprach, wenn er wieder andeutete, dass sie nicht klarkäme. Außerdem war es notwendig, dass alle an Dameons Projekt mitarbeiteten, für eine Person war es einfach zu viel Arbeit. Schließlich wusste sie, wie wichtig es war, dass alles glatt lief, damit Dameon sein Ziel erreichte. Es war ohnehin klüger, wenn andere am Projekt mitarbeiteten. Sollte ihre Beziehung bekannt werden, konnte Richard ihr nicht unterstellen, dass sie Dameon eine bevorzugte Behandlung zukommen ließ. Ihn nicht zu bevorzugen, war, um ehrlich zu ein, tatsächlich schwierig.

Eine Woche nach Neujahr saßen Grace, Evan, Lionel und Adrian am Nachmittag im Besprechungsraum. Die alten Praktikanten hatten das Amt verlassen, an ihrer Stelle waren nun zwei neue junge Leute vom College da.

Richard kam ein paar Minuten zu spät. Ihm folgte Vivian Jewel, die Personalchefin.

Ihre Anwesenheit war ungewöhnlich, weshalb alle erstaunt aufsahen.

»Ich habe Vivian gebeten, heute mitzukommen«, verkündete Richard, bevor er sich setzte.

Evan schaute zu Grace und zuckte mit den Achseln.

Die Praktikanten saßen gespannt mit gezückten Notizblöcken da.

Adrian wollte beginnen, indem er einen Ordner herumgehen ließ.

Richard hielt ihn auf. »Heute fangen wir mal mit Grace an.«

Grace hielt unwillkürlich die Luft an. Seit wann kam sie als Erste dran? Und seit wann wusste er, dass sie auch einen Vornamen hatte?

Adrian nahm die Unterlagen wieder zurück und Grace versuchte, ihre Herzfrequenz zu verringern.

Vivian sah sie an und machte ein ernstes Gesicht.

»Äh … okay.« Grace fühlte sich unwohl. Eigentlich stotterte sie nie. »Ich habe recht viel zu besprechen.« Sie begann bei ein paar wichtigen Dingen, bevor sie auf Dameons Projekt zu sprechen kam. »Ich war auf einigen Ortsterminen für das Projekt von Locke Enterprises, damit wir uns später Zeit sparen. Richard, Sie haben letzten Monat, als Sie mir das Projekt zugewiesen haben, gesagt, dass es etwas Neues für mich sei. Nachdem ich mich gründlich eingearbeitet habe, weiß ich nun, dass es nichts Neues ist, sondern dass es einfach nur sehr viel mehr zu tun gibt als sonst. Ich brauche Hilfe, wenn es schneller gehen soll.«

»Warum die Eile?«, wollte Richard wissen.

»Dameon … also Mr Locke«, korrigierte sie sich, »hat uns mitgeteilt, dass er im Frühjahr mit dem Bau beginnen und während der Regenzeit alle Genehmigungen und Flurplanänderungen regeln will.«

»Wir beschleunigen nichts, wenn es für uns nicht passt.«

»Das habe ich auch nicht gefordert. Ich meine nur, dass ich mehr Leute brauche, um die Wünsche des Immobilienentwicklers zu erfüllen. Es erscheint mir sinnvoll, dass …«

»Wenn Sie nicht in der Lage sind …«

»Ich habe nicht gesagt, dass ich nicht in der Lage bin.« Warum drehte er ihr immer das Wort im Munde um? »Ich will nur sagen, wenn mal jemand früher fertig ist oder sogar einen halben Tag zur Verfügung hat, könnte ich Verstärkung gebrauchen.« Sie sah sich im Raum um.

Niemand sagte etwas. Sogar Evan sah so verängstigt aus, dass er nicht wie sonst für sie in die Bresche sprang.

»Ich werde es berücksichtigen«, sagte Richard.

Grace kam auf eine weitere wichtige Sache zu sprechen. »Ich habe eine Mannschaft zusammengestellt, die nächste Woche für Sokolov eingesetzt wird.« Sie schob die entsprechenden Papiere zu Richard, auf denen sie seine Unterschrift benötigte.

Richard warf einen kurzen Blick darauf, sah wieder zu ihr und schob die Unterlagen über den Tisch zurück. »Wir haben uns entschlossen, mit dem Grundstückseigentümer zusammenzuarbeiten.«

»Wie bitte?«

»Ich habe selbst mit Mr Sokolov geredet. Legen Sie mir seine Unterlagen auf den Tisch. Dann haben Sie auch ein paar Stunden mehr Zeit zur Verfügung.«

»Hat er denn jetzt jemanden engagiert, um …«

»Ich kümmere mich um die Angelegenheit, Grace. War das alles?«

Warum fühlte sie sich, als würde sie in Treibsand stehen?

»Ja.«

Richard wandte sich an den Nächsten. »Lionel. Wie weit sind wir mit der Auswaschung?«

Und schon waren sie bei einem anderen Thema. Während der nächsten fünfundvierzig Minuten wurden Berichte erstattet und Ideen ausgetauscht. Grace schwieg die meiste Zeit.

Als die Besprechung vorbei war, blieben Richard und Vivian noch sitzen, während alle hinausströmten und direkt in den Pausenraum zum Wasserspender gingen.

»Weißt du, was da los ist?«, fragte Adrian, als sie außer Hörweite waren.

»Das war schon komisch, oder?«, meinte Grace.

»Hat sich vielleicht jemand über Richard beschwert?«, überlegte Evan.

»Meinst du, das könnte der Grund sein, warum Vivian dabei war?«, wollte Grace wissen.

»Warum sollte die Personalabteilung sonst bei unserer Besprechung dabei sein?« Adrian goss sich einen Kaffee ein.

Grace hatte natürlich keine Beschwerde eingelegt, obwohl sie große Lust dazu gehabt hätte. Und wenn es Evan getan hätte, dann hätte er es ihr erzählt.

»Früher oder später werden wir es schon erfahren.« Lionel ging, Adrian ebenso.

»Warum hat er mit mir angefangen?«, wandte sich Grace jetzt an Evan. »Und er hat mich sogar beim Vornamen genannt.«

»Vielleicht wollte er bei Vivian einen guten Eindruck hinterlassen.«

Irgendetwas war faul an der Sache. Sie berührte die Kette, die Dameon ihr geschenkt hatte, und hörte seine Stimme in ihrem Kopf. »Kenne deinen Wert.«

Eine halbe Stunde vor Dienstschluss wurde ihr mulmiges Gefühl bestätigt.

Richard bat sie erneut ins Besprechungszimmer.

Als sie ankam, saß Vivian links von Richard. Ein Mann, den Grace nicht kannte, saß zu seiner Rechten. Ihr wurde der Platz auf der gegenüberliegenden Seite zugewiesen, was nur allzu deutlich machte, dass sie nun auf dem heißen Stuhl sitzen würde.

»Was ist los?«, fragte Grace, bevor sie sich setzte.

»Bitte, nehmen Sie Platz, Miss Hudson«, sagte der unbekannte Mann.

Ihre Handflächen wurden feucht. Das war nicht gut.

Sie setzte sich, so ruhig sie konnte, und faltete die Hände im Schoß.

»Grace«, begann Vivian. »Das ist Mr Simons. Er ist ein Anwalt der Stadt.«

»Guten Tag.«

»Wissen Sie, warum ich hier bin?«, fragte Mr Simons.

»Ich habe keinen blassen Schimmer.«

Vivian lächelte ihr zu, während der Anwalt seinen stoischen Gesichtsausdruck beibehielt.

Richards Miene war nicht zu lesen. »Bei der Stadt ist eine Anzeige eingegangen, in der Sie namentlich erwähnt werden.«

»Was für eine Anzeige?«

»Die Stadt wird angezeigt, dass sie sich die Erteilung von Genehmigungen zahlen lässt.«

»Alle Genehmigungen kosten Geld«, wunderte sich Grace.

»Wir sprechen nicht von Gebühren, Miss Hudson. Sondern von Schmiergeldern.«

Grace schloss die Augen und atmete tief ein. Sokolov. »Es geht um Mr Sokolov und das Projekt am Sierra Highway, nicht wahr, Richard?«

»Das heißt, Sie wissen davon«, stellte Mr Simons fest.

»Er hat *mir* ein Bestechungsgeld angeboten, ich habe nicht danach gefragt. Am Tag nach dem Vorfall habe ich Richard darüber informiert.« Richard sah überallhin, nur nicht zu ihr.

»Warum nicht unmittelbar danach?«, fragte Mr Simons.

»Es war schon spät. Nach Dienstschluss.«

Richard schüttelte den Kopf, aber er sagte nichts.

»Sie haben ihnen doch sicher erklärt, was passiert ist, oder, Richard?«, fuhr sie fort. Jetzt endlich blickte er zu ihr.

»Ich habe nur weitergegeben, was Sie mir berichtet haben«, begann Richard. »Und dass Sie keine Beschwerde einlegen wollen.«

»Ich habe nicht gedacht, dass das nötig sei.« Allerdings hätte sie sich jetzt dafür in den Hintern beißen können.

»Bei solchen Vorwürfen gibt es genaue Vorschriften darüber, wie fortzufahren ist«, ergriff Vivian das Wort.

»Sokolov hat mit der Geldbörse gewedelt, nicht ich«, empörte sich Grace.

»Sie müssen sich nicht verteidigen, Grace. Niemand wirft Ihnen hier etwas vor«, meinte Richard.

»Aber Sokolov schon. Und alle hören auf ihn.« Wut kochte in ihr hoch.

»Wir müssen der Sache nachgehen, Miss Hudson. Er hat Anzeige erstattet. Jetzt müssen wir mit Ihrer Kooperation alles schnell und sachlich aufklären.«

Grace blickte zu dem Anwalt. »Ich habe nichts zu verbergen.«

»Gut.«

Sie lehnte sich zurück, schließlich würde man nichts finden können.

»In der Zwischenzeit müssen wir Sie vom Dienst suspendieren.«

Grace glaubte, einen Hieb in den Magen zu bekommen. »Wie bitte?«

»Das gehört zur Verfahrensvorschrift. Sie dürfen während der Untersuchungen keinen Ihrer Verhandlungspartner kontaktieren.«

Sofort musste sie an Dameon denken. »Warum?«

Statt eine Antwort auf ihre direkte Frage zu erteilen, redete der Anwalt einfach weiter. »Sie dürfen nichts aus dem

Büro mitnehmen, außer Ihren persönlichen Dingen. Es wird ein Audit durchgeführt. Bei weiteren Fragen erwarten wir Ihre Mitarbeit.«

»Das ist echt unglaublich. Sokolov war derjenige, der mich bestechen wollte, und dann hat er auch noch alles darangesetzt, mir Angst und Schrecken einzujagen.«

»Davon haben Sie gar nichts gesagt.«

»Ich kenne solche Männer, Mr Simons. Sie ergötzen sich daran, wenn sie wissen, dass sie mit ihrer Masche Erfolg haben. Nur wenn man sie ignoriert, hören sie wieder auf.«

Nun zitterte sie am ganzen Leib.

»Ich weiß, dass es schwierig für Sie ist, Grace. Aber ich versichere Ihnen, dass wir auf Ihrer Seite sind«, versuchte Vivian, sie mit sanfter Stimme zu beruhigen.

»Und wie läuft das jetzt? Morgen darf ich nicht zur Arbeit kommen?«

»Richtig. Sie müssen einen Bericht über den Vorfall schreiben und uns mit eigenen Worten erklären, was an besagtem Abend und bei allen vorangegangenen Terminen mit dem Mann passiert ist. Alles, was Ihnen einfällt. Wir haben Ermittler im Risikomanagement, die darin geschult sind, herauszufinden, wer Recht hat. Wenn die Anschuldigungen von Mr Sokolov falsch sind …«

»Das sind sie!«, rief Grace dazwischen.

»Dann können Sie ohne Disziplinarverfahren Ihren Job wieder aufnehmen.«

»Wie lange dauert das Ganze?«

»Das hängt von verschiedenen Faktoren ab.« Rechtsanwälte konnten wohl nie eine direkte Antwort geben.

»Ich begleite Sie zu Ihrem Büro, damit Sie Ihre Sachen holen können«, sagte Vivian.

»Weil Sie mir nicht vertrauen.«

»Es ist vielmehr, um Sie zu schützen, auch wenn Sie das vielleicht nicht glauben. Nachdem Sie über diese gravierende Klage unterrichtet worden sind, haben Sie keine Gelegenheit mehr, irgendwelche Akten zu beseitigen. Wir befragen auch Ihre Kollegen. Deshalb ist es am besten, wenn Sie mit ihnen nicht sprechen, sonst sind sie in das Verfahren verwickelt.«

Auch wenn es ihr nicht gefiel, klang es durchaus schlüssig.

Jetzt meldete sich Richard wieder zu Wort. »Das ist eine sehr schöne Kette, Grace. Ist die echt?«

Ihre Hand fuhr zu Dameons Geschenk. »Wie bitte?«

Sein selbstgefälliges Lächeln machte sie wütend.

»Richard.« Vivian sagte seinen Namen wie eine Warnung.

»Was wollen Sie andeuten, Richard?« Grace hatte Schwierigkeiten, genug Luft zu bekommen.

»Nehmen Sie sich Zeit und schreiben Sie alles in Ruhe auf«, unterbrach Vivian. »Der Bericht wird bei einer Gerichtsverhandlung, falls es so weit kommen sollte, vorgelegt.«

Die ganze Sache bereitete Grace Übelkeit. »Darf ich jetzt gehen?« Sie sah nur zu Vivian und ignorierte die Anwesenheit von Richard und Mr Simons.

»Natürlich.« Vivian stand auf und verließ mit ihr gemeinsam das Besprechungszimmer. In Grace stiegen Tränen auf, aber sie wollte auf keinen Fall heulend das Büro verlassen. Beziehungsweise, hinausbegleitet werden.

Ein paar Kollegen waren zum Glück schon heimgegangen.

Aber Evan stand vor seinem Büro, als sie und Vivian an ihm vorbeikamen. »Ist alles okay?«, wollte er wissen.

Grace schüttelte den Kopf und unterdrückte die Tränen.

»Morgen gibt es eine Teambesprechung«, wandte sich Vivian an Evan. »Grace hat die Anweisung, mit niemandem zu sprechen.«

»Was in Gottes Namen soll das denn?«

Grace setzte sich hinter den Schreibtisch und sah sich um. Dann holte sie ihre Handtasche aus der unteren Schublade und steckte ein paar Familienbilder hinein. Sie hatte noch andere persönliche Dinge im Büro, aber da sie schließlich nicht schuldig war, würde sie sie auch nicht mitnehmen. Wenn sie die Sachen im Büro ließ, würden ihre Kollegen auch wissen, dass Grace wieder zurückkäme. Sie stand auf und nahm den Mantel vom Haken.

Vivian lächelte ihr zu.

»Sie müssen bitte auch Ihr Diensthandy hierlassen.«

Grace setzte die Tasche auf dem Tisch ab, suchte nach dem Handy und überreichte es Vivian. Ohne sich noch einmal umzublicken, verließ Grace das Büro und ging an den Kollegen vorbei, die ihr neugierig nachblickten. Endlich war sie zur Tür hinaus. Vivian stand drinnen und sah ihr nach.

* * *

Dameon hatte die Musik aufgedreht und alle Lichter angemacht, während er das Wohnzimmer strich. Grace wollte ihn nach der Arbeit anrufen, weshalb er nicht auf die Uhr sah. Die neue Wandfarbe war bestens dafür geeignet, die Sünden des Hauses zu verbergen. Und jetzt, da er erst mal angefangen hatte, wollte er noch mehr renovieren.

Sein Rücken schmerzte und sagte ihm, dass er schon länger nicht mehr mit den Händen über Kopf gearbeitet hatte.

Er legte die Farbrolle in die Abstreichwanne zurück, und während er sich den Nacken massierte, betrachtete er sein Werk.

Als um halb sieben im Radio die Zeit angesagt wurde, holte Dameon sein Handy, um nachzusehen, ob er vielleicht einen Anruf von Grace verpasst hatte.

Er schickte ihr eine Nachricht.

Arbeitest du heute länger?

Da sie nicht gleich antwortete, nahm er an, dass es so war.

Obwohl es nach Sonnenuntergang kühl geworden war, öffnete er die Fenster zum Lüften.

Endlich hörte er den Kies in der Einfahrt knirschen und sah Scheinwerfer aufleuchten.

Grace. Er konnte es kaum erwarten, sie zu sehen.

Er stellte das Malerzeug zur Seite und wischte sich die Hände mit einem Lappen ab.

Noch bevor sie klopfte, hatte er die Tür erreicht.

Doch als er öffnete, stand nicht Grace vor ihm, sondern ein Mann, den er nicht kannte. Einer mit breiten Schultern, der entweder viel Zeit im Fitnessstudio verbrachte oder schwere körperliche Arbeit verrichtete.

»Hallo«, begrüßte Dameon den Fremden.

»Bist du Dameon?«

»Jawohl. Sind Sie einer von den Nachbarn?«

Er schüttelte den Kopf. »Ich bin Matt. Grace' Bruder.«

Grace hatte also recht gehabt. Sie hatte ja prophezeit, Matt werde einen Grund finden, um ihn aufzusuchen, und jetzt war es so weit.

Allerdings wirkte Matt eher besorgt als neugierig.

Dameon begrüßte ihn mit Handschlag. »Ist mit Grace alles in Ordnung?«

»Darf ich kurz reinkommen?«

Dameon trat zur Seite. »Klar.«

»Grace schickt mich.«

Dameon ging zur Stereoanlage und drehte die Musik leiser. »Was ist los?«

Matt stand da und sah sich im Raum um, dann wandte er sich wieder zu ihm. »Grace geht es gut. Na ja, körperlich zumindest. Jemand beschuldigt sie, Schmiergelder anzunehmen, und jetzt wurde sie vom Dienst suspendiert.«

Wie bitte? »Das ist doch wohl ein Witz.«

»Leider nein. Sie ist nicht gefeuert worden, aber sie darf keinen Kontakt zu ihren Verhandlungspartnern haben. Und da du ja ein Verhandlungspartner von ihr bist …«

Was für ein Unfug. »Wo ist sie?«

»Bei unseren Eltern. Grace hat mich gebeten, zu dir zu fahren und dir zu erzählen, was los ist, damit du dir keine Sorgen machst oder dich wunderst, warum sie sich nicht bei dir meldet.«

Kein Wunder, dass sie nicht auf seine Textnachricht geantwortet hatte. »Wo wohnen eure Eltern?«

Matt schmunzelte. Er hielt die Hand hoch. »Sie hat Angst, dass man dein Projekt unter die Lupe nimmt, wenn ihr zwei Kontakt miteinander habt.«

»Grace macht sich zu viele Sorgen.« Dameon hielt drei Finger hoch. »Gib mir drei Minuten zum Umziehen, dann fahre ich dir hinterher.«

Matt nickte. »Aber es ist besser, wenn du mit mir fährst. Zwei Leute aus ihrem Büro wohnen in derselben Straße wie meine Eltern.«

»Ist das dein Ernst?«

»Grace macht sich …«

»… Sorgen«, beendete Dameon den Satz für ihn.

Drei Minuten später saß Dameon also in Matts Wagen

»Grace würde sich niemals bestechen lassen.«

»Das wissen wir alle. Aber es klingt ganz danach, als würde die Stadt sich auf einen Prozess vorbereiten. Deshalb wurde sie auch suspendiert. Sie sagt, du wüsstest von dem Typen, auf dessen Mist die ganze Sache gewachsen ist. Sie hat irgendwas von einem Mobilheimgelände gesagt.«

Dameons Blut begann zu kochen. »Der Mistkerl, der ihr Angst gemacht hat, an dem Abend, als ihr Handy verlorengegangen ist?«

Matt sah zu ihm. »Genau der.«

»Sie hat erzählt, dass er ihr Geld angeboten hat.«

»Das hat sie uns auch gesagt. Sie macht sich jetzt Vorwürfe, weil sie ihn nicht angezeigt hat.«

»Klingt mir ganz danach, als wollte der Typ sich davor drücken, die Straße asphaltieren zu lassen, indem er versucht, andere zu beschuldigen. Der Stadt muss das doch klar sein.«

Matt fuhr nun durch eine Wohngegend. »Ich bin mir auch sicher, dass sie das irgendwann checken, aber bis dahin muss sie nach deren Regeln spielen.«

Dameon schüttelte den Kopf. »Es würde viel schneller gehen, wenn man dem Idioten einfach einen Tritt in den Hintern verpasst.«

Matt lachte in sich hinein. »Ich bin ganz deiner Meinung. Wobei das eher noch mehr Probleme verursachen würde.«

Kurze Zeit später ging Dameon mit Grace' Bruder den Weg zu dessen Elternhaus entlang.

Drinnen brannte Licht und in der Einfahrt und auf der Straße waren mehrere Autos geparkt.

Matt öffnete, ohne anzuklopfen, die Tür.

Dameon grüßte in die Runde und suchte nach Grace' Gesicht, doch er entdeckte es nicht.

Colin ging zu ihm und gab ihm die Hand. »Sie hat Matt eigentlich gesagt, dass er dich *nicht* herbringen soll.«

Dameon schüttelte den Kopf. »Wo ist sie?«

»Sie hat sich hingelegt.«

Jetzt kam auch Parker und umarmte Dameon. »Sie ist ziemlich am Boden.«

Colin wandte sich um. »Darf ich vorstellen, unser Dad, Emmitt, und unsere Mom, Nora.«

Dameon streckte Emmitt die Hand hin. »Freut mich, Sie kennenzulernen.«

Emmitt guckte auf Dameons Hand, die noch mit Farbe besprenkelt war. »Tut mir leid, ich war gerade beim Streichen.«

Aus welchem Grund auch immer erhellte sich nun Emmitts Gesicht. »Freut mich, dich kennenzulernen, mein Lieber. Gracie wird ganz schön sauer sein, dass du gekommen bist.«

Natürlich würde sie das, aber das nahm er in Kauf.

Nora grinste über beide Ohren. »Darf ich dir etwas zu trinken anbieten?«

»Vielen Dank, ich brauche nichts.«

Matt stellte ihm noch eine andere Person vor, die er nicht kannte. »Das hier ist Erin.«

»Sehr erfreut.«

»Dameon?«

Er wandte sich in die Richtung, aus der Grace' Stimme kam.

Mit geschwollenen und geröteten Augen und im viel zu großen Sweatshirt, in dem sie förmlich versank, stand sie im Flur.

»Was machst du …«

Er ließ ihr keine Zeit, die Frage zu beenden, so schnell war er bei ihr und nahm sie in die Arme.

Sie lehnte den Kopf gegen seine Brust und klammerte sich an ihn. »Ich habe Matt gesagt, dass er dich nicht herbringen darf.«

»Ich weiß. Aber ich bin gar nicht gut darin, Anweisungen von anderen zu befolgen.«

Das entlockte ihr neben einem Schluchzen auch ein schwaches Glucksen.

Er nahm sie fester in die Arme.

»Alles wird gut.«

Kapitel 25

Grace saß mit Dameon auf dem Sofa, während die anderen ein spätes Abendessen zubereiteten. Seit sie im Haus der Eltern angekommen war, erklärte sie nun zum dritten Mal den Vorfall. Nachdem sie das Büro verlassen hatte, war sie gleich zu Mom und Dad gefahren und alle anderen waren nacheinander dort aufgetaucht.

»Richard ist einfach nur dagesessen und hat den Kopf geschüttelt. Als ob er eher Sokolov glaubt als mir.«

Dameon drückte ihre Hand. »Mir scheint, dass jeder nur seinen eigenen Hintern retten will.«

»So läuft das in der Geschäftswelt«, war Erins Kommentar aus der Küche.

»Ein Audit wird nichts ergeben, am Ende steht sein Wort gegen deins«, meinte Dameon. »Ich wette, wenn wir suchen, finden wir was Schmutziges über Sokolov.«

»Das ist alles echt ein Witz«, stöhnte Grace. »Ich kann es gar nicht glauben, dass er bloß eine Anschuldigung macht und schon habe ich keinen Job mehr.«

»Suspendiert heißt noch nicht gefeuert«, schaltete sich Matt ein.

»Fehlt aber nicht mehr viel. Spätestens morgen wissen alle im Büro, was los ist. Und wer weiß, wie viele Leute ihm glauben. Es war schrecklich, so hinauseskortiert zu werden.«

»Aufgeben kannst du jetzt auch nicht, sonst sieht es aus, als wärst du tatsächlich schuldig«, meinte ihr Dad.

»Er kann nicht beweisen, was nicht passiert ist«, sagte Grace.

»Vielleicht muss er aber auch gar nichts beweisen. Wenn es Zweifel gibt, wird die Stadt einen Vergleich anstreben. Wahrscheinlich weiß der Typ das«, meinte Colin. »Deshalb verklagt er auch die Stadt und nicht dich persönlich.«

»Er ist an denen mit den tiefsten Taschen interessiert«, fügte Dameon hinzu. »Wenn dich der Stadtbus anfährt, verklagst du auch die Stadt und nicht den Fahrer.«

»Ich habe doch gar nichts gemacht.« Grace war jetzt nicht mehr niedergeschlagen, sondern richtig wütend.

»Das wissen wir alle, Gracie«, beruhigte sie ihr Dad.

»Du solltest dir am besten einen Anwalt nehmen.«

Grace drehte sich zu Dameon. »Warum?«

»Du hast gesagt, du hast dich wie im Zeugenstand gefühlt, als du ins Besprechungszimmer gerufen wurdest. Die Anwälte der Stadt verteidigen nur das Bauamt. Du gehörst zwar dazu, aber du bist entbehrlich.«

Grace gefiel es ganz und gar nicht, wenn laut ausgesprochen wurde, wovor sie am meisten Angst hatte.

»Dameon hat recht«, fand Erin. »Wenn du deinen eigenen Anwalt hast, setzt er sich ausschließlich für dich ein.«

»Das könnte ich gar nicht bezahlen.«

Erin und Dameon antworteten gleichzeitig: »Ich aber.«

Grace sah zwischen beiden hin und her. »Keinen von euch könnte ich darum bitten. Außerdem, wie würde das denn aussehen, wenn mein Verhandlungspartner meinen Rechtsvertreter bezahlt. Dann hast du auch gleich eine Untersuchung am Hals.«

»Irgendwann wird man sowieso herausfinden, dass ihr ein Paar seid«, bemerkte Parker, während sie den Tisch deckte.

»Du wirst auch die Halskette erklären müssen«, mischte sich Erin wieder ins Gespräch.

»Was ein schlechtes Licht auf mich werfen wird«, vermutete Grace.

»Soweit ich weiß, sind wir beide erwachsen und dürfen ausgehen, mit wem wir wollen. Und da noch keine einzige Genehmigung erteilt wurde, kann auch keiner behaupten, dass ich eine Vorzugsbehandlung bekommen hätte«, sagte Dameon zu ihr.

»Die Geschichte wird dein Vorhaben beeinträchtigen.« Und sie wusste schließlich, wie wichtig das Projekt für den Erfolg seiner Firma war.

»Du brauchst dir wirklich keine Sorgen um mich zu machen. Beim Bau gibt es immer Verzögerungen. Und bei einem Projekt dieser Größe sprechen wir von Monaten und Jahren, nicht von Tagen und Wochen.«

Ihre Mom holte eine Auflaufform aus dem Ofen. »Essen ist fertig.«

Grace hatte keinen Hunger, aber sie setzte sich trotzdem mit an den Tisch.

Das Essen wurde herumgereicht und sie sprachen über andere Dinge.

Ihr Dad wollte wissen, was Dameon gestrichen hatte, und so redeten sie nun über das alte Haus und das Projekt im Canyon.

Parker sagte, sie fühle sich immer wie am Ende der Welt, wenn sie durch die einsame Gegend fuhr.

Während ihre Familie über andere Dinge sprach, legte auch Grace eine Pause ein und dachte nicht mehr an das Problem. Der Hühnchenauflauf und die Buttermilchkekse hatten schon immer ihre Laune gehoben, was ihr nun doch zu etwas Appetit verhalf.

Sie liebte ihre Familie.

Nachdem sie bei ihren Eltern eingetroffen war, hatte ihre Mom gleich alle angerufen. Als wäre die Suspendierung ein großes Drama. Was sie eigentlich gar nicht war. Aber dass sie nun alle hier versammelt waren und Ratschläge erteilten, während sie selbst kaum einen klaren Gedanken fassen konnte, tat einfach gut.

Nach dem Essen räumten sie den Tisch ab und Grace fühlte, dass ein bisschen von ihrer Energie bereits zurückgekehrt war. Sie holte sich Papier und Stift und begann, den Bericht über den Abend zu verfassen, an dem sie angeblich ein Schmiergeld gefordert hatte.

»Wann wollen sie den Bericht haben?« Dameon saß neben ihr und sah ihr zu.

»Morgen.«

»Dann lasse ich morgen früh meinen Anwalt kommen und ihr könnt noch mal gemeinsam drübergehen, bevor du ihn abgibst.«

»Dameon, das ist nicht nötig.«

»Gracie?«, rief ihr Dad vom Wohnzimmer aus, wo er nun mit ihren Brüdern saß. »Hör auf ihn. Was habe ich immer gesagt, was du machen sollst, wenn du in Schwierigkeiten mit dem Gesetz gerätst?«

»Das ist doch nicht dasselbe, Dad.«

»Sich bestechen zu lassen oder einen anderen zu bestechen, ist ein Gesetzesverstoß.«

»Ich wurde ja nicht persönlich angezeigt.«

»Noch nicht«, sagte ihr Dad mit strengem Blick.

Dameon streichelte ihren Rücken.

»Also gut«, gab sie nach.

Dameon zog schmunzelnd sein Handy hervor. Während er darauf wartete, dass sein Anwalt den Anruf annahm, ging er zur Terrasse hinaus und zog die Tür hinter sich zu.

Erin legte ihr die Hand auf den Arm. »Ich mag ihn wirklich«, sagte sie leise.

»Hat er seinen Anwalt etwa unter den Favoriten eingespeichert?«, fragte Grace.

»Ich kenne kaum einen namhaften Geschäftsmann, bei dem das nicht der Fall wäre«, meinte Erin.

»Er ist ja doch weniger Schlipsträger, als ich dachte«, warf ihr Dad von seinem Couchplatz aus ein.

»Wahrscheinlich kann er dich hören«, ermahnte ihn Grace.

»Das würde ich ihm auch direkt ins Gesicht sagen.«

»Er ist ein sehr netter junger Mann«, lautete der Kommentar ihrer Mutter.

* * *

Carson Phillips wirkte etwas deplatziert, als er frühmorgens vor Dameons Ranch stand. Er war einer von drei Partnern in der Kanzlei, mit der Dameon seit der Gründung von Locke Enterprises zusammenarbeitete. Er war Mitte fünfzig, hatte volles Haupthaar, und nur ein paar graue Strähnen verrieten sein Alter.

»Danke, dass Sie so kurzfristig kommen konnten«, begrüßte ihn Dameon, der ihm die Tür aufhielt.

»Dafür ist der Anwaltsvorschuss da.«

»Ich zeige Ihnen gleich den Weg zu den Hudsons, damit Sie mit Grace reden können, aber vorher wollte ich kurz mit Ihnen unter vier Augen sprechen«, sagte Dameon.

Carson sah sich im Haus um. »Das ist also der Ort für Ihr neues Unterfangen?«

»Jawohl.«

»So weit draußen auf dem Land war ich schon lange nicht mehr.«

»Das Landleben wächst einem im Laufe der Zeit ans Herz.«

Dameon bot ihm einen Kaffee an, den Carson dankend ablehnte, dann setzten sie sich an den Tisch.

»Also, dann erzählen Sie mir mal etwas über die Frau, die ich vertreten werde«, begann der Anwalt.

»Grace Hudson ist eine Freundin von mir.«

Carson räusperte sich.

»Also, eigentlich mehr als nur eine Freundin. Wie ich gestern schon gesagt habe, arbeitet sie für das Bauamt der Stadt. So haben wir uns auch offiziell kennengelernt«, fasste Dameon noch einmal zusammen, was er schon am Telefon erwähnt hatte. »Sie hat immer wieder gesagt, dass sie glaubt, dass ihr Chef sie auf dem Kieker hat.«

»Warum?«

»Keine Ahnung. Grace kann vielleicht mehr dazu sagen. Aber ich weiß, dass die Vorwürfe Humbug sind. An dem Abend, als der Termin mit dem Mann war, hat sie mich angerufen und war ganz aufgelöst. Wenn man Grace kennt, weiß man, dass so etwas nicht oft vorkommt. Sonst ist sie sehr beherrscht, wie es Ingenieure meistens sind. Sie ist stark und selbstbewusst. Aber dieser Typ hat sie ziemlich aus der Bahn geworfen.«

»Wie kommt er Ihrer Meinung nach darauf, solche Anschuldigungen zu machen?«

»So wie Grace ihn beschreibt, ist er ein Macho, der sich von Frauen nichts sagen lässt. Als er mit seinen Einschüchterungsversuchen nichts erreichen konnte, hat er sich wahrscheinlich eine neue Strategie überlegt. Da ihr Chef beim Bauamt offenbar nicht hinter ihr steht, fühlt sie sich mit der Sache ziemlich alleingelassen.«

»Weshalb Sie mich angerufen haben.«

»Richtig. Grace gehört zu den Leuten, die glauben, dass sich schon alles klären wird, wenn man nur die Wahrheit sagt.«

Carson lachte.

»Genau. In der Hinsicht ist sie ein bisschen gutgläubig.«

»Noch hat niemand gegen sie persönlich Anzeige erstattet, oder?«

»Nein. Nicht, dass wir wüssten.«

Carson nickte. »Ich habe mit meiner Privatdetektei telefoniert, mit der ich in solchen Fällen zusammenarbeite. Die Detektivin wird mehr über Sokolov in Erfahrung bringen. Und sie wird auch alles über Miss Hudsons Leben und den Vorwurf herausfinden, damit wir sie besser verteidigen können, falls es so weit kommt.«

Dameon seufzte. »Ich danke Ihnen.«

Nach der kleinen Unterredung nahm Dameon seine Jacke und die Wagenschlüssel.

Als sie bei den Hudsons ankamen, war es schon nach neun Uhr.

Grace' Vater öffnete die Tür und stutzte. »Aha, du bist also doch ein Schlipsträger«, lautete seine Begrüßung.

»Guten Morgen, Mr Hudson. Das hier ist Carson Phillips, der Anwalt, der Grace vertreten wird.«

Emmitt sah aus, als wäre ihm etwas unbehaglich zumute, aber er gab ihnen die Hand und ließ die beiden Männer eintreten.

Nora kam herbei. »Guten Morgen, Dameon.« Im Gegensatz zu Emmitt umarmte Nora ihn sogleich und lächelte ihn an.

Grace erschien in einem schicken Kostüm mit Bleistiftrock und passendem Jackett. Sie sah um Welten besser aus als am Abend zuvor. Entweder hatte sie gut geschlafen oder sie war eine verkannte Make-up-Künstlerin.

Die hohen Absätze ließen sie etwas größer wirken, als sie eigentlich war.

Bei Dameons Anblick legte sich ein Lächeln auf ihre Lippen. Er gab ihr einen Begrüßungskuss. »Du siehst frisch und ausgeschlafen aus«, stellte er fest.

»Bin ich. Und als ich aufgewacht bin, war ich richtig wütend.«

»Gut.« Er wandte sich zu dem Mann an seiner Seite und stellte Carson vor.

Kurz darauf saßen sie am Tisch, tranken Kaffee und hörten Grace zu, die ein weiteres Mal den genauen Hergang das Falls schilderte, was eine gute halbe Stunde in Anspruch nahm. Anschließend schob sie den verfassten Bericht Carson zu.

»Das können wir noch richten«, murmelte Carson, nachdem er ihn gelesen hatte.

»Ist er nicht gut so?«

»Doch, aber er könnte noch besser sein. Sie schreiben gar nicht, dass Sie nach Dienstschluss zu dem Termin geschickt wurden, zu einem feindlich gesinnten Klienten, und noch dazu allein. Sie erwähnen auch nicht, dass Richard Ihnen das aufgetragen hat, obwohl Sie wiederholt betont haben, dass der Mann schon oft Ihre Zeit verschwendet hat. Ist Mr Sokolov ein groß gewachsener Mann?«, fragte Carson.

»Da ich selbst eher klein bin, sind die meisten Männer größer als ich.«

»Auch das muss im Bericht stehen.«

Grace warf Dameon einen unsicheren Blick zu. »Okay.«

»Hatten Sie schon einmal einen Anwalt, Miss Hudson?«

»Sie können mich gerne Grace nennen. Und nein. Ich hatte bisher keinen Bedarf.«

»Wir trauen Männern in Anzügen nicht immer über den Weg«, mischte sich Emmitt ins Gespräch.

Nora brachte ihren Mann zum Schweigen, aber Carson lachte. »Das ist wahrscheinlich sehr klug, Mr Hudson. Grace,

Sie müssen wissen, dass die Anwälte der Stadt lediglich versuchen, den Schaden zu begrenzen.«

»Ich habe doch nichts gemacht.«

»Das wird denen egal sein, sie sind nicht an der Wahrheit interessiert. Es tut mir leid. Wenn Sie mir sagen würden, Sie hätten Schmiergelder entgegengenommen und nicht zum ersten Mal, dann würde ich das bei der nächsten Verhandlung zwar wissen, aber nicht sagen.«

»Anwaltsgeheimnis«, kommentierte Nora.

»Genau. Ich glaube Ihnen zwar, dass Sie sich nichts haben zuschulden kommen lassen, aber da draußen ist jemand, der Ihnen etwas anhängen will. Welche Beweggründe er hat, wissen wir nicht. Entweder ist er einfach nur ein Schuft und will sich wichtigmachen oder er hat die Chance gewittert, die Sache derjenigen Person anzuheften, bei der er sich die größten Erfolgschancen verspricht. Vielleicht hat ihm auch jemand rechtlichen Rat erteilt und jetzt denkt er, er könne bei einer gütlichen Einigung auch noch Geld kassieren, statt das Gelände in Schuss zu halten. Wir wissen nicht, was dahintersteckt. Wir wissen nur, dass Sie auf seiner Zielscheibe sitzen und deshalb bin ich da.« Carson sah sich im Zimmer um, dann fragte er: »Sind Sie ein Dodgers-Fan?«

»Äh, ja.« Grace sah verwirrt aus.

»Betrachten Sie es wie ein Baseball-Spiel. Das Team mit dem Schläger hat keine Garantie für einen Gewinn. Es sei denn, niemand im Feld hält den laufenden Spieler auf. Im Moment spielen Sie in der Verteidigung, aber früher oder später sind Sie selbst am Schlag. Das könnte der Fall sein, wenn man Ihren Vertrag ohne Beweise kündigt oder wenn man Sie so lange bedrängt, bis Sie von selbst kündigen. Mr Sokolov wird Ihren Ruf ruinieren und möglicherweise hat er das teilweise schon erreicht. Wir alle wissen, wie schnell sich Gerüchte verbreiten.

Wenn ich Ihnen zur Seite stehe, wird das einen entscheidenden Unterschied machen.«

Dameon sah, wie diese Aussage bei Grace auf fruchtbaren Boden fiel.

»Das heißt also, wenn ich im Büro mit einem Anwalt auftauche, wirke ich nicht schuldig, sondern klug.«

»Ganz genau. Michelle Overland, die Privatdetektivin, wird sich später mit Ihnen in Verbindung setzen. Sie wird Ihnen viele Fragen stellen, Ihre Finanzen durchsehen und mehr über die Beziehungen in der Arbeit in Erfahrung bringen. Geben Sie ihr ehrliche Antworten.«

»Wofür braucht man eine Privatdetektivin?«

»Wenn Sie Gelder angenommen haben, wo ist dann das Geld? Haben Sie sich schicke Autos gekauft oder sich eine Luxusreise gegönnt?«

»Dameon hat mir eine Kette gekauft«, murmelte Grace.

Carson blickte zwischen ihnen hin und her. »Haben Sie jemandem davon erzählt?«

»Nein. Aber Richard hat eine Bemerkung über die Kette gemacht.«

Carson zuckte mit den Achseln. »Ihr Freund hat das Recht, Ihnen Geschenke zu machen.«

Dameon griff nach ihrer Hand und hielt sie ganz fest. »Unsere Beziehung ist noch nicht bekannt. Grace hatte Sorge, dass man in der Arbeit von einem Interessenskonflikt sprechen könnte.«

»Das ist zum jetzigen Zeitpunkt irrelevant. Aber ab sofort rate ich Ihnen, ein wenig aufzupassen.«

Grace drehte sich zu Dameon. »Ich habe doch gesagt, dass du gestern nicht hättest herkommen dürfen.«

»Das meine ich gar nicht«, warf Carson ein.

»Man hat mir aber gesagt, dass ich keinen Kontakt zu meinen Verhandlungspartnern haben darf.«

»Aus dem einfachen Grund, dass man die Verhandlungspartner dann nicht auch noch untersuchen muss«, erklärte Carson. »Wenn Sie nicht vorhaben, Ihre Beziehung zu beenden …«

»Auf keinen Fall!« Dameons Stimme war plötzlich so laut, dass ihn alle anblickten.

»Dann seien Sie darauf vorbereitet, dass man Ihnen ebenfalls Fragen stellen wird. Sie können schon ganz normal weitermachen, nur wäre es besser, wenn Sie nicht gerade Händchen haltend im Bauamt aufkreuzen, bis alles geklärt ist. Aber Sie müssen auch nicht so tun, als würden Sie etwas Verbotenes machen.« Carson schenkte Grace ein aufmunterndes Lächeln.

Dameon gab ihr einen Kuss auf die Wange.

Carson nahm wieder ihren Bericht. »Gut, dann fangen wir mal an. Vorher würde ich Sie bitten, kurz im Amt anzurufen und darauf zu bestehen, dass dieselben drei Personen, die gestern da waren, auch heute wieder anwesend sind.«

»Und was, wenn das nicht möglich ist?«

»Es ist egal. Es geht nur darum, Ihre Macht spielen zu lassen. Wenn alle kommen, ist es ein Pluspunkt für Sie. Wenn nicht, garantiere ich Ihnen, dass nächstes Mal alle da sein werden, wenn Sie heute mit einem Anwalt auftauchen.«

Grace grinste. »Das gefällt mir.«

* * *

Grace hätte Dameon gern dabeigehabt, aber Carson hatte deutlich gemacht, dass dies nicht angebracht sei.

Und auch die Möglichkeit, selbst etwas zu sagen, würde ihr verwehrt bleiben.

Sie fuhren in Carsons Wagen. Es war gleich halb zwölf, die vereinbarte Zeit für den Termin mit Richard, Vivian und Mr Simons.

»Sind Sie bereit?«, fragte Carson.

»Bereiter als gestern jedenfalls.«

»Überlassen Sie mir das Reden. Es wird nicht lange dauern.«

Grace ging erhobenen Hauptes voran. Schon in der Vorhalle spürte sie die Blicke der anderen auf sich.

Die Gerüchteküche kochte also bereits auf Hochtouren.

Sie bogen um die Ecke und kamen zu den Büros. Da ihre Abteilung keinen eigenen Empfang hatte, schaute Grace selbst nach, ob jemand von ihren Kollegen da war.

Der Erste, der sie entdeckte, war Evan. »Manometer, Grace, was ist los?«

Sie umarmte Evan zur Begrüßung, ging aber nicht auf seine Frage ein. »Wo ist Richard?«

»Der sitzt im Besprechungsraum. Ist bei dir alles okay?« Evan blickte neugierig über ihre Schulter.

»Mir geht's gut. Ich kann jetzt leider nicht reden.«

Grace ließ ihren Freund stehen, dann gingen sie an ihrem Büro vorbei Richtung Konferenzraum.

Wie am Vortag saßen Richard und Vivian auf der entfernteren Seite des Tisches.

Zuerst blieb Richard sitzen, aber als Carson hinter Grace den Raum betrat, erhoben sich sowohl Richard als auch Vivian.

»Hallo, Grace«, grüßte Vivian.

Grace lächelte freundlich, sagte aber nichts.

Carson trat vor, nahm zwei Visitenkarten aus seiner Tasche. »Ich bin Carson Phillips von der Kanzlei Franklin, Phillips und Bowers.«

»Oh.« Vivian warf Grace einen irritierten Blick zu, dann sah sie wieder zu Carson.

Grace musste sich ein Grinsen verkneifen.

Erst stellte sich Vivian vor, dann Richard.

»Bitte, nehmen Sie Platz«, forderte Vivian sie auf, bevor sie sich selbst setzte.

»Warten wir noch auf Mr Simons?«, fragte Carson.

»Nein, er hat leider eine andere Verpflichtung.«

»Ich verstehe.« Carson blickte bedeutungsvoll zu Grace, dann wandte er sich wieder den anderen zu.

»Ich verstehe nicht ganz, warum Sie hier sind«, begann Vivian.

Richard sah direkt zu Grace. »Sie hätten sich doch keinen Anwalt zu nehmen brauchen, Hudson.«

Grace biss sich auf die Zunge. Sein höfliches »Grace hier« und »Grace da« vom Vortag war verschwunden, jetzt war sie einfach wieder nur »Hudson«.

»Meine Klientin ist vom Dienst suspendiert worden, stimmt das?«, fragte Carson.

»Ja, für den Zeitraum der Untersuchung.«

»Gab es zu der Aufforderung eine schriftliche Anordnung? Mir scheint, die bürokratischen Vorschriften wurden nicht ganz eingehalten.«

»Natürlich. Gestern war alles ein wenig hektisch«, erklärte Vivian und blätterte hastig in einem Ordner.

»Sie müssen den Brief noch unterschreiben«, ergänzte Richard.

Carson nahm das Schriftstück entgegen, warf einen kurzen Blick darauf und steckte es in seinen Aktenkoffer. »Wir werden es Ihnen zukommen lassen.«

Richard öffnete den Mund, doch schon hatte Vivian ihm die Hand auf den Arm gelegt, um ihn nicht zu Wort kommen zu lassen. »Haben Sie den Vorfallsbericht, den wir von Ihnen brauchen?«, fragte sie.

Carson nahm drei Kopien heraus und reichte sie hinüber. Er gab ihnen kaum Zeit, den Bericht zu lesen, denn er schob bereits den Stuhl zurück. »Wenn Sie Fragen haben oder etwas von meiner Klientin brauchen, bin ich Ihr Ansprechpartner, bis die Angelegenheit geklärt ist.«

»Ist das Ihr Ernst, Hudson?«, konnte sich Richard jetzt nicht beherrschen.

Grace behielt ihr höfliches Lächeln.

»Vielen Dank für Ihre Zeit«, sagte Carson, dann öffnete er die Tür.

Grace ging voran, ihr Herz klopfte schneller, als es sollte.

Evan, Adrian und Lionel standen vor der Teeküche versammelt, als sie an ihnen vorbeischritt.

Kapitel 26

Als sie zu ihren Eltern zurückkam, warf sich Grace in Dameons Arme. Die ganze Aktion hatte weniger als zehn Minuten gedauert.

»Ich nehme an, dass alles gut gelaufen ist«, sagte Dameon, als er Grace wieder auf die Beine zurückstellte.

»Es war großartig.«

Auch Carson schien guter Dinge zu sein. »Na, jetzt wissen sie jedenfalls, mit wem sie es zu tun haben, und werden nun alles ganz ruhig und professionell handhaben.«

Dameon gab Carson die Hand und klopfte ihm auf die Schulter. »Danke, dass Sie sich der Sache annehmen.«

»Keine Ursache. Ich melde mich wieder. Grace, denken Sie daran, dass sich die Leute aus Ihrer Arbeit an mich zu wenden haben. Selbst wenn es sich um scheinbar harmlose Fragen befreundeter Kollegen handelt.«

Evan war der Einzige, der Grace so nahestand, dass er sie privat angerufen hätte. Aber sie wollte ihn nicht ins Kreuzfeuer ziehen.

»Danke.«

Carson stieg ins Auto und fuhr davon.

Ihre Eltern waren zur Verabschiedung ebenfalls nach draußen gekommen und gingen nun wieder ins Haus zurück.

»Haben sie dir das Ohr abgekaut, während wir weg waren?«, fragte Grace.

Dameon warf einen Blick über die Schulter. »Ich glaube, deine Mom habe ich schon für mich gewonnen. Aber dein Dad hat mir tausend Fragen gestellt. Er hat wohl wirklich eine Abneigung gegenüber Leuten im Anzug.«

Sie lachte. »Er hasst sie. Aber wenn er dich nicht mögen würde, hätte er sich gar nicht die Mühe gemacht, dich auszufragen.«

»Fast hätte er noch gefragt, wie das Mädel hieß, mit dem ich meine Unschuld verloren habe.«

Jetzt lachte Grace auf. »Oh ja, er liebt dich.«

Dameon schüttelte den Kopf. »Ich habe deiner Mom gesagt, dass ich zwar gerne zum Mittagessen bleibe, dass ich aber, wenn es dir sonst so weit gut geht, anschließend wieder in die Stadt zurückmuss.«

»Es geht mir wieder gut. Danke, Dameon. Gestern habe ich nicht mehr klar denken können.«

»Du musst da nicht alleine durch. Ich bin froh, dass Carson dir helfen kann.«

Sie seufzte. »Er ist teuer, stimmt's?«

»Ich will nicht, dass du auch nur einen einzigen Gedanken daran verschwendest.«

»Ich werde es dir zurückzahlen.«

Dameon legte ihr einen Finger auf die Lippen. »Hör auf.«

Sie würde sicher eine Möglichkeit finden.

»Es ist schön, dich wieder lächeln zu sehen«, stellte Dameon fest.

Sie reckte ihm den Kopf für einen Kuss entgegen, den Dameon ihr nur allzu gerne gab.

Da rief ihr Dad von der Haustür aus: »Belästigst du jetzt meine Tochter vor unserm Haus oder kommst du zum Mittagessen rein?«

Sie ließ ihn los und kicherte.

»Ich glaube, er hasst mich.«

»Er war ein Cop. Wenn er dich hassen würde, würde er dich mit dem Gewehr verjagen.«

* * *

Grace hatte noch nie einen Privatdetektiv kennengelernt. Jedenfalls hätte sie sich darunter niemals jemanden wie Michelle Overland vorgestellt.

Michelle war Mitte fünfzig und sah eher aus wie eine Mutter aus dem Elternbeirat als wie eine Ermittlerin oder eine Frau, die über Fälle wie diesen Bescheid wusste.

Grace ließ Michelle in ihre Wohnung und bot ihr etwas zu trinken an, bevor sie sich an den Esstisch setzten.

»Ich habe mich bereits ausführlich mit Carson unterhalten. Er hat mir Ihren Bericht zugeschickt und die Unterlagen, die die Stadt Ihnen mitgegeben hat, als Sie nach Hause geschickt wurden. Es tut mir leid, aber ich werde Ihnen jetzt viele persönliche Fragen stellen müssen. Ich brauche Informationen über Ihre Finanzen, Konten, Kredite, Schulden. Und alles, was Sie mir über den Kläger sagen können. Ich brauche Telefonnummern und muss wissen, welche sozialen Medien Sie nutzen.«

»Wow. Das klingt ja, als wäre ich die Böse.«

Michelle lächelte. »Ich suche nach allem, was Ihre Schuld beweisen würde, um zu zeigen, dass Sie es *nicht* waren.«

»Das klingt, als würde man das Pferd von hinten aufzäumen.«

»Ihr Arbeitgeber hat Ihre beruflichen Akten. Er wird aber auch ihre Privatangelegenheiten untersuchen müssen, und da kommen wir ihm jetzt zuvor. Wenn jemand an Ihr Privates will, wird er rechtliche Schritte unternehmen müssen.«

»Das heißt, eine offizielle Anzeige wegen Bestechlichkeit?«

»Genau. In diesem Fall muss das Amt Ihrem Anwalt Beweise vorlegen, die man in der Arbeit gefunden hat.«

Grace rollte mit den Augen. »Das Einzige, was sie herausfinden werden, ist, dass ich zu viel gearbeitet und den Job von zwei Leuten gemacht habe.«

»Erzählen Sie mir von Richard. Ich habe das Gefühl, dass er Sie nicht mag.«

Grace schüttelte den Kopf. »Richard mag mich vielleicht nicht, aber er würde auch nicht extra etwas aushecken, um mir Dinge unterzujubeln, die ich gar nicht gemacht habe. So einer ist er nicht.«

Michelle sah Grace an, als hätte sie ein Kleinkind vor sich sitzen. »Sie ahnen nicht, wozu manche Leute fähig sind. Da könnte ich Ihnen Geschichten erzählen.«

»Ich mache den Job erst seit fünf Jahren. Während der ersten zwei Jahre brauchte ich für fast alles eine zweite Unterschrift. Viele Augen sehen, was ich mache. Bei manchen Dingen arbeiten wir unabhängig voneinander, aber oft auch im Team. Wenn irgendwo meine Unterschrift zu finden ist, dann ist dort höchstwahrscheinlich noch eine zweite drauf.«

»Gibt es in der Arbeit jemanden, der bestechlich sein könnte?«

Grace schüttelte den Kopf. »Wir sind zu fünft. Richard wurde ein halbes Jahr, nachdem ich dort angefangen hatte, Teamleiter. Vorher war er auf derselben Position wie wir. Er ist schon am längsten dabei, aber er war seinem Chef unterstellt und hatte seine eigenen Aufträge. Adrian ist nach Richard am zweitlängsten dabei. Wenn er irgendetwas übersieht und es trotzdem abzeichnet, dann nur, weil er rechtzeitig nach Hause will. Lionel ist seit Kurzem geschieden und verbringt seine Freizeit damit, Baseball-Spiele im Fernsehen anzusehen und während der Happy Hour ein Bier für zwei

Dollar zu trinken. In der Senioritätsliste folgt Evan. Er ist mein Freund, wir verstehen uns am besten. Er steht voll und ganz hinter mir.«

»Warum?«

»Ohne besonderen Grund. Er hat sich mit mir zusammen um das Sokolov-Projekt gekümmert. Er weiß, dass der Kerl ein Idiot ist. Auch er hat mehr als einmal zu Richard gesagt, dass dieser Typ mit seiner Verzögerungstaktik nur unsere Zeit verschwendet.«

»Das heißt, in der Arbeit stehen Sie Evan am nächsten?«

»Ja. Wir haben keine Geheimnisse voreinander.«

»Er weiß also auch von der Beziehung zu Dameon Locke?«

Grace hielt inne. »Er weiß, dass ich an Dameon interessiert bin. Wir haben beide über sein gutes Aussehen geschwärmt.«

»Ach so?«

»Evan ist schwul, was allerdings nicht öffentlich bekannt ist. Ich bin mir zwar ziemlich sicher, dass die anderen es wissen, aber er redet in der Arbeit nicht darüber. Er hat keine Lust auf blöde Kommentare von Richard.«

Michelle notierte sich etwas. Grace hatte gar nicht gemerkt, wie sie den Notizblock aus der Tasche geholt hatte. »Können Sie mir noch mehr über Richard erzählen?«

»Ich glaube, dass er unglücklich ist. Er ist altmodisch, sieht Frauen nicht als seinesgleichen an. Er ist zum vierten Mal verheiratet und hat wahrscheinlich seit Jahren keinen Sex mehr gehabt.«

Michelle musste lachen.

»Meine Eltern kennen ihn beide noch aus Schulzeiten. Sie sagen, dass er damals schon so steif war. Und wahrscheinlich ist er verbittert, weil er es sich nicht leisten kann, in Rente zu gehen, während seine Freunde ihre Tage auf dem Golfplatz verbringen.«

Michelle wurde wieder ernst. »Ihre Eltern kennen ihn aus der Schule?«

»Das ist hier nichts Besonderes. Viele Leute wohnen seit drei Generationen in der Gegend.«

»Das wusste ich nicht.«

»Ich weiß, es ist kein Dorf mehr, aber früher war es das.«

»Gab es irgendwelche Unstimmigkeiten zwischen Ihren Eltern und Ihrem Chef?«

Grace schüttelte den Kopf. »Wie bitte? Nein.«

»War Ihr Dad hier Polizist?«

»Ja, aber er ist in Pension, seit ich das College beendet habe.«

»Hat er Richard vielleicht mal eine Strafe aufgebrummt oder so?«

Grace musste lachen. »Ich weiß nicht, aber ich glaube, mein Dad hätte es mir erzählt. Ich beschwere mich ja schon seit Jahren über Richard.«

Michelle kritzelte wieder etwas auf den Notizblock.

»Sie glauben doch nicht etwa, dass ein Strafzettel so etwas auslösen könnte?«

»Es gibt Leute, die andere über den Haufen fahren, weil sie sich beim McDonalds Drive-through vorgedrängelt haben. Vielleicht fragen Sie Ihren Dad mal, ob er sich an irgendetwas erinnern kann.«

Grace dachte zwar, dass es nutzlos sei, aber sie würde ihn trotzdem fragen.

»Wer weiß von Ihnen und Dameon?«

»Eigentlich nur meine Familie«, antwortete Grace. »Wir waren ein paarmal in der Stadt unterwegs und es kann sein, dass man uns gesehen hat. Doch in der Arbeit hat noch niemand etwas gesagt. Und die würden durchaus ihren Mund aufmachen.«

»Sonst niemand?«

»Wir sind Silvester miteinander ausgegangen. Auf einen Ball, auf dem auch ein paar Leute aus Dameons Firma waren. Es war für alle offensichtlich, dass wir zusammen sind. Dameon hat während einer stillen Auktion das hier für mich ersteigert.« Grace zog die Kette unter ihrer Bluse hervor.

»Sie ist wunderschön«, sagte Michelle bewundernd. »Teuer?«

»Ja.«

Michelle widmete sich wieder ihren Notizen.

»Ist es problematisch, dass ich mit Dameon zusammen bin? Carson schien es nicht weiter zu beunruhigen.«

Michelle zuckte mit den Achseln. »Es ist mehr eine moralische Frage. Haben Sie alleine die Entscheidung für irgendwelche Genehmigungen getroffen?«

»Nein. Es ist ein ganz neues Projekt, mit dem wir erst vor Kurzem begonnen haben. Ich hatte bereits in Erwägung gezogen, Richard von der Beziehung zu erzählen, aber dann ist das hier alles passiert. Ich habe nach Unterstützung für Dameons Projekt gefragt.«

»Warum?«

»Weil es zu viel Arbeit für nur eine Person ist. Es gibt so viele Arbeitsschritte und es würde Monate dauern, wenn ich mich allein darum kümmere. Dameon wollte schon im Frühjahr mit dem Bau beginnen.«

»Sehr bald also.«

»Ja. Man kann mir höchstens vorwerfen, dass ich ihm helfen wollte. Aber ich wusste auch, dass man irgendwann von unserer Beziehung erfährt und irgendwer – wahrscheinlich Richard – versuchen würde, es mir zum Vorwurf zu machen. Schon allein deshalb habe ich um mehr Unterstützung gebeten.«

»Und haben Sie diese bekommen?«

»Nein. Noch nicht. Das war alles gestern, bevor ich suspendiert wurde.«

Während der nächsten halben Stunde fragte Michelle nach Grace' Finanzen. Sie notierte sich die Namen der Banken, die Kontonummern und wollte sogar Kontoauszüge sehen.

»Nun zu Sokolov.«

Grace erzählte ihr alles, angefangen von den ersten Terminen, als er sie noch ignoriert hatte, bis hin zur letzten Begegnung, bei der er nur ihre Zeit verschwendet und versucht hatte, sie zu bestechen. »… und als ich zu meinem Auto gehen wollte, ist er auf mich zugesprungen. Ich habe einen Satz zur Seite gemacht und er hat gemerkt, dass er es geschafft hat, mir einen Schrecken einzujagen. Er hat gesagt, dass ich ja ganz schön schreckhaft sei. Ich bin gefahren und auf halbem Weg nach Hause habe ich gemerkt, dass ich mein Handy auf der Motorhaube seines Autos liegen gelassen habe.«

»Sind Sie zurückgefahren, um es zu holen?«

»Erst später, zusammen mit Dameon. Allein habe ich mich nicht getraut.«

»Aber Sie haben Ihr Handy nicht gefunden?«

»Nein.«

»Glauben Sie, dass Mr Sokolov es genommen hat?«

»Keine Ahnung. Es ist mit einem Passwort geschützt und ich habe mir am nächsten Tag ein neues gekauft. Bis dahin muss sich das alte sowieso ausgeschaltet haben.«

Nun hatte Michelle anscheinend genug gefragt. Sie steckte Block und Stift ein und erhob sich.

»Ich brauche ein paar Tage, um alles durchzugehen.« Michelle versprach, sich wieder zu melden, dann gab sie Grace eine To-do-Liste und ging.

Kapitel 27

»Erst drei Tage und ich langweile mich schon zu Tode.«

Grace saß auf Parkers Veranda und sie wechselten sich darin ab, für Scout den Ball zu werfen. Der Labrador liebte seine Tennisbälle und noch mehr liebte er es, ihnen hinterherzujagen.

»Ich hätte gedacht, dass du jetzt endlich alles machen kannst, wozu du sonst keine Zeit hast, wenn du arbeitest.«

»Habe ich schon. Ich habe alle Rechnungen überwiesen, die Wohnung geputzt, ich habe sogar meinen Schrank aufgeräumt, inklusive der Sockenschublade. Wer macht so was schon?«

»Jemand, der vom Dienst suspendiert wurde«, erwiderte Parker.

Grace rollte mit den Augen. »Ich kann gar nicht glauben, dass mich dieser Typ so drangekriegt hat.«

Scout legte seine feuchte Schnauze mit dem angesabberten Ball im Maul auf Grace' Schoß. Sein Schwanz schlug wedelnd auf die Holzplanken der Veranda, der Hund blickte von einer zur anderen. »Wirst du gar nicht müde?«, fragte Grace, die ihm den Ball aus dem Maul nahm und ihn über das Geländer der Veranda warf. Parkers Haus stand erhöht auf einem Hügel und so rollte der Ball über die Einfahrt in eine Wiese. Scout jagte die Treppen hinab und suchte jetzt den Ball, der bereits liegen geblieben war.

»Als mir letztes Jahr gekündigt wurde, habe ich gemerkt, dass es der falsche Job für mich war. Nicht, dass ich jemals gedacht hätte, Schulbegleiterin wäre das Ende der Fahnenstange. Aber immerhin hat es mir geholfen, herauszufinden, was als Nächstes kommen sollte.«

Als Nächstes hatte Parker geheiratet, und jetzt absolvierte sie ein Fernstudium.

»Ich bin schon seit einer Weile etwas unglücklich in meinem Job«, gab Grace zu. »Die Aufgaben gefallen mir, aber die langen Arbeitstage sind ermüdend, und die mangelnde Wertschätzung motiviert auch nicht gerade.«

»Dann ist das vielleicht ein Zeichen, dir was Neues zu suchen.«

»Vielleicht. Aber wer stellt mich schon ein, wenn ich wegen Verdacht auf Betrug gefeuert werde?« Auch wenn sie die richtigen Leute auf ihrer Seite hatte, um sich gegen die Anschuldigungen zu wehren, so fürchtete sie dennoch, dass sie die Sache weiterhin verfolgen würde.

»An deiner Stelle würde ich darüber nachdenken, was als Nächstes kommt. Erst mal alles überstehen, deinen Job zurückbekommen und dann kündigen.«

»Ist es nicht Zeitverschwendung, wenn ich für einen Job kämpfe, den ich gar nicht behalten will?«

»Es geht ja nicht um den Job, sondern um deine Integrität.«

»Stimmt, da hast du recht.«

Scout kam mit dem Ball und einer dreckigen Schnauze zurück.

»Wie geht es Dameon damit?«

Bei der Erwähnung seines Namens lächelte Grace. »Er ist wie ein frischer Wind. Ihn kann man mit den Kerlen, mit denen ich in den letzten Jahren zusammen war, gar nicht vergleichen. Warum habe ich mit denen nur meine Zeit verschwendet?«

»Du hast eben nach deinem Traumprinzen gesucht.«

Grace warf erneut den Ball. »Als ich Dameon begegnet bin, habe ich gar nicht gesucht. Ich habe mich sogar mit Händen und Füßen dagegen gewehrt, mit ihm auszugehen. Und dabei ist er absolut perfekt.«

»Aber es ist kompliziert, weil du mit ihm arbeitest. Oder gearbeitet hast. Deshalb hast du nicht sofort ein Date mit ihm ausgemacht. Du hast erst darüber hinwegsehen müssen, um dich mit ihm einzulassen.«

»Jetzt, da ich den Job nicht mehr richtig habe, merke ich erst, wie blöd es ist, aus diesem Grund nicht mit jemandem zusammen sein zu wollen. Jobs kommen und gehen, oder?«

»Genau.«

»Wie oft seht ihr euch?«, wollte Parker wissen.

»Das ist jede Woche anders. Am Wochenende immer. Gestern Abend ist er nach New York geflogen, um einen potenziellen Investor zu treffen. Wenn er zurückkommt, fahre ich entweder zu ihm nach Los Angeles oder er kommt hierher.«

»Du kannst dir ja auch einen Job in Los Angeles suchen.«

Grace seufzte. »Vielleicht bleibt mir keine andere Wahl. Aber ich will auch nicht den Job wechseln, bloß um bei meinem Freund zu sein. Wenn ich ihn überhaupt so nennen darf.«

»Ich glaube, das darfst du.«

Grace blickte über das Geländer zu Scout, der sich hinter der Auffahrt im Gras rollte.

»Ich weiß auch gar nicht, als was er mich bezeichnet.«

»Als deine Zukünftige?«

»Ist noch ein bisschen früh dafür.«

»Sag nicht, dass du noch nie daran gedacht hättest.«

»Habe ich wirklich nicht.« Aber jetzt, da Parker den Gedanken gesät hatte, tat sie es.

»Mrs Locke klingt hübsch.«

»Hör auf oder du verhext es noch.«

Scout kam wieder herauf und hatte es irgendwie geschafft, sein Fell vollständig zu besudeln. Er rannte auf Grace zu und machte Anstalten, auf ihren Schoß zu springen.

»Denk nicht mal im Traum daran, mein Lieber.«

Aber Scout schien es für ein Spiel zu halten. Er bellte und legte eine Pfote auf ihr Bein.

»Iiiiih!«

Grace und Parker mussten lachen.

»Als Kind hatte ich mal einen Hund, aber seitdem nicht mehr«, sagte Grace. »Ob Dameon wohl Haustiere mag?«

Da lachte Parker noch mehr. »Na klar, du denkst überhaupt nicht daran, seine Frau zu werden.«

Grace fand eine saubere Stelle am Hund, wo man ihn streicheln konnte. »Vielleicht ein kleines bisschen.«

* * *

»Das ist doch ganz gut gelaufen, oder?« Tyler saß gegenüber von Dameon in einem überfüllten Café im Finanzviertel von Manhattan.

»Es ist immer leichter, einen Investor für sich zu gewinnen, wenn man ihn persönlich trifft.«

Dameon war letztlich doch zu der Einsicht gelangt, dass es leichtsinnig war, die nächsten zwei Jahre ohne weitere finanzielle Unterstützung durchstehen zu wollen. Zu viele Leute waren von seinem Unternehmen abhängig, um ihren Lebensunterhalt zu bestreiten. Auch wenn er ohne Investor mit dem Gewinn alle finanziellen Ziele erreichte, konnte er doch bankrottgehen, wenn etwas schieflief. Nachdem er gesehen hatte, was Grace gerade durchmachte, war er nun entschlossen, nach dem richtigen Investor zu suchen.

»Ich habe nur das Gefühl, dass die häufigen Waldbrände in Kalifornien sie abhalten könnten.«

»Die Fotos haben da auch nicht gerade geholfen. Wenn sie uns absagen, sollten wir uns vielleicht lieber auf Finanzunternehmen der Westküste konzentrieren.«

»Ja, hier ist das Leben schon sehr anders.«

In New York lagen gerade zwanzig Zentimeter Schnee und die Leute waren von Kopf bis zu den Stiefeln dick eingemummelt.

Dameons Handy vibrierte. Das Bild seiner Mutter erschien auf dem Display. Normalerweise rief sie nicht mitten am Tag an.

»Ich sollte besser drangehen.«

Dameon nahm ab. »Hi, Mom.«

»Hallo, Schatz. Stör ich gerade?«

»Du störst nie, Mom.« Dameon warf Tyler einen Blick zu und Tyler grinste zurück. »Was gibt's?«

»Ich will dich gar nicht lange aufhalten. Ich rufe nur an, weil ich fragen wollte, ob du mir den Clown geschickt hast.«

»Was soll ich geschickt haben?«

»Den Clown.«

Ja, sie hatte tatsächlich »Clown« gesagt. »Was für einen Clown?«

Seine Mom begann zu kichern. »Du müsstest dein Geld zurückverlangen, weil nur die Hälfte davon geliefert worden ist.«

»Was du sagst, ergibt keinen Sinn.«

»Vielleicht hat Tristan ihn geschickt?«

»Mom, fang noch mal von vorn an. Ist dieser Clown eine Person oder eine Puppe oder was?«

Er stellte sich eine Art Plüschclown vor.

»Nein, lebendig ist der nicht. Aber er sieht so aus, als könnte er es sein. Nur ist er halt in der Mitte durchgeschnitten. Wirklich jammerschade.«

Wenn seine Mom nicht so gekichert hätte, wäre er sicher gewesen, dass sie einen Schlaganfall erlitten hatte.

»Mom, was hast du gemacht, bevor der Clown aufgetaucht ist?«

»Da habe ich geschlafen. Tristan hat mir diese Kekse gegeben, mit denen ich besser schlafen kann. Du weißt ja, ich habe Schwierigkeiten, seit dein Dad gestorben ist. Die Kekse haben echt geholfen.«

Dameon massierte sich die Schläfe. »Tristan hat dir Kekse gegeben?«

»Ja, das hat er.«

Verdammt noch mal. »Machen dich diese Kekse vielleicht hungrig?«

Dameon sah, dass Tyler sehr belustigt der einseitigen Konversation folgte.

»Natürlich. Da ist ja auch ein bisschen Marihuana drin.« Seine Mutter flüsterte das Wort und kicherte wieder.

»Ach, du heilige Scheiße.«

»Kind, so was sagt man doch nicht. Komm lieber her und jag den Clown weg.«

»Ich bin gerade ein bisschen weit weg.« Seine Mom hatte Wahnvorstellungen. Dameons Gedanken wanderten zu Grace. »Ich schau mal, ob Grace vielleicht vorbeikommen und dir helfen kann.«

»Ich hoffe, der Clown macht ihr keine Angst.«

Dameon schüttelte den Kopf. »Ich bin sicher, dass sie gut mit Clowns umgehen kann. Bleib einfach im Haus, und bitte tu mir den Gefallen und iss nicht noch mehr von den Keksen.«

Tyler gluckste vor sich hin.

»Ist gut, Schatz.«

Dameon legte kopfschüttelnd auf.

Jetzt lachte Tyler laut auf. »Tristan ist wohl der Bruder, der in einem Marihuana-Shop arbeitet, oder?«

Dameon wählte Grace' Nummer. »Auf so was würde man ja im Leben nicht kommen.«

»Hallo?«

Er blendete Tylers Gelächter aus, um sich auf Grace zu konzentrieren. »Ich wollte dich um einen Riesengefallen bitten.«

* * *

Dreißig Minuten später traf Grace am Haus von Dameons Mutter ein. Es lag in einem Viertel in den Hügeln von Glendale und schien in den Fünfzigerjahren gebaut worden zu sein.

Der Vorgarten war mit einem Ahornbaum und einer immergrünen Hecke, die den Garten vom Gehweg trennte, minimalistisch angelegt. Grace vergewisserte sich noch einmal, dass es die richtige Hausnummer war, dann klopfte sie an der Tür. Sie wartete ein paar Sekunden, bevor sie ein zweites Mal klopfte.

Immer noch nichts.

Sie sah im Blumentopf nach, wie Dameon es ihr gesagt hatte, und dort lag tatsächlich der Schlüssel. Obwohl sie sich ein bisschen komisch fühlte, einfach so ein fremdes Haus zu betreten, verschaffte sich Grace selbstständig Zutritt, und als die Tür offen war, rief sie Dameons Mutter. »Lois?«

»Hier hinten.«

Grace atmete erleichtert auf und betrat das Haus.

»Bringen Sie die Pizza?«

Grace folgte der Stimme und ging zu einem Zimmer, das sich hinter der Küche befand. Lois saß neben einem Berg Wäsche und einer offenen Packung Kartoffelchips auf einem

Sofa. Sie blickte auf und lächelte Grace an. »Oh, du bist aber ein hübsches Ding.«

Grace lächelte. »Hallo, Mrs Locke. Ich hoffe, es macht Ihnen nichts aus, dass ich mit dem Schlüssel reingekommen bin.«

»Nein, nein, natürlich nicht. Dameon hat dir sicher schon gesagt, dass du das machen kannst.«

Lois klopfte auf den Wäschehaufen neben sich. »Komm, setz dich. Lass mich dich mal genauer ansehen.«

Grace ging um den Tisch herum, auf dem ein paar zusammengelegte Wäschestücke lagen, und schob die restlichen Klamotten zur Seite, damit sie sich setzen konnte. »Dameon war ein bisschen besorgt. Er hat etwas von einem Clown gesagt.«

Lois zeigte zur anderen Seite des Hauses. »Ja, der ist in dem anderen Zimmer. Ich habe ihn einfach da drin gelassen, weil er ja niemandem was tut.«

Grace sprang auf die Beine. »Können Sie mir diesen Clown mal zeigen?«

»Klar.« Lois warf das Handtuch, das sie gerade zusammenlegte, zur Seite und stand auf. Sie gingen denselben Weg zurück, den Grace hereingekommen war, blieben im Wohnzimmer stehen und Lois zeigte auf einen Sessel in der Ecke. »Da ist er.«

Der Sessel war leer.

»Können Sie mir mal die Kekse zeigen, die Sie vorhin gegessen haben?«

Lois zog die Stirn kraus. »Dameon hat dir von den Keksen erzählt?«

Grace nickte.

In der Küche zog Lois ein Keksglas hervor, in dem eine Plastiktüte steckte. Darauf stand handgeschrieben: *Iss ¼, damit du besser schlafen kannst.* Grace roch an der Tüte. Oh ja, es war schon eine Weile her, aber der Geruch war unverkennbar. Auf einem kleinen Aufkleber stand »120 mg pro Stück«.

»Mrs Locke, wie viel haben Sie davon gegessen?«

»Ich habe eins von den Vieren gegessen, so wie es draufsteht.«

Grace zeigte ihr die Anweisung. »Da steht ›ein Viertel‹.«

»Oh. Wie dumm von mir. Aber wer isst denn bitteschön ein Viertel von einem Keks?«

Grace verkniff sich ein Grinsen.

Da klingelte es und Lois rieb sich die Hände. »Endlich kommt die Pizza.«

* * *

Um halb elf Uhr abends stieg Dameon vor dem Haus seiner Mutter aus dem Taxi. Die Verandalampe leuchtete, drinnen flackerte der Fernseher.

Er betrat das Haus und bog um die Ecke.

Grace lag unter der bunten Sofadecke, die seine Mutter irgendwann in den Siebzigern gehäkelt hatte.

Er zog die Jacke aus und setzte den Koffer ab.

Nachdem er sich vergewissert hatte, dass seine Mutter im Schlafzimmer lag und schlummerte, ging Dameon ins Wohnzimmer zurück und setzte sich neben Grace.

Die Bewegung auf der Couch weckte sie. »Hey.«

»Hi.«

Sie setzte sich auf und blickte sich um. »Ich bin wohl weggenickt.«

Er beugte sich zu ihr und gab ihr einen Kuss. »Wie geht es ihr?«

Grace kicherte. »Deine Mom ist echt zum Schießen.«

Dameon fuhr sich durchs Haar. »Sie war ganz schön high.«

»Oh ja, sie hatte hundertzwanzig Milligramm intus, bis Clown Bozo seinen Auftritt hatte.« Grace zeigte auf den Sessel seines Vaters, auf dem ein Tuch lag. »Sie wollte ihn verstecken.«

»Du machst wohl Scherze.«

Grace rieb sich die Augen und zog die Beine unter. »Dafür, dass sie so zierlich ist, kann sie ganz schön was verdrücken. Pizza, Chips, Popcorn, Eis … Es war wie auf der Übernachtungsparty einer Zwölfjährigen. Vor zwei Stunden ist sie dann ins Bett gegangen.«

»Ich bringe meinen Bruder um.«

Grace nahm seine Hände. »Es ist alles gut. Sie hat nur die Anleitung nicht richtig gelesen.«

»Ich werde ihn trotzdem umbringen.«

»Abgesehen von dem halbierten Clown, der auf dem Sessel geschlafen hat, ist ja nichts weiter passiert.«

Dameon küsste ihre Finger. »Danke, dass du gleich zu ihr gefahren bist.«

»Du musst mir nicht danken. Deine Mom ist sehr nett. Sie hat mir jedes Babyfoto von dir gezeigt, sogar die Nacktbilder.«

Er war zu alt, um das noch peinlich zu finden. »Ich bin dir was schuldig.«

Grace schüttelte den Kopf. »Wofür hat man denn eine Freundin? Natürlich, um ein Elternteil zu retten, das zu viel gegessen hat.«

Dameon lachte zum ersten Mal seit dem Anruf wieder auf. »Genauso war das auch an Weihnachten.«

»Diesmal wenigstens ohne halbgaren Truthahn.«

Darüber lachte er auch.

»Wie war dein Termin?«

Dameon machte es sich auf der Couch bequem und streifte die Schuhe ab. »Gut. Aber ich weiß nicht, ob sie die Richtigen für uns sind, auch wenn sie Interesse haben.«

»Was passt denn nicht?«

»Es passt eigentlich schon alles, aber es geht mehr um die geografische Lage. Ich glaube, eine Firma von der Westküste wäre besser.«

»Dann suchst du weiter, bis du die richtigen Partner findest?«

»Vielleicht fordere ich mein Glück zu sehr heraus« murmelte er, während er sie an sich zog.

»Wie meinst du das?«

»Den perfekten Geschäftspartner und die perfekte Frau im selben Jahr zu finden, scheint mir ein Ding der Unmöglichkeit.«

»Ach«, Grace lächelte ihn an, »wir haben uns doch schon letztes Jahr kennengelernt.«

Dameon küsste sie. »Stimmt.«

Kapitel 28

Grace verbrachte die Hälfte ihrer Zeit in Dameons Projekthaus im Canyon.

Er hatte ihr den Schlüssel gegeben, damit sie auch dort sein konnte, wenn er in der Stadt bleiben musste. Ohne ihn übernachtete sie nicht im Haus, aber sie nutzte es als neuen Arbeitsplatz. Selbst wenn das Bauamt ihre Bemühungen nicht honorierte, war es sicher nicht vergebens, wenn sie ein bisschen für Dameons Projekt vorarbeitete. Wenn sie den Job nicht mehr hätte, würde die Arbeit, die sie jetzt machte, einem anderen nützen. Sie wusste schließlich, was das Bauamt brauchte. Außerdem war es die einzige Möglichkeit, die ihr einfiel, wie sie sich bei Dameon für alles revanchieren konnte.

Sie koordinierte die Arbeit mit Tyler und erfuhr dabei, dass sich Dameon nur deshalb persönlich der Sache angenommen hatte, um Grace besser kennenzulernen. Laut Tyler war Dameon vom ersten Augenblick an fest entschlossen gewesen, sie für sich zu gewinnen.

Dabei war Tyler als Projektkoordinator eigentlich derjenige, mit dem sie zu tun haben sollte.

Eine gute Woche nach dem Vorfall mit dem Clown bat Carson sie, in seine Kanzlei zu kommen. Das Bauamt wollte eine weitere Besprechung, aber Grace sollte darauf vorbereitet sein.

Die Kanzlei befand sich in Sherman Oaks und Carson hatte den Termin so gelegt, dass auch Dameon kommen konnte.

Grace traf Dameon in der Lobby und gab ihm einen Kuss zur Begrüßung. »Du hättest dich doch nicht extra freischaufeln müssen.«

»Carson hat mich darum gebeten. Außerdem betrifft alles, was dich betrifft, auch mich.« Sie gingen zusammen zum Lift.

»Seit wann eigentlich?«

»Was meinst du?«, fragte er nach.

»Seit wann ist es so, dass uns die Dinge *gemeinsam* betreffen?«

Im Lift küsste er sie erneut. »Ich weiß es nicht, aber es gefällt mir.«

Dem teuren Anzug nach zu urteilen, den Carson beim ersten und bisher einzigen Treffen getragen hatte, war klar gewesen, dass die Kanzlei ebenso schick und edel sein würde. Aber heiliger Bimbam, so etwas hätte Grace nicht erwartet. Gerade Linien, sattes Holz, elegantes Design. Die Perfektionistin in ihr war begeistert. Wer auch immer für die Inneneinrichtung verantwortlich war, sie zeugte von einem außergewöhnlich guten Geschmack.

Dameon nannte der Dame am Empfang ihre Namen und sie wurden unmittelbar in Carsons Büro geführt.

»Vielen Dank, dass Sie sich die Zeit genommen haben«, begrüßte sie Carson, der um den riesigen Schreibtisch herumging, um ihnen die Hand zu geben. »Sie sehen entspannter und erholter aus.«

»Ich hatte Zeit, mich mit den Umständen zu arrangieren.«

»Schön. Es ist von Vorteil, wenn man es rational angeht.«

Grace setzte sich auf den angebotenen Stuhl. »Was aus der Anwaltsperspektive wahrscheinlich etwas leichter ist.«

Er lachte. »Da mögen Sie recht haben.«

Als alle saßen, öffnete Carson eine Aktenmappe. »Gestern hat mich die Stadt kontaktiert. Mr Sokolov hat nun offiziell das Bauamt verklagt.«

»Welcher zwielichtige Anwalt übernimmt denn so einen Fall?«, wunderte sich Dameon, während er Grace' Hand fest drückte.

»Keiner, den wir kennen, und Sie haben recht, wahrscheinlich einer, der nur hinter dem Geld her ist. Jedenfalls läuft ein Verfahren und Ihr Name wird im Zuge dessen als Zeugin und Vertreterin des Bauamts genannt. Deshalb haben Sie die Verpflichtung zur Stellungnahme.«

»Bitte noch mal im Klartext«, sagte Grace.

Carson nahm zwei Stapel Papiere und reichte jedem einen. »Das heißt, Sokolov muss klarstellen, weshalb er die Anzeige erstattet. Wir werden die Klageschrift noch mal Zeile für Zeile durchgehen. Er versucht es so darzustellen, als hätten Sie schon in der Vergangenheit Bestechungsgelder entgegengenommen, und behauptet, er habe Beweise.«

Grace warf einen Blick auf die Schrift, ohne wirklich etwas davon zu lesen. »Welche Beweise?« Sie bemerkte, dass Carson den Blick auf Dameon gerichtet hielt.

Dameon hatte seine Nase schon in die Unterlagen gesteckt. Er hielt inne und sah hoch. »Da steht mein Name.«

Carson nickte. »Ganz genau.«

»Wie bitte?« Jetzt überflog auch Grace die Papiere und entdeckte auf der zweiten Seite Dameons Namen. »Private Unterhaltung via Textnachrichten zwischen Dameon Lanki und Grace Hudson.« Grace las den nächsten Teil leise für sich.

DL: Was kann ich tun, damit Sie die Sache geheim halten?

GH: Das Schweigegeld ist ziemlich hoch.

DL: Sagen Sie, wie viel!

GH: Vergessen Sie's. Ich halte diese Information in petto, damit Sie parieren.

DL: Ich verstehe. Erpressung.

GH: Man findet eben so seine Mittel und Wege. Jetzt halten Sie mich nicht länger auf, ich habe wichtige Arbeit zu erledigen.

Grace blickte zu Dameon. »Dieser verdammte Mistkerl hat mein Handy gestohlen.«

»Hat der Austausch dieser Nachrichten tatsächlich stattgefunden?«

»Ja, so niederschmetternd das sein mag. Aber es gibt eine einfache Erklärung dafür.«

»Die da wäre?«

Sie lächelte Dameon zu. »Das war, bevor Dameon und ich zusammengekommen sind. Er ist mir ins Nagelstudio gefolgt und ich wollte erst mit ihm reden, wenn er sich ebenfalls in einen Behandlungsstuhl setzt.«

Dameon hob ergeben die Hände. »Ich schwöre, es hat mir überhaupt nicht gefallen.«

Grace lachte. »Er hat eine Pediküre bekommen und ich habe ihn hinterher aufgezogen.« Sie blickte aufs Papier und begann zu lesen … »*Was kann ich tun, damit Sie die Sache geheim halten?* Er meint die Pediküre. *Das Schweigegeld ist ziemlich hoch*. Da ziehe ich ihn auf. Es ist alles nur ein Scherz.«

Carson biss sich grinsend auf die Lippe. »Haben Sie bar bezahlt?«

Grace schüttelte den Kopf. »Nein. Dameon hat mit Kreditkarte bezahlt.«

Jetzt lachte Carson. »Okay, das ist gut. Ich bräuchte dann eine Kopie der Kreditkartenabrechnung.«

Dameon schmunzelte. »Ich werde mir das noch ein Leben lang anhören müssen.«

Carson schob die ersten Unterlagen zur Seite und nahm einen weiteren Stapel Papiere vom Tisch. »Mein erster Gedanke war, den Beweis zu übergehen. Sokolov hat sich den Auszug aus Ihren Textnachrichten nicht auf legale Weise beschafft und die Nachricht wurde auch nicht an ihn geschickt. Ganz simpel. Aber vielleicht hilft es, das hier zu erklären.« Er schob ihr einen Kontoauszug von ihrer Bank zu.

Dameon und sie sahen ihn sich gemeinsam an. »Was soll damit sein?«

»Schauen Sie sich die Zahlen auf dem Sparkonto an. Ich nehme an, Sie erledigen das Onlinebanking mit dem Handy?«

»Ja.«

»Auf diese Weise ist Sokolov an Ihre Kontodaten gelangt«, erklärte Carson.

Sie blickte auf die Zahlen. »Das kann nicht ganz stimmen.«

»Was denn?«, wollte Dameon wissen.

»Der Betrag. Ich habe nicht zwanzigtausend auf dem Konto, sondern nur fünf und ein paar Zerquetschte.«

Sie wendete das Blatt und sah, dass drei Zahlungseingänge in Höhe von fünftausend Dollar aufgelistet waren. »Was soll das sein?«

»Gute Frage. Ich hatte gehofft, Sie hätten eine Erklärung dafür. Das Erste, was auffällt, ist der glatte Betrag. Fünftausend. Das zweite ist, dass es sich um eine Bargutschrift handelt. Die Einzahlung erfolgte während der Weihnachtstage mittels Bargeldeinwurfs.«

»Der Weihnachtsmann hat mir heimlich fünfzehntausend Dollar geschenkt?«

»Oder irgendwer scheut keine Mühen, es so aussehen zu lassen, als gäbe es Zahlungseingänge, die Sie nicht erklären können. Und da der Dezemberauszug erst jetzt ausgestellt wurde, haben Sie es bis heute noch nicht bemerkt.«

»Ich hätte gleich etwas gesagt, wenn ich es gesehen hätte«, sagte Grace.

Dameon legte das Papier auf den Tisch zurück. »Dieser Idiot stiehlt Grace' Telefon, macht Screenshots von einer privaten Unterhaltung und erfindet eine Geschichte, laut derer ich Grace bestochen haben soll. Und dann erscheint das Geld auf ihrem Konto.«

»Bingo.«

»Haben die Banken denn keine Kameras über dem Automaten für die Bareinzahlungen?«

Carson nickte. »Falls nötig, müssen wir das Videomaterial einfordern.«

»Wer weiß von dem Geld auf dem Konto?«, wollte Grace jetzt wissen.

»Im Moment bloß wir. Und Michelle, die es gefunden hat. Aber wenn das vor einem Richter landet …«

»Das heißt, Michelle forscht nach, wer das Geld eingezahlt hat«, vermutete Dameon.

»Genau.«

»In der Zwischenzeit müssen wir eine Stellungnahme abgeben und im Gegenzug ebenfalls Anzeige erstatten.«

»Gegen die Stadt?«

»Nein, gegen Sokolov. Wegen Verleumdung, Diebstahl, Beleidigung, Tätlichkeit.«

»Er hat mich nicht angefasst«, sagte Grace.

»Aber verbal attackiert und die Absicht gezeigt, Sie anzugreifen. Und wenn man bedenkt, wie weit er jetzt geht …«

»Oh ja, ich bin ganz dafür, ihn anzuzeigen. Sie müssen mich da nicht erst überreden«, erwiderte Grace.

Carson lehnte sich zurück und faltete die Hände auf dem Tisch. »Jetzt wäre ein guter Zeitpunkt, Ihre Beziehung öffentlich bekannt zu machen.«

»Wir haben sie nicht geheim gehalten«, sagte Dameon.

»Ich meine öffentlich im Sinne eines kleinen Berichts in der Lokalzeitung oder so. Die Stadt Santa Clarita ist klein genug, dass es eine Geschichte über den reichen Immobilieninvestor, der sich in ein Mädchen aus dem Ort verliebt, auf Seite vier schaffen könnte. Dann werden auch Pediküren und Flirts per Textnachricht glaubhaft, was Sokolov sogar dazu bringen könnte, die Klage fallenzulassen. Schaden kann es jedenfalls nicht.«

* * *

Grace stand bei ihrer Mutter in der Küche und schnippelte die Zutaten für einen Salat. An diesem Abend kam die ganze Familie zum Essen zusammen, wie es zweimal im Monat Tradition war. »Ich kenne Dameon noch nicht mal zwei Monate, aber es kommt mir vor, als würde ich ihn schon jahrelang kennen«, sagte sie zu ihrer Mutter.

Sie waren allein in der Küche. Dameon holte gerade seine Mutter ab, die an diesem Abend Grace' Familie kennenlernen würde.

»So war das auch mit deinem Vater und mir. Wir waren gerade mal drei Monate zusammen, als wir schon vor den Altar getreten sind.« Nora seufzte melancholisch.

»Du warst schwanger«, lautete Grace' trockener Kommentar.

»Colin war ein Frühchen«, entgegnete Nora zwinkernd. »Ich wusste gleich, dass Dad der Richtige ist.«

Grace gab die Karottenstückchen in die Schüssel und widmete sich den Tomaten. »Woher weiß man das? Gibt es irgendein Zeichen? Blinkende Pfeile, die auf ihn zeigen oder so?«

»Du schaust zu viel fern.«

Grace lachte. »Aber jetzt mal im Ernst, Mom.«

Nora ging zum Kühlschrank und holte eine Flasche Wein.

»Was ist das für einer?«, fragte Grace, die das dargebotene Glas entgegennahm.

»Das ist ein Wahrheitsserum.«

Beide tranken einen Schluck.

»Liebst du ihn?«

Da nahm Grace gleich noch einen weiteren großen Schluck. »Ich habe noch nie zu jemandem so eine Verbindung gespürt wie zu Dameon.«

Ihre Mutter lächelte kommentarlos.

»Er ist clever und witzig und er behandelt mich wie seinesgleichen und schätzt meine Meinung.«

»Und er sieht gut aus«, ergänzte ihre Mom.

»Stimmt. Wie bin ich nur an ihn rangekommen?«

»Du siehst auch gut aus.«

»Du bist parteiisch«, entgegnete Grace.

»Wie ist der Sex?«, fragte Nora.

Grace wollte so tun, als schockierte sie die Frage, aber ihre Familie war in diesen Dingen sehr offen. »Der sprengt jegliche Skala. Ich muss ihm nichts vorspielen. Selbst wenn ich müde bin, macht er alles für mich möglich.«

»Wusste ich es doch gleich, dass ich ihn mag.«

Grace würfelte weiter die Tomaten. »Meinst du, Dad mag ihn auch?«

»Dein Dad ist eine harte Nuss. Aber solange Dameon zuerst bei ihm um deine Hand anhält, wird er die Tatsache, dass er ein Schlipsträger ist, ignorieren.«

Grace schüttelte den Kopf. »Also, so weit sind wir noch nicht. Keiner wird hier so bald einen Kniefall machen.«

»Darauf würde ich keine Wette abschließen. Ich sehe es doch, wenn ein Mann eine Frau liebt, und Dameon ist dir völlig verfallen.«

»Mom, rede bloß nicht übers Heiraten, sonst verjagst du ihn noch damit.«

Nora lachte auf. »Von mir hast du nichts zu befürchten. Eher von deinem Dad.«

»Er soll seine Aufmerksamkeit lieber auf Matt richten. Warum braucht der so lang?«, fragte Grace.

Nora grinste.

»Was weißt du?«

»Nur, dass Matt und Erin gerade in Chicago waren, um ihre Schwester zu besuchen.«

»Ja, und?«

»Ich bin mir sicher, dass er bei Erins Vater um ihre Hand angehalten hat.«

Grace unterbrach ihr Werk. »Nicht im Ernst, oder? Erin hat keine innige Beziehung zu ihrem Dad.«

Ihre Mom schüttelte den Kopf. »Was Matt nicht davon abhalten wird, das Richtige zu tun. Und seit diesem schrecklichen Vorfall gibt sich ihr Dad wirklich Mühe.«

»Es wird aber eine Weile dauern, bis er seine Zeit als beschissener Vater wiedergutgemacht hat.«

Erins Vater hatte Geld für die Töchter, aber keine Liebe für sie übriggehabt. Doch nun, da er älter wurde, merkte er, was er alles verpasst hatte.

»Menschen machen Fehler, Schatz.«

»Ja, mag sein.«

Von der Haustür drangen Stimmen zu ihnen herüber. »Wir sind da«, rief Colin.

* * *

Dameon hatte seine Mom nicht mehr so viel lachen gesehen, seit sein Vater gestorben war. Nun ja, vielleicht mit Ausnahme von Weihnachten, als sie high war.

Jetzt saß sie bei den Hudsons zwischen Grace' Eltern und sie plauderten, als würden sie sich schon seit Jahren kennen.

Grace warf ihm immer wieder Blicke zu und lächelte.

Eine Hand auf seinem Oberschenkel, ein privater Gedanke ins Ohr geflüstert … Er wusste gar nicht, wie es genau passiert war, aber irgendwie war Grace in seine Welt eingedrungen und jetzt wollte er nicht, dass sie jemals wieder daraus verschwand.

Nach dem Essen stand Dameon mit Matt und Colin auf der hinteren Veranda. Matt hatte sie mit nach draußen gebeten, weil er wegen irgendetwas die Hilfe der beiden brauchte. Doch dann hatte er eine Zigarre hervorgezaubert. »Am Sonntag werde ich Erin einen Heiratsantrag machen.«

Colin zog seinen Bruder an sich und umarmte ihn. »Das ist ja ein Ding. Ich freue mich für euch.«

Dameon fühlte sich geehrt, dass er Teil dieser Unterhaltung war. »Ich gratuliere«, sagte er und schüttelte Matt die Hand.

Matt reichte die Zigarre seinem Bruder. »Das ist eine neue Tradition«, erklärte Matt. »Colin hat nämlich auch eine Zigarre angezündet, als er mir erzählt hat, dass er Parker fragen wird.«

Dameon rauchte eigentlich nicht, aber er hatte auch kein Problem damit, im Zeichen der Bruderschaft ein paarmal an der Zigarre zu ziehen.

»Weiß sie etwas?«, fragte Colin.

»Ich glaube nicht.«

Sie sahen Dameon an. »Grace hat nichts dergleichen erwähnt.«

»Gut.«

»Und hast du ihren Dad gefragt?«, wollte Colin wissen.

»Natürlich. Dad wäre stocksauer, wenn ich es nicht getan hätte.«

Nun übernahm Dameon den braunen Glimmstängel. »Du hast ihren Dad gefragt, ob du sie heiraten darfst?«

Matt nickte. »Unser Dad hat seinen Ehrenkodex. Wenn sie schwanger ist …«

»… dann heiratest du sie«, beendete Colin den Satz.

»Und wenn du sie heiraten willst …«

»… dann fragst du als Erstes ihren Vater.« Colin und sein Bruder schlugen die Fäuste gegeneinander.

Dameon lachte. »Mein Dad hätte sich gut mit eurem verstanden.«

Colin klopfte Dameon auf die Schulter. »Tut mir leid.«

»Danke.«

Plötzlich drehte sich Colin abrupt zu Matt. »Warte mal, ist Erin etwa schwanger?«

Matt zögerte nur einen Wimpernschlag zu lange, da hob Colin die Hände in die Luft und zog seinen Bruder an sich.

»Alter Schwede.«

»Psst, ihr dürft das noch gar nicht wissen.« Aber Matt grinste über beide Ohren.

»Wir brauchen Whiskey«, verkündete Colin.

»Das ist zu auffällig.« Matt warf einen Blick um die Ecke.

Die Freude der beiden Brüder war so ansteckend, dass Dameon einfach mitlachte.

»Wir haben viel über Kinder geredet.« Matt sah zu Dameon. »Erin wollte eigentlich nicht wieder heiraten. Aber sie freut sich so, dass sie schwanger ist.«

»Warum hat sie nichts gesagt?«

»Ich fand, es sei besser, noch zu warten. Erst solltet nach der Hochzeit Parker und du noch eine Weile im Rampenlicht stehen.« Dann klopfte Matt Dameon auf die Schulter. »Aber dann bist du dahergekommen und plötzlich steht Grace im Mittelpunkt.«

»Gern geschehen.« Dameon lachte.

»Danke.« Matt zog an der Zigarre. »Also, wegen Sonntag …«

Colin schüttelte wieder den Kopf. »Mannomann …«

»Ich brauche eure Hilfe.«

Zehn Minuten später gingen sie mit Pokermiene wieder ins Haus zurück.

Dameons Mutter erzählte gerade etwas, worüber Nora und Emmitt lachen mussten. Grace saß neben Erin.

Parker gesellte sich zu Colin.

Sie schnupperte. »Habt ihr etwa geraucht?«

Dameon grinste, Colin blickte schuldbewusst drein und Matt zuckte nur mit den Achseln.

»Ihr habt geraucht?«, fragte Emmitt, dessen Augen zu schmalen Schlitzen wurden.

»Ach, wisst ihr, man muss doch gar nicht mehr rauchen«, meinte Dameons Mom. »Das Zeug ist jetzt auch in Keksen drin.«

Kapitel 29

Dameon fand tatsächlich eine Möglichkeit, wie er und Grace in die lokale Zeitung kommen konnten.

Er musste dafür nur einen Lokalreporter überzeugen, an einem gewissen Sonntag zu einer gewissen Feuerwache zu kommen, wo ein gewisser Feuerwehrmann seiner Freundin eine gewisse Frage stellen würde. Und nachdem der Valentinstag auch nicht mehr fern war, würde keiner einer solchen Story widerstehen können.

»Wo bringst du mich hin?« Grace saß auf dem Beifahrersitz im kleinen Schwarzen und schicken, hohen Schuhen.

»Es soll eine Überraschung sein.«

Er hatte gesagt, dass sie den Sonnenuntergang an einem ganz besonderen Ort sehen würden, weshalb sie schon frühzeitig losfahren mussten.

Dameon hatte den leichteren Job. Er musste einfach nur Grace um fünf Uhr zur Feuerwache bringen.

Colin hatte dagegen die Aufgabe, sich um Parker und Erin zu kümmern.

»Habe ich dir schon gesagt, dass ich Überraschungen nicht mag?«

Er schaute zu ihr. »Jeder liebt Überraschungen.«

»Fahren wir zum Strand? Sehen wir uns den Sonnenuntergang über dem Meer an?«

Dameon bog in eine kleine Straße. »Ich verrate nichts.«

»Na gut.«

Er lachte und sie sagte nur: »Mir doch egal.«

An einer roten Ampel sah er auf die Uhr. Jetzt mussten sie sich beeilen.

»Ist der nicht süß?« Grace hatte einen schwarz-weißen Husky entdeckt, der den Kopf aus dem Autofenster streckte.

»Sehr süß.«

»Hast du schon mal einen Hund gehabt?«

Warum waren nur alle Ampeln rot? Sie hatten nur noch fünf Minuten.

»Dameon?«

»Was?« Ach so, der Hund. »Ja. Mein Dad hatte mal einen Schäferhund.«

Endlich war grün.

Dameon trommelte mit den Daumen aufs Lenkrad.

»Ich liebe Hunde. Aber ich finde es eine Tierquälerei, wenn man den Hund in einer Wohnung hält.«

Die nächste Ampel erwischte er gerade noch bei Orange. Nur noch ein paar Blocks.

»… oder was meinst du?«

»Was?« Irgendwas von wegen Hunde.

»Du hast kein einziges Wort gehört von dem, was ich gerade gesagt habe, oder?«

Er guckte zu ihr und bedachte sie mit einem Lächeln. »Wir haben von Hunden geredet.«

Grace schüttelte den Kopf.

Als sie endlich zur Feuerwache kamen, atmete er erleichtert auf. »Arbeitet hier nicht dein Bruder?«

»Doch.«

»Lass uns einen kleinen Abstecher machen. Ich war noch nie auf einer echten Feuerwache.« Er fuhr auf die Abbiegespur.

»Ich weiß gar nicht, ob Matt heute überhaupt arbeitet.«

»Ist das nicht sein Wagen?«

Grace beugte sich vor. »Okay, was geht hier vor?« Sie zeigte aus dem Fenster. »Da ist auch das Auto meiner Eltern.«

»Ja, so was.«

»Dameon?«

Er parkte, stellte den Motor aus und schnallte sich ab. »Komm mit.«

Nachdem sie ausgestiegen waren, ging er zu Grace hinüber und nahm sie bei der Hand.

Auf dem Hof der Wache standen Nora und Emmitt neben drei Feuerwehrleuten und einer Frau mit Kamera.

»O Gott.« Grace drückte seine Hand ganz fest. »Matt macht ihr einen Antrag.«

Dameon grinste und legte einen Finger auf die Lippen. »Psst.«

Grace drückte weiter seine Hand. »Yes!«

Als sie vor Grace' Eltern standen, schüttelte Dameon Emmitt die Hand. »Was für ein Zufall, dass ihr auch hier seid«, sagte Emmitt schmunzelnd.

Grace umarmte ihre Mom. »Das ist großartig.«

»Wo ist Matt?«

»Drinnen und schwitzt«, antwortete einer der Feuerwehrmänner.

Die Frau, von der Dameon annahm, dass sie die Zeitungsreporterin war, kam zu ihnen und stellte sich vor. Kaum hatte sie ihren Satz beendet, bog Colins Auto in die Einfahrt.

Einer der Männer sprach in sein Funkgerät: »Sie ist hier.«

Colin, Parker und Erin stiegen gerade aus dem Auto, als sich eines der Tore der Wache öffnete.

Dameon stand hinter Grace und schlang die Arme um sie, während sie dem Spektakel beiwohnten.

Die Frau mit der Kamera schoss bereits die ersten Bilder, während Erin nur dastand und große Augen machte.

Jetzt tauchte Matt in voller Montur und mit einem riesigen Strauß roter Rosen auf. An den Löschfahrzeugen war ein großes Banner in Rot und Weiß befestigt und auf herzförmigen Ballons stand: »Erin, willst du meine Frau werden?«

Dameon spürte, wie Grace erschauderte, und küsste die Träne fort, die ihr über die Wange lief.

Matt ging auf Erin zu, die sich vor Aufregung das Gesicht hielt. Er fiel vor ihr auf die Knie und öffnete eine kleine Schatulle.

»Erin, ich liebe dich, seit ich dich das erste Mal gesehen habe. Ich möchte den Rest meines Lebens jeden Morgen neben dir aufwachen. Ich will dich stets an meiner Seite haben, in guten wie in schlechten Zeiten. Ich will mit dir in der Küche tanzen, bis wir beide Rollatoren brauchen und uns an die Zeiten erinnern, als wir noch jung und verrückt waren.«

Dameon bekam ebenfalls einen Kloß im Hals, als Matts Stimme brüchig wurde.

»Erin, du bist die Liebe meines Lebens, du bist mein Ein und Alles. Willst du meine Frau werden?«

Erin nickte unter Tränen und streckte die Arme nach ihm aus.

Matt legte die Rosen ab und stand auf, dann zog er Erin fest an sich und küsste sie.

Dameon blickte sich um. Alle aus Grace' Familie hatten Freudentränen in den Augen. Einer der Feuerwehrmänner hielt das Glück des jungen Paares mit seinem Handy fest.

Als Matt seine Verlobte wieder losließ, klatschten alle. Matt flüsterte Erin etwas ins Ohr, während er ihr den Ring über den Finger streifte.

Dameon war nie ein großer Romantiker gewesen, aber er musste zugeben, dass er von Matts Antrag schwer beeindruckt war.

Umarmungen und Jubelrufe folgten. Als Dameon an der Reihe war, den Verlobten zu gratulieren, umarmte er beide. »Du hast die Messlatte ganz schön hoch gehängt, Matt«, sagte Dameon lachend.

»Mal sehen, ob du es noch höher schaffst«, entgegnete Matt herausfordernd.

Dameon warf Grace einen Blick zu und sah, wie sie rot wurde.

Die Reporterin machte Fotos und interviewte Matt und Erin. Sie schrieb sich die Namen der Familienangehörigen auf, auch den von Dameon. Er war sich ziemlich sicher, dass ein Bild von ihm und Grace es ebenfalls in die Zeitung schaffen würde.

Plötzlich ertönte der Alarm in der Feuerwache und Matts Kollegen setzten sich in Bewegung.

Colin und Matt entfernten eilig das Banner von den Fahrzeugen.

»Musst du auch los?«, fragte Erin zwischen dem Lärm.

»Nein, ich habe heute keinen Dienst.«

Sie wichen zur Seite, als das erste Löschfahrzeug aus der Garage fuhr.

Während die Sirenen verklangen, wandte sich Dameon an die anderen. »Ich habe im Backwoods einen Tisch für uns reserviert, um zu feiern.«

Matt gab ihm die Hand. »Ich ziehe mich schnell um und treffe euch mit Erin dort.«

Die beiden schlüpften in die Wache, während die anderen ihnen nachblickten.

»Sollen wir wetten, dass sie zu spät kommen?«, neckte Colin.

»Lass die beiden Turteltäubchen in Ruhe«, schimpfte ihn Grace.

Emmitt ging zu Dameon und klopfte ihm auf den Rücken. »Ich hoffe, du hast gut aufgepasst, Sohn.«

»Dad!«, empörte sich Grace.

Doch Dameon fühlte sich ganz und gar nicht unter Druck gesetzt und lächelte gelassen.

* * *

Sie schafften es nicht auf die vierte Seite, sondern sogar auf die zweite.

Grace wachte am nächsten Morgen in Dameons Canyon-Haus auf und hatte mehrere Nachrichten von Familie und Freunden.

»Dein Telefon piept am laufenden Band«, sagte Dameon, als er ihr Kaffee ans Bett brachte.

Sie setzte sich auf und nahm die Tasse mit einem Kuss entgegen. »Guten Morgen.«

Dameon war schon frisch geduscht und angezogen. »Guten Morgen.« Er setzte sich auf die Bettkante und legte die Hand auf ihr Bein, das noch zugedeckt war.

»Wie spät ist es?«

»Fast sieben. Ich muss jetzt los, wenn ich dem Stau ein Schnippchen schlagen will.«

»Wenn es schon sieben ist, schlägst du niemandem mehr ein Schnippchen«, entgegnete sie.

Er küsste sie erneut. »Vielleicht sollte ich einfach hierbleiben.«

»Irgendwer muss doch arbeiten.« Grace probierte den Kaffee. »Danke.«

Er strich ihr die Haare aus dem Gesicht. »Mir gefällt dein Morgenlook.«

Sie war sicher völlig zerzaust. Nachdem sie am Vorabend nicht sehr spät zurückgekommen waren, hatten sie ausgiebig Zeit gehabt, den Körper des jeweils anderen auf sehr befriedigende Weise zu erforschen.

Wieder vibrierte ihr Handy. »Was ist denn los?«

Dameon holte sein Telefon aus der Anzugtasche. »Wir sind in der Zeitung.«

Grace rieb sich den Schlaf aus den Augen und nahm sein Telefon entgegen. Sie vergrößerte die Bilder, auf denen die Ereignisse des Vortags festgehalten waren.

Erin war sehr bewegt gewesen und ihr Bruder Matt hatte echte Tränen vergossen.

Auf dem nächsten Bild war Dameon zu sehen, wie er hinter ihr stand, sie umarmte und ihr etwas ins Ohr flüsterte. Die Überschrift lautete »Liebe liegt in der Luft.«

»Gibt wohl gerade nicht viel zu berichten«, sagte Grace lachend.

»Gut für uns.« Dameon nahm das Telefon zurück und steckte es wieder ein. »Ich mag gar nicht fahren.«

Grace schälte sich aus dem Bett. »Ich mache mich auch gleich auf den Weg.«

»Nein, du brauchst dich nicht zu beeilen. Bleib, so lange du willst.«

Sie entspannte sich wieder. »Ich werde langsam faul.«

Dameon schüttelte den Kopf. »Ich habe deine Entwürfe und Pläne gesehen. Du bist überhaupt kein Faulpelz, sondern im Gegenteil sehr aktiv.«

»Ja, so aktiv, dass mir gewisse Stellen heute wehtun …«, sagte sie schelmisch.

Dameon grinste wissend. »Morgen habe ich in der Frühe eine Besprechung in Long Beach. Ich plane, am Mittwochabend wieder hier zu sein.«

»Okay.«

Er gab ihr noch einen Kuss und stand auf. An der Tür drehte er sich aber schon wieder zu ihr um. »Willst du eigentlich mal eine große Familie?«, fragte er aus dem Nichts heraus.

»Was?«

»Na, du weißt schon, willst du Kinder haben? Also ein, zwei oder vielleicht gleich ein halbes Dutzend?«

Bei dieser unerwarteten Frage klappte Grace die Kinnlade herunter.

»Ich, äh …« Wie sollte sie darauf antworten? »Mehr als eins, weniger als sechs.«

Dameon nickte. Und er nickte auch noch, als er hinausging.

Grace zog die Knie an und schlang die Arme darum. Wow, Dameon hatte sie tatsächlich gerade gefragt, wie viele Kinder sie haben wollte. So etwas hatte sie noch nie jemand gefragt.

Und nun konnte sie einfach nicht mehr aufhören, zu grinsen.

Da steckte Dameon den Kopf wieder um die Ecke. »Aber fünf könnten es schon sein, oder?«

Gleich würde sie anfangen, zu hyperventilieren. »Du kommst noch zu spät zur Arbeit.«

Er stapfte noch einmal zu ihr ans Bett, küsste sie innig, dann ging er endgültig.

Erst als sie die Tür ins Schloss fallen hörte, erlaubte sie es sich, laut aufzuquietschen und die Decke wegzustrampeln.

Kapitel 30

»Wie hoch stehen die Chancen, dass wir Dameon überreden können, beim Bowling mitzumachen?«

Grace telefonierte während der Autofahrt über die Freisprechanlage mit Parker.

»Nachdem er mich heute Morgen gefragt hat, wie viele Kinder ich mal haben will, würde ich sagen, recht hoch.«

»Nicht im Ernst.«

Grace war immer noch ganz aufgeregt. »Doch, das hat er wirklich.«

»O Gott … warum hast du mich nicht sofort angerufen?«

Sie hielt an einer Ampel. »Mein Handy war im Dauerbetrieb. Anscheinend haben die Kollegen in der Arbeit auch die Zeitung gelesen.«

»Die Bilder sind ja sehr vielsagend.«

Die Ampel schaltete auf Grün. »Ich kann kaum glauben, dass das alles passiert. Mich regt die Geschichte mit der Arbeit kaum noch auf.«

»Wie kann man auch wegen etwas traurig sein, das man hasst.«

»Ich mag meinen Job, aber diese politischen Machenschaften kann ich nicht ausstehen. Jetzt noch viel weniger.«

»Kann ich mir vorstellen.« Parker machte eine kurze Pause. »Wie hat die Unterhaltung über die zukünftigen Kinder angefangen?«

»Sie hat gar nicht angefangen, er hat mich total damit überrumpelt.«

»Habt ihr übers Heiraten geredet?«

»Parker, so lange sind wir noch gar nicht zusammen.«

»Und trotzdem spricht er schon von Kindern.«

Einen Moment lang schwiegen sie.

Grace wechselte die Spur und blickte in den Rückspiegel. »Sag mal … hat Erin gestern Abend eigentlich was getrunken?«

»Wir haben zwei Flaschen Schampus geleert.«

»Ja, aber wie viel hat Erin davon getrunken?«

»Ich habe nicht aufgepasst«, antwortete Parker.

Grace überlegte laut: »Nach dem Familienessen musste sie Auto fahren.«

»Oh …«

»Denkst du, was ich denke?« *Erin ist schwanger.*

»Das würde sie uns aber doch erzählen.«

Als es Grün wurde, bog Grace ab. »Ich fahre gleich zu ihr.«

»Zu Matt und Erin?«

»Matt ist in der Arbeit«, erinnerte Grace sie.

»Ich treffe dich dort.«

Grace legte auf und drängte sich in die andere Spur. Zum Glück war kein Streifenwagen in Sicht, denn ihr Fahrstil war zugegebenermaßen etwas stürmisch. Allerdings fuhr eine dunkle Limousine hinter ihr, in der auch ein Zivilpolizist sitzen konnte.

Grace nahm den Fuß vom Gaspedal und konzentrierte sich etwas mehr auf den Verkehr.

Dabei hielt sie weiter den Blick in den Rückspiegel gerichtet und schielte immer wieder auf den Tacho. Allmählich beschlich Grace immer mehr das Gefühl, dass im Auto hinter ihr tatsächlich Zivilpolizei fuhr.

Als sich der Verkehr etwas lichtete, wechselte Grace auf die langsamere Spur.

Doch der dunkle Wagen blieb direkt hinter ihr.

»Komm schon, dann wink mich halt raus.«

Aber auch das war nicht der Fall.

Bei der nächsten roten Ampel blickte Grace wieder in den Rückspiegel. Das Gesicht des Fahrers war zur Hälfte von einer Sonnenbrille bedeckt. Er kam ihr irgendwie bekannt vor, aber sie konnte ihn nicht einordnen. Oder war es jemand, den sie kannte, und er erlaubte sich nur einen Scherz mit ihr?

Als sie in die Gegend kam, wo Erin wohnte, fuhr das Auto immer noch hinter ihr.

»Okay, das reicht jetzt.« Grace fuhr rechts ran und blieb stehen.

Und endlich fuhr das Auto an ihr vorbei.

Sie versuchte, das Nummernschild zu entziffern, aber es war dunkel beschmiert. So als wollte er keine Maut zahlen.

»Was zum Geier ist da los?«

Vielleicht hatte sie es sich auch nur eingebildet.

Sie beruhigte sich wieder und fuhr weiter zu Erins und Matts Haus. Aber lieber war sie so vorsichtig, wie ihr Dad es ihr stets geraten hatte, und parkte ein Stück entfernt.

Parker bog auch schon in die Einfahrt und wartete auf Grace, die jetzt die Straße überquerte. »Hast du Angst, dass ich dir ins Auto fahre?«, scherzte sie.

Grace schüttelte den Kopf. »Nein, es war nur, weil …« Weil sie vielleicht zu viel Fantasie hatte. »Egal. Jetzt lass uns Erin fragen, ob sie uns was verschweigt.«

Sie klingelten an der Haustür.

Erin öffnete. »Hi.«

Parker stieß Grace mit dem Ellbogen in die Seite.

Grace stieß zurück.

»Was?«, fragte Erin.

Grace guckte zu Parker. »Schisser.«

Parker tat empört.

»Also gut.« Grace sah Erin direkt in die Augen. »Wird es ein Junge oder ein Mädchen?«

Erin wurde ganz blass. »Wer hat es euch erzählt?«

Da quietschten Parker und Erin auf, und dann fielen sie sich alle drei in die Arme und verdrückten ein paar Freudentränen.

* * *

Dameon stellte das Bürotelefon auf Lautsprecher. Der Papierkram der ganzen Woche lag vor ihm.

»Ich habe gerade mit Carson telefoniert«, erzählte Grace. »Der Mistkerl hat gestern die Anzeige bekommen und meine Stellungnahme ist heute Morgen im Bauamt eingegangen.«

Dameon sah von den Zahlen auf seinem Schreibtisch auf. »Und was passiert als Nächstes?«

»Carson geht davon aus, dass meine Suspendierung aufgehoben wird und ich wieder in die Arbeit zurückgerufen werde.«

»Das sind ja ganz neue Töne.«

»Ja, er hat mit Simons, dem Anwalt vom Bauamt, gesprochen und ein paar Informationen über Sokolov weitergegeben. Der Typ hat alles andere als eine saubere Akte. Er hat sogar ein paar Nächte im Knast verbracht. Wegen Alkohol am Steuer und weil die Polizei zum Mobilheimgelände gerufen wurde, als er auf gewalttätige Weise einen Bewohner gezwungen hat, das Gelände zu räumen.«

Dameon schauderte es. »Wenn ich daran denke, dass du mit diesem Mann alleine da draußen warst …«

»Ja, Carson hat dasselbe zu Simons gesagt. Er hat auch angedeutet, dass Richard über die Feindseligkeit des Mannes informiert war und mich trotzdem hingeschickt hat. Man hätte entsprechende Vorkehrungen treffen müssen.«

»Klingt, als würde die Stadt jetzt zurückrudern.«

»Ich hasse es allerdings, mich als schwache Frau darzustellen. Ich bin nämlich nicht schwach.«

Dameon schloss die Augen. »Meine Liebe, wie groß bist du? Eins sechzig? Und wahrscheinlich wiegst du weniger als fünfzig Kilo.«

»Du bist ja süß. Fünfundfünfzig.«

Mann, er liebte ihre witzige Art. »Du verstehst nicht, worauf ich hinauswill.«

»Doch, doch.«

»Wirklich? Ich habe zwar gesehen, wie du deinen Bruder in Schach halten kannst, aber er würde sich auch lieber die rechte Hand abhacken, als sie gegen dich zu erheben. Diese Tricks funktionieren nicht bei einem Mann, der doppelt so schwer ist wie du und was gegen dich hat.«

Grace schwieg.

»Liebes?«

»Ich bin noch dran. Du hast ja recht. Ich muss mehr aufpassen und meinem Instinkt vertrauen. Ich habe von Anfang an gewusst, dass Sokolov nicht ganz sauber ist. Aber ich habe mein Bauchgefühl ignoriert.«

Dameon zog unter den anderen Papieren die Zeitung hervor, in der ihr Bild abgelichtet war. »In Zukunft musst du mir versprechen, dass du wieder darauf hörst, okay? Ich habe dich gerade erst gefunden und will dich auf keinen Fall wieder verlieren.«

Er hörte sie schniefen. »Grace?«

»Ja?«

Sie kämpfte wohl mit den Tränen.

»Weinst du?«

»Nein.« Wieder ein Schniefen. »Okay, ja.«

»Was ist los?«

»Ach Gott, nichts. Nur dass du so süße Sachen sagst und ich gar nicht weiß, wie ich damit umgehen soll.«

Das vertrieb seine Sorgen umgehend. »Na, dann gewöhn dich am besten schon mal dran.«

Sie seufzte.

»Besser?«, fragte er.

»Ja.«

»Bist zu Hause?«

»Ja. Aber wenn du einverstanden bist, werde ich morgen Abend im Canyon-Haus bleiben. Es soll ziemlich stark regnen und ich will mir den Wasserabfluss von den Hügeln ansehen. Wir wollen ja keine bösen Überraschungen, wenn ihr mit dem Bauen beginnt.«

Er konnte einfach nicht aufhören, zu grinsen. »Du bist wirklich ein Goldstück.«

»Weiß ich doch«, scherzte sie. »Und weil ich das bin, machst du doch auch sicher in unserer Bowling-Mannschaft mit, oder?«

»Wie bitte? Hast du gerade ›Bowling‹ gesagt?«

»Ganz richtig. Wir sind in einer Kleinstadt. Da muss man hingehen, wo der Bär steppt.«

»Ist das dein Ernst? Ist das nicht wieder so eine Sache, bei der ich um meine Männlichkeit gebracht werde wie bei der Pediküre?«

»Ruf Colin oder Matt an, wenn du glaubst, dass ich Witze mache. Unser erstes Spiel ist am Donnerstagabend.«

»Du meinst das wirklich ernst?«

Sie konnte nicht mehr aufhören, zu lachen.

Kapitel 31

Grace saß neben Carson, gegenüber von Richard, Vivian und Simons. Richard hatte eine stoische Miene aufgesetzt, Simons wirkte sachlich nüchtern und Vivian sah aus, als würde ihr die ganze Sache leidtun.

Vor ihnen lagen Papiere zur Wiederaufnahme der Arbeit.

»Wir hoffen sehr, dass Sie Verständnis dafür haben, in welcher Lage wir uns zum Zeitpunkt der Vorwürfe befunden haben«, begann Vivian im Namen des Teams.

Grace sah zu Carson. Er machte ein Zeichen, dass sie jetzt etwas sagen könne.

Sie faltete die Hände auf dem Tisch und sprach zum ersten Mal seit dem Vorfall.

»Natürlich verstehe ich, dass es Vorsichtsmaßnahmen und festgelegte Verfahren gibt, um das Amt zu schützen. Was ich allerdings nicht verstehe, ist die Tatsache, dass kein einziges Mal von mir als Person die Rede war.« Sie blickte direkt ihren Vorgesetzten an. »Ich arbeite seit fünf Jahren unter Ihrer Leitung. Habe ich jemals unzureichende Leistung erbracht? Habe ich Ihnen jemals irgendeinen Grund zur Annahme gegeben, diese Anschuldigungen könnten wahr sein?«

Richard schaute sie ausdruckslos an. »An Ihrer Leistung gab es nichts zu beanstanden.«

»Ist das alles?« Klar, dass Richard nicht weiter darauf einging.

»Wir schätzen Sie als Mitarbeiterin«, sagte Vivian und versuchte damit, die Anspannung im Raum zu lösen.

Schweigen ist Gold. Grace versuchte, sich allein darauf zu konzentrieren.

Carson deutete ihr Schweigen als Aufforderung, selbst das Wort zu ergreifen. »Wie alle hier am Tisch wissen, hat Miss Hudson gegen Sokolov Anzeige erstattet. Neben den vielen anderen Punkten in dem Fall ist es vor allem das aggressive Verhalten des Mannes, das eindeutige Sicherheitsbedenken hervorruft. Wenn sich Miss Hudson entscheidet, weiterhin bei der Stadt zu arbeiten, muss der Fall ernstgenommen und die Sicherheit meiner Mandantin an oberste Stelle gesetzt werden.«

»Natürlich. Selbstverständlich erwarten wir von Grace nicht, dass sie an dem Projekt weiterarbeitet.« Nun war Vivian wieder die Wortführerin.

»In Anbetracht des Beziehungsverhältnisses, das sich zwischen Miss Hudson und Mr Locke entwickelt hat, möchte meine Mandantin auch dieses Projekt an einen Kollegen abgeben, um jegliche Zweifel an ihrem Handeln auszuschließen.«

Vivian und Richard wechselten Blicke. »Das erscheint uns ebenfalls sinnvoll.«

»Was meinen Sie, Grace. Können wir die Sache nun hinter uns lassen?«, fragte Simons.

Carson blickte zu ihr, dann zu den anderen. »Würden Sie uns bitte ein paar Minuten geben?«

Richard wirkte genervt, während sich die anderen immerhin ein Lächeln abrangen. »Natürlich.«

Als Grace und Carson allein waren, blies sie die Luft aus, die sie die ganze Zeit angehalten hatte. »Er ist so ein Idiot.«

»Ich glaube nicht, dass er sich durch diesen Vorfall ändern wird.«

Sie war hin- und hergerissen. »Ich muss tatsächlich erst mal nachdenken.«

Carson nickte. »Das ist verständlich.«

Ein paar Minuten später rief Carson die anderen wieder herein. Dann verkündete er, dass Grace bis Ende der Woche, einschließlich des Wochenendes, benötige, um eine Entscheidung zu fällen.

»Danke, Carson«, sagte sie, als sie zum Wagen liefen.

»Wir sind noch nicht fertig. Es sei denn, Sie ändern Ihre Meinung wegen der Gegenanzeige.«

»Oh nein. Ich hasse Leute, die versuchen, andere einzuschüchtern.«

»Da kann ich Ihnen nur beipflichten.«

Sie waren am Auto angelangt. »Es gibt noch etwas, was ich Ihnen sagen wollte.«

»Was denn?« Carson wandte sich zu ihr.

»Als ich zu meinem Bruder gefahren bin, war hinter mir ein Wagen, und zuerst dachte ich, es sei eine Zivilstreife, weil er so dicht an mir dran klebte. Als ich langsamer fuhr, ist auch er langsamer gefahren, und als ich abgebogen bin, ist auch er abgebogen.«

»Sie meinen, Sie wurden verfolgt?«

»So ist es mir vorgekommen.«

»War es Sokolov?«

Sie schüttelte den Kopf. »Nein. Der Mann kam mir zwar bekannt vor, aber ich habe ihn nicht richtig sehen können. Als ich schon fast bei meinem Bruder war, habe ich angehalten, und da ist er dann endlich an mir vorbeigefahren.«

»Wann war das?«

»Gestern.«

»Seitdem war nichts mehr?«

»Nein.«

»Sie wären nicht die Erste, die nach einer Anzeige belästigt wird. Es gehört viel Dummheit dazu, so etwas zu machen, wenn man schon vor Gericht landet. Leider gibt es viele Menschen da draußen, denen die Intelligenz fehlt. Das Problem ist nur, dass wir nichts tun können, es sei denn, Sokolov nimmt direkt oder indirekt mit Ihnen Kontakt auf. Wenn er das tut, rufen Sie mich bitte sofort an und ich werde ein Kontaktverbot erzwingen.«

Grace musste an Erin und ihre Geschichte denken. »An das er sich wahrscheinlich nicht halten wird.«

»Ich weiß. Aber es ist die einzige Möglichkeit, die wir haben. Halten Sie die Augen offen und seien Sie wachsam. Der Mann hat Ihr Handy und somit auch viele private Informationen von Ihnen.«

Grace nickte. »Vielleicht habe ich es mir auch nur eingebildet.«

Carson blickte sie bedeutungsvoll an. »Sagt das Ihr Bauchgefühl?«

»Nein.«

»Na, also. Haben Sie es Dameon erzählt?«

Grace zögerte. »Nein.«

»Sagen Sie es ihm. Und Ihrer Familie. Je früher wir uns darum kümmern, desto besser stehen die Chancen, den Kerl zu schnappen, der dahintersteckt.«

Aus den Wolken begannen sich kleine Tropfen zu lösen.

»Danke für Ihren Rat«, sagte sie.

»Ich melde mich bei Ihnen.«

* * *

Nach der Besprechung fuhr Grace nach Hause und zog sich um. Sie nahm ihre Gummistiefel und den Regenmantel, um zu Dameons Canyon-Haus zu fahren. Erst wollte sie ihre Übernachtungssachen packen, doch dann entschied sie sich dagegen. Normalerweise war sie nicht ängstlich, und ihr machte weder die Dunkelheit etwas aus, noch hatte sie Bedenken, allein in einem Haus zu sein. Aber es lag sehr einsam und abgeschieden. Wenn Sie Carsons Rat befolgen wollte, blieb sie besser nicht bis nach Sonnenuntergang.

Während sie fuhr, achtete Grace auf die Autos hinter sich. Diesmal bemerkte sie nichts Außergewöhnliches. Die Scheibenwischer gaben ihr monotones Geräusch von sich und auch sonst war die Fahrt ohne besondere Vorkommnisse.

Als Grace im Haus war, rief sie Dameon vom Festnetz aus an.

Auf seinem Handy ging nach dem dritten Läuten die Voicemail an.

»Hallo, ich bin's. Ich wollte dir erzählen, wie es heute war. Ich bin jetzt in deinem Haus, also ruf lieber auf dem Festnetz an. Du weißt ja, wie schlecht der Handyempfang hier ist. In ein paar Stunden fahre ich heim, bevor es dunkel wird. Du musst dir also keine Sorgen machen. Ach ja, und wenn ich nicht gleich ans Telefon gehe, dann liegt es daran, dass ich draußen herumlaufe. Mann, jetzt klinge ich richtig paranoid.«

Sie lachte und musste sich zurückhalten, dass sie nicht auch noch hinzufügte, dass sie ihn liebte.

Als sie auflegte, war sie erstaunt, wie leicht der letzte Gedanke gekommen war.

Sie hatte sich in Dameon Locke verliebt. Er war der Mensch, den sie jeden Tag sehen wollte, von früh bis spät. Keine Alarmglocken läuteten, die ihr sagten, es sei falsch, ihn zu lieben. Der Gedanke brachte sie zum Lächeln.

Sie ging zum Thermostat, um die Heizung höher zu drehen, doch dann änderte sie ihre Meinung. Sie würde gar nicht lang genug bleiben, worüber sie ein bisschen enttäuscht war. Sie hatte sich darauf gefreut, über Nacht zu bleiben, auch wenn Dameon nicht bei ihr sein konnte. In seinem Haus, mit den Dingen, die sie an ihn erinnerten, fühlte sie sich ihm nah. Sie fühlte sich, als gehörte sie hierher.

Dann ertönte wieder Carsons Stimme in ihrem Kopf. *»Sie wären nicht die Erste, die nach einer Anzeige belästigt wird. Erzählen Sie es Dameon und Ihrer Familie.«*

Grace blickte aufs Telefon und überlegte, wen sie anrufen sollte. Es war noch mitten am Tag. Colin arbeitete. Matt war wahrscheinlich zu Hause, aber wenn sie ihm von dem Verfolger erzählte, würde es auch Erin sofort erfahren. Und Grace wollte nicht, dass sich eine schwangere Frau Sorgen machte. Deshalb rief Grace bei Parker an.

»Wie war's?«, fragte Parker anstelle einer Begrüßung.

»Sie wollen mir meinen Job zurückgeben.«

»Das ist super.«

Grace seufzte. »Aber ich weiß gar nicht, ob ich ihn zurückhaben will.«

»Ja, das verstehe ich.«

»Du, ich bin jetzt in Dameons Haus. Ich muss hier noch eine, höchstens zwei Stunden was machen und dann fahre ich zurück.«

»Ich dachte, du wolltest bleiben, um das Unwetter dort zu erleben.«

»Stimmt, aber vielleicht ist es doch nicht so klug, wenn ich hier ganz allein bin.« Und schließlich erzählte sie Parker von dem Auto, das sie verfolgt hatte, und beeilte sich hinzuzufügen, dass es aber kein zweites Mal vorgekommen sei.

»Wie unheimlich«, erwiderte Parker.

»Ich will nicht paranoid klingen, aber ich sollte es auch nicht auf die leichte Schulter nehmen.«

»Ich finde es auch besser, wenn du vor Einbruch der Dunkelheit wieder fährst«, meinte Parker.

»Ja. Nach der Sache mit Erin bin ich lieber etwas vorsichtiger.« Obwohl Grace merkte, dass der Vorfall mit Erins Mann und der Gefahr, die von ihm ausgegangen war, allmählich an Präsenz verlor, und das hatte sie Dameon zu verdanken. Schließlich hatte er ihr gezeigt, dass es auch gute Männer gab.

»Wir alle. Ich habe dich auf Friend Finder. Und ruf mich an, wenn du losfährst.«

»Mache ich. Und wenn ich zu Hause ankomme, auch«, gab Grace zur Antwort.

»Ich habe mein Handy in Hörweite.«

Grace legte auf und zog den Regenmantel an.

Draußen sah sie sich um. Die Zufahrtsstraße war leer, keine fremden Autos in Sicht.

Sie lief durch das nasse Gelände und kam zu dem Bereich außerhalb des Zauns, wo später die Neubauten entstehen sollten. Es regnete so viel, dass das Wasser, das von den umliegenden Bergen herunterkam, in einer natürlich entstandenen Abflussrinne ablief. Grace blieb weit genug vom Wasserlauf entfernt. Im Gegensatz zu anderen Orten im Tal, wo es leicht zu Überschwemmungen kam, wenn es regnete, war es hier weniger dramatisch. Trotzdem würde es so manche Herausforderungen geben. Grace fotografierte alles aus jedem erdenklichen Winkel. Sie benutzte die Diktierfunktion ihres Handys, um sich Notizen zu machen. Die Folgen der Naturgewalten unter Kontrolle zu bringen, würde bei Dameons Projekt an oberster Stelle stehen. Wieder wünschte sie, er könnte hier sein, um selbst zu sehen, wie die Gegend bei Unwetter aussah.

Sie machte auch ein kleines Video.

Nach einer guten Stunde ging sie zum Haus zurück.

Jetzt regnete es so stark, dass sie wie ein begossener Pudel aussah.

Sie schüttelte das Regenzeug aus und hängte es an einen Haken im Eingangsbereich. Ihre Gummistiefel ließ sie auf den Fliesen im Eingangsbereich stehen.

Auf dem Anrufbeantworter war eine Nachricht von Dameon.

»Hallo Schatz. Ich habe gerade mit Carson geredet. Warum hast du mir nicht erzählt, dass dich jemand verfolgt hat?«

»Ups.«

»Ich weiß, dass du stark und unabhängig bist … das liebe ich ja auch an dir. Aber bitte, halte so etwas nicht vor mir geheim. Ich fahre jetzt los. Nach der aktuellen Verkehrslage werde ich in ungefähr eineinhalb Stunden da sein. Ruf mich an, wenn du losfährst, ich komme direkt zu dir nach Hause. Okay?«

Grace sah nach, wann er die Nachricht aufgesprochen hatte, und blickte auf ihre Armbanduhr. Er war seit einer knappen halben Stunde unterwegs.

Sie nahm den Hörer und wählte seine Handynummer.

»Hallo, meine kleine Powerfrau«, sagte er zur Begrüßung.

»Ja, ich weiß. Tut mir leid, ich hätte es dir gleich erzählen sollen.«

Sie hörte, dass er die Freisprechanlage im Auto benutzte. Die Scheibenwischer wuppten laut im starken Regen und Grace hatte Mühe, Dameon zu verstehen. »Ja, hättest du. Als Carson es mir berichtet hat, habe ich Angst um dich bekommen, Grace.«

Sie lehnte sich gegen die Küchentheke. »Ich bin es eben nicht gewohnt, jemanden zu haben, dem ich solche Sachen erzähle«, verteidigte sie sich.

»Ich kenne deine Familie. Ihr erzählt euch eher zu viel als zu wenig.«

Grace musste lachen. »Aber sie hätten mich vielleicht eingesperrt, wenn ich es ihnen gesagt hätte.«

»Was möglicherweise besser wäre.«

Da mochte er recht haben. »Wie weit bist du schon gekommen?«

»Der Verkehr ist zäh, aber es geht voran. Ich brauche noch ungefähr eine halbe Stunde.«

Nun ging sie doch zum Thermostat und drehte es hoch. »Ich bräuchte mindestens zwanzig Minuten zu mir nach Hause. Da bleibe ich doch lieber hier.«

»Na gut. Aber schließ die Tür ab.«

»Habe ich schon gemacht.«

Er gluckste. »Ich l… ähm … ich meine, ich sehe dich dann gleich.«

»Fahr vorsichtig.«

Kapitel 32

Mit einem Handtuch, das sie im Bad fand, rubbelte sich Grace die Haare trocken und tupfte sich die nasse Hose ab. Sie zog die Jalousie vom Wohnzimmerfenster hoch und blickte nach draußen. Der Himmel war schwarz und es goss wie aus Kübeln. Es würde noch zwei Stunden dauern, bis die Sonne unterging, aber es war beruhigend, dass Dameon auf dem Weg zu ihr war und vor Einbruch der Dunkelheit eintreffen würde.

Sie wollte die Zwischenzeit nutzen und suchte in der Gefriertruhe nach etwas Essbarem. Sie nahm zwei Hühnerbrüste heraus und legte sie auf die Küchentheke zum Auftauen. Damit es nicht ganz so still im Haus war, stellte sie den Fernseher an und wählte einen Musiksender. Dann wollte sie ihre nasse Hose in den Trockner geben, bis ihr einfiel, dass es hier gar keinen gab. Sie legte deshalb Anzündholz auf den Kamin und drehte das Gas auf, um das Feuer in Gang zu bringen.

Nach ein paar Minuten gaben die Flammen Wärme ab, und als das Feuer groß genug war, legte sie ein paar größere Scheite auf und drehte das Gas herunter.

Seit sie Dameon kannte, hatte Grace nicht mehr als ein paar Stunden allein in seinem Haus zugebracht. Und obwohl er es weiter herrichtete, blieb er dabei, dass es irgendwann abgerissen werden würde. Doch es wuchs ihr ans Herz, angefangen bei dem furchtbaren Teppich bis hin zu den Vorhängen, die der Vorbesitzer zurückgelassen hatte. Vielleicht hätte Dameon nichts dagegen, wenn sie ein bisschen Zeit verwendete, das Haus noch wohnlicher zu machen. Durch die einfach verglasten Scheiben zog es kalt herein, aber dagegen würden dickere Vorhänge schon Abhilfe schaffen.

Nachdem sie sonst nichts zu tun hatte, außer ins Feuer zu starren und Musik zu hören, ging Grace wieder zur Essecke und rollte die Pläne aus, an denen sie gearbeitet hatte.

Wer auch immer Dameons Projekt übernehmen würde, konnte sich über die Pläne von Grace freuen, weil er sich damit die Hälfte der Arbeit sparte.

Sie hörte ihre Sprachaufnahme ab und übertrug die Notizen aufs Papier.

Wie immer, wenn sie arbeitete, verlor sie jegliches Zeitgefühl. Sie überlegte, ob sie weiterhin mit Richard als Chef arbeiten wollte. Wenn er nur endlich in Rente gegangen wäre, hätte sie sich nicht länger über seine Machtspielchen ärgern müssen. Ihre Gedanken wanderten zu all den Sachen, die über sie gesagt wurden.

Wenn Dameon nach Hause käme, würde sie mit ihm darüber reden. Das war neu und schön. Natürlich konnte sie über so etwas auch mit ihrer Familie sprechen, aber da hatten alle gerade ein sehr bewegtes Leben.

Plötzlich hörte sie drei laute Schläge gegen die Tür. Vor Schreck ließ sie den Bleistift fallen.

Sie sah auf die Uhr. Die halbe Stunde war fast vorüber.

»Hast du deinen Schlüssel vergessen?«, rief sie, während sie zur Haustür ging.

Ihre Hand schwebte über dem Türgriff.

Am Fenster daneben schob sie den Vorhang zur Seite, den sie zugezogen hatte, um die Wärme im Haus zu behalten.

Auf der Einfahrt stand neben ihrem Auto ein schicker Geländewagen.

Ihr Lächeln verflog. Jetzt blickte sie durchs Guckloch in der Tür.

Max? Ihr Herz klopfte schneller.

Warum stand Maxwell Banks vor Dameons Tür?

Er war so weit zurückgetreten, dass Grace sich traute, die Tür einen Spalt zu öffnen.

Durch die zehn Zentimeter große Öffnung fragte sie: »Was machen Sie denn hier?«

»Oh, hallo … ähm, ist Dameon zu Hause? Ich habe versucht, ihn anzurufen, aber der Empfang ist so schlecht.«

»Er sollte jede Minute hier eintreffen.«

Max blieb, wo er war, und steckte die Hände in die Manteltasche. »Ich muss mit ihm reden. Dürfte ich vielleicht drinnen warten?«

Grace schüttelte den Kopf. »Nein, denn wenn ich mich recht erinnere, haben Sie sich das letzte Mal mit Dameon gestritten.«

Max stieß die Luft aus. »Ich weiß. Und ich kann Sie verstehen. Dann fahre ich in den Ort. Können Sie ihm ausrichten, dass ich hier war? Er ist mir nichts schuldig, aber ich würde wirklich gern mit ihm reden.«

»Das mache ich.«

»Danke. Ich weiß es zu schätzen.« Max stellte den Mantelkragen auf und ging in den Regen zurück.

Grace schloss die Tür, verriegelte sie und beobachtete durch das Fenster, wie Max wieder in seinen Wagen stieg. *Was zum Henker wollte er?*

Als er wendete und davonfuhr, atmete sie erleichtert auf.

* * *

Dameon war auf dem Teil der Straße im Canyon, wo die geteerte Spur aufhörte. Geröll und Schlamm lagen auf dem Weg. Er verstand jetzt, was Grace in Bezug auf die Straßenbedingungen nach starken Regenfällen gemeint hatte. Sie hatte keine Scherze gemacht, als sie prophezeite, dass die Straße unpassierbar werden könnte.

Im Regen durch die Gegend zu fahren, machte ihm wieder deutlich, dass er tatsächlich einen Investor brauchte. Hier würde doppelt so viel Arbeit für Straßen und Infrastruktur nötig sein wie sonst. Nicht jeder, der sich hier ein Haus kaufte, wollte einen Geländewagen fahren. Oder so einen großen SUV wie den, der ihm gerade entgegenkam.

Dameon drosselte die Geschwindigkeit, um den großen Geröllsteinen, die durch den Regen auf die Straße geschwemmt worden waren, auszuweichen, und fuhr langsam an dem SUV vorbei. Da erkannte er das Auto und seinen Fahrer. Er trat auf die Bremse.

Im Rückspiegel sah er, dass Max dasselbe tat.

Was in aller Welt machst du hier draußen?

Die Rücklichter leuchteten auf und Max setzte zurück, bis er neben Dameons Wagen zum Stehen kam.

Beide ließen die Fensterscheiben herunter.

»Was machst du hier?«, schrie Dameon gegen das Trommeln des Regens auf dem Fahrzeugdach an.

Einen Moment lang schien es, als würde Max gar nichts sagen. Dann aber machte er den Mund auf. »Lena hat mich verlassen.«

Oh nein! Dameon hätte gerne so getan, als wäre es ihm einerlei, was Max sagte. Doch es steckte zu viel dahinter, um es zu ignorieren. Aber er würde auch nicht sagen, dass es ihm leidtue. Lena war für Max die Falsche. »Das ist schlimm.«

Max wandte den Blick ab und starrte durch die Windschutzscheibe, dann lehnte er sich durch das Fenster zu ihm herüber und rief: »Es tut mit leid, Dameon. Ich war ein beschissener Freund.«

Verdammt. Was sollte er damit anfangen?

»Mein Dad ist krank. Schwerkrank. Das hat mich zum Nachdenken gebracht.«

Die Sache mit der Freundin hätte Dameon vielleicht noch kalt gelassen. Aber nicht die Tatsache, dass Max' Dad krank war. Das ging einfach nicht. Er musste daran denken, wie Max für ihn da gewesen war, als sein eigener Vater starb.

Max blickte zum Fenster hinaus. »Meine Welt bricht zusammen. Lena hat nach Weihnachten mit mir Schluss gemacht und ich habe gedacht, dass sie wieder zu dir zurück ist.«

»So bin ich nicht.«

Max schloss die Augen und schüttelte den Kopf. »Ich weiß. Ich bin zur Silvestergala gegangen, weil ich dachte, sie sei mit dir zusammen dort. Und als ich dich mit deiner Freundin gesehen habe und das Team … keine Ahnung, jedenfalls habe ich mich total kindisch benommen.« Max blickte Dameon in die Augen. »Ich will bloß mit dir reden. Ich weiß, dass ich keine Forderungen stellen darf, aber ich würde mich gerne wieder mit dir versöhnen.«

Dameon sah den Regentropfen zu, die von den Scheibenwischern zur Seite gedrängt wurden.

* * *

Grace setzte sich wieder an den Plan und nahm ihren Bleistift auf. Zwei Minuten lang starrte sie einfach nur aufs Papier, bevor sie merkte, dass ihre Konzentration dahin war.

Sie ging zur Feuerstelle und legte Holz nach. Aus den hinteren Zimmern zog es kalt herein. Sie überprüfte, ob aus den Heizungsgittern warme Luft kam. Dann ging sie durch den Flur, um nachzusehen, ob alle Fenster geschlossen waren. Und tatsächlich, hinten im Haus stand in einem der Räume das Fenster sperrangelweit offen. Die alten Vorhänge wehten herein.

Grace ging in das Zimmer, um das Schiebefenster nach unten zu ziehen.

Sie zerrte zweimal erfolglos daran, beim dritten Mal wandte sie alle Kraft auf und schaffte es endlich, das Fenster zu schließen.

Grace wischte den Regen fort, der ihr entgegengeschlagen war, und wandte sich zum Gehen, als sie mit ihrem bestrumpften Fuß in etwas Nasses trat. Aber es war nicht das Regenwasser. Es war Schlamm.

Schlamm in Form eines Fußabdrucks.

* * *

»Das mit deinem Dad tut mir leid. So ein Mist, Max.«

Max schüttelte nur den Kopf. »Ich habe unsere Freundschaft vermasselt, Dameon.«

Dameon beugte sich zum Fenster hinaus. »Das Haus, das ich als Zweitwohnsitz nutze, ist gleich da vorn.«

»Ja, ich weiß. Ich war gerade dort. Deine Freundin wollte mich nicht reinlassen.«

Das entlockte Dameon ein Grinsen. »Sie ist eine kluge Frau.«

Max grinste ebenfalls.

»Fahr mir nach.«

Sie sahen sich in die Augen, dann nickte Max. Nachdem er in vier Zügen gewendet hatte, fuhr er hinter Dameon her zum Haus zurück.

* * *

Shit!
Shit!
Shit!

Grace' Hände zitterten, ihr Herz klopfte schneller als das eines Rennpferds, ihre Lunge drohte zu kollabieren.

Jemand war im Haus.

Erst dachte sie an Max. Aber sie hatte gesehen, wie er weggefahren war.

Sie drehte sich im Kreis. In dem leeren Raum gab es überhaupt nichts, mit dem sie sich hätte verteidigen können. Sie packte den Vorhang, sah nach oben.

Dann riss sie die billige Vorhangstange von der Wand und streifte hastig die Gardine ab.

Grace sah hinunter auf den Teppich und bemerkte, dass die Fußabdrücke vor dem Schrank endeten. Die Schranktür war geschlossen.

So schnell sie konnte, rannte sie am Schrank vorbei hinaus in den Flur.

Als sie um die Ecke bog, stand plötzlich ein Mann vor ihr und schubste sie gegen die Wand.

Grace schrie auf und schwang die dünne Metallstange mit aller Kraft, die sie aufbringen konnte.

Sie traf den Mann.

»Verdammtes Miststück.«

Sie holte erneut aus.

Es war Sokolov. Er hatte zwar versucht, sein Gesicht mit einem Nylonstrumpf zu maskieren, aber Grace wusste trotzdem ganz genau, dass er es war.

Als sie zum dritten Mal ausholte, bekam er die Stange zu fassen und riss sie ihr aus der Hand.

Grace wollte wegrennen, doch da tauchte ein weiterer Mann vor ihr auf. Er war um einiges größer und packte sie an der Schulter.

»Na, wo willst du hin, Kleine?«

Der Zweite hatte ebenfalls einen Nylonstrumpf über dem Gesicht, sodass seine Gesichtszüge verzerrt waren.

Er drehte sie so, dass sie Sokolov ansehen musste.

»Damit wirst du nicht davonkommen«, schrie sie ihn an.

Sokolov hob die Hände und zeigte in den leeren Raum. »Wer sollte mich denn abhalten?«

Sie versuchte, sich aus dem Griff des anderen Mannes zu befreien, doch sie schaffte es nicht. »Ich weiß, dass du es bist, Sokolov.«

Er trat einen Schritt auf sie zu.

Grace überlegte fieberhaft, was sie tun konnte.

»Ach so?« Er zog den Strumpf vom Gesicht. »Schade. Aber allein dein Gesichtsausdruck war die Sache wert.«

»Dameon kommt jeden Moment nach Hause.«

Sokolov lachte auf.

Der Mann, der sie festhielt, ebenso.

»Hast du gehört? Die Kavallerie kommt.«

Noch einen Schritt.

»Ich finde, wenn man mich schon wegen Tätlichkeit anzeigt, dann kann ich auch gleich handgreiflich werden, oder nicht?« Sokolov leckte sich über die Lippen, sein Blick wanderte zu ihren Brüsten.

Oh nein!

Nur noch einen Schritt näher …

»Außerdem schuldest du mir fünfzehntausend Tacken. Du glaubst ja wohl nicht, dass ich dir die überlasse?« Er war zu weit weg, als dass sie ihn mit einem Tritt hätte treffen können. Dann blickte er wieder in ihr Gesicht. »Und jetzt gebe ich dir einen kleinen Vorgeschmack auf das, was ich mit deinen

Freunden anstellen werde. Ich weiß ja, wo sie alle wohnen und wann sie allein sind. Selbst wenn du Flittchen so dumm bist und die Polizei holst, habe ich noch meine Freunde, wie meinen Kumpel hier, die sich um einen nach dem anderen kümmern werden.«

Grace dachte an Erin und Parker. An ihre Mom, ihren Dad. Seine Worte hallten in ihrem Kopf wider.

»Ich habe ein handfestes Alibi für den heutigen Abend. Niemand wird glauben, dass ich hier war, kleines Fräulein.«

Sie versuchte erneut, sich aus dem festen Griff zu winden.

Aus dem Wohnzimmer schallte ein fröhliches Lied herüber, was wie ein Scherz wirkte bei allem, was gerade passierte.

»Ich gebe Ihnen das Geld zurück«, sagte sie.

Sie merkte, wie er seine Hüfte in ihre Richtung schob.

Ihre Arme schmerzten von dem festen Griff.

»Bitte, tun Sie mir nichts.«

Sokolov schien das alles sehr zu gefallen. Seine Schultern entspannten sich und er blickte zu seinem Kumpel. »Hast du das gehört? Jetzt singt sie plötzlich ein ganz anderes Lied.« Er kam einen Schritt näher, dann noch einen.

Grace wandte sich so schnell sie konnte um und zielte mit dem Ellbogen direkt auf das Gemächt des Mannes, der hinter ihr stand.

Dieser löste sofort die Umklammerung, doch da stürzte sich Sokolov auf sie.

Sie verpasste ihm einen Tritt mit dem Knie, sodass er sich krümmte.

Sie wollte fliehen, kam aber nur einen Meter weit, da sie jetzt der andere am Bein packte. Mit einem Schrei fiel Grace zu Boden.

* * *

Dameon parkte neben Grace' Auto, Max hinter ihm.

Gemeinsam gingen sie zum Haus.

Max streckte ihm die Hand entgegen. »Danke, Dameon.«

Er grinste. »Noch brauchst du mir nicht zu danken.«

Unter dem Dach der Veranda streifte Dameon die Schuhe an der Willkommensmatte ab, die ihm Grace zu Weihnachten geschenkt hatte.

Während er die Schlüssel aus der Tasse fischte, hörte er plötzlich einen Schrei.

»Grace?«, rief er.

»Dameon! Hilfe!«, kreischte sie laut auf.

Er hatte den Türgriff in der Hand und mühte sich gar nicht erst mit dem Schlüssel ab, sondern kickte das alte Schloss mit dem Fuß auf.

Grace lag auf dem Rücken am Boden und strampelte. Sie wehrte sich gegen einen Mann, der jetzt versuchte, zu fliehen.

Dameon sah rot. Wie ein Football-Spieler stürzte er sich mit aller Wucht auf den Mann.

Grace schrie wieder auf. »Pass auf, Dameon!«

Schon traf seine Faust den Mann, den er gerade zu Fall gebracht hatte.

Als jener sich wehrte, bekam Dameon einen Hieb ab, seine Lippe platzte auf. Da versetzte er dem Angreifer einen weiteren Schlag, worauf der Mann schließlich zusammensackte.

Aus dem Augenwinkel sah er, dass ein weiterer, etwas größerer Mann gerade auf Max losging.

Grace hatte sich aufgerappelt und versuchte, zur Seite zu weichen.

Dameon sprang auf und stürzte sich nun auf den zweiten Mann, der sich mit Max prügelte.

Dameon bekam einen Hieb in die Rippen, bevor er den Eindringling im Gesicht traf.

»Hilfe!«

Als er hochblickte, sah er, dass Grace ein schnurloses Telefon in der einen Hand und den Schürhaken in der anderen hielt. Den Hilferuf hatte sie in den Hörer geschrien.

Die kurze Ablenkung nutzte der zweite Mann, um Dameon einen Schlag in die Nieren zu verpassen.

Er krümmte sich und hörte Grace schreien, während sie mit dem Schürhaken wie mit einem Schwert auf den Angreifer losging.

Dameon hörte ein Stöhnen, als der Stahl den Mann traf und der Nylonstrumpf zerriss.

Dameon war wieder auf den Beinen und warf sich gleichzeitig mit Max auf den Mann.

Im Handumdrehen lag der Fremde bäuchlings am Boden, Max' Stiefel im Nacken.

Jetzt stöhnte der Erste wieder und versuchte, aufzustehen.

Da war Grace mit dem Haken bei ihm und holte aus. »Jetzt kriegst du's!«, rief sie und schlug zu.

Nach dem dritten Treffer nahm Dameon ihr die Waffe aus der Hand. »Der ist erledigt.«

Was wohl stimmte, denn er lag mit dem Gesicht nach unten und rührte sich nicht.

»Jetzt ist alles gut«, sagte Dameon und breitete die Arme aus, in die sie sich einfach fallen ließ, da ihre Beine sie nicht mehr tragen wollten.

»Ich hatte sie erst gar nicht bemerkt.«

»Alles ist gut, meine Kleine. Ich bin bei dir.«

Dann erst ließ sie den Tränen freien Lauf.

Kapitel 33

Als die Polizei eintraf, hatten Dameon und Max die beiden Männer bereits mit Kabelbindern aus der Garage gefesselt.

Innerhalb von zwanzig Minuten war das Haus voller Polizisten und Rettungssanitäter. Auch die Feuerwehr war gekommen.

Grace saß in einem der Rettungsfahrzeuge, während ein Sanitäter eine Wunde an ihrem Arm versorgte und sie nach weiteren Verletzungen absuchte, um zu klären, ob sie ins Krankenhaus musste.

Dameon und Max standen bei dem Polizeibeamten, der als Erster eingetroffen war und nun das Protokoll aufnahm.

Sokolov und sein Kumpan wurden mit angelegten Handschellen ins Krankenhaus gebracht.

Der starke Niederschlag war in leichten Nieselregen übergegangen, und jetzt kamen sogar noch ein paar letzte Sonnenstrahlen durch.

»Hallo.« Miah, ein Polizist, den sie kannte, warf einen Blick in den Rettungswagen. »Wie geht's dir?«

Sie zeigte ihm den verbundenen Arm. »In Anbetracht der Umstände gar nicht so schlecht.«

Der Sanitäter zog die Stirn kraus. »Sie will nicht ins Krankenhaus. Aber der Knöchel hier sieht nicht gut aus.«

Grace wackelte mit den Zehen und spielte den Schmerz herunter. »Da ist alles in Ordnung.«

Miah lachte. »Die Sache mit den Kabelbindern war gut.«

Grace grinste. »Als Polizistentochter habe ich doch ein paar Dinge gelernt.«

»Dein Dad ist auf dem Weg hierher.«

»Mit allen anderen, nehme ich an.«

Miah sah zu dem Sanitäter. »Sie müssen sie gar nicht überreden, ins Krankenhaus zu fahren. Das wird ihre Familie schon machen.«

Grace blickte ihn finster an. »Hast du nicht andere Arbeit zu erledigen?«, fragte sie und war selbst überrascht davon, dass sie noch scherzen konnte.

Miah hob ergeben die Hände und ging.

Grace wandte sich an den Sanitäter. »Mir geht es wirklich gut. Wenn's schlimmer wird, lasse ich mich ohne Blaulicht und Martinshorn ins Krankenhaus bringen.«

»Ich kenne Matt. Er wird mir das Leben zur Hölle machen, wenn Sie mir was vorschwindeln.«

»Oh ja, da haben Sie recht.«

Grace sah auf, als Matt nun zu ihr in den Krankenwagen kletterte. Erst umarmte er sie, dann wich er ein Stück zurück, um sie anzusehen. »Also echt, Gracie, kannst du nicht ein einziges Mal vom Rampenlicht fernbleiben?«

»Was soll ich sagen?«

Matt umarmte sie ein zweites Mal.

»Ist Dad schon hier?«, fragte sie leise.

»Nein, sie waren fünf Minuten hinter mir.«

»Okay, dann hilf mir schnell hier raus. Nicht, dass sie noch ausflippen.«

Matt sah sie zweifelnd an.

Sie gab ihm einen Schubs. »Los, beweg deinen Hintern.«

»Lass dich doch lieber ins Krankenhaus bringen.«

»Da, wo die Typen liegen, die das verbrochen haben? Ich habe keine Lust, auch nur einen meiner Männer durch Kaution freikaufen zu müssen, weil sie wegen Selbstjustiz im Gefängnis gelandet sind.«

Matt guckte sie an und blinzelte. »Da ist wohl was dran.«

»Na siehste! Und jetzt hilf mir.«

Nach drei vergeblichen Versuchen ihrerseits, selbst zu laufen, gab er auf und hob sie hoch.

»Was in Gottes Namen …«

»Klappe halten, Gracie.«

Dameon hatte sie entdeckt und kam zu ihnen. »Du musst ins Krankenhaus.«

»Nein, muss ich nicht. Ich brauche bloß Eis, dann lege ich mein Bein hoch, verbinde den Fuß … und trink ein paar Gläser Whiskey.«

»Sie ist stur.« Matt nickte zum Haus. »Können wir rein?«

»Da drin ist die Hölle los.«

»Bring mich lieber in die Garage«, wies Grace ihn an. »Bevor Dad ankommt.«

Dameon holte zwei Stühle, die den Kampf überlebt hatten, und stellte sie so in die Garage, dass Grace sitzen und ihr Bein hochlegen konnte.

Nach und nach trudelte der Rest der Familie ein.

Parker und Colin eilten mit blassen Gesichtern zu ihr und umarmten sie.

Erin nahm ihre Hand, während sie sich mit der anderen an Matt festhielt.

Aber dann kam ihr Dad.

»Wo ist meine Kleine?«, hörte sie ihn schon, bevor sie ihn sah.

Die umstehenden Leute machten ihm Platz.

Nur Dameon blieb an ihrer Seite und hielt weiter ihre Hand.

Ihr Dad kam mit festem Schritt direkt zu ihr.

Als er sich vor sie niederkniete, gaben seine Gelenke ein knacksendes Geräusch von sich. In seinen Augen schimmerten zurückgehaltene Tränen. Ihren Dad mit feuchten Augen zu sehen, brachte nun auch Grace zum Weinen.

Ihr Dad weinte sonst nie.

Dann zog er sie so fest an sich, dass sie kaum noch Luft bekam. »Mir geht es gut, Daddy.«

»Ich bringe ihn um.«

»Nein, das wirst du nicht tun.«

Er umarmte sie noch fester.

»Mein Baby.«

Sie ließ ihrem Dad so viel Zeit, wie er brauchte.

»Dameon hat ihn überwältigt, Daddy. Ich schwöre, es geht mir gut. Ich habe nur ein paar blaue Flecke abbekommen.«

Ihr Dad ließ sie los und blickte sich um.

Sie wusste, dass er jetzt sah, was alle anderen auch sahen. Dameon hatte eine stattlich dicke Lippe. Seine Handknöchel waren blutig, seine Klamotten sahen aus, als wäre er in eine Kneipenschlägerei verwickelt gewesen. Eine Schlägerei war es ja auch gewesen, nur ohne Alkohol.

Max, der ebenfalls im Kreis bei ihnen stand, sah nicht weniger mitgenommen aus.

Emmitt zeigte auf Dameon. »Wir zwei unterhalten uns später.«

Grace verkniff sich wegen des strengen Tonfalls ein Lachen.

»Jederzeit, Sir.«

Ihrem Dad gefiel die förmliche Anrede und er richtete sich auf. »Wer ist denn hier der Einsatzleiter?«, wandte er sich an einen uniformierten Beamten, der im Vorgarten stand.

Jetzt kam ihre Mutter zu ihr und umarmte sie viel sanfter. »Ist dir auch wirklich nichts weiter passiert?«

»Mein Fuß schmerzt höllisch«, gab Grace zu. »Dameon soll mich nachher in die Ambulanz fahren. Nur dürfen wir Dad nicht in das Krankenhaus lassen, wo diese Männer liegen.«

Nora nickte gleich mehrmals. »Da hast du wohl recht, das dürfen wir wirklich nicht.«

»Danke.«

Ihre Mom berührte ihr Gesicht. »Hast du ihnen eins auf die Nüsse gegeben?«

Da mussten alle lachen.

»Die wollen beide so schnell nicht mehr pinkeln gehen«, berichtete Grace ein wenig stolz.

Nora zwinkerte ihr zu. »Mein Mädchen.«

Dann stand ihre Mom wieder auf und tätschelte Dameons Arm. »Danke.«

* * *

Grace' Fuß war nur verstaucht, nicht gebrochen.

Dameon brachte sie ins Wohnzimmer ihrer Eltern, wo nun alle Frauen um sie herumschwirrten. Nach der Einnahme der Schmerztabletten, die sie in der Ambulanz bekommen hatte, und dem Glas Wein, das man zusammen mit dem Mittel eigentlich nicht trinken durfte, war sie ziemlich entspannt.

Was man von den Männern im Haus nicht behaupten konnte.

Dameon, Colin, Matt und Emmitt waren in der Garage der Hudsons, wo jemand einen Boxsack aufgehängt hatte.

Sie schlugen abwechselnd auf das Ding ein.

Nur Dameon hatte nach einem Blick auf seine blutigen Hände dieser Zurschaustellung von Testosteronüberschuss lieber eine Absage erteilt.

Matt verpasste dem Sack einen harten Treffer. »Ich verstehe, warum Männer ihre Frauen früher in Elfenbeintürme gesperrt haben.«

»Parker würde das nicht mit sich machen lassen«, meinte Colin.

»Und Grace würde den Turm abfackeln und fliehen«, pflichtete Dameon ihm bei.

»Es ist unser Job, ihnen beizubringen, sich selbst zu verteidigen. Denkt dran«, sagte Emmitt zu Matt.

Matt unterbrach das Schlagen und sah zu seinem Dad. »Warum guckst du mich so an?«

»Fragst du mich das wirklich, mein Sohn?«

»Was denn?«

»Muss ich es buchstabieren?« Emmitt klopfte auf seinen Bauchspeck.

Da fiel bei Matt der Groschen. »Ach so …«

Dameon nahm einen Schluck aus der Bierflasche. »Sie haben Grace viel beigebracht, Mr Hudson. Die Kerle hatten schon ein paar verpasst bekommen, bevor Max und ich dazukamen.«

Colin grinste ihn an. »Sie hat sich ja immer gegen uns Brüder zur Wehr setzen müssen.«

Dameon erzählte lieber nicht, dass Grace auf dem Rücken gelegen und wie ein tollwütiger Hund um sich getreten hatte. Dieses Bild würde er so bald nicht mehr aus seinem Gedächtnis vertreiben können. Und es sollte niemand anderem Albträume bereiten.

Colin musste seine düsteren Gedanken bemerkt haben. Er kam zu ihm und nahm neben ihm Platz. »Ich bin froh, dass du da warst.«

»Ich auch.«

Matt hielt den Boxsack in seine Richtung. »Willst du wirklich nicht?«

Dameon blickte auf seine Hände. »Ich hatte die Genugtuung, ihnen in echt ein paar zu verpassen.«

»Du Glücklicher!«, sagte Emmitt. Er nahm seinem Sohn die Boxhandschuhe ab und schlug auf den Sack ein.

Colin hob seine leere Flasche in die Luft. »Wollt ihr noch eins?«

Dameon schüttelte den Kopf.

»Dad?«

»Geht doch mal ins Haus. Ich will mit Dameon unter vier Augen sprechen.«

Matt und Colin wechselten Blicke.

Als sie gegangen waren, schluckte Dameon schwer.

Emmitt setzte sich und sie schwiegen eine ganze Weile, die Dameon wie eine Ewigkeit vorkam.

Schließlich ergriff Dameon als Erster das Wort. »Ich wollte ihn umbringen.« Er machte eine Geste, als würde er dem Mann an die Gurgel gehen. »Früher habe ich nie verstanden, wenn in den Nachrichten von blinder Wut berichtet wurde. Wut, die jemanden dazu bringt, bis ans Äußerste zu gehen. Aber jetzt verstehe ich das.«

Emmitt seufzte. »Als meine Söhne auf die Welt kamen, habe ich gemerkt, was es bedeutet, jemanden bedingungslos zu lieben. Ich wusste, dass ich ihnen beibringen musste, sich selbst zu verteidigen. Aber dann kam Gracie und da war ich verloren. Dieses kleine Mädchen, so zerbrechlich ...« Er hob die Hände, als würde er ein Baby halten. »Ich hatte Angst. Ich habe so viel Schlechtes in der Welt da draußen gesehen und weiß, was alles passieren kann, wenn sie dich verschluckt und wieder ausspuckt. Deshalb habe ich getan, was jeder Polizist tun würde. Ich habe Grace so erzogen wie die Jungs.«

Dameon lächelte bei der Vorstellung.

»Nora hat natürlich die ganzen Mädchendinge mit ihr gemacht. Make-up und diese albernen hohen Schuhe, die sie immer trägt. Gracie war hart im Nehmen und sie hat sich immer wehren können. Doch letztes Jahr, nach dem Vorfall mit Erins Ex, ist ihr irgendwie der Kampfgeist abhandengekommen.«

Emmitt sah Dameon in die Augen. »Und dann bist du aufgetaucht. Jetzt habe ich das Gefühl, dass ich mein altes Mädchen zurückhabe.«

»Ich würde gerne die Lorbeeren dafür annehmen, aber Grace hat es allein geschafft.«

Emmitt schüttelte den Kopf. »Nein, nicht ganz. Du hast ihr das Vertrauen zurückgegeben. Und ich will dir sagen, dass ich dir sehr dankbar dafür bin.«

Dameons Brust füllte sich mit Stolz. »Danke, Sir.«

Emmitt nickte. »Dein Dad wäre stolz auf dich gewesen.«

Verdammt!

Dameon spürte, wie die Tränen in ihm aufstiegen und sich sein Hals zusammenschnürte.

Emmitt stand auf und nahm Dameons Hand. Doch statt eines Handschlags zog er ihn zu einer Umarmung an sich. »Danke, dass du meine Kleine beschützt hast.«

Nicht weinen.

Bloß nicht weinen.

Ach, shit.

Als sie sich aus der Umarmung lösten, wischten sich beide Männer über die Augen und vermieden den direkten Blickkontakt.

»Ich … ähm, ich gebe dir mal ein Minütchen allein«, sagte Emmitt und wollte gehen.

Doch Dameon hielt ihn auf. »Sir?«

Emmitt drehte sich zu ihm.

»Ich muss Sie noch etwas fragen, bevor Sie gehen.«

* * *

Grace' Dad kam als Erster aus der Garage. Seine Augen schimmerten, die Nase war gerötet.

Ihre Brüder saßen auf der Kaminkante und tranken Bier. Parker saß auf der einen Seite neben Grace, Erin auf der anderen. Ihr verletzter Fuß lag auf ein Kissen gebettet auf dem Sofatisch.

Ihre Mom sprang vom Sessel auf und ging zu ihrem Mann.

»Hey, Dad?«, rief Grace von der Couch aus.

»Ja, mein Schatz?«

»Mir geht's wirklich gut.«

Emmitt wedelte mit der Hand durch die Luft. »Es ist nicht, was du denkst. Es sind nur die vielen Blütenpollen.«

Ihre Eltern gingen gemeinsam die Treppe nach oben.

»Kann mal jemand nach Dameon sehen?«, fragte Grace.

Matt erhob sich, doch in dem Moment öffnete sich die Garagentür.

Parker räumte den Platz neben Grace und setzte sich auf Noras frei gewordenen Sessel.

Dameon war genauso durch den Wind wie ihr Dad.

»Ist alles okay bei dir?«

Er legte ihr den Arm um die Schulter. »Bei mir ist alles erst wieder in drei, vier Jahren okay.« Er beugte sich vor und gab ihr einen zärtlichen Kuss auf die Wange.

Matt klopfte sich auf die Schenkel. »Gut. Jetzt lasst uns mal über was Schöneres reden. Erin und ich werden ganz still und heimlich heiraten.«

Grace riss den Kopf herum und starrte ihren Bruder an.

»Auf gar keinen Fall«, rief Parker entrüstet.

»Ist es wegen des Babys?«, fragte Grace.

Matt stieß seinem Bruder mit dem Ellbogen in die Rippen. »Hast du es ihnen etwa gesagt?«

Erin lachte.

»Ach, kommt schon. Als ob wir das nicht längst selbst herausgefunden hätten«, sagte Parker.

»Ihr dürft auf keinen Fall abhauen und heimlich heiraten. Mom und Dad werden euch umbringen.«

»Na gut. Wir werden nicht wirklich abhauen, aber wir haben tatsächlich an ein langes Wochenende auf Maui gedacht. Wir setzen euch nächsten Monat einfach alle in ein Flugzeug.« Erin klopfte sich auf den Bauch. »Bevor es zu offensichtlich wird.«

»Niemand wird Einwände dagegen haben, dass du schwanger heiratest.«

Matt räusperte sich. »Meinst du? Du weißt ja, was Dad immer sagt. Beim ersten Baby weiß man nie, wie lange es dauert, das zweite braucht neun Monate.«

Grace musste so lachen, dass ihr der Bauch wehtat.

Eine Stunde später trug Dameon sie ins Gästezimmer ihrer Eltern, das früher einmal ihr eigenes Zimmer gewesen war. Er schloss die Tür.

Grace lehnte sich gegen das Kopfteil des Bettes. »Ich fühle mich, als könnte ich eine ganze Woche Schlaf gebrauchen.«

»Du hast aber nicht zu viel von dem Wein getrunken, oder? Die Ärzte haben gesagt …«

»Nur ein Glas und ich bin mir sicher, dass es Mom so sehr mit Wasser verdünnt hat, als wäre ich zwölf.«

Dameon grinste. »Ich mag deine Mom.«

»War alles okay mit dir und meinem Dad?«

Er streifte einen Schuh ab. »Ich glaube, so langsam mag er mich doch.«

»Bist du sicher? Ihr habt beide ziemlich mitgenommen ausgesehen, als ihr reingekommen seid.«

»Nein, nein. Ich glaube, in der Garage standen irgendwelche Lösungsmittel offen herum.«

Grace schüttelte den Kopf. »Ja, klar, und der Pollenflug war nach dem Regen auch besonders stark.«

Dameon setzte sich hinter sie. »Dein Dad und ich verstehen uns. Wir wollten nur ein bisschen reden. Er ist ein guter Mann.«

Sie lehnte den Kopf gegen seine Schulter. »Ich bin so froh, dass du rechtzeitig gekommen bist.«

Er küsste ihren Kopf. »Oh, mein Schatz, ich auch. Wenn ich daran denke, was alles hätte passieren können …«

»Ja, aber es ist nicht passiert. Und sag mal, was war eigentlich mit Max?«

»Wir hatten noch nicht viel Gelegenheit, miteinander zu sprechen. Er hat mir erzählt, dass sein Dad sehr krank ist und ihn seine Verlobte verlassen hat.«

»Oh je.«

»Ja. Er ist zur Projektstelle gekommen und wollte sich mit mir versöhnen.«

Sie seufzte und merkte, dass ihr die Augen zufielen. »Manchmal muss erst etwas Schlechtes passieren, damit man sich an das Gute erinnert.«

»Das kannst du laut sagen.«

Vielleicht lag es an den Medikamenten oder am verdünnten Wein, aber sie sagte tatsächlich noch mal ganz laut: »Manchmal muss erst etwas Schlechtes passieren, damit man sich an das Gute erinnert.«

Dameons Brust wackelte, als er lachte. »Gott, ich liebe dich.«

Sie brauchte eine Sekunde, bis sie merkte, was er gerade gesagt hatte.

Sie hob den Kopf von seiner Brust. »Was?«

»Ich. Liebe. Dich.« Er berührte ihre Wange. »Von Kopf bis Fuß.«

»Dameon …«

»Manchmal weiß man so etwas einfach. Und das ist bei mir der Fall. Wenn du noch nicht so weit bist, ist das völlig in Ordnung …«

Sie schüttelte den Kopf. »Oh nein. Ich bin längst so weit. Was ja eigentlich dumm ist, weil wir uns noch gar nicht so lange kennen und …«

Er ließ sie nicht zu Ende reden, sondern unterbrach sie mit einem Kuss.

Grace löste sich von ihm. »Ich liebe dich.«

»Meine Liebe«, sagte er und hörte nicht mehr auf, sie zu küssen.

Epilog

Das ruhige Wasser der Lagune plätscherte sanft ans Ufer und bildete die perfekte Soundkulisse für die Hochzeit.

Erins Schwester stand neben der Braut, Colin neben Matt.

Sie waren insgesamt nur dreizehn Leute, zwei davon waren Erins Nichte und Neffe. Alle waren barfuß und in Weiß gekleidet.

Es war bezaubernd.

Grace vergoss ein paar Tränchen, als ihr Bruder gelobte, seine Frau zu lieben und zu ehren, und als sich auch bei Erin die Schleusen öffneten, konnte Grace sich nicht mehr zurückhalten.

Dazu gab es musikalische Untermalung, gespielt von ein paar hawaiianischen Inselbewohnern auf einfachen Instrumenten.

»Deine Tante Beth wird ausflippen, wenn sie erfährt, dass wir weggeflogen sind und sie war nicht eingeladen«, meinte Nora, als alle an der großen Tafel saßen, die sich vor Essen, Blumen und Champagner schier durchbog.

Grace drehte sich zu Dameon.

In den wenigen Tagen auf der Insel hatte die Sonne seine Haut gebräunt. In seinem legeren hellen Hemd und den Leinenhosen sah er sogar noch besser aus als im Anzug.

»Die kenne ich noch gar nicht, oder?«

Grace schüttelte den Kopf. »Nein, aber streng genommen ist sie dafür verantwortlich, dass wir uns an dem Abend im Hotel damals begegnet sind.«

Dameon sah sie überrascht an.

»Sie hat mir auf der Hochzeit von Colin und Parker keine Ruhe gelassen, weil ich ohne Partner da war, und dann bin ich vor ihr in den kalten Hotelgarten geflüchtet.«

Dameon nickte langsam und begann zu grinsen. »Ich habe deine Tante Beth schon immer gemocht«, scherzte er.

»Das sagst du jetzt«, meinte Parker. »Warte nur, bis sie dir wegen Grace' leerer Gebärmutter in den Ohren liegt.«

Alle lachten.

»Da bin ich jetzt aus dem Schneider«, war Erins Kommentar.

Matt lehnte sich zu ihr und küsste seine frischgebackene Ehefrau.

»Nach meiner Rechnung müsste das Baby so um Weihnachten herum kommen, oder?«, fragte Emmitt.

»Klar, Dad. Oder an Halloween, plus minus ein paar Wochen.« Matt hielt Erins Hand so fest, als hätte er Angst, sie wieder loszulassen.

Colin stand auf und hielt sein Glas hoch. »Okay, Leute … jetzt ist es Zeit für die kitschige Trauzeugenrede, die ich in den letzten drei Stunden eingeübt habe.«

Dameon zog Grace an sich.

»Ich habe schon immer gewusst, dass Matt mal eine heiraten wird, die sehr hübsch ist.«

Erin wurde rot.

»Schon zu Schulzeiten war er nur mit den hübschesten Mädels zusammen. Und wenn er seine Heldenuniform anhatte, sind ihm die Frauen selbst im Supermarkt hinterhergelaufen …«

»Hey, jetzt aber …«, rief Matt.

»Also, dass es eine Hübsche sein würde, war klar. Aber dass sie auch noch so nett und liebevoll ist und genau das ausfüllt, was in Matts Leben noch gefehlt hat – eigentlich in unser aller Leben –, das war nicht klar.«

Grace schniefte.

»Damals, als ich Parker kennengelernt habe, wusste ich sofort, dass sie die Richtige ist. Und an dem Tag, als ich Matt gesagt habe, dass ich Parker heiraten will, meinte er, dass er das doch gleich gewusst hat. Und so war das auch an dem Abend, als Matt Dameon und mich in die Kälte rausgezogen hat, um uns zu sagen, dass er Erin einen Antrag machen will. Da habe ich mir nur gedacht, *na endlich*! Man kann sich nämlich keine bessere Schwägerin wünschen, oder, Gracie?«

Gracie hob ihr Glas.

»Ich weiß, dass ich für uns alle spreche, wenn ich sage, Erin, willkommen in der Familie Hudson. Und danke, dass du meinen Bruder liebst.«

Darauf wurden die Gläser erhoben und es folgten Umarmungen und noch mehr Tränen.

Eine Weile später saßen Parker und Grace etwas abseits, während Dameon, Colin und Matt irgendein Männer-Pow-Wow machten, bei dem hawaiianischer Schnaps eine tragende Rolle zu spielen schien. Erin unterhielt sich mit ihrer Schwester Helen und ihrem Dad. Und Grace' Eltern spielten mit Helens Kindern.

»Jetzt hast du echt deinen Job gekündigt.«

Grace nickte. »Ich habe meine Kündigung eingereicht, nachdem ich alle mir zustehenden Krankheitstage aufgebraucht hatte.«

»Gut so.«

»Wenn wir zurückkommen, fange ich mit der Jobsuche an. Dameon will mich in seiner Firma einstellen, für die Arbeit, die ich sowieso für ihn mache. Aber das will ich nicht.«

»Warum nicht?«

»Ich will nicht, dass er sich verpflichtet fühlt. Ich helfe ihm, weil ich ihn liebe und es tun will, nicht weil es ein Job ist.«

»Das verstehe ich.«

Als Erin lachte, sahen beide zu ihr. »Sie leuchtet von innen«, meinte Parker.

Grace lächelte. »Ich weiß. Wir müssen eine riesige Babyparty organisieren und wiedergutmachen, dass wir Tante Beth nicht eingeladen haben.«

»Ich kann es kaum erwarten. All die süßen Babystrampler, winzigen Schühchen und Kuscheltiere!«

Als Parker so ins Schwärmen geriet, sah Grace ihre Schwägerin fassungslos an. »Kaum zu glauben. So etwas von einer Frau, die angeblich keine Kinder will.«

»Ich habe nicht gesagt, dass ich keine Kinder will, sondern nur, dass ich nicht gleich welche will.«

Grace blieb der Mund offen stehen. »Das ist eine ausgesprochene Lüge. Mehr als einmal habe ich von dir gehört, dass du kein Interesse an Kindern hast.«

Parker blickte zum Strand, wo die Männer standen und redeten. »Ich bin jung. Ich darf meine Meinung auch ändern.«

Grace zog sie zu einer Umarmung an sich. »Du wirst Colin so glücklich machen.«

»Er ist außer sich vor Freude, dass er bald Onkel wird. Er hat sogar schon ein paar Strampelanzüge gekauft.«

»Du machst Scherze, oder?«

»Nein, das stimmt wirklich. Er hat welche gekauft, die sowohl Jungs als auch Mädels anziehen können, um auf der sicheren Seite zu sein. Er wird ein super Onkel und ich glaube, als Dad ist er noch besser.«

Grace legte ergriffen die Hand auf die Brust. »Hast du es ihm schon gesagt?«

Parker schüttelte den Kopf. »Ich muss warten, bis alles wieder ruhiger wird. Danach lässt er mich nämlich nicht mehr aus dem Schlafzimmer, bis das Pluszeichen auf dem Teststreifen erscheint.«

Grace lachte so sehr, dass sie sich krümmte.

»Ist doch so, oder?« Parker kicherte ebenfalls.

»Was ist hier so lustig?« Colin und Dameon kamen zu ihnen.

»Nichts, nichts.« Grace gluckste immer noch.

Colin zog Parker zum Stehen hoch. »Ich will mit meiner Frau tanzen.«

»Es läuft doch gar keine Musik.«

»Doch. In meinem Herzen.«

»Ooh.«

Sie gingen zusammen los.

»Ganz schön kitschig, Colin«, rief Grace ihnen nach.

»Du bist bloß eifersüchtig, Gracie.«

Dameon nahm nun ihre Hand. »Komm.«

»Willst du auch ohne Musik mit mir tanzen?«

»Nein. Lass uns spazieren gehen.«

Grace blickte zu Matt und Erin, die sich im Sonnenuntergang küssten, während ein Fotograf kitschige Bilder von ihnen schoss.

Sie schlenderten Hand in Hand zum Meeresufer. »Heute war ein perfekter Tag«, seufzte Grace.

»Das stimmt. Ich glaube, sie werden sehr glücklich miteinander sein.«

Dameon hob ihre Hand zu seinen Lippen und küsste sie. Sie blieben stehen.

»Ich liebe dich, Dameon.«

»Das darfst du mir gerne immer wieder sagen.«

Er wollte sie gerade küssen, als Erin rief. »Hey, Grace?«

Sie bekam ihren Kuss nicht. »Was?«

Erin winkte sie zu sich.

»Die Braut ruft«, murmelte Grace.

Sie gingen zu ihr, doch Erin hielt die Hand hoch. »Warte.«

»Was?«, fragte Grace.

Da warf Erin ohne Vorwarnung den Brautstrauß in die Luft.

Grace ließ Dameons Hand los und fing ihn auf.

»Was zum Henk…« Hinter Erin sah Grace plötzlich Dameons Mom und einen Mann, den sie nicht kannte.

Was geht hier vor?

»Du bist die einzige Unverheiratete hier«, sagte Erin lachend.

»Ha, ha … sehr lustig. Dameon, lass sie nicht …« Sie drehte sich zu ihm, doch Dameon war eine Etage tiefer. Er machte einen Kniefall vor ihr.

Vor Überraschung ließ Grace die Hände mitsamt Brautstrauß fallen.

»Grace.«

»O Gott.« Es verschlug ihr den Atem.

Dameon sah aus wie eine Katze, die gerade den Kanarienvogel gefressen hatte. Mit schuldbewusstem Grinsen nahm er ihre Hand.

»Du bist das Beste, was mir je in meinem Leben passiert ist.«

»O Gott.«

»Ich denke an dich, vom ersten Moment, wenn ich aufwache, bis zum Abend, wenn ich meine Augen schließe. Ich sehe ein halbes Dutzend kleines Gracies um einen riesigen Weihnachtsbaum tanzen, vor einem großen Kamin. Ich denke an dich, wenn ich einen Stein ins Wasser werfe und die kleinen Kreise sehe, die er zieht. Denn genauso war es, als du in mein Leben gekommen bist. Du hast alles verändert. Und ich will, dass du weiterhin alles veränderst, solange wir auf dieser Erde sind.«

Grace schniefte und wischte sich, mit dem Strauß in der Hand, die Tränen von den Wangen.

Und schon hatte Dameon ein weißes Kästchen hervorgezaubert. Darin lag ein Brillantring.

»Grace Marie Hudson. Willst du mich heiraten?«

Jetzt fiel auch Grace auf die Knie und küsste ihn, als wäre er das rettende Wasser für einen Fisch auf dem Trockenen.

»Ich liebe dich.«

»Heißt das Ja?«

Er weinte.

»Ja, das heißt Ja … O Gott.«

Alle klatschten.

Dameon streifte ihr den Ring über den Finger und küsste sie erneut. »Du machst mich zum glücklichsten Mann auf der ganzen Welt. Ich liebe dich.«

»Ich liebe dich.«

Er zog sie zum Stehen hoch und zusammen gingen sie zu den anderen. Grace konnte kaum glauben, dass das wirklich gerade passierte.

Sie blickte die anderen an. »Habt ihr etwa davon gewusst?«

Doch es wurde nur mit den Achseln gezuckt und alle taten ganz unschuldig.

Mrs Locke umarmte sie.

»Wo kommen Sie denn her?«

»Ich habe mich hinter den Bäumen versteckt wie ein Perversling.«

Grace konnte gar nicht aufhören zu grinsen. »Ich freue mich so, dass Sie hier sind.«

Dameon zeigte auf den Mann neben Lois. »Grace, das ist mein Bruder Tristan.«

»Ich habe schon viel von dir gehört.« Sie streckte ihm die Hand entgegen, doch Tristan öffnete beide Arme.

»Ich habe mir schon immer eine kleine Schwester gewünscht.«

Dabei war sich Grace sicher, dass sie sogar ein bisschen älter als Tristan war. »Ich freue mich, dich kennenzulernen.«

Als sich Tristan aus der Umarmung löste, legte Dameon sogleich den Arm um Grace.

»Vielleicht kannst du meinem Bruder beibringen, wie man sich entspannt«, meinte Tristan.

Grace lachte und Lois kicherte.

Und hörte gar nicht mehr auf zu kichern.

Dameon und Grace wechselten Blicke.

»Du hast doch nicht etwa diese Maui-Kekse gegessen, oder?«

Tristan guckte zu seiner Mom. »Au weia.«

Danksagung

Es ist jedes Mal wieder schön, wenn ich am Ende des Buches ein paar persönliche Zeilen schreiben darf. Dass die Romane der »Creek Canyon«-Reihe an einem Ort spielen, der einundzwanzig Jahre lang mein Zuhause gewesen ist, brachte ein paar Herausforderungen mit sich. Ich wollte meinen Lesern das Kleinstadtgefühl von Santa Clarita Valley vermitteln, aber dennoch genug Drama und Konflikte einbauen, um für gute Unterhaltung zu sorgen. Dafür braucht man ein, zwei Bösewichte. Was blöde Chefs in städtischen Ämtern angeht, kann ich nicht mitreden. Dagegen kann ich mit Fug und Recht behaupten, dass ich mehr Steaks in The Backwoods Inn gegessen habe als manch anderer. Was meine Stadt ausmacht, ist der Zusammenhalt der Nachbarn, angefangen beim Bowling bis hin zum Candy Lane Viertel, wo sich alle für die schönste Weihnachtsdekoration zusammenschließen.

Ich danke meinen Freunden – Freunde, die für mich wie Familie sind. Ich danke euch allen und ich vermisse euch sehr, aber ich hätte es keine weitere Waldbrandsaison lang mehr aushalten können.

Diese Trilogie war manchmal schmerzhaft, manchmal sehr heilsam für mich. Durch diese Bücher habe ich jetzt meinen

Frieden mit der Geschichte geschlossen – Frieden, den ich nicht erwartet habe, aber für den ich sehr dankbar bin.

Ich danke Montlake und Amazon Publishing für die kreative Freiheit, die mir gewährt wird, um all die Geschichten zu schreiben, die mir wichtig sind.

Danke an meine Lektorinnen Maria Gomez und Holly Ingraham. Maria, danke, dass du stets an mich glaubst. Holly, danke dafür, dass du das Buch zum Strahlen bringst. Es ist mir eine große Freude, mit euch zu arbeiten.

Danke an Jane Dystel, dafür, dass du mich so geschickt durch den Irrgarten dieser kuriosen Bücherwelt führst.

Und zu guter Letzt danke ich Whiskey. Dieser verrückte Labrador war stets voller übersprudelnder Energie und Freude. Du hast vom ersten Moment an unser Leben bereichert. Während des Feuers bist du keine Sekunde von unserer Seite gewichen und als es Zeit war, zu fliehen, bist du ins Auto gesprungen, als wolltest du selbst am Steuer sitzen und uns retten.

Du warst ein Mitglied der Familie und wirst schmerzlich vermisst.

Bis wir uns wiedersehen,
Deine Catherine

Printed in Poland
by Amazon Fulfillment
Poland Sp. z o.o., Wrocław

72999323R00216